구름
위에서
사흘

구름 위에서 사흘

초판 1쇄 찍은 날 | 2014년 11월 24일
초판 1쇄 펴낸 날 | 2014년 11월 30일

지은이 | 김정숙
펴낸이 | 예경원

편집 | 유경화

펴낸곳 | 예원북스
등록번호 | 제396-2012-000132호
등록일자 | 2012. 7. 25
YRN | 제1-0088호

주소 | 경기도 고양시 일산동구 무궁화로 8-28 삼성메르헨하우스 712호 (우) 410-837
전화 | 031-819-9431 팩스 | 031-817-9432
http://cafe.naver.com/yewonromance
E-mail | yewonbooks@naver.com

ISBN 979-11-5630-205-6 03810

※ 이 도서의 국립중앙도서관 출판시도서목록(CIP)은 서지정보유통지원시스템 홈페이지(http://seoji.nl.go.kr)와 국가자료공동목록시스템(http://www.nl.go.kr/kolisnet)에서 이용하실 수 있습니다.

19세미만 구독불가
구름 위에서 사흘
김정숙 장편 소설
YEWONBOOKS
ROMANCE STORY

目 · 次

프롤로그

새로운 삶이 시작되는 대학 교정에서 맞이한 봄 햇살은 찬란하고 아름다웠다.

춥디추운 겨울을 이겨내고 오물거리는 아기의 작은 입술 같은 꽃망울을 터뜨린 꽃들. 이제 막 대학생활을 시작한 새내기들의 풋풋함은 새로운 시작과 동행하는 적당한 긴장감과 어우러져 한 폭의 멋진 그림을 만들어내고 있었다.

캠퍼스에도, 강의실에도, 삼삼오오 모여서 경쾌한 웃음을 터뜨리며 수다를 떠는 학생들의 얼굴에도 활기가 가득했다.

얼마 전 입학식을 치른 채연도 싱그러운 향내를 폴폴 풍기는 새내기였다. 앞으로 4년 동안 내 집처럼 드나들어야 하는 S대학이란 곳도 전공학과로 선택한 국문학과도 마음에 쏙 들었고, 고등학교 동창이자 단짝친구인 지수와 함께여서 좋았다.

새로운 친구도 생겼다.

활동적인 성격답게 괄괄한 웃음소리가 매력인 지찬희는 뭘 하든 무슨 말을 하든 거침이 없고 담백한 입담을 가진 이답게 옷차림도 간편하게 청바지와 티셔츠를 즐겨 입고 다녔다. 남자보다 더 남자처럼 구는 찬희는 친화력이 좋아 학우들에게 인기가 많았다.

채연과 지수 그리고 찬희.

성격도 스타일도 다른 세 사람은 빛의 속도로 친해져 입학한 지 한 달 만에 '막역지우! 지기지우! 삼총사여 영원하자!' 라는 구호를 외치며 삼총사 결성식을 치렀다. 서로 허물이 없고, 서로 마음이 통하는 벗들을 만난 행운에 감사하면서.

새내기인 세 사람은 어느새 '색이 다른 미녀 삼총사' 라 불리며 자타공인 국문학과의 명물이 되었다.

호감 가는 중성적인 매력 덕분에 일찌감치 학우들의 눈에 띈 찬희는 만장일치에 가까운 표를 얻는 기염을 토하며 과대표가 되었고, 기념 턱을 내라는 학우들의 열렬한 요구에 모델 포스 팍팍 풍기는 킹카들만 모여 있다는 사진학과 남학생들과의 미팅을 주선하는 것으로 응답했다.

동네 오빠가 그쪽 과대표인 것을 십분 이용해 교내 미팅 절대 사절을 고수해 오던 사진과의 전설을 깬 찬희는 역시 자타공인 능력 있는 과대표였다.

타 학과에서조차 부러워하는 사진학과와의 역사적인 미팅 D–day!

낯선 만남을 그다지 좋아하지 않는데다 낯가림이 심한 편인 채연은 고집스레 미팅 불참을 주장했지만 집요한 찬희와 지수에게 양팔을 잡힌 채 카페까지 끌려오다시피 했다.

채연은 일행과 함께 남학생들 앞에 차례대로 자리를 잡고 앉았다. 혹시 도망이라도 갈까 봐 걱정이 되었던지 그때까지 팔짱을 단단히 끼고 있던 지수가 채연을 앉힌 후에야 팔을 풀었다.

수업이 끝나자마자 안면몰수하고 도망가는 건데…….

이젠 돌이킬 수도 없다는 것을 알면서도 때늦은 후회가 밀려왔다.

채연은 낯선 남학생들과 함께 앉아 있는 것만으로도 가시방석이었다. 카페에 들어선 순간부터 시선을 바닥에 고정시켰던 채연은 남학생들의 얼굴을 제대로 볼 엄두도 못 냈다.

의자에 앉혀진 순간부터 마음이 영 편치 않았다. 여전히 고개를 숙인 채로 왼손 검지에 죄 없는 가방끈을 말았다 풀기를 반복하는 자신의 손을 바라보고만 있었다.

진짜 불편하네. 저것들만 아니면 이런 불편은 안 겪어도 되는데.

지수와 찬희를 속으로 원망하던 채연은 문득 궁금해졌다. 싫다는 사람을 억지로 끌고 와 고문 아닌 고문을 당하게 만든 원흉인 지찬희와 한지수가 과연 어떤 표정을 짓고 있는지.

채연은 고개를 살짝 들고 옆을 바라보았다. 주선자라 통로 쪽 맨 앞자리에 앉은 찬희의 얼굴은 다른 친구들에게 가려서 잘 보이지 않았다. 하지만 바로 옆자리에 앉아 유난히 큰 눈을 더 크게 뜬 채 입을 헤 벌리고 있는 지수는 똑똑히 보였다. 정신이 안드로메다로 출장을 갔는지 아니면 넋이 나갔는지. 마치 뭔가에 홀린 것 같은 지수의 표정이 참 가관이었다. 드러내 놓고 좋아 죽겠다는 표정을 짓고 있는 다른 친구들도 마찬가지고.

대체 얼마나 잘난 남학생들이 나왔기에 하나같이 정신이탈의 진수를 보여주고 있는 거야?

채연은 본능적인 궁금증에 고개를 돌려 앞에 앉은 남학생들을 바라보았다. 여자들은 다섯 명인데 세 명의 남학생만 앉아 있었다. 잠깐 자리를 비웠거나 아직 안 온 남학생들이 있는 모양이었다. 어쨌거나 앞에 앉아 있는 남학생들을 본 순간 친구들의 반응이 즉각 이해됐다. 세 명 다 잘생겼다는 말이 부족할 정도로 인물들이 훤했다.

찬희와 지수가 입에 침이 마르도록 이야기했던 킹카 중의 킹카가 누구를 두고 한 말인지 콕 집어낼 수 없을 정도로 외모가 출중한 남학생들이었다.

채연이 미팅 불가를 외쳤던 이유는 낯가림이 심한 편이고 낯선 만남을 좋아하지 않는 성격 탓도 있지만, 더 큰 이유는 작위적인 만남에서 인연을 만드는 건 불가능하다고 믿는 사람들 중 하나였기 때문이었다.

어렸을 때 아버지인 태훈으로부터 우연치 않게 만난 엄마와 운명적인 사랑에 빠졌다는 얘길 듣고부터 막연하게나마 자신도 그런 사랑을 하게 되었으면, 아니, 그런 사랑을 하게 될 것이라고 믿어왔다.

부모님처럼 운명적인 사랑을 하고 싶다! 지수와 찬희에게 처음부터 미팅이나 소개팅 따위엔 관심 없다고, 영화나 드라마에서처럼 로맨틱하게 만나서 운명적인 사랑을 할 거라고 말해온 진짜 이유였다. 그럴 때마다 두 친구에게 희망이 만들어낸 허황된 믿음이라며 통박을 받았지만, 채연은 개의치 않았다. 자신이 꿈꾸는 로맨스는 사람마다 다 다른 거니까.

억지로 끌려온 미팅 자리. 어색하고 불편하기만 했는데 연예인 뺨 칠 정도로 잘생긴 남학생들을 보니 차라리 안도감이 밀려왔다. 사람들을 마주하고 있는 게 아니라 마치 사진을 보고 있는 것 같아 자신과는 아예 상관없는 이들처럼 느껴진 탓이었다.

"사진과 한규민입니다. 여러분 모두 반갑습니다."

사진과의 꽃미남들 중 한 명이 제일 먼저 말문을 열었다.

"반갑습니다. 전 지찬희예요. 그런데 왜 세 분만 계세요? 신호 오빠랑 다른 분은요? 설마 펑크는 아니죠?"

"우리 과대표는 지금 미션 수행 중이에요."

"미션이요?"

"이번 미팅에 억지로 집어넣은 녀석이 하나 있거든요. 그 녀석이 도망가서 과대표가 잡으러 갔는데 지금 오는 중입니다. 신호가 먼저 와서 기다리겠다고 한 약속 못 지켜서 미안하다고 전해달랍니다."

규민이 양해를 바란다는 듯 보기 좋은 미소로 찬희를 보더니 일동을 향해 허리 굽혀 인사를 했다.

"펑크만 아니면 괜찮아요."

"진짜 예쁜 사람은 쿨하다던데 역시 쿨하네요."

"우리가 많이 쿨한 편이죠, 국문학과 대표 미녀들답게."

듣기 좋으라고 한 아부성 멘트를 찬희가 천연덕스레 받아쳤다. 찬희의 너스레에 지수와 다른 친구들이 웃음을 터뜨리자 남학생들의 입에서도 웃음소리가 흘러나왔다.

"이해해 줘서 고마워요."

"우리 쪽도 별반 다르지 않았는데 이해 못할 것도 없죠."

규민이 여자 쪽을 주르륵 훑어보더니 고개를 갸웃했다.

"인원이 딱 맞는데요?"

"우리 팀에도 억지로 끌려 나온 친구가 하나 있거든요."

"아하."

"둘이 파트너 시켜주면 딱이겠다. 후후."

빈 의자의 주인공이 차라리 나타나지 않았으면 좋겠다는 생각을 하고 있던 채연은 주책없는 소리를 해대는 찬희를 눈치껏 쏘아보았지만, 정작 찬희는 남학생들을 쳐다보느라 정신이 없어 아쉽게도 그녀가 쏘아대는 눈화살은 쳐다보지도 않았다.

찬희 대신 지수가 재미있는 개그 프로그램이라도 보는 듯한 얼굴로 쿡쿡댔다. 그 모습을 본 채연이 눈총을 쏘자 지수가 금세 꼬리 내린 강아지 같은 표정을 짓더니 슬그머니 고개를 돌려버렸다.

으이그, 저것도 친구라고……. 뭐 잘한 게 있다고 웃어 웃길!

속으로 한 방 쏘아준 채연은 다시 고개를 숙인 채 애꿎은 가방끈을 엄지에 돌돌 말았다.

"늦어서 미안합니다. 사진과 과대표 남신호입니다."

뛰어왔는지 얼굴이 붉게 상기된 남학생의 표정에 미안함이 가득했다. 그런 신호의 머리 위로 다른 이의 정수리가 솟아나 있었다. 도망자인 모양이었다.

"우린 3학년이니까 말 트고 시작하는 게 어때요? 괜찮나?"

"당연히 좋지, 오빠. 오히려 그게 더 편할 수도 있어. 어때? 다들 괜찮지?"

신호의 서글서글한 제안을 찬희가 흔쾌히 받아들이고 묻자 다들 이구동성 좋다는 반응들을 보였다.

"오빠, 자기소개부터 해. 난 이미 했으니까."

"난 이십 년 넘게 찬희하고 같은 동네에서 살고 있는 동네 오빠, 사진과 과대표 남신호. 다들 반갑다."

여학생들도 반갑다며 맞인사를 했다.

"다들 알고 나왔겠지만 나하고 한규민 그리고 내 뒤에 있는 친구는 복학생이야. 여기 앉아 있는 둘은 병역미필자고. 군대를 안 갔다 왔으니 아직 진짜 남자는 아니라고 봐야지. 아, 덧붙이자면 우리 복학생들은 이 자리에 계신 미인들과 네 살 차이야. 우리 모친 말씀에 따르면 네 살 차이는 환상의 궁합이라지 아마? 믿거나 말거나! 하하하."

신호가 호쾌한 웃음을 터뜨리며 찬희의 맞은편 자리에 앉았다. 그 바람에 신호 뒤에 있던 도망자의 모습이 고스란히 드러났다. 그 바람에 채연은 고개를 돌린 채 서 있는 도망자의 프로필을 직시(直視)하는 상황이 되었다.

"아……!"

그를 본 순간 채연은 그대로 얼어붙고 말았다.

모든 것이 정지했다.

카페 안의 모든 것들이 사라졌다.

우주의 움직임이 일시에 멈추고 그곳엔 오로지 그만이 있었다. 그 사람 외에는 아무것도 보이지 않았고 아무 소리도 들리지 않았다.

채연은 본능적으로 공기를 들이마셨다. 바로 그때였다. 무심한 표정으로 고개를 돌리던 그와 눈이 마주쳤다.

헉!

번개에 맞은 듯 온몸에서 전율이 일었다. 삽시간에 혈관의 피가 모두 전기로 바뀌어 버린 것 같았다. 발끝에서부터 정수리까지 저릿저릿했다.

소리도 사람들도…… 모두 사라졌다.

무한한 우주 공간에 단둘만이 있는 것 같은, 서로를 향한 강력한 끌림과 흡수가 마주한 두 사람의 시선을 단단히 붙잡아 고정시켰다.

마주 보는 두 사람의 눈빛을 타고 팽팽한 긴장감이 흘렀다. 그도 채연도 호흡을 멈춘 채 뚫어질 듯 서로를 꿰뚫어 보았다. 아주 오래전에 만났던 사람을 바라보는 것처럼. 바라보는 것만으로 블랙홀이 되어 서로를 빨아들였다.

단 1초라도 더 숨을 참고 있다가는 질식해 죽을 것 같았다. 팽팽한 긴장감을 이기지 못한 채연이 먼저 두 손을 들었다. 저도 모르게 참았던 숨을 내쉬는 순간 마법 하나가 풀렸다. 닫혀 버렸던 귀가 순식간에 열렸다.

"저 피부 좀 봐. 잡티 하나 없어!"

"스타일 죽인다!"

"저게 어디 사람이니? 사람이 아냐. 조각상이야 조각상!"

"저 사람이 맞아. 저 사람이 바로 소문으로만 듣던 킹왕짱이야!"

자기들끼리 속닥이는 친구들의 말소리가 터진 댐의 물처럼 귓속으로 날아들었다.

친구들의 감탄과 경탄이 연이어 이어졌지만 무심한 도망자의 눈에는 아무 소리도 들리지 않는 모양이다. 시리도록 맑고 깊은, 아니, 뜨겁게 분화(噴火)하는 그의 두 눈동자에는 오직 한 사람이 박혀 있었다. 넋을 놓고 그를 바라보는 채연 자신만이.

어떻게 이런 일이 가능하지? 어떻게……?

바보처럼 생전 처음 보는 남자에게서 눈을 떼지 못하고 있다니. 평소라면 낯선 이성을 뚫어져라 쳐다보는 짓 따윈 하지도 않을뿐더러, 있을 수도 없는 일인데.

찬희와 신호가 일동의 의견을 수렴해 파트너 정하는 규칙을 정하고, 즐거운 분위기 속에 파트너가 하나둘씩 정해졌지만 채연에게는 먼 나라의 이야기였다.

정채연, 너답지 않게 왜 이래? 그만 봐. 그만 쳐다보고 시선을 돌려, 제발!

애원 섞인 주문도 소용이 없었다. 그녀의 뇌가 그에게서 시선을 떼지 않는 것으로 거부권을 행사했다.

이상하고도 신기한 경험. 낯가림이 유난히 심한 채연에게는 일어날 수 없는 일이 벌어지고 있었다. 낯선 사람과 뚫어질 듯 시선을 맞추고 있는데도 어색하다거나 불편하지 않았다. 미묘한 힘에 의해 그에게 빨려 들어가는 듯한 느낌이, 그를 끌어당기는 것 같은 느낌이 늘 그래 왔던 것처럼 아주 익숙하고 편안했다.

운명…… 이야!

심장이 따스한 바람에 하늘거리며 맑은 소리를 내는 풍경이라도 된 것일까. 가슴 깊숙한 곳에서 부드럽고도 달콤한 속삭임이 들려왔다.

한 치의 흔들림도 없던 그의 동공이 살짝 흔들렸다. 미약한 움직임이었지만 채연의 눈에는 정확히 보였다. 그것도 잠시, 채연을 바라보는 그의 눈동자가 오묘한 빛을 띠기 시작했다. 의미를 알 수 없는 미묘한 눈빛이었다.

"그럼 이제 우리 쪽에선 채연이만 남았네."

아주 소중한 순간을 방해 받은 느낌에 채연의 미간에 살짝 주름이 잡혔다. 약속이라도 한 듯 그녀를 보는 그의 미간에도 조금 전까진 없었던 주름이 잡혔다. 그 모습이 싫지 않았다. 묘한 동질감에 오히려 가슴이 두근거렸다.

"우리 팀에선 히든카드가 남았지. 영민아!"

신호의 부름에도 그의 시선은 움직이지 않았다. 여전히 채연만을 바라보고 있었다.

"야, 김영민!"

영민이 전혀 반응을 하지 않자 신호가 버럭 소리를 질렀다. 그래도 영민은 고개를 돌리지도 대답을 해주지도 않았다.

영민…… 김영민……. 김…… 영…… 민…….

채연은 속으로 그의 이름을 불러보았다. 한 번 두 번 세 번……. 그의 이름이 가슴속에 보드랍게 내려앉아 수북이 쌓여갔다.

"정채연, 내 파트너 맞지?"

여전히 채연에게 시선을 둔 채로 영민이 천천히 입술을 움직였다.

"그래 인마. 두 사람 파트너로 결정났다. 다 듣고 있었으면서 형님이 부르시는데 대답도 안 하냐? 괘씸한 놈, 한 번만 더 그래 봐라. 시원한 어퍼컷 두 방 예약이다. 알았냐?"

"나, 간다."

예기치 못한 영민의 말에 당혹스러운 웅성거림이 들려왔다. 하지만 영민의 표정엔 아무런 변화가 없었다.

나, 간다? '우리, 간다' 도 아니고 '나, 간다' 라고?

왠지 모를 실망감과 서운함이 밀물처럼 밀려들었다. 몸 안을 가득 채우고 있던 바람이 포시시 빠져나가 껍데기만 남은 것 같은 허전함에 한기마저 느껴졌다. 영민의 얼굴을 쳐다볼 자신이 없어진 채연은 고개를 숙인 채 그가 오기 전처럼 오른손 엄지에 가방끈을 말았다 폈다를 반복하며 낯선 감정을 추스르려고 애썼다. 스스로도 납득할 수 없는 감정이기에 그 누구에게도 들키고 싶지 않았다.

"싫다는 애 억지로 끌고 왔는데 혼자 간다는 게 말이 돼? 제일 친한 친구라며? 대체 절친 관리를 어떻게 한 거야? 신호 오빠, 어떻게 좀 해봐. 빨리!"

난처함을 감추지 못한 찬희가 애꿎은 신호에게 불똥을 떨어뜨렸다.

"말도 안 돼. 우리 채연인 어쩌라고 혼자 가?"

너무 당황한 나머지 영민과 찬희를 번갈아 보며 애달아하던 지수까지 불만을 터뜨렸다.

오지 않겠다며 한사코 마다하던 그녀를 애원과 협박으로 오게 만든 찬희와 지수의 마음이 얼마나 불편할까. 채연은 가만히 있을 수가 없었다. 친구들의 미안함을 덜어주기 위해 가까스로 고개를 들고 지수와 찬희에게 미소를 지어 보였다.

"난 괜찮아. 어차피 나올 생각 없었는데 차라리 잘됐……."

채연이 말을 채 끝맺기도 전에 영민이 다가와 덥석 그녀의 손목을 움켜쥐었다. 잡힌 손목이 불에 덴 듯 화끈거렸다. 발갛게 달아오른 얼굴로 자신의 손목과 그것을 잡고 있는 영민의 손을 바라보던 채연은 천천히 고개를 들었다. 영민의 맑고 깊은 두 눈을 응시하며 눈으로 물었다. '나, 간다.' 라고 말해놓고 이건 무슨 의미냐고. 갑자기 왜 이러느냐고.

"나가자."

"네?"

"우리, 파트너잖아."

"그게 무슨……?"

"여기 있고 싶어?"

채연은 고개를 저었다. 아니, 의지와 상관없이 반사적으로 고개가 저어졌다.

"나하고 같이 나가는 거 싫어?"

다시 고개가 저어졌다.

"내가 파트너인 게 마음에 안 들어?"

"……아뇨."

영민의 두 눈을 응시한 채 채연의 입에서 다부진 음성이 튀어나왔다.

그제야 그녀의 두 눈을 빨아들일 듯 바라보는 영민의 눈가에 잘디잔 웃음주름이 잡혔다. 동시에 영민의 입가에 만족스러운 미소가 그려졌다.

"나가요, 우리."

생전 처음 보는 남자에게 우리라는 단어까지 쓰면서 나가자는 말을 해버리다니. 그림 같은 눈웃음과 미소에 홀린 게 분명하다. 하지만 채연은 부끄럽지도 부자연스럽지도 않았다. 정말 이상하게도 오늘도 어제도 그제도 만나왔던 사람처럼 손목을 잡히고 눈을 마주하고 함께 나가는 것이 당연한 것처럼 느껴졌다.

영민이 눈웃음과 미소를 거두지 않은 채로 잡고 있던 그녀의 손목을 부드럽게 끌어당겼다. 영민의 손힘에 이끌려 자리에서 일어난 채연은 그에게 손목을 잡힌 채로 카페의 출입문을 향해 걸어갔다.

영민의 돌발적인 행동과 채연이 보인 의외의 반응에 놀라 벌어진 입을 다물지도 못한 채 커다래진 눈으로 두 사람의 행동을 좇는 일동을 남겨두고서.

1

3년 후, 인천국제공항 청사.

채연은 뉴욕발 비행기가 도착했음을 확인한 순간부터 출국 게이트에서 눈을 떼지 못하고 있었다. 겨우 한 달 정도 못 봤는데 영민이 너무나 보고 싶고 그리웠다.

신(神)이 시계에 초강력 모터를 달아놓았는지, 첫 미팅에서 만나 달달한 연애를 하다 보니 3년이란 시간이 눈 깜짝할 사이에 지나갔다.

연인과 함께여서 가슴이 벅찰 정도로 행복한 시간들이었다. 친구들에게 부러움과 구박을 동시에 받을 정도로 붙어다녔다. 오죽하면 지수와 찬희가 알콩달콩 껌딱지처럼 딱 붙어 있는 둘을 보고 있으면 손발이 오글거리다 못해 몸이 배배 꼬인다며 통박을 주곤 했을까.

채연과 영민은 자주 그녀의 집에서 데이트를 했다. 밖에서 데이트를 하면 태훈이 혼자 쓸쓸해할 테니 가급적 그녀의 집에서 시간을 보내자며 영민이 먼저 제안을 해준 덕분이었다. 영민이 집에 드나든 지 얼마 안 돼 태훈은 두 사람에게 지극정성인 그를 아들처럼 대하기 시작했다.

영민은 채연과 미애 그리고 태훈의 생일날이면 아침 일찍 찾아와 하루 종일 그녀와 함께 있어주었다. 메뉴를 정하고 장을 봐서 음식을 만들고 상을 차리는 것도 함께 했다. 간단한 게임이나 재미있는 이야기도 준비해 와 채연과 태훈이 즐거운 시간을 보낼 수 있게 해주었다. 그런 영민 덕분에 재미와 웃음이 풍성해진 파티다운 파티를 즐길 수 있었다.

사실, 어린 채연은 돌아가신 엄마 미애의 생신날에 아빠와 함께 파티를 하는 게 당연하다고 생각했었다. 그런데 초등학교 1학년 때 수업 시간에 사람이 죽으면 제사를 지낸다는 걸 배웠다. 그날 태훈이 퇴근을 하자마자 왜 엄마는 죽었는데 제사를 안 지내고 생일파티를 하는 거냐고 물었다. 그러자 태훈이 엄마는 우리 마음속에 살아 있으니까 제사 대신 생일파티를 하는 거라고, 엄마가 떠난 날은 기억하고 싶지 않아서 잊어버렸다며 그녀도 엄마가 죽은 날은 모른 채로 살았으면 좋겠다고 단호히 말했었다.

겨우 한 달 정도 못 봤는데 십 년은 못 본 것 같아. 보고 싶어.

출국 게이트를 뚫어지게 바라보는 채연의 눈빛이 더욱 간절해졌다.

"채연아!"

익숙한 모습이 보임과 동시에 들려온 음성에 채연의 입에 절로 환한 미소가 걸렸다.

"영민 씨!"

손을 흔들어 반겼다. 그 모습을 본 영민이 한달음에 뛰어와 여행용 캐리어를 내팽개치듯 놓고는 그녀를 품에 안았다. 이내 품에서 놓아준 그가 걱정 가득한 표정으로 그녀의 몸을 위아래로 살폈다.

"어때? 몸은 괜찮아? 불편하거나 아픈 데 없어?"

영민은 한 달 전, 사진촬영을 위해 해외로 장기 출장을 떠났다. 파리와 이태리를 거쳐 뉴욕으로 가 촬영을 한 후 작업을 마칠 예정이었다.

그가 떠난 지 닷새째 되던 날 채연은 급작스러운 구토 증세와 복통에 시달리다 새벽에 응급실로 실려 갔다. 진료 결과 급성 맹장염이었다. 급히 수술을 하고 일주일 정도 병원에 입원해 있었다. 소식을 전해 들은 찬희와 지수도 한달음에 달려와 마른하늘에 날벼락도 유분수지 멀쩡하던 애가 맹장이 웬 말이냐며 호들갑을 떨어댔다.

처음 이틀간은 태훈이 휴가를 얻어 병실을 지켰고, 그 후엔 개강 전이라 찬희와 지수가 번갈아가며 그녀와 함께 있어주었다. 찬희와 지수에게 절대로 신호나 규민에게 말하지 말아달라고, 두 사람이 알게 되면 영민도 알게 되니까 맹장 수술 이야기는 입 밖에 꺼내지도 말라고 신신당부를 했다. 해외출장 간 영민이 알게 되면 작업에 집중하지 못할 것이라며 입단속을 시켰건만 찬희가 연인인 신호에게 그만 입방정을 떨고 말았다.

예상대로 신호와 규민이 문병을 왔다. 채연은 영민과 함께 동업을 하고 있는 두 사람에게 맹장 수술한 것에 대해 영민에게는 비밀로 해달라고 간곡히 부탁하며 약속까지 했다. 하지만 그 약속은 지켜지지 않았다.

귀국하기 이틀 전, 뉴욕에서 마감 작업을 하고 있는 영민과 통화를 하다가 신호가 그만 말실수를 하는 바람에 채연이 그가 없는 동안 맹장수술을 받았다는 것을 알게 되었다.

얘기를 듣자마자 득달같이 채연에게 전화를 해 그런 일이 있었으면 진즉에 연락을 했어야 했다, 알았다면 일이고 뭐고 다 집어치우고 비행기를 탔을 거다, 얼마나 아팠느냐, 이젠 괜찮으냐, 아직은 조심해야 한다며 이미 완쾌된 그녀를 두고 내리 걱정을 해댔다. 다 나았다고, 아무렇지도 않다고, 영상통화로 제자리에서 활짝 웃으며 뛰는 모습을 보여주고 나서야 영민의 걱정스런 표정이 조금 풀렸다.

"괜찮다니까. 아주 멀쩡해."

채연은 일부러 활짝 웃었다.

"못 믿겠으면 다시 뛸까? 영민 씨 앞에서 펄펄 나는 거 보여줘야 믿겠어?"

"아냐. 힘들어. 다 나은 거 믿으니까 뛰지 마."

영민이 다시 그녀를 와락 안았다. 킁킁, 코로 숨을 들이마시며 냄새를 맡았다.

"한 달 만에 맡아본다."

"민망하게 냄새는 왜 맡아?"

"내 여자 향기가 너무 좋아서."

"그래 봤자 비누랑 샴푸 향기지 뭐."

"아냐. 너만의 향기가 있어. 이 향기는 나만 맡을 거야. 그러니까 아무도 못 맡게 해., 아니, 네 곁엔 아무도 얼씬거리지 못하게 해."

그녀의 목덜미에 코를 대고 영민이 연신 킁킁거렸다.

"못 말려 정말. 간지러워. 그만해, 영민 씨."

그제야 안았던 팔을 푼 영민이 그녀를 응시했다. 설렘과 감격이 뒤섞인 표정이었다.

"휴우, 보고 싶어 죽는 줄 알았네. 너 보니까 이젠 살 것 같다."

"일하러 갔는데 일을 해야지. 내 생각을 하고 있으면 어떻게 해?"

똑같은 마음이었지만 채연은 짐짓 아닌 척했다.

"어? 설마 일하러 간 사람이니 일이나 해라 하면서 내 생각은 까맣게 잊고 있었던 건 아니지?"

설마가 사람 잡는다는 속담도 모르나. 보고 있어도 보고 싶은 사람이 곁에 없는데 어떻게 생각을 안 하겠어? 시시때때로 보고 싶어서 파리로 이태리로 뉴욕으로 날아가고 싶었는데.

채연은 속내를 숨긴 채 일부러 심드렁한 표정을 지어 보였다.

"그럴지도."

그녀의 장난에 영민이 금세 서운한 표정을 지었다.

바보 같아. 농담인 줄 알면서.

입버릇처럼 그가 그녀를 훨씬 더 많이 사랑한다고 줄기차게 이야기하더니 그 말이 맞나 보다. 그녀의 농담 한마디에 한껏 밝았던 그의 표정이 흐려진 걸 보면.

"나도 당연히 보고 싶었지. 하지만 일하러 간 거니까…… 보고 싫은 거 참느라 나도 애먹었어."

"그랬을 줄 알았어. 우리 채연이가 날 보고 싶어 하지 않을 리가 없지."

"알면서 내 말을 믿었어?"

"믿기는. 그냥 속아준 척한 거지."

"정말?"

영민이 진지한 표정으로 고개를 끄덕였다.

"나한텐 항상 정채연이 일순위야. 그건 절대 변하지 않아, 언제 어디서든!"

영민이 그녀의 얼굴을 뚫어질 듯 바라보았다. 그의 진심을 대변하듯 그녀를 바라보는 그의 눈빛이 뜨거웠다.

"이렇게 보고 있어도 보고 싶은데……. 지난 한 달 동안 진짜 보고 싶었어, 채연아."

그의 커다란 두 손이 그녀의 작은 얼굴을 부드럽게 감싸 안았다.

"보고 싶을 때마다 전화하지 왜? 영민 씨가 하는 일에 지장만 없다면 난 아무 때든 상관없었는데."

한없이 따듯한 그의 눈빛을 보고 있자니 저절로 진심이 튀어나왔다.

"시도 때도 없이 보고 싶은데 어떻게 그때마다 전화를 해? 여기 밤 시간 대엔 곤히 자는데 깨우는 거 싫어서 참고, 낮엔 공부 방해할까 봐 또 이 악물고 참고……. 하루에 서너 번 네 목소리 듣는 거로는 성에 안 차지만 착한 애인 역할 하느라 죽어라 참는데, 진짜 죽겠더라. 마음 같아선 당장 티켓 끊어서 돌아오고 싶은데, 못했어. 아니, 안 했어. 책임감 없는 남자 네가 밥맛 없어 하니까. 너한테 멋진 남자로 보이는 게 내 영원한 미션이라 어쩔 수 없이 일 다 끝내고 온 거야, 내가."

영민은 늘 자기 감장을 주저 없이, 마음에 품은 그대로 다 표현한다. 하는 말도 그렇지만, 표정도 마찬가지다. 유일하게 그녀에게만 보여주는 모습인, 마치 장한 일을 했으니 칭찬을 해달라는 어린아이 같은 영민의 표정을 보며 채연은 웃을 수밖에 없었다.

"일 잘 마치고 멋진 남자로 돌아와 줘서 장해. 장한 일 했으니까 내가 상 줄게."

"상? 무슨 상?"

기대감으로 가득 찬 영민의 눈빛이 유난히 반짝였다.

채연은 까치발을 들고 살짝 뛰듯이 몸을 높여 영민의 뺨에 쪽 입을 맞추었다. 사람 많은 곳에서 스킨십을 스스로 하기는 처음이었다. 한 번도 그랬던 적이 없었기에 영민도 놀란 모양인지 눈이 한껏 커졌다.

연인이 멀리 떨어져 있는데 왜 보고 싶지 않을까. 채연 자신도 너무 보고프고 그리웠기에 영민의 마음을 잘 알았다.

한 시간 두 시간, 하루 이틀…….

시간이 쌓일수록 보고픔도 그리움도 물 먹은 솜처럼 무거워지고 성장판이 활짝 열린 아이처럼 쑥쑥 자라났다. 그래서 견디기가 더 힘들었다. 그녀가 그럴진대 자타공인 정채연병 환자인 영민은 오죽했을까.

그의 마음이 고스란히 느껴져 안 하던 짓을 했지만, 채연은 너무 쑥스러워 먼저 청사 출구 쪽을 향해 걷기 시작했다.

"채연아, 잠깐만!"

그제야 정신이 돌아왔는지 황급히 짐을 챙긴 영민이 다가와 그녀의 어깨를 길고 단단한 팔로 감싸 안았다.

"최고의 상이야."

"알아주니 고맙네요."

"진짜 고마워. 앞으로도 종종 부탁해."

"됐네요."

"에이, 그러지 말고 또 해주라. 응? 앞으로도 내가 상 받을 짓 많이 할게."

"치, 얼마나 용기가 필요한데……. 다음엔 다른 상 줄게."

빈말이 아니었다. 정말로 더는 못할 것 같았다. 어려서부터 엄마 없이 크는 애라는 소릴 듣지 않기 위해 남의 눈을 의식하며 살아와서 그렇기도 하거니와, 태훈으로부터 남의 눈살을 찌푸리게 하거나 남에게 피해를 주는 사람이 되면 안 된다는 교육을 받아온 영향이 컸다.

아무리 옛날보다는 많이 개방적이 되었다고 해도 아직도 우리나라는 공공장소나 사람들이 보는 데서 애정행위를 하는 걸 그다지 좋게 보지 않는 편이고, 영민이 하는 것만으로도 순순히 받아들이기에 충분히 버거운 그녀였다. 외국에서 오래 생활해 온 그의 자유로운 애정 표현을 완벽하게 차단할 수 없어 어쩔 수 없이 그냥 받아주고 있는 것뿐이었다. 아니, 그냥 놔두고 있다는 표현이 더 정확하다. 어쨌든, 그녀가 먼저 나서서 적극적으로 스킨십을 하는 것은 영민이 앞으로 보기 힘들 것이다.

"뭐든 처음이 어려운 거야. 테이프를 끊었으니까 이제부턴 종종 부탁합니다, 정채연 씨. 자주자주 해주면 더 좋고. 후후후.”

무엇을 상상하는지 훤히 알 수 있는 영민의 웃음이 채연의 귓속을 유난스레 간질였다.

“기대하지 마세요, 김영민 씨. 내가 임용고시 준비 시작한 거 적극 협조해 주느라 전화하고 싶은데 죽어라 참았다고 해서 오늘만 특별히 해준 거니까.”

“아니, 나 엄청 많이 기대할 거야. 공부 방해 절대 안 하고, 앞으로 칭찬 받을 일을 수도 없이 많이 할 거거든. 그래서 우리 채연이가 주는 달콤한 상 많이 받을 거야.”

그가 말대로 실천하리라는 걸 너무나 잘 알기에 채연은 더 이상 대꾸하지 않았다. 어설프게 대꾸를 하다 보면 그의 말에 엮여들어 달달한 계략에 넘어가게 된다. 이런 경우엔 침묵하는 게 나았다.

채연은 사랑하는 남자의 향기를 맡으며 출구를 향해 걸어갔다. 평생 함께할 연인과 나란히 걷는 기분은 언제나 참 좋다.

“여기야!”

청사를 나오니 막 은빛 SUV인 영민의 차에서 내리던 신호가 손을 들어 신호를 보내왔다. 영민이 자신의 차를 끌고 나와달라고 부탁을 한 모양이었다. 아니나 다를까, 이내 신호가 인상을 찌푸렸다.

“넌 동업자에 대한 예의도 없냐? 택시 타고 움직이면 될 걸 왜 바쁜 사람을 오라 가라 해?”

채연과 눈인사를 나누자마자 신호가 툴툴거렸다. 하지만 그의 툴툴거림 때문에 기분 나빠할 사람은 이 자리에 없었다. 영민이야 두말할 것도 없고, 채연도 신호의 툴툴거림이 액면 그대로의 의미가 아니라 고생했다는 말을 대신하는 그의 말버릇이고, 낯간지러운 말을 잘 못하는 성격이라 하는 소리라는 걸 익히 알고 있었다.

“하여간 말로 공 다 까먹는 놈이라니까. 야! 외국 그것도 한 나라도 아니고 세 나라를 돌면서까지 혼자 고생하다 온 사람 얼굴 보자마자 툴툴거리고 싶냐? 수고했단 인사 먼저 하는 게 동업자에 대한 예의 아냐?”

영민이 늘 하던 대로 말로 친구의 머리통을 쥐어박듯 말로 타박을 주었다.

“난 뭐 놀았냐? 스튜디오도 바빴어, 인마.”

“규민이한테만 촬영 맡기고 2박 3일씩이나 찬희 씨 지방 취재 따라갔다 온 거 다 아는데 어디서 헛소리야?”

“어? 너 그거 비밀인데 어떻게 알았어?”

영민의 대답을 듣기도 전에 신호가 채연을 바라보았다. 그녀가 일렀냐고 묻는 표정이었다.

“죄 없는 채연인 왜 봐? 예쁜 얼굴 닳을까 봐 나도 두 번 볼 거 한 번만 봐, 짜식아. 쳐다보지 마!”

“으이구 저 팔불출. 채연 씨가 아니면 누구야? 설마…… 규민이?”

“규민이 잡지 마, 인마.”

“그럼 누군데? 채연 씨도 규민이도 아니면 그거 아는 사람 없다니까!”

“너야, 너!”

“나? 내가 언제 너한테……? 너 외국 물 먹더니 거짓말에 물들어 왔냐? 나 아냐, 인마. 난 너한테 얘기한 적 없어!"

"범인 너 맞아, 인마! 자기 페이스북에 척하니 사진까지 올려놓은 주제에…… 사진마다 날짜까지 박혀 있었어, 아주 선명하게. 맹한 놈, 그래 놓고 감히 완전범죄를 꿈꿔?"

"아차차."

신호가 제 머리를 콩콩 쥐어박았다. 그 모습을 본 영민이 채연을 보며 씨익 승리의 미소를 지었다. 아웅다웅하는 것 같지만 속정이 깊은 두 사람의 사이를 알기에 채연은 새어 나오는 웃음소리를 감추지 않았다. 그녀의 작은 웃음소리는 몇 초 지나지 않아 두 남자의 호탕한 웃음소리에 묻혔다.

신호가 차에 짐을 싣고 트렁크를 닫는 동안 바람이 쌀쌀하다며 먼저 채연을 조수석에 앉힌 영민이 운전석 차 문을 열었다.

"나 스튜디오에 떨궈주고 갈 거지?"

"넌 택시 타."

"바쁜 시간 쪼개 차 끌고 와줬더니, 뭐? 택시 타? 그럴 거면 네가 처음부터 택시로 움직였으면 됐잖아!"

"3월이라도 아직 쌀쌀해. 맹장수술한 지도 얼마 안 됐는데, 우리 채연이 감기 걸리면 네가 책임질 거야?"

"열부 났다. 열부 났어! 열부문이라도 세워주랴?"

신호가 비꼬았다.

"생각 있음 세워주든지. 기왕이면 금으로 해주라."

"미쳤냐? 돈이 썩어나도 비싼 황금 거기다 안 쓴다. 정 원하면 나무로 세워주마."

"됐어, 인마. 썩은 나무 주워다 네 열부문이나 세워."

"후후후."

채연은 두 사람이 하는 양이 재미있어 절로 웃음이 났다. 하긴 규민까지 끼어 있었으면 더 볼만했을 것이다. 여느 남자들처럼 절친 삼인방이 늘 하는 티격태격은 말다툼처럼 보이지만 사실 그들만의 애정 표현이나 마찬가지였다.

"연애하는 놈이 센스하고는. 넌, 네 여자 택시 태워 여기저기 데리고 다니고 싶냐?"

"얼마나 다닐 데가 많아서? 기껏해야 그린하우스에나 들를 거 아냐?"

"남이야 어딜 가든 네가 상관할 바 아니지."

"그 남이 네 차 몰고 와줬거든?"

"그러니까 할 일 끝났으면 간만의 데이트 방해하지 말고 택시 타라고."

"모진 놈. 야, 싹퉁머리 밥 말아 먹은 놈아. 내가 더럽고 치사해서 택시 타고 간다, 가!"

"잘 생각했다. 그나저나 아무리 생각해 봐도 찬희 씬 성녀가 분명하다. 너같이 한심한 놈을 안 버리고 아직도 데리고 다니는 걸 보면."

"이 자식이 뉴욕물을 잘못 먹었나? 찬희가 눈이 얼마나 높은데 날 버려? 내가 뭘 어쨌다고! 나만큼만 하라 그래."

"헛소리할 시간 있으면 연애백서라도 보고 배워, 인마! 찬희 씨한테 버림받고 나서 울지 말고!"

어이없어하는 신호를 놔둔 채 영민이 아주 당당하게 차를 몰고 공항을 벗어났다.

조수석에 앉은 채연은 십여 분이 넘도록 운전하는 영민의 얼굴에서 시선을 떼지 못했다. 너무나도 보고 싶었던 얼굴이 그녀의 눈앞에 있다는 것이, 바로 옆에 앉아 있어서 작은 숨소리마저 들리는데도 이상하게 실감이 나지 않았다. 마치 꿈속에서 그를 보고 있는 것만 같았다.

붉은 신호등이 켜지는 것을 본 영민이 부드럽게 브레이크를 밟았다. 차가 멈춰 서자마자 그가 달콤한 미소로 그녀를 보며 숨을 깊게 들이마셨다.

"드디어 신호 녀석 냄새가 사라졌어."

"누가 들으면 신호 씨가 엄청 안 씻는 줄 알겠네. 신호 씨 결벽증 있는 거 아는 사람은 다 아는데."

"깨끗하고 더럽고의 문제가 아니야. 사람마다 각자 자신의 체향이 있으니까. 난 친구 냄새보단 내 여자 향기가 천만 배 더 좋아. 내 차에선 네 향기만 났으면 좋겠어. 네 향기가 나면 숨 쉴 때마다 기분이 좋아지거든."

그가 다시 또 깊은 숨을 들이마셨다. 아주 행복한 표정으로.

참 고마운 사람. 뭐든지 이해해 주고 배려해 주는 착한 연인. 더 많이 사랑하는 것을 행복해하는 아주 멋진 남자. 채연에겐 그런 이가 바로 영민이다. '이 사람이 바로 내 남자다!' 라고 자랑스럽게 외치고 싶은, 세상 무엇과도 바꿀 수 없는, 진짜 사랑스러운 애인이었다.

채연은 애정이 듬뿍 담긴 눈빛으로 자신을 바라보는 영민을 향해 환한 미소를 지어 보였다.

영민이 차를 몰고 도착한 곳은 그린하우스(Greenhouse) 주차장이었다.

그린하우스는 다향(多香)의 사치와 향연(香宴)을 맘껏 즐길 수 있게 해주는 카페였다. 채연과 영민이 처음이자 마지막 미팅을 했던 장소이자 두 사람이 처음 만났던 곳이 바로 이곳이었다.

영민이 한 손으로 그녀의 어깨를 감싸 안은 채 출입문을 열었다. 문 안쪽 상단에 매달린 풍경이 맑은 소리를 울리며 그들을 반겼다. 언제 들어도 사람의 마음을 말갛게 만들어주는 소리였다.

실내에 들어서자마자 콧속으로 스며드는 상큼 달큼한 꽃향기와 진한 커피향은 언제 맡아도 기분이 좋았다. 다채로운 향기에 온몸이 물드는 것 같았다.

인위적인 장식이 최대한 배제된 실내에는 중앙에 정원이 꾸며져 있고, 곳곳에는 커다란 백자 화병에 생화들이 한 아름씩 꽂혀 있었다. 유난히 꽃과 커피를 사랑하는 카페 사장 덕분에 탄생한 커피향 가득한 온실 같은 카페였다.

커피 맛과 향 또한 일품이고, 가격도 최고였다. 최고급 커피를 저렴한 가격에 마실 수 있게 해준, 털털한 성격과 해박한 지식을 갖춘 카페 사장인 장석의 인기도 만점이었다.

낯선 사람을 불편해하는 채연마저도 처음 이 카페에 온 날 웃으면서 이런저런 이야기를 나누었을 정도로 장석은 상대방을 무장해제시키는 매력이 있었다. 채연을 유별나게 좋아했던 장석이 그녀에게 조카로 삼을 테니 삼촌이라 부르라며 졸라댔고, 채연은 뭐에 홀리기라도 한 듯 장석의 요청에 응하고 말았다. 덕분에 영민도 그를 삼촌이라고 부르게 되었고.

두 사람이 카페 안에 들어서는 것과 거의 동시에 문이 열리고 장석이 들어왔다. 손에 들려 있는 비닐봉투를 보니 우유가 떨어져 근처 마트에서 사가지고 오는 길인 모양이었다.

"어? 왔어?"

"네, 삼촌. 그동안 잘 지내셨어요?"

"안녕하셨습니까?"

채연이 환하게 웃으며 장석에게 안부를 묻자 뒤이어 영민도 인사를 했다.

"나야 늘 잘 지내잖아. 잘 못 지낼 이유가 있어야 말이지. 속 썩이는 자식이 있는 것도 아니고 바가지 긁는 마누라가 있는 것도 아닌데."

독신이라는 것이 무슨 훈장이라도 되는 것처럼 장석이 어깨까지 쫙 펴 보였다.

"치, 세상에 속 썩이는 자식만 있는 것도 아니고 바가지 긁는 마누라만 있는 거 아니거든요? 결혼 못한 걸 자랑처럼 얘기하면 속이 좀 편해져요?"

"결혼 안 한 게 흉이 되는 것만도 아니지. 내가 혼자 살겠다는데 누가 뭐랄 거야? 음하하하."

채연의 통박에도 여느 때처럼 장석이 꿋꿋하게 털털한 웃음을 날렸다.

"그나저나 영민이가 출장 가면 넌 왜 발을 끊는데? 혼자 와서 얼굴도 보여주고 수다도 떨어주고 그러지, 꼭 세트로 다녀야 해?"

"우리야 당연히 세트죠. 영원히 떨어질 수 없는 세트."

채연이 대꾸할 틈도 없이 영민이 대신 대답을 했다.

"이거 원 사십대 노총각 서러워서 살겠나. 눈꼴시지만 우리 채연이한테 잘하는 것 땜에 내가 봐준다, 봐줘. 음하하."

장석 특유의 호방한 웃음소리가 그린하우스를 가득 채웠다.

"우리 채연인 그새 더 예뻐졌네?"

"삼촌, 볼 때마다 예뻐진다고 하시는 건 인사말이 궁해서 그러는 거죠?"

"인사말이 궁하다고 미워지는 걸 예뻐진다고 할 수 있어? 볼 때마다 예뻐지는 걸 어쩌라고? 그 소리 듣기 싫으면 볼 때마다 미워지든가."

"우리 채연인 태어나기 전부터 예뻤습니다. 평생 미워질 일 없어요."

채연은 정색하고 말하는 영민의 옆구리를 민망한 표정으로 살짝 쳤다.

"영민 씨, 농담을 다큐로 받으면 어떻게 해?"

영민이 '사실인데 뭐.' 하는 얼굴로 그녀를 보았고, 안 그래도 민망했던 터라 얼굴이 발갛게 물들었던 채연의 얼굴은 더더욱 빨개졌다. 그 모습이 장석의 웃음소리를 한층 더 커지게 만들었다.

"음하하하. 놔둬. 영민이 저러는 게 어디 한두 번이야? 하도 리플레이돼서 나도 이젠 완전히 적응됐어. 식당 개 삼 년이면 풍월을 읊지만 난 삼 년 만에 오글대는 소리도 아무렇지 않게 들리는 귀를 갖게 됐다고. 자, 이제 그만 서 있고 자리에 가서 앉아. 원두 새로 갈아서 커피 맛있게 내려줄 테니까."

장석이 서둘러 커피를 내리러 가자 영민이 이곳에 올 때면 항상 앉았던 'Romantic dream'이라 불리는 자리로 채연을 에스코트

했다.

로맨틱 드림은 카페 안 한쪽에 창문과 낮은 꽃담으로 둘러싸인 특별한 홀이었다. 사실 홀이라고는 해도 연인들이 데이트를 즐길 수 있게 장석이 특별히 신경 써서 일부러 작게 만든 홀이라 꽃담 안에는 달랑 녹색 테이블 하나와 의자 두 개만 놓여 있는 곳이었다.

채연은 로맨틱 드림이 아주 마음에 드는데 다른 사람들은 그다지 좋아하지 않는 모양인지 신기하게도 이곳에 올 때마다 비어 있었다.

"참 이상해. 로맨틱 드림은 나만 좋아하나 봐."

"왜 너만 좋아해? 나도 엄청 좋아해!"

정색하는 영민을 보며 채연은 피식 웃었다. 그녀가 좋아하는 건 뭐든 다 좋아하는 그인데, 그녀 자신만 좋아한다고 말했으니 발끈하지 않는 게 오히려 비정상이었다.

"미안, 정정할게. 이 자린 우리만 좋아하나 봐. 아무래도 그런 것 같아."

"왜 그렇게 생각해?"

"올 때마다 비어 있잖아. 그게 하도 이상해서 원래 로맨틱 드림엔 손님을 안 받는 게 아니냐고 삼촌한테 물어본 적도 있어. 장식용으로 만들어놓은 곳 아니냐고."

"그랬더니 뭐라고 하셔?"

"카페에서 사람이 앉지 못하는 자린 죽은 공간이라고. 삼촌은 죽은 공간 싫어하신대."

"삼촌다우신 대답이네."

"혹시 말이야. 삼촌 전용공간 아닐까? 사람들은 대부분 자기만의 공간을 갖길 원하잖아. 그런 것처럼 삼촌도 자신만을 위한 전용공간으로 만들어놓으신 건데 우리가 앉는 거면 어떡해? 우리가 민망해할까 봐 앉지 말라고 말 못하시는 거면 진짜 죄송한데. 지금이라도 여쭤볼까?"

"만약 그런 거라면, 그 성격에 여태 아무 말씀 안 하셨겠어? 당장 앉지 말라고 하셨겠지. 게다가 이 자린 삼촌하고 어울리지도 않아. 삼촌도 그걸 아시니까 여기 안 앉으시는 걸 테고."

"하긴, 삼촌이 여기 앉아계신 거 한 번도 못 봤네. 그럼 왜 항상 아무도 안 앉아 있을까?"

"우리가 안 올 땐 누군가가 앉겠지. 우리가 운이 좋은 것일 수도 있고."

영민이 지나가는 말처럼 얘기했다. 채연은 항상 그 점이 궁금했는데 그는 그렇지 않은 표정이었다.

장석이 덩치에 어울리지 않게 소리도 없이 와서는 커피 두 잔과 그가 직접 만든 호두파이를 담은 접시를 테이블 위에 내려놓았다. 아주 맛있게 구워진 호두파이였다.

"와! 이 호두파이 직접 만드신 거예요?"

"당연히 내가 만들었지. 호두를 듬뿍 넣었더니 맛이 아주 죽여. 내가 손이 두툼하니 산도적처럼 생겼지만 손맛 하난 끝내주잖아."

냄새를 맡아보니 시나몬 향과 흑설탕의 달콤한 향이 어우러져 입안에 군침이 돌았다. 장석의 말대로 일반 제과점에서 파는 호두파이와는 비교도 안 될 정도로 호두가 많이 들어가 있었다.

"고맙습니다. 잘 먹을게요."

호두파이를 보며 감탄하는 그녀를 보며 미소 짓던 영민이 장석에게 감사 인사를 건넸다.

“무사 귀환한 기념으로 주는 선물이야. 맛있게 먹어주기나 해.”

“진짜 맛있어 보여요. 감사해요, 삼촌. 그런데 이제 카페에서 파이도 팔아요?”

“아니. 오늘만 특별히 구웠어.”

“오늘 무슨 날이에요?”

“무슨 날이긴 무슨 날이야? 우리 채연이가 날 보러 온 날이고 영민이가 출장에서 돌아온 날이지.”

“네? 그게 무슨……?”

입구 쪽 테이블에서 그를 찾는 소리가 들리는 바람에 채연은 말을 맺지 못했다.

“손님이 부릅니다. 얼른 가보세요.”

“간다, 가!”

영민의 재촉에 장석이 자리를 떴다. 입구 쪽의 테이블을 향해 걸어가는 장석의 뒷모습을 보며 채연은 고개를 갸웃했다.

분명 영민 씨가 출장에서 오늘 온단 소리를 한 적이 없는데, 이곳에 오겠다고 미리 연락도 안 했고. 그런데 어떻게 특별히 파이를 구우셨다는 거지?

“그만 생각해. 그냥 듣기 좋으라고 하신 소린데 뭘 그렇게 열심히 생각해?”

“어? 어떻게 알았어?”

“얼굴에 다 쓰여 있습니다, 정채연 씨.”

“정말?”

"정말이지 그럼. 자기 여자가 무슨 생각을 하는지도 알아채지 못하면 남자 친구 자격 없는 거 아냐?"

영민은 싱글싱글 웃으며 호두파이를 조금 떼어서 채연의 입에 넣어주었다. 오물오물 파이를 먹는 입술이 너무나 예뻤다. 영민은 그 예쁜 입술에 미치도록 키스를 하고 싶었지만 애써 참으며 다시 호두파이 한쪽을 떼어 그녀의 입에 쏘옥 넣어주었다.

"내가 참 야박한 편이지?"

갑작스러운 채연의 말에 영민은 마시던 커피잔을 테이블 위에 내려놓았다.

"야박한 편이라니? 뭐가?"

"애정 표현 같은 거."

영민은 피식 웃었다.

"농담 아닌데."

"농담으로 생각해서 웃은 거 아냐. 그냥 네가 너무 진지하게 말하는 게 귀여워서 웃은 거지."

"치, 뭐든지 다 귀엽대."

"귀여우니까. 내 눈엔 네가 뭘 해도 귀여워. 그리고 예쁘고 사랑스러워."

"영민 씨가 너무 자주 그런 말 하니까 이젠 립 서비스처럼 들려."

"난 립 서비스 같은 거 안 하는 거 알잖아. 내 마음 그대로 얘기하는 거니까 내가 하는 말은 그냥 무조건 믿어주세요."

"치. 가끔 보면 진짜 선수 같아. 멘트 하나하나가 오글오글. 으으으."

그녀가 팔에 소름이 돋아난 것 같은 시늉을 하며 손으로 쓰다듬자 영민이 소리 내서 웃었다. 청량한 바람 같은 그의 웃음소리가 그녀의 심장을 간질이며 살랑살랑 흔들어댔다.

채연은 조금 전 그가 키스하고 싶어 한다는 것을 눈치챘었다. 눈빛만 봐도 그가 뭘 원하는지 아는데, 그녀가 사람들이 있는 곳에서 애정 표현 하는 걸 꺼려하는 걸 알기에 영민이 애써 참는다는 걸 왜 모를까.

사실 공항에서 그의 뺨에 뽀뽀를 한 것도 채연에겐 어지간한 용기로는 할 수 없는 일이었다. 그런데 조금 전 영민의 뜨거운 눈빛이 무엇을 의미하는지 깨닫는 순간 키스하고 싶은, 말도 안 되는 충동을 느꼈었다. 연인들은 서로 닮아간다더니 그동안 조금씩 그에게 물들어가고 있었나 보다. 아직은 그처럼 자유롭게 애정 표현을 할 용기가 없지만.

"많이 표현 못해줘서 미안해, 영민 씨. 그리고 애정 표현이 부족한 거 이해해 줘서 고마워."

"내가 좀 과한 편이지 네가 부족한 게 아냐. 내가 원래 너한테만큼은 무지막지하게 욕심꾸러기잖아. 같이 있어도 그리워하고 보고 있으면서도 또 보고 싶어 하고……. 그래서 그런 거니까 신경 쓰지 마. 넌 항상 나한테 충분하게 해주고 있어. 아니, 나한텐 늘 넘쳐."

"치, 부족한 거 내가 다 아는데 맨날 충분하대."

"빈말 아냐. 정말로 충분해."

이번에는 그녀가 피식 웃었다.

"왜 웃어, 난 진심인데?"

"알아, 진심인 거."

"그런데 왜 웃어?"

"늘 똑같은 반응을 보이는 영민 씨가 재밌어서."

"내가 좀 과하게 재밌는 놈이긴 하지."

"후후후."

채연은 소리 내서 웃었다. 진지한 얼굴로 농담을 하는 모습이 귀엽기도 했지만, 그녀에겐 늘 충분하다고 하면서 스스로를 과하다고 말하는 그가 너무나 사랑스러웠다.

"네가 내 여자여서 내가 얼마나 행복한지 알지?"

"내가 더 행복해, 영민 씨가 내 남자여서."

"다행이다, 우리 둘 다 행복해서. 앞으로 더 행복하게 해줄게. 아니, 우리 많이 많이 행복하자."

영민이 그녀의 손을 맞잡았다. 잡힌 손으로 전해져 오는 그의 따뜻한 체온에 채연은 심장이 따끈따끈 데워지는 느낌이었다. 그리고 그 심장이 속삭이는 것 같았다. 지금도 더할 수 없이 행복하다고.

2

긴 출장에서의 피로가 풀릴 겨를도 없이 이틀 연속으로 만나 시간을 보냈고, 어제도 밤이 늦어서야 귀가한 영민이었다. 조금이라도 더 쉬게 하고 싶어 굳이 집 앞까지 데리러 오겠다는 영민에게 그러지 말라고 했지만 그가 말을 듣지 않았다.

"백화점에서 만나도 된다니까."

채연은 일부러 새쭉하게 말했지만, 그녀를 보자마자 차 옆에 서서 그녀를 바라보는 영민의 얼굴에 그려졌던 환한 미소가 지워지기는커녕 오히려 아주 귀여워 죽겠다는 표정이었다.

"조금이라도 더 같이 있고 싶어서 그럽니다. 뭘 해도 귀여운 정채연 양, 얼른 차에 타세요."

영민이 듣는 사람의 심장이 오글거리는 말을 아무렇지도 않게 하더니 채연을 조수석 앞까지 데려갔다. 차문을 열고 그녀를 안게 하고는 안전벨트를 직접 매준 후에야 그가 운전석에 앉았다.

"자, 출발합니다!"

익숙하게 골목을 빠져나간 영민의 은빛 승용차가 차도를 가득 메운 차들과 합류했다.

"어머님하고 아버님께서 뭐라고 안 하셨어? 이틀 내리 너무 늦게 가서 내내 마음이 쓰였는데…… 혹시 부모님은 제쳐 두고 나하고만 시간 보낸다고 뭐라고 안 하셨어?"

"우리 엄마 아버지 내가 정채연병 환자인 거 다 아시잖아. 당연히 뭐라고 하실 리가 없지."

"그래도…… 서운하셨을 것 같아."

"공항에 도착해서 통화했을 때 아버지께서 먼저 그러셨어. 채연이 못 봐서 병났을 게 빤하니까 치료 차원에서 데이트 실컷 하고 오라고. 물론 엄마도 오케이 하셨고. 어제도 너 원없이 보고 오라고 하셨고, 난 엄마 아버지께서 하신 말씀을 충실히 지켰을 뿐이야. 그런데 왜 서운하시겠어? 오히려 말 잘 들었다고 날 칭찬해 주셔야지."

이래 봬도 난 진짜 효자라고! 그녀를 바라보는 영민의 얼굴에 그렇게 쓰여 있었다.

채연은 다행이다 싶으면서도 혹여 그녀가 신경 쓸까 봐 영민이 둘러대는 것은 아닐까 싶어 마음이 불편했다.

"부모님께 허락 받았다고 미리 얘기 좀 해주지. 난 그것도 모르고 밤새 걱정했잖아."

"내가 안 가면 안 가도 되는구나, 그렇게 생각할 줄 알았어. 너무 내 식대로 생각했나 봐. 미안해, 걱정하게 해서. 다음부턴 조심

할게.”

“영민 씨가 미안해할 일은 아닌데……. 솔직히 난 가끔 어머님 아버님께서 날 싫어하시게 될까 봐 겁나고 걱정돼. 영민 씨가 너무 내 위주로만 생각하고 행동해 주니까.”

“이보세요, 정채연 씨. 그대의 남친은 절대로 그대 욕먹게 안 만듭니다. 미움 받게는 더더욱 안 하고. 내 여잔 내가 지켜요. 다시는 괜한 걱정하느라 맘고생하지 마세요.”

영민이 빙글빙글 웃으며 농담처럼 말했지만 채연은 알고 있었다. 그의 말이 진심이라는 것을. 자신이 한 말은 반드시 지키는 사람이라는 것도.

“난 너랑 있는 게 쉬는 거야. 너하고 있으면 피곤이 싹 풀려. 넌 내 힐링제거든. 나도 너한테 힐링제가 되고 싶고.”

“나한테도 영민 씨가 힐링제야. 세상에서 제일 효과 좋은 힐링제.”

“정말이야?”

“당연히 정말이지. 누구처럼 나도 빈말 안 하는 사람이거든?”

“그렇지. 우리 채연이도 말을 안 하면 안 했지 빈말은 안 하지.”

영민은 백화점 지하주차장으로 차를 몰아 반듯하게 주차를 한 후 채연의 어깨에 팔을 둘러 감싸 안듯 하고는 엘리베이터로 향했다.

“나 결심한 게 있어.”

“결심? 무슨 결심?”

“정채연과 함께 갈 수 없는 출장은 절대 안 간다! 지방이든 해외든 아무 데도 안 갈 거야.”

"말도 안 돼. 어떻게 그래?"

"네 옆에 있고 싶어서 유학도 안 갔는데 출장 정도 안 가는 거야 우습지. 네가 졸업할 때까지 출장 가는 건 신호나 규민이한테 맡길 거야. 난 스튜디오 작업만 하고."

S대학 사진과의 전설이라 불리던 복학생 삼인방인 영민과 신호, 규민은 졸업하자마자 함께 자금을 모아 스튜디오를 차려 동업을 시작했다. 투자액이 만만치 않았지만 셋이 공평하게 출자해 처음부터 번듯하고 규모도 꽤 큰 스튜디오를 연 것이다. 장기적으로 볼 때 작게 시작해 자꾸 스튜디오를 넓혀 옮기는 것보다 그게 더 낫다고 생각했기 때문이었다.

당연히, 처음 1년 정도는 일거리가 많지 않았다. 하지만 처음부터 그것을 염두에 두고 자금 준비를 했었고, 적자로 인해 추가로 투입해야 하는 액수도 제법 컸지만 다들 재력이 상당한 집안의 아들들이라 스튜디오를 운영하는 데 별 어려움은 없었다. 게다가 이미 자리를 잡은 선배들도 인정하는 실력들을 갖췄던 터라 제법 큰 규모의 작업에 참여할 수 있는 기회도 얻게 되었고, 이젠 선배들의 도움 없이도 세 사람의 실력을 믿고 일을 맡기는 클라이언트들도 많아졌다. 그 덕분에 단기간에 성공신화를 이룬 그들의 이야기가 세간에 많이 알려져 각종 잡지에도 소개가 될 정도였고, S대학 사진과에 또 하나의 전설을 만들고 있는 중이었다. 아니, 사진과 후배들에게는 이미 워너비로 전설이 되어 있었다.

"나 때문에 영민 씨 일 지장 받는 거 싫은데……."

"내가 출장 안 가는 것 때문에 일에 지장 받을 거 없어. 스튜디오 작업도 많으니까. 그것만 잘해도 이젠 스튜디오 운영에 아무 문제없어. 출장 갈 일 있으면 신호하고 규민이 보내면 돼. 뭐, 걔들도 출장 가기 싫다고 하면 스튜디오에서 할 수 있는 작업만 맡으면 되고."

"그래도……."

영민과 헤어져 있는 시간 동안 그녀라고 왜 그가 보고 싶지 않을까. 하지만 남자한테 일은 연인만큼이나 중요하다. 더구나 그녀는 교사가 되기 위해 임용고시를 볼 생각으로 시험에 필요한 공부를 본격적으로 시작한 몸이었다.

교사가 되면 방학 때 외에는 시간을 내기 힘든데, 앞으로 그녀와 함께 가지 않는 출장은 아예 가지 않겠다니!

조금이라도 더 좋은 사진을 찍기 위해서라면 아프리카 오지에라도 가야 한다고 주장했던 그였다. 채연은 그런 그의 발목을 잡는 존재가 되는 것은 원하지 않았다.

"영민 씨, 될 수 있으면 좋은 사진 찍고 싶다고 했잖아."

안타까운 눈빛으로 자신을 바라보는 채연의 두 뺨을 커다란 손으로 감싸 안은 영민은 쪽, 소리를 내며 짧게 입을 맞추었다. 그리고 두 동공 속으로 빨아들일 듯 그녀를 응시했다.

"채연아, 너 없는 난 이 세상에 없어. 너도 그렇잖아. 너도 내가 있어서 행복하잖아."

"물론 그래. 그런데 영민 씨……."

"우리가 함께 있을 수 있는 일이라면 뭐든지 내가 다 해. 너한테 가는 것도 내가 가고, 너와 함께 있을 수 있는 방법도 내가 찾아."

"나 때문에 유학도 포기했는데…… 그러지 마. 좋은 사진을 찍기 위해서인데 출장은 가야지. 영민 씨가 자꾸 자기한테 좋은 일 포기하고 날 위해 양보하고 희생하면 내가 너무 미안해지잖아."

말도 안 된다는 표정으로 채연을 바라보던 영민이 그녀의 코끝을 검지로 튕기듯 살짝 건드리며 웃었다.

"귀여워 죽겠네. 이보세요, 세상에서 제일 예쁘고 착한 정채연 양. 네가 날 사랑하는 것만으로도 난 너한테 충분히 받고 있어. 아니, 넘치게 받고 있어. 사랑, 기쁨, 행복…… 내가 이 세상에서 받을 수 있는 모든 것을 네 덕분에 다 받고 있는데 네가 왜 미안해해? 그깟 유학 안 간 게 포기한 거야? 뭐 하러 그런 걸 담아두고 있어? 네가 가지 말라고 한 것도 아니고, 네 옆에 있고 싶어서 내가 안 간 것뿐인데."

"……."

울지 않으려고 애를 썼는데 기어이 그녀의 두 눈에 눈물이 차오르기 시작했다.

"외국에서 공부 안 해도 나, 사진 꽤 잘 찍어. 그거 몰라?"

"……알아. 영민 씬 유능한 사진작가야."

"그래. 네 말대로 난 유능한 사진작가야. 그러니까 장소나 배경 따위 중요하지 않아. 스튜디오에서 좋은 사진 찍으면 돼. 난 스튜디오에서도 얼마든지 좋은 사진 찍을 수 있어. 괜한 걱정 하지 말고 조금도 미안해하지 마. 응?"

"……응."

영민이 출장 갔을 때 그녀가 맹장수술을 했던 게 얼마나 마음에 걸렸으면 저런 말을 할까. 이미 수술도 했고 회복도 다 된 상태임에도 불구하고 아플 당시 옆에 없었던 것 때문에 애타했을 그였다. 타국에서 안타까워하며 안절부절못했을 그의 심정이 느껴져 채연은 아무런 말도 못한 채 영민을 바라보기만 했다. 그런 그녀를 오해했는지 영민의 표정이 더더욱 진지해졌다.

"채연아, 나한텐 네가 가장 소중하고 네가 가장 중요해. 조금 더 좋은 사진 백만 장 찍는 것보다 네가 날 필요로 할 때 네 옆에 한 번 있어주는 거, 그게 난 더 행복해. 무엇보다 난 네가 있어야만 행복한 놈이야. 좋은 사진 찍었을 땐 성취감을 느끼지만, 너와 함께 있을 땐 세상에서 제일 행복한 사람이 된 기분이거든."

연인에게 들을 수 있는 수많은 말들 중에서 이보다 더 감동스러운 말이 있을까. 그녀가 그 옆에 있어주는 것만으로도 세상에서 가장 행복한 사람이 된다는 영민의 말이 채연의 가슴을 벅차게 만들었다.

채연은 알았다고, 내 마음도 그렇다는 말 대신 눈물 가득 찬 두 눈에 그를 담은 채 고개를 끄덕여 보였다.

"네가 수술 받았단 얘길 전해 듣는 순간 미쳐 돌아버릴 뻔했어. 얼마나 지옥 같았는데…… 다신 그런 순간 겪고 싶지 않아. 다신 네가 아플 때 네 옆에 있어줄 수 없는 일 따윈 만들지 않을 거야."

채연은 당장이라도 내가 다 그만두고 당신 뒤만 졸졸 따라다닐 테니 좋은 사진을 찍기 위해서라면 지구 끝 어디라도 상관없으니까 함께 가자고 말하고 싶었다. 하지만 그 말을 할 수가 없었다.

"내가 교사가 되면…… 같이 출장 못 갈 텐데……."

아이들을 가르치는 훌륭한 교사가 되는 것. 어렸을 때부터 꾸어왔던 그녀의 장래 희망이기도 하거니와 자신을 낳아준 어머니 미애가 못 이룬 꿈이자, 하나밖에 없는 딸에 대한 아버지 태훈의 소망이기도 하다.

영민을 위해서 교사를 포기하겠다는 말이 입 밖으로 나오지 않았다. 채연은 자신의 이기심을 버리지 못한 채 에둘러 말하는 스스로가 아주 작게 느껴졌다. 대놓고 난 내 꿈을 이룰 테니 당신은 스튜디오 작업만 하라고 말하는 것보다 훨씬 더 비겁하다는 생각에 절로 코끝이 시큰해졌다.

"나…… 그냥 졸업하고 집에 있을까 봐."

"무슨 소리야? 절대 안 돼."

"……."

"난 네가 학교에서 학생들을 가르치는 모습 보고 싶어."

그녀의 마음을 편하게 해주기 위해 하는 말이 아니라 그의 진심임을 알기에 채연의 가슴이 더 뭉클하고 아렸다.

"정채연 선생님. 참 잘 어울려, 어감도 좋고. 네가 교단에 서면 아버님께서 무척 좋아하실 거야. 하늘에서 지켜보시는 어머님도 내 딸 대견하다 그러실 거고."

"그러…… 시겠지."

"그러니까 딴생각하지 마. 나한테 맞출 생각 하지도 말고. 내가 너한테 맞춰줄 거야. 너한테 다가가고 너한테 맞춰주는 게 내 행복인데, 내 행복을 빼앗으면 안 되지."

다가가고 맞춰주는 게 행복이란다. 그런 남자가 내 남자다. 그래서 그녀도 행복했다.

채연은 고개를 끄덕이는 것으로 마음속에 담고 있던 미안함을 조금은 덜어냈다. 그의 사랑과 배려로 인해 그녀가 행복한 것으로 영민이 행복하다면 그것으로 충분하다고 위안을 삼으며.

두 사람은 막 문이 열린 엘리베이터 안으로 들어갔다. 영민이 손을 뻗어 태훈의 생일선물을 사기 위해 남성복 코너가 있는 숫자

'8' 버튼을 눌렀다. 마주 보는 두 연인의 사랑스런 미소가 좁은 공간을 가득 채웠다.

스르륵, 엘리베이터 문이 닫혔다.

이번 태훈의 생일만큼은 영민이 풀코스로 대접하겠다고 했다. 부담을 주는 것 같아 선물만 준비하라고 했지만 그가 고집을 피웠다. 딸의 애인이라는 이유만으로 자신을 아들처럼 대해주시는 아버님에 대한 아주 약소한 답례라면서.

백화점 근처에 있는 유명 베이커리에 들러 영민이 출장을 가기 전에 특별히 맞춤 주문을 부탁했던 생일케이크를 찾아 들고 만월로 향했다.

보름달을 뜻하는 만월은 유명 인사들이 중요한 회동을 할 때 종종 애용하는 곳으로 이름난 한정식당이었다.

고궁처럼 지어진 건물과 잘 꾸며진 넓은 정원으로도 소문이 자자했지만, 전통 한식과 퓨전 한식을 함께 맛볼 수는 소문난 맛집으로 정평이 나 있었다. 외국의 유명 잡지마다 한국을 방문하면 꼭 찾아가 봐야 할 식당 1위로 만월을 지목할 정도였다.

워낙 손님들이 많아서 만월의 룸은 예약하기가 쉽지 않았다. 그런데 영민이 해외출장을 가기 전에 미리 예약을 해놓은 것이다.

조금 늦다 싶은 저녁 시간임에도 불구하고 만월의 홀은 소문난 식당임을 입증하듯 이미 손님들로 가득 차 있었다.

채연은 영민과 함께 단아한 개량한복을 입은 종업원의 안내를 받으며 예약된 국화룸을 향해 걸어갔다.

"아버지!"

반색하는 영민의 시선이 머문 곳에 그의 부친인 김진욱 교수가 인자한 미소를 짓고 서 있었다. 식사 중에 반주(飯酒)도 곁들였는지 김 교수와 곁에 서 있는 최장수 교수의 얼굴에 보기 좋을 만큼의 홍조가 번져 있었다.

채연은 김 교수와 자주 만나서 식사도 하고 차도 마시며 대화를 나누던 사이였다. 하지만 최 교수는 얼굴과 이름, 간단한 이력 정도는 익히 알고 있었지만 직접 만난 적은 한 번도 없었다.

최장수 교수는 원래 모교인 S대학의 법학과 교수로 최근 3년간 영국의 유명 대학에 교환교수로 가 있었다. 그러다가 올초에 다시 S대학으로 복귀했다고 했다.

최 교수가 김 교수의 죽마고우라며 영민이 가끔 그의 소식을 전해주곤 했다. 그래서 그런지 초면인 최 교수가 그다지 낯설지 않게 느껴졌다.

채연은 영민과 함께 룸으로 향하는 입구 근처에 서 있는 두 교수에게 다가갔다. 채연과 영민이 인사를 하자 두 교수가 반가워하며 인사를 받았다. 이어 서로의 근황에 대한 이야기가 짧게 오고 갔다.

"허구한 날 채연이 채연이 노랠 부르는 영민이 덕에 우리 채연이의 근황은 내가 늘 꿰고 있어. 아버님께선 안녕하시지?"

김 교수가 넉넉한 미소로 태훈의 안부를 물었다.

"네, 덕분에요."

"오늘 생신이신데 아침에 미역국은 끓여 드렸어?"

"네."

"언제 시간 내서 한 번 봬야 하는데……. 말만 하고 정작 못 뵀네. 조만간 약속 잡아서 이번엔 진짜 뵙도록 하자고."

"네. 아버지도 뵙고 싶다고 하셨어요."

"나 또한 무척이나 뵙고 싶다니까. 어떻게 채연일 이렇게 예쁘게 키우셨는지 여쭤보고 싶기도 하고. 하하하. 아, 참! 나도 영민이 엄마도 생신 축하드린다고 꼭 전해 드려."

"감사합니다. 꼭 전해 드릴게요."

채연은 아들의 여자 친구 아버지의 생일 인사까지 챙기는 김 교수가 고마워 감사 인사와 더불어 환한 미소를 보탰다.

"영민이 오랜만에 보는데 시간이 되면 정자에 앉아 잠깐 얘기나 좀 할까? 옆에 서 있는 참한 아가씨도 같이 말이야. 이래저래 궁금한 게 아주 많아서 그래."

"선약이 있어서 온 건데 얘긴 다음에 하지."

곤혹스러워하는 채연과 영민을 대신해 김 교수가 나섰다.

"어허, 누구 병나는 꼴 보고 싶어 그러나? 궁금한 거 참으면 병되는 사람이잖나, 내가. 어때요, 채연 양의 허락이 있어야 영민이가 움직일 것 같은데, 시간 좀 내줄 수 있어요? 내가 귀국한 지 얼마 안 돼서 우리 영민일 한참 동안 못 봤거든. 무리가 안 된다면 아가씨가 이해를 해줬으면 좋겠는데. 안 되겠어요?"

채연은 난감해서 옆에 서 있는 영민을 바라보았다.

"잠깐만. 아버님께서 일찍 와 계신지 알아보고 올게."

영민이 멀찌감치 서서 대화가 끝나길 기다리고 있던 종업원에게로 가 몇 마디의 말을 주고받고는 한결 가벼운 걸음으로 채연이 서 있는 곳으로 와서 바짝 붙어 섰다. 그녀가 편하게 의사 표시를 할 수 있게 해주기 위해서였다.

"아직 안 오셨대. 오시면 정자로 와서 얘기해 주기로 했어."

"그럼 최 교수님 부탁 들어드릴 수 있겠네."

"네가 불편하면 거절해도 돼. 최 교수님껜 내가 잘 말씀드릴게. 다음에 네가 편하다고 생각될 때 그때 다시 자리를 만들어도 되니까."

"나 때문에 영민 씨가 불편해지는 거 싫어."

"내가 왜 불편해? 난 상관없어. 나한텐 네 의견이 제일 중요해."

진심이었다. 영민은 자신이 사랑하는 여자를 위해서라면 뭐든지 할 수 있다. 반대로 채연을 불편하게 하는 상황을 만들거나 그녀가 싫어하는 일 따윈 아무것도 하지 않겠다고 결심한 터였다. 처음 미팅에서 만난 채연이 자신의 손을 잡고 따라나선 순간부터 지금까지 쭉 그래 왔고, 앞으로도 그에게 여자는 오직 정채연 한 사람뿐일 테니까.

"나, 괜찮아. 아버지 오실 때까지만 얘기해."

"낯선 사람하고 같이 있는 거 많이 어색해하잖아. 괜찮겠어?"

"괜찮아. 최 교수님이랑 단둘이 만나는 것도 아닌데 뭐. 김 교수님께서 옆에 계시고, 무엇보다 영민 씨가 내 옆에 있잖아."

"정말? 정말 괜찮아?"

"응. 괜찮아. 걱정 안 해도 돼."

"진짜지?"

"응. 진짜야."

채연이 괜찮다는 것을 재차 확인한 후에야 영민은 안심이 되었다.

"폭 빠졌군, 빠져도 아주 풍덩 빠졌어. 누가 김 교수의 아들 아니랄까 봐 하는 짓이 똑같군. 아주 똑같아. 완벽한 부전자전이야.

하하하하."

속삭이듯 대화를 나누었는데도 둘이 나누는 이야기가 들렸는지 최 교수가 웃음을 터뜨렸다.

"흠흠. 쉰소리 말고 얼른 나가자고. 애들이 잠깐은 시간 낼 수 있는 것 같으니까."

여자한테 푹 빠지는 게 나쁜 짓도 아닌데, 아들과 아들의 연인 앞에서 자신의 연애사가 들통나서 민망한 모양인지 김 교수가 멋쩍은 미소로 채연을 보더니 웃음을 끊지 못하는 최 교수를 끌고 가듯이 입구로 향했다. 그 모습을 본 영민의 입에서 풋, 웃음이 흘러나왔다.

"빨리 나가자. 아버님 오시기 전에 두 분 보내 드려야지."

영민은 툴툴거리는 채연이 너무 사랑스러워 새하얀 볼에 재빨리 입을 맞추고는 작은 손을 꼬옥 잡았다. 그리고 두 교수가 나가는 바람에 흔들림의 잔영이 남아 있는 식당 건물 출입문을 향해 빠른 걸음으로 걸어갔다. 행여 채연이 손님들과 부딪힐세라 긴 팔로 방어막을 쳐주면서.

채연은 영민과 함께 만월 건물 밖으로 나왔다. 김 교수와 최 교수가 정원 한쪽에 지어진 정자에 앉아 있었다. 두 사람이 자리를 잡고 앉자 최 교수가 마치 그 순간만을 기다려 온 사람처럼 거침없이 대화의 포문을 열었다.

"영민이가 아무리 천하일색을 봐도 시큰둥하던 녀석이거든. 그런데 대체 어떻게 했기에 우리 영민이의 마음을 훔쳤는지 궁금해서 말이야. 채연 양, 그 비결 좀 가르쳐 줄 텐가?"

"어허, 그 비결은 알아서 뭐 하게? 다 늦게 바람이라도 피울 생각이야?"

채연이 입을 달싹이기도 전 김 교수가 통박을 날렸다.

"바람은 무슨. 이 나이에 마누라한테 쫓겨나면 자네한테밖에 갈 데가 없는 몸이야 내가. 김 교수가 정 나하고 한 집에서 같이 늙어가고 싶다면 이제라도 한눈 좀 팔아보고. 어때? 한 번 해봐?"

"영민 엄마가 받아주기나 한대? 우리 집사람은 신뢰 깨는 사람에 대한 혐오증이 있는 사람이야."

김 교수가 어림없다는 표정으로 고개를 저었다.

"그래서 내가 내 마누라는 둘째 치고 제수씨가 무서워서 바람 안 피잖나. 하하."

"명대로 살고 싶으면 당연히 그래야지. 이럴 때 보면 자네도 제법 멀쩡하이. 하하하."

"뭐야? 제법 멀쩡? 이래 봬도 나 석학 소리 듣는 사람이야! 채연 양 앞에서 내 평가절하는 삼가주게, 친구한테 예의도 없는 놈팽이처럼 보이고 싶지 않으면 말이야."

"채연인 내 딸이야. 아무렴 아버지보다 아버지의 친구 편이겠어? 안 그러냐, 채연아?"

갑작스러운 김 교수의 질문을 받고 주거니 받거니 하는 두 교수의 농담에 풋풋한 미소를 보이던 채연은 얼른 고개를 끄덕였다.

"그럼요. 전 언제나 김 교수님, 아니, 아버님 편이에요."

그녀의 대답이 만족스러운지 김 교수가 껄껄 웃으며 채연에게 윙크를 해 보였다.

"영민아, 넌 내 아들이지?"

질세라 최 교수가 영민에게 구원 요청을 했다.

“아뇨. 전 언제 어디서든 정채연의 남자입니다.”

1초도 안 걸리고 아주 당당하게 대답하는 영민을 보는 최 교수의 입이 떡 벌어졌다.

“어허. 저 녀석 좀 보게? 뭐? 정채연의 남자입니다?”

“네, 전 머리끝부터 발끝까지 채연이 거예요.”

최 교수가 허허 이것 참 하면서 김 교수를 바라보았다.

“자네 하나밖에 없는 아들을 잃었구먼. 잘난 아들 뒀다고 자랑 단지 불나더니만 꼴좋게 됐네.”

“무슨 상관인가? 그 아들이 목매는 채연일 딸로 얻었는데! 채연이만 있으면 영민인 자동으로 따라오게 돼 있어. 이런 게 바로 일거양득의 진수지. 하하하.”

최후의 승자는 자신이다. 김 교수의 표정에 그렇게 쓰여 있었다. 그런 김 교수에게 영민이 반기를 들었다.

“아버지, 그만 좀 하세요. 채연인 아버지 딸 삼으면 안 된다니까요!”

“채연이가 된다는데 네가 왜 안 된대?”

“아버지!”

쿡쿡, 자신을 두고 소유권을 주장하듯 갑론을박하는 두 부자를 미소로 지켜보던 채연의 입에서 작은 웃음이 새어 나왔다. 볼 때마다 재미있고 참 보기가 좋은 부자간의 모습이었다.

“영민아, 그냥 네 아버지가 원하는 대로 해줘라. 효도가 별거냐? 부모가 원하는 걸 해주는 게 효도지.”

“최 교수님, 그건 안 되죠. 우리 채연인…… 아이 참!”

영민이 답답해 돌겠다는 얼굴로 자신의 머리를 마구 흐트러뜨렸다. 그 모습을 본 최 교수가 재미있어 죽겠다는 표정으로 껄껄 웃더니 영민의 어깨를 툭 쳤다.

"인석아, 아까도 그러더니, 거리감 느껴지게 최 교수님이 뭐야?"

"오랜만에 뵈니까……. 그러게 자주 좀 나오시지 그러셨어요."

"그새 멀어졌다는 거야 뭐야? 예전처럼 아저씨라고 불러. 아니다. 아버지라고 불러. 네 아버지하고 난 둘도 없는 불알친구 아니냐. 그러니 아버지나 매한가지지."

"어허 참. 좋은 말 놔두고 채연이 앞에서 하필이면……. 쯧쯧. 말도 골라 못하면서 석학 타령은!"

김 교수의 핀잔에 최 교수가 콧방귀를 꼈다.

"불알친구가 뭐 어때서? 죽마고우보다 훨씬 더 정겨운 말이구먼. 민망하네 뭐 하네, 이상하게 받아들이는 사람이 잘못된 거야. 채연 양, 안 그런가?"

"네."

틀린 말이 아니기에 채연은 웃음기를 머금고 선뜻 대답했다.

최 교수가 당연히 그럴 줄 알았다며 그녀에게 엄지를 들어 보였다. 그리고는 이내 영민에게로 시선을 돌렸다.

"자, 다시 우리 주제로 돌아오자고."

"네. 말씀하세요, 아저씨."

"끝까지 아버지라고는 안 하네."

"죄송합니다. 제가 아버지라고 부르는 분은 두 분뿐이라서요."

보통 친구의 부친에게 아버지라고 한다. 하지만 영민은 절친인 신호와 규민의 부친들께조차 아버지라고 부르지 않았다. 그가 말할 수 있는 최고로 다정한 표현인 '아저씨'라는 단어를 사용했다. 친구의 부친에게 아버지라고 부르는 것이 자연스럽지 못하다는 것도 아니고, 특별한 뜻이 있는 것도 아니었다. 그저 '아버지'란 단어가 입에서 나오지 않았을 뿐이지.

그런 영민이 난생처음 친부가 아닌 사람을 아버지라고 불렀다. 그 사람은 바로 채연의 아버지인 태훈이다. 일부러 작정한 것도 아닌데 태훈을 만난 순간 그의 입에서 자연스럽게 아버지란 말이 튀어나왔다. 지금은 당연한 게 되었지만, 작정한 것도 아닌데 아버지란 말이 튀어나와서 내심 많이 놀랐었다.

"섭섭하긴 하지만 뭐, 그래도 최 교수님이라고 부르는 것보단 훨씬 낫구만. 네 어머니가 결혼 전, 네 아버지와 함께 하지 못한 반평생을 모두 알고 있는 사람이 바로 나야. 네 아버지에 관한 건 네 어머니, 오민영 여사보다 내가 훨씬 더 많이 알고 있어. 어디 그뿐이야? 너희 집에 무슨 일 생기면 제일 먼저 달려갈 사람도 바로 나란 말이지. 물론, 오래전에 김 교수가 나한테 해준 일에 비하면 명함도 못 내밀지만……."

"어허, 이 친구가! 그런 말을 뭐 하러 해? 쓸데없이!"

김 교수의 칼 같은 반응에 최 교수가 적잖이 당황한 표정을 지었다.

"흠흠. 내가 말이 좀 많았나? 미안하네. 나이가 드니 반주 몇 잔에도 할 말 안 할 말이 잘 안 걸러져. 이래서 세월이 무섭고 서럽다는 건가 봐."

최 교수가 변명처럼 나이 탓을 했다.

계속 미소를 머금고 있던 김 교수가 정색을 하며 최 교수의 말을 끊었을 때, 채연은 최 교수의 얼굴에 비친 미안함을 보았다. 사실, 최 교수의 얼굴에 떠올랐던 미안한 기색은 바로 코앞에서 마주 보고 있던 영민조차 알아챌 수 없을 정도로 찰나였다. 그 찰나의 순간이 일부러 타이밍을 맞춘 것처럼 채연의 눈에 각인되었다. 마치 정지화면처럼, 아주 선명하게.

채연은 두 교수가 주고받는 눈빛에서 긴장감이 감도는 묘한 기류가 흐르고 있음을 감지했다.

두 분 사이에 뭔가…… 비밀이 있는 걸까?

문득 그런 생각이 들었지만 채연은 이내 궁금함을 털어냈다.

두 사람에게 그 어떤 비밀이 있다 한들 그녀에겐 캐물을 자격도 권리도 없었다. 누구에게나 지키고 싶은 비밀이 한두 개쯤은 있는 법이니까.

"흠흠."

잠깐의 침묵이 마음에 부담이 되었는지 최 교수가 헛기침을 했다.

"참. 채연 양, 우리 통성명 아직 못했지? 내 이름은 최장수라네. 우리 선친께서 장수하라고 붙여주신 이름이지."

손을 내밀어 청하는 최 교수의 악수에 채연은 조심스레 응했다.

"정채연입니다. 교수님의 명성은 학교에서 들어서 알고 있어요. 만나뵙게 돼서 반갑습니다."

"명성은 무슨."

말과는 달리 최 교수가 아주 마음에 든다는 얼굴로 그녀의 하얗고 작은 손등을 다른 손으로 서너 번 도닥여 준 후 악수를 풀더니 수트 상의 주머니에서 명함을 꺼내 내밀었다.

"언제든 전화하게. 내가 술이든 밥이든 채연 양이 원하는 걸로 쓸 테니까."

"네. 찾아뵙기 전에 전화드릴게요."

채연은 미소를 지으며 가방 안에서 지갑을 꺼내 건네받은 최 교수의 명함을 소중히 챙겨 넣었다. 그런 채연을 흐뭇하게 지켜보던 최 교수가 입을 열었다.

"자넨 느낌이 참 좋아. 눈빛이 맑고 선해. 김 교수가 자넬 왜 딸처럼 생각하는지 알겠어. 내 마음에도 아주 쏙 들어."

"좋게 봐주셔서 고맙습니다."

"김 교수 며느리면 내 며느리나 마찬가질세. 김 교수가 딸이네 뭐네 하지만 그거야 딸 없는 설움 풀려고 농담하는 걸 테고."

"아버지 농담하시는 거 아니세요."

영민이 볼멘소리를 툭 내뱉었다.

"설마, 진담일까?"

"진담 맞아요, 아저씨. 툭 하면 채연이한테 며느린 싫다, 기왕 할 거면 내 딸 해라, 그러세요. 채연이가 집에 놀러 오면 전 채연이 옆에 있지도 못하게 하고 아버지하고만 놀자고 하신다니까요."

"오 여사가 뭐라고 안 해?"

"엄마가 아무리 말리셔도 안 들으세요."

"허, 김 교수가 오 여사의 말을 안 듣는다? 하하하. 영민인 열 딸 부럽지 않은 아들이라고 노랠 부르더니만, 이제 보니 그게 농이었나 보군. 하긴, 딸 없는 설움이 워낙 크긴 하지. 김 교수, 속으론 딸만 셋이나 있는 내가 부러웠던 게지?"

"셋까지 뭐 필요 있어? 난 채연이 하나면 돼."

"곧 죽어도 부럽단 소린 하기 싫다? 우리 사이에 자존심 챙겨서 뭐 하겠다고, 쯧쯧. 채연 양 중간에서 곤란하게 만들지 말고 그만 영민이한테 넘겨줘."

"그러고 싶은데 그게 잘 안 돼. 이상하게 우리 채연인 내가 챙겨 주고 보살펴 주고 싶은 마음이 들거든."

김 교수의 표정이 진지했다. 그의 표정에서 진심이 느껴졌다.

"어허, 중병일세. 중병이야. 하긴 내가 봐도 예쁜 아가씨야. 둘이 결혼하면 김 교수가 며느리 자랑 어지간히 하고 다니겠어."

"하하하. 우리 채연인 어디 하나 버릴 데가 없지. 착하고 진실하고 예쁘고……."

"아직 며느리도 안 됐는데 아들의 여자 친구 자랑에 입이 닳네 닳아. 팔불출 딱지 떼고 구불출 명함 받아야겠어."

"이 사람아, 부러우면 부럽다고 해. 죄 외국에 나가 있는 딸들인데 셋이 있으면 뭐 하나? 내 옆에 있는 아들놈 여자 친구가 백 번 낫지."

"채연 양, 수양아버지가 필요하면 언제든 날 찾아오게. 셋이나 되는 딸들 죄다 외국 보낸 내가 아버지 노릇 톡톡히 해줄 테니까. 하하하하."

아무도 예상치 못한 역습을 한 방 날리더니 최 교수가 호탕하게 웃으며 자리에서 일어났다.

"뛰는 놈 위에 나는 놈이 있다더니, 딱 그 짝이로군. 최 교수한테 한 방 먹었어. 하하하."

김 교수와 최 교수가 주차장으로 향했다. 그들을 배웅하기 위해 영민과 함께 주차장에 가니 미리 연락해 둔 대리기사가 두 대의 승용차 옆에 서서 대기하고 있었다. 각자 대리기사가 운전하는 차를 타고 김 교수와 최 교수가 만월을 떠났다.

채연은 얼른 재킷 주머니에서 휴대폰을 꺼내 시간을 확인했다. 어느새 아버지와의 약속 시간에서 5분이나 지나 있었다.

"아버지 오실 시간이 지났어. 벌써 오셔서 룸에서 기다리시는 거면 어쩌지?"

"아버님 도착하셨으면 종업원이 알려줬을 거야."

말은 그렇게 하면서도 영민은 마음이 급해졌다. 생신날인데 태훈을 기다리게 하는 건 있을 수 없는 일이다. 만월로 들어서는 태훈을 못 봐 지나치게 만들까 봐 영민은 주위를 꼼꼼히 둘러보았다.

"종업원이 바빠서 깜빡 잊어버렸으면 어쩌지?"

"신신당부했는데 설마 잊었겠어? 아직 도착 전이시라 연락이 없는 걸 거야."

"아버지 원래 약속 시간 칼같이 지키시는데……."

막연한 불안함. 말끝을 흐리는 채연의 안색이 확연하게 어두워졌다.

"그러게. 차가 많이 막히나?"

영민은 다시 한 번 입구 쪽을 휘둘러보았다. 태훈과 비슷한 사람조차 보이지 않았다. 걱정스런 표정으로 주위를 살펴보다 채연을 보니 그녀도 입구 쪽에서 시선을 떼지 못하고 있었다.

"서로 엇갈리지 않게 우리 들어가서 기다리자."

채연의 손을 잡은 영민은 혹시, 하는 생각에 서둘러 건물 입구를 향해 걸어갔다.

3

국화룸으로 들어와 보니 예상대로 태훈은 아직 도착 전이었다.

"아빠 아직 안 오셨네. 차가 많이 막히나 봐."

채연이 의외라는 얼굴로 빈 방을 바라보았다.

"러시아워 시간대잖아. 곧 도착하실 거야."

영민은 텅 빈 테이블을 보고는 속으로 시간 계산을 했다. 태훈의 퇴근 시간과 만월로 오는 시간을 계산해 예약을 한 터라 평소보다 조금 늦다 싶은 저녁 식사가 될 터였다.

"아버님 시장하실 거야. 음식 먼저 주문하자."

"응. 그렇게 해."

종업원을 불러 음식을 미리 주문하고, 커다란 상 위에 맛깔스러운 음식들이 차려지는 동안에도 태훈은 오지 않았다.

"아직 꺼져 있어."

휴대폰을 손에 쥔 채 채연은 걱정 가득한 얼굴로 그녀의 마음처럼 검어진 액정화면을 바라보았다.

무슨 일이 있는 거면 어쩌지? 아무 일도 없어야 하는데, 제발…….

자꾸만 속이 탔다. 별일 없을 거라는 생각으로 위안을 삼으려고 해봐도 걱정되는 마음이 진정되질 않았다.

백화점을 나오면서 통화했을 때만 해도 태훈이 시간 맞춰 오겠다고 장담했었다. 그래서 처음엔 퇴근시간이라 차가 막히는가 보다 생각하며 기다렸고, 시간에 대한 강박증이라도 있는 사람처럼 평소 약속 시간을 칼같이 지키는 태훈인지라 늦어지는 게 조금 걱정은 되었지만 그다지 불안한 마음은 없었다.

10분, 20분, 30분…….

시간이 자꾸만 흘러가고, 통화를 시도할 때마다 전화기가 꺼져 있다는 멘트를 듣게 되자 온갖 좋지 않은 추측들이 채연의 머릿속을 어지럽혔다.

늦으면 늦는다고 연락을 해줄 태훈이었다. 그런데 연락도 없고 전화기도 꺼져 있었다.

배터리가 방전됐나? 중요한 미팅이 있어서 전화기를 꺼놨나? 회사와 그리 멀지 않은 거리라 아무리 퇴근시간이어서 도로가 막힌다고 해도 이렇게 늦을 수는 없는데…… 도대체 왜?

음식이 식어가고 있었지만 두 사람 모두 그것에 신경 쓸 겨를이 없었다. 산해진미라 소문난 요리들이 차려져 있는 상 앞에 앉아 아무것도 할 수 없는 상태로 태훈을 기다리는 건 고문 그 자체였다.

채연도 영민도 좌불안석인 상태로 흘러가는 시간만큼 두 사람의 속은 점점 더 까맣게 타들어갔다.

무슨 사고라도 났나? 큰 사고가 난 거면 어떻게 하지? 사고가 났는데 배터리가 다 돼서 연락이 안 오는 거라면……?

별일 없을 거라며 위로하는 영민의 말을 들어도 채연의 불길함은 시간이 지날수록 불난 곳에 기름을 부은 것처럼 더 큰 크기로 번져만 갔다.

별일 없을 거야! 별일이 생길 이유가 없어. 아빠한텐 아무 일도 생기지 않았어!

채연은 마음을 굳게 먹고 애써 불안한 마음을 다독이려고 노력했다. 하지만 담을 넘는 도둑처럼 생각이란 녀석이 자꾸만 안 좋은 쪽으로 넘어갔다.

한 시간이 넘어서자 영민도 더는 걱정되는 마음을 감추지 못했다. 불안한 기색이 역력했다. 흙빛으로 변한 채연의 얼굴을 보고 안타까워하던 영민이 그녀의 두 손을 꼬옥 잡았다.

"채연아, 아버님 아무 일 없으실 거야. 여기 앉아서 마냥 기다리고 있으면 너 더 힘들 테니까 우리 일단 나가자."

"나가서…… 어떻게 하게?"

채연의 눈동자가 바람에 흔들리는 촛불처럼 불안하게 흔들렸다.

"여기서 두 블록만 가면 경찰서가 있어. 이 근처에서 무슨 사고라도 난 거면 그쪽에 접수가 돼 있을 거야."

"영민 씨……."

사고라는 단어 때문인지 그의 손에 잡혀 있는데도 채연의 손이 심하게 떨고 있었다. 몸도 바들바들 떨었다.

"아냐, 채연아. 사고 같은 거 없어. 그런 건 안 일어나, 절대로!"

영민은 와락 채연을 끌어안았다.

안지 않으면 채연이 곧 쓰러질 것처럼 위태로워 보였다. 따뜻한 품이 조금은 위로가 되었는지 다행스럽게도 채연의 몸 떨림이 많이 가라앉았다.

영민은 가녀린 어깨를 감싸듯 잡고 조심조심 품에서 채연을 떼어냈다. 만에 하나 진짜 사고가 난 거라면? 생각해 보니 채연을 경찰서에 데리고 가는 건 좋은 생각이 아니었다. 영민은 일부러 단호한 눈빛으로 불안에 떨고 있는 그녀의 두 눈동자를 직시했다.

"내 말 들어봐, 채연아. 사고가 아닌 걸 확인하려고 경찰서에 가려는 거야. 사고가 아니란 걸 알면 네가 불안에 떨지 않아도 되니까. 그러니까 잠시만 여기에 혼자 있어. 내가 금방 경찰서에 가서 알아보고 올게."

울음을 참으려고 꽉 다문 입에 힘껏 힘을 주고 있던 채연이 고개를 끄덕였다.

"빨리 갔다 올게. 아주 잠깐이니까 혼자 있을 수 있지?"

채연이 세차게 고개를 저었다.

"같이…… 가. 여기서 혼자 기다리는 거 너무 힘들 것 같아."

채연의 두 눈에 눈물이 차오르기 시작했다.

그래 무리겠지. 다른 사람도 아니고 세상에 단 한 명뿐인 혈육인 아버지의 일인데.

채연에게 태훈은 보통 아버지들과는 다르다. 그녀에겐 어머니이기도 하다. 일찌감치 세상을 떠난 어머니의 몫까지 무한애정으로 젖먹이를 길러 오늘의 채연을 만들어주신 분이 바로 태훈이었다.

영민은 3년이 조금 넘는 시간 동안 채연의 집에 드나들며 태훈이 얼마나 좋은 아버지인지 절감했다. 그런 아버지가 연락이 두절된 상태이니 채연의 마음은 오죽할까. 생지옥이 따로 없을 것이다.

"그래, 같이 가자."

그의 말이 떨어지기가 무섭게 채연이 벌떡 일어났다. 그녀의 절박하고 다급한 마음이 그대로 느껴졌다.

잠시 서로를 안타깝게 바라보다 누가 먼저랄 것도 없이 서로의 손을 꼭 붙잡았다. 얼마나 긴장을 했는지 채연의 손바닥이 땀으로 촉촉해져 있었다. 그런 그녀가 너무나 안쓰럽고 안타까웠다.

영민은 잡고 있던 두 손을 가만히 놓아주고 주머니에서 손수건을 꺼냈다. 땀에 젖은 채연의 두 손바닥을 부드러운 손수건으로 꼼꼼히 닦아준 후 양 손바닥에 차례차례 입을 맞추어주었다.

"우리 채연이 겁먹지 말라는 약이야."

채연이 고개를 끄덕였다.

손수건을 채연의 손에 쥐어준 영민은 두 손으로 사랑하는 여자의 얼굴을 감싸 안고 파랗게 질린 입술에 짧은 입맞춤을 해주었다.

"이건 우리 채연이 힘내라는 약이고."

채연이 또다시 고개를 끄덕였다.

"아무 일 없을 거야. 그래도 만약……. 채연아, 네 옆엔 내가 있어. 그러니까 무슨 일이 있든지 겁먹지 마. 불안해하지도 말고. 다 나한테 맡겨."

"응."

애써 당찬 표정을 지은 영민은 오른손을 뻗었다. 채연이 주저 없이 왼손을 내밀어 그의 손을 잡았다.

영민은 룸의 미닫이문을 향해 왼손을 뻗었다. 아무 일 없기를, 차라리 경찰서에 가서 허탕을 치고 오기를 간절히 바라면서.

드르르륵. 그가 미닫이문을 막 열었을 때였다.

띠링.

생명줄처럼 오른손에 단단히 쥐고 있던 채연의 휴대폰에서 문자가 왔음을 알리는 효과음이 울렸다. 좋은 소식인지 나쁜 소식인지 모르는 상태라 영민과 채연은 누가 먼저랄 것도 없이 서로 마주 보았다.

"……."

"……."

두 사람 모두 잔뜩 긴장한 채 미동도 없이 서로 눈을 맞춘 채 서 있었다. 감히 움직이지도, 그 어떤 말도 하지 못한 채 동상처럼 그렇게.

그가 먼저 시선을 내려 휴대폰을 쥐고 있는 채연의 오른손을 보았다. 작고 하얀 손이 바르르 떨리고 있었다. 영민은 바들바들 떨고 있는 채연의 손에서 휴대폰을 조심스레 빼냈다. 겁먹어 굳어 있는 채연보다는 자신이 보는 게 나을 것 같았다. 혹여 아주 나쁜 소식이 온 거라면, 그녀가 조금이라도 충격을 덜 받을 수 있게 할 유일한 방법이기 때문이다.

"내가 먼저 봐도 돼?"

"응. 영민 씨가 먼저 봐줘."

문자를 확인하기가 무서웠는지 채연이 단숨에 허락했다.

솔직히 그도 무서웠다. 하지만 자신의 여자 앞에서 나약한 모습을 보이고 싶지도 않았고, 심약한 모습을 보여서도 안 되었다. 영민은 최대한 긴장감을 감추고 아무렇지도 않은 척 문자를 확인했다.

"휴우우."

문자의 내용을 읽은 영민의 입에서 절로 안도의 한숨이 새어 나왔다.

"왜? 무슨…… 혹시…… 안 좋은 내용이야?"

잔뜩 겁먹은 목소리. 채연이 차마 휴대폰을 볼 생각도 못한 채 그의 표정을 살폈다. 안도의 한숨이었는데 반대로 생각을 한 모양인지 그녀의 안색이 훨씬 더 안 좋아져 있었다.

"아냐. 안 좋은 내용 아니니까 안심해."

"정말…… 이야? 진짜 안 좋은 내용 아니야?"

"자 봐. 네 눈으로 직접 확인해."

영민은 미소를 머금고 휴대폰을 내밀었다. 그의 말이 믿기지 않는지 채연이 주저주저 휴대폰을 받아 들고는 액정화면을 바라보았다.

「일이 있어서 못 간다. 영민이 보내고 집에 가 있어.」

문자를 읽은 순간 긴장이 풀린 채연은 주르륵 무너지듯 그 자리에 주저앉았다. 잠시 채연을 애틋하게 바라보던 영민이 한쪽 무릎을 꿇고 앉아 그녀와 눈높이를 맞추었다.

"아버님께 나쁜 일 따윈 일어나지 않았어. 정말 다행이야."

"응. 정말 다행이야. 우리 아빠 아무 일 없으셔, 영민 씨."

"그래."

영민이 그녀를 포근히 안았다. 상기된 숨소리에서 태훈의 무사함을 감사하는 영민의 마음이 고스란히 전해져 왔다. 채연은 두 팔로 그의 몸을 껴안고 단단한 등을 가만히 쓸어주었다.

표현을 안 해서 그렇지 속으로 얼마나 떨었을까. 그녀가 더 불안해할까 봐 분명 자신의 불안감은 내색도 못했을 그였다. 채연은 불안과 긴장으로 잔뜩 굳어 있었을 그의 마음을 조금이나마 풀어 주기 위해 그의 등을 쓰다듬는 손에 진심을 담고 또 담았다.

"미안해, 영민 씨. 아빠가 못 오셔서……. 괜히 걱정만 하게 만들고. 정말 미안해. 내가 아빠 대신 사과할게."

"네가 왜 미안해해? 미안해하지 마. 아버님도 미안해하실 일 아냐."

"그래도……."

"아버님 무사하신 걸로 됐어. 난 너한테 걱정할 일이 생기지 않았다는 게 중요해. 그거면 됐어."

"영민 씨."

"응?"

"……."

무슨 말을 더 할까. 자기 여자한테 걱정할 일이 생기지 않았다는 게 제일 중요하다는 남자다. 영민에게 온전히 사랑받고 있다는 느낌. 나를 제일 우선으로 생각해 주는 남자가 있다는 사실이 뿌듯하면서도 설레고, 가슴 벅차게 좋았다.

채연은 자신만을 눈에 담고 있는 영민의 두 눈을 오롯이 바라보았다. 너무 행복해서. 와락 안아주고 싶을 정도로 너무 사랑스러워서.

영민이 말도 없이 빤히 쳐다보는 걸 미안해서 그러는 것으로 오해했는지 커다란 손을 뻗어 채연의 머리를 부드럽게 쓰다듬었다.

"그만 미안해하고 밥 먹자. 걱정하느라 진 빠져서 배고프겠다."

"응. 영민 씨도 배 많이 고프겠다. 우리 밥 먹자."

"그래, 우리 밥 먹자."

영민이 종업원을 불러 차려놨던 음식들을 물리고 새 음식들을 가져다줄 것을 요청했다. 그녀가 그냥 먹어도 괜찮다고 했지만 소용이 없었다. 차려놓은 지 오래돼서 식은 음식을 어떻게 먹느냐고, 자기 여자한테는 가장 맛있는 음식만 먹게 해주고 싶다면서 끝내 차려진 음식들을 다 내가게 하고 다시 새로 상을 차리게 했다.

"진짜 맛있어, 영민 씨. 사람들이 왜 만월 만월 하는지, 만월이 왜 미슐랭 가이드 레드에 실리고, 왜 우리나라에선 유일하게 별 네 개나 받았는지 알 것 같아."

"알 것 같아?"

"응. 건축학적인 면에서도 걸작에 속하고 청결하기로도 유명하지만 진짜 이유는 음식 맛 때문인 것 같아. 음식들마다 원재료의 색감을 진짜 잘 살렸어. 식감도 뛰어나고. 그리고 맛은 더 훌륭해. 최고야. 아빠가 오셨으면 정말 좋아하셨을 텐데, 좋은 기회 놓쳤다."

"조만간 아버님 모시고 또 오자."

싱글싱글 웃는 영민을 바라보는 채연의 입가에 행복한 미소가 심야(深夜)의 만월(滿月)만큼이나 환하게 걸렸다.

자정이 훌쩍 넘었다.

평소 아무리 늦어도 11시를 넘기지 않는 태훈이었다. 혼자 딸을 키우느라 일찍 귀가하는 게 아예 습관이 되어버렸다. 더구나 오늘처럼 중요한 약속에 참석을 못한다거나 휴대폰을 꺼놓는다거나 자정이 넘도록 집에 들어오지 않는 날은 단 한 번도 없었다.

아무래도 안 되겠다 싶어 채연은 카디건을 걸치고 집을 나섰다.

대문 밖에 서서 하늘을 올려다보니 달도 별도 보이지 않았다.

밤늦게 비가 올 거라더니 먹구름이 잔뜩 끼어 있는 모양이었다.

"아빠 오시기 전까진 비가 안 오면 좋겠는데……."

채연은 목이 빠져라 골목길을 지켜보며 서 있었다. 골목길에는 아예 인기척조차 느껴지지 않았다. 시간이 지날수록 가슴 한쪽에 자리 잡고 있던 작은 불안이 점점 덩치를 키워갔다.

걱정과 답답함을 이기지 못하고 휴대폰의 단축번호 1번을 눌렀다. 여전히 태훈의 휴대폰 전원은 꺼진 상태였다.

"아빠, 빨리 오세요. 아빠 딸 걱정돼서 죽을 것 같은데 왜 아직도 안……."

뚜벅 뚜벅 뚜벅…….

말이 끝나기도 전에 골목길 끝 어둠 속에서 발자국 소리가 들려왔다.

"아빠?"

아무런 대답이 없었다.

"아빠세요?"

대답 대신 들려오는 무거운 발자국 소리. 짙은 시름이 느껴지는, 삶에 지쳐 힘이 다 빠져 버린 것 같은 발자국 소리였다. 무거운 발걸음의 주인이 전신주에 매달린 가로등 불빛 속으로 들어왔다가 이내 빛의 중심에서 벗어났다. 고개를 푹 숙인 채 걸어오고 있는 사람은 바로 태훈이었다.

"아빠!"

채연은 후다닥 뛰어가 덥석 태훈의 팔짱을 꼈다.

"아빠 때문에 오늘 얼마나 걱정했는지 아세요? 휴대폰 전원은 왜 계속 꺼져 있어요?"

"……."

고집스레 입을 다문 태훈이 고개를 들고 그녀의 얼굴을 바라보았다. 그녀를 담은 두 눈이 동굴처럼 어둡고 깊었다. 태훈이 축 늘어져 있던 손을 천천히 들어 올렸다. 그 손이 채연의 얼굴에 닿으려는 순간 태훈의 몸이 중심을 잃고 휘청거렸다.

"아빠!"

채연은 반사적으로 손을 뻗어 태훈을 부축했다. 어느새 푹 숙여진 태훈의 고개가 시계추처럼 흔들렸다. 힘없이 처진 어깨가 바람 빠진 풍선처럼 힘이 없어 보였다. 유난히 무겁게 들렸던 발자국 소리가 그녀의 귓속에서 맴돌았다.

"벌써 자정이 넘은 거 아세요? 아빠 이렇게 취한 거 처음 봐요. 일이 있다더니 나쁜 일이었어요?"

태훈이 애써 몸을 꼿꼿이 세우더니 팔짱을 끼고 있는 채연의 손을 매정하게 떼어냈다.

"아빠……?"

채연은 너무 놀라 안 그래도 커다란 눈을 더 크게 뜨고 태훈을 바라보았다.

"들어가자."

앞장서서 집 안으로 들어가는 태훈의 뒷모습이 위태로워 보였지만, 채연은 감히 부축할 엄두가 나지 않았다. 또다시 내쳐질까 봐 겁이 났다. 다시는 경험하고 싶지 않은 느낌이었다.

"뭐 하고 있어? 할 얘기 있으니까 얼른 들어와!"

4

"만월 정자에서 너하고 함께 앉아 얘기하고 있던 사람들…… 봤다."

태훈의 목소리가 착 가라앉다 못해 가뭄에 바짝 마른 논바닥처럼 쩍쩍 갈라졌다. 듣는 사람의 가슴을 후벼 파는, 낮지만 날이 선 음성이었다.

채연은 생전 처음 들어보는 태훈의 목소리가 너무도 낯설었다. 그래서일까? 듣는 순간 등골이 서늘해지면서 온몸에 소름이 좌악 돋아났다.

아버지가 만월에 오셨었다고? 그런데 왜…… 어째서 아는 척을 안 하신 거지? 왜 그냥 돌아가신 거야? 휴대폰까지 꺼놓고, 왜……?

무수한 질문들이 머릿속을 어지럽게 휘저어댔다.

태훈은 영민의 부친인 김 교수와 직접 만난 적이 없었다. 최 교수는 더 말할 것도 없다. 낯선 중년의 신사들과 함께 있는 그녀와 영민을 보았다면 굳이 피할 이유가 없는 태훈이었다. 그런데 왜 만월까지 왔으면서, 아니, 채연과 영민을 봤는데도 그냥 모르는 척하고 돌아가 버렸는지, 아무리 생각을 해봐도 짐작조차 할 수 없었다.

평소라면 왜 그냥 갔느냐고, 대체 무슨 일이기에 이제야 집에 들어온 거냐고 거침없이 물어봤을 것이다. 태훈은 그녀가 언제, 어디서, 무엇을 물어봐도 늘 자상하게 설명을 해주는 아버지니까. 그런데 입이 떨어지지가 않았다. 대문 앞에서 그가 보여준 행동도 그렇고, 질문을 하기엔 태훈의 표정도 목소리도 심상치가 않았다.

"종업원한테 물어봤더니 가족들이 거기 단골손님이라면서 영민이 아버지라고 하더구나. 옆에 있던 사람…… 너도 잘 아는 사람이냐?"

"최 교수님이요?"

"그래, 최씨 그 인간."

성까지 아는 걸 보면 아버지도 아는 분이었나? 그런데, 그 인간이라고?

채연은 의문을 담은 시선으로 태훈을 바라보았다.

"채연아."

무거운 눈빛으로 그녀를 한참 동안 바라보던 태훈이 침묵을 깼다.

"……영민이 아버지 말이다."

"네, 아빠."

“김진욱, 그 사람 너희 학교 교수라고 했지?”

“네. 저희 학교 교수님 맞아요. 아빠도 알고 계시잖아요.”

“그 사람…… 전직이 외교관…… 맞나?”

“네.”

태훈은 딸과 함께 있는 중년의 남자를 보고는 설마, 설마 했다. 아니, 아니기를 바랐다. 거짓말이다. 꿈에서도 잊지 못하던 두 사람이 같이 있는 걸 봤는데 설마라니. 아니라니. 말도 안 된다.

자신의 눈으로 확인한 사실이 바뀔 수 없다는 것을 태훈은 알고 있었다. 그럼에도 불구하고 채연과 영민을 위해 아니기를 빌었다.

“한참 전에 그만두셔서 말씀 안 드렸었는데, 김 교수님께서 전에 외교관이셨던 건 어떻게 아셨어요?”

갑자기 태훈이 침묵했다. 이를 악물고 있는지 태훈의 턱 관절이 도드라져 보였다.

“헤어져.”

긴 침묵을 끊은 태훈의 한마디. 그 한마디를 내뱉은 태훈이 눈을 감아버렸다. 마치 모든 것이 보기 싫다는 듯. 아니, 그가 한 말을 바꿀 생각 따윈 눈곱만큼도 없다는 듯.

노기(怒氣)와 절망(絕望)이 뒤범벅이 된, 너무 낯설어서 완벽한 타인으로 보이는 태훈이 그녀 앞에 앉아 있었다. 무방비 상태였던 그녀의 귓속에 도무지 이해할 수 없는 말 한마디를 내리꽂아 놓고서.

“그, 그게…… 무슨…… 말씀이세요? 헤어지라뇨? 누구하고요?”

그녀의 말이 들리지 않는 사람처럼 눈을 감은 채 한참 동안 입을 꾹 다물고 있던 태훈이 천천히 눈을 뜨고 그녀를 뚫어질 듯 쳐다보았다. 그리고는 단호한 표정으로 본드로 붙여놓았던 것 같은 입술을 뗐다.

"영민이하고 헤어져."

"아빠……?"

"……."

"그럴 일은 없지만…… 혹시 영민 씨가 아빠한테 실수한 거 있어요?"

"……."

"아빠?"

"……."

침묵을 고수하고 있는 태훈을 보고 있노라니 채연은 답답해서 가슴이 터질 것만 같았다.

"갑자기 영민 씨와 헤어지란 말씀을 하시는 이유를 얘기해 주셔야 할 거 아니에요!"

"난, 영민일 사위 삼을 생각 없다. 내 딸 남자 친구로도 인정 못 해."

"아빠, 아침까지만 해도 아빠가 저 다음으로 예뻐하던 영민 씨예요. 어제 만월에서 만나 약혼 날짜를 정하기로 했었잖아요. 지난 3년 동안 영민 씨가 절 정말 아껴주고, 미안할 정도로 우리한테 잘했던 거 아빠도 잘 아시잖아요."

"알아. 알지만, 너희 둘은 헤어져야만 해."

태훈의 음성에서 쇳소리가 났다.

"저한텐 완벽한 사람이지만 영민 씨가 아빠 눈엔 그렇지 않게 보일 수도 있어요. 하지만 아빠가 늘 말씀하셨잖아요. 사람은 더불어 사는 거라고요. 그래서 모자라면 보태주고 모르면 알려주고 부족하면 채워주면서 살아야 하는 거라고요."

"세상엔 더불어 살 수 있는 사람이 있고 그럴 수 없는 사람이 있어!"

"영민 씨가 왜 함께 할 수 없는 사람인데요? 영민 씨만큼 착하고 바른 사람이 어디 있……?"

"난, 영민이 버렸다. 너도 무조건 영민이하고 끝내!"

"아빠!"

"그 애와 끝내지 않으면, 내가 널 아무리 사랑해도 난 용서 못한다."

어떻게 한나절 사이에 사람이 이토록 변할 수가 있을까. 아무리 사랑하는 딸이라도 용서할 수 없다니!

"네가 영민이하고 헤어지길 거부한다면, 넌 내 딸이 될 수 없어. 아니, 영민이 곁에 있는 한 넌 내 딸이 아냐."

"제가 아빠 딸이 될 수 없다니요? 어떻게 제가 아빠 딸이 아니에요?"

"네가 내 말을 거역한다면, 난 너와 인연을 끊을 거다."

"아빠, 제발……!"

채연은 하려던 말을 멈추고 심호흡을 했다.

소리를 높여서 해결될 일이 아니다. 싸워서 이길 일도 아니니 차분차분 대화를 해야 한다. 채연은 호흡을 가다듬고 최대한 침착해지려고 노력하며 말을 꺼냈다.

"아빠, 무조건 영민 씨하고 헤어지라고만 하지 말고 그 이유를 말씀해 주세요. 지금까지 아빠도 제 뜻이라면 무조건 다 받아주셨지만, 저도 아빠 말씀 거역한 적 한 번도 없었잖아요. 하지만 영민 씨에 관한 건 다른 문제들과 달라요. 아빠가 사귀라고 한다고 마음에도 없는 사람하고 사귈 수 없는 것처럼 아빠가 사랑하는 사람과 헤어지라고 말씀하신다고 해서 제 마음과 상관없이 무조건 헤어질 순 없어요. 하물며 헤어져야 하는 이유도 모르면서 어떻게 영민 씨하고 헤어져요? 영민 씬 이미 우리하고 가족 같은 사이잖아요. 가족하고 어떻게 헤어져요?"

"가족? 하!"

태훈이 끔직하다는 얼굴로 코웃음을 쳤다.

"우리 사이에 그놈이 낄 자린 없어!"

'영민아', '아들아' 라고 부르던 태훈의 입에서 그놈이라는 소리가 나왔다. 그놈! 태훈에게 버림받은 영민의 현재였다.

"아빠……?"

"채연아, 그냥…… 아빠 말 들어주면 안 되겠니? 아무것도 묻지 말고, 그냥 아빠 말대로 해줄 순 없는 거야?"

태훈은 충격을 받아 유난히 하얀 얼굴이 더 하얘진 채연을 아프게 바라보았다.

마음 같아서는 만월에서 채연을 그대로 끌고 나오고 싶었지만 이를 악물고 발길을 돌렸던 그였다. 그 이유는 오로지 단 하나, 가능한 딸에게 상처를 덜 주고 싶어서였다.

채연과 함께 있는 그 작자들을 본 후 얼마나 충격이 컸는지 모른다. 정신을 차릴 수가 없었다. 온몸이 후들거리고, 다리가 풀렸다. 저절로 꺾이는 무릎 때문에 주저앉지 않기 위해 안간힘을 다

해 다리에 힘을 주어야만 했다.

택시가 보이자마자 무작정 잡아타고 미애의 산소가 있는 공원 묘지로 갔다. 근처 마켓에 들러 소주 두 병을 사들고 미애의 산소 앞에 앉았다. 소주병을 비우며 울분을 토했다.

"휴우우우."

태훈은 답답한 가슴이 조금이라도 풀릴까 싶어 숨을 길게 토해 냈다.

그는 딸이 마음의 그늘도 상처도 없이 밝게 자라주길 바라는 마음 하나로 스스로 비밀을 만들어 가슴에 묻었다. 사랑하는 아내를 가슴에 묻은 것처럼.

태훈은 차라리 채연에게 사정을 하는 게 낫겠다 싶은 생각에 잔뜩 굳어 있던 표정을 힘들여 풀었다.

"부탁한다, 채연아. 아무것도 묻지 말고 아빠 말을 따라다오. 아빤 네가 그저…… 무슨 이유가 있겠구나, 그렇게 생각해 주면 좋겠다. 그렇게 해줄 수 있지?"

"아니요, 그럴 수 없어요. 그러니까 말씀해 주세요."

채연은 고집스레 요구했다.

"기어이 이유를 알아야겠어?"

"네. 알아야겠어요."

"내가 사정을 해도?"

"죄송해요, 아빠. 전 절대로 무조건 아빠 말씀대로 할 수는 없어요. 다른 일도 아니고 평생 사랑할 사람과 헤어져야 하는 일이잖아요. 그런데 어떻게 이유도 모른 채 헤어지라고 하세요?"

"……."

턱 관절이 도드라지도록 입을 앙다물고 있는 태훈의 눈빛이 바람 앞의 촛불처럼 위태롭게 흔들렸다.

이십 년 넘게 가슴에만 묻고 지냈던 진실. 그게 어떻게, 어떤 마음으로 지켜온 비밀인데 이제 와서 말을 해야만 하다니. 그 말만은 하고 싶지 않았다. 아니, 할 수 없다. 미애와 한 약속을 지키고 싶었다. 사랑하는 딸을 위해서. 하지만…… 다른 방법이 없다.

"네 뜻이 정 그렇다면…… 얘기해 주마. 네 엄마와 난……."

침통한 표정으로 오래전 이야기를 이어가는 태훈을 보는 채연의 표정이 경악으로 파랗게 질려가기 시작했다.

번쩍! 우르릉 쾅쾅!

잔뜩 흐려 있던 하늘에 누가 구멍이라도 낸 듯 갑자기 굵은 빗줄기가 세차게 쏟아지기 시작했다.

빗소리에 섞인 탓인지 한층 더 낮게 가라앉은 태훈의 말들이 그녀의 가슴속을 적셨다. 덩달아 그녀의 두 눈에도 물기가 가득해졌다.

"그럼…… 엄마가 돌아가신 게 그 사고 때문이란 말씀이에요?"

"그 사고만 아니었으면 네 엄만 죽지 않았을 거다."

"최 교수님은 아무런 처벌도 받지 않으셨다면서요?"

"그래. 그랬어."

태훈이 신음처럼 말을 뱉어냈다.

"어떻게 그런 일이 있을 수가 있어요? 사람이 죽었는데?"

"김진욱…… 그자 때문이다."

"김진욱 씨라면…… 영민 씨의 아버님이요?"

태훈이 이를 악문 채 고개를 끄덕였다.

"그 작자가 위증을 했어."

김 교수가 위증을 하다니. 두 귀로 분명하게 들었음에도 불구하고 채연은 도무지 믿기지가 않았다.

"설마요. 그분…… 그런 짓을 할 분이 아니에요."

"너도 그때 경찰들하고 똑같은 말이 하고 싶은 게야?"

태훈이 험악한 표정으로 버럭 고함을 쳤다.

"제가 그때 경찰들하고 똑같은 말을 한다니요? 그게 무슨 말씀이에요?"

"그때 그 경찰들이 무슨 짓을 했는지 알아? 가진 게 없는 내 말은 죄 억지로 몰아붙이고, 이름만 대면 다 아는 외교관집 자식에 외무부 직원인 그자 말은 토 하나 달지 않고 다 믿어줬어!"

"최 교수님은요? 운전한 당사자였던 그분은 진실을 말씀하셨을 거 아니에요?"

"진실? 하!"

태훈의 입에서 가차 없는 비웃음이 흘러나왔다.

"그분도…… 거짓말을 하셨단 말이에요?"

믿기지 않는 표정으로 묻는 그녀를 보며 태훈이 그때의 상황이 떠올랐는지 빠드득 이를 갈았다.

"그놈들한테 진실 따윈 없어! 다 위선자들이야!"

"아빠……? 대체 어떤 거짓말을 했는데요? 네?"

"버스에서 내리면서 내 눈으로 직접 봤는데, 우산 들고 가만히 서서 날 기다리고 있는 네 엄마를…… 골목에서 나오던 그놈 차가 네 엄마를 쳐놓고 말을 뒤집었어, 그놈들이!"

"정말…… 이에요?"

"이 마당에 내가 왜 너한테 거짓말을 해? 적반하장도 유분수지, 그 최가 놈이 얼굴색 하나 안 변하고 네 엄마가 갑자기 뛰어들다 미끄러진 거라며 거짓말을 하는데."

말을 끊은 태훈이 지금 생각해도 끔찍하다는 듯 진저리를 쳤다.

"경찰한테 내 말이 옳다고 몇 번이나 말했는데 소용이 없었다. 내 말이 사실이니까 제발 좀 믿어달라고 애원하고 매달렸는데 오히려 나한테 호통을 쳤어. 거짓말하지 말라고. 사시까지 합격한 사람이 거짓말을 할 리가 없다면서 도리어 나한테 무고죄로 처벌받고 싶으냐고 그러더라."

"……."

치를 떠는 태훈의 얼굴을 보고 있던 채연은 그의 분노가 그대로 전해지는 것 같아 차마 아무런 대꾸도 하지 못했다. 그저 도드라진 태훈의 턱관절의 움직임을 바라보며 거듭되는 충격을 고스란히 받고 앉아 있을 수밖에 없었다.

"뱃속에 아일 품고 있는 사람을 쳐놓고 뻔뻔하게 거짓말을 한 놈이 바로 그놈이야! 옆에서 그놈 말이 맞는다고 증인까지 서준 놈이 바로 영민이 아버지란 작자고!"

태훈은 억울하고 분했던 그 당시의 상황을 떠올리니 지금도 치가 떨렸다. 어차피 이야기를 시작한 거, 더는 감출 것이 없었다. 감춘다고 해서 될 일도 아니고.

김진욱이 전화를 몇 통 돌렸다. 어디에 줄을 댔는지 모르지만 통화를 한 지 얼마 안 돼 김진욱과 최장수는 아무런 벌도 받지 않고 귀가를 했다. 교통사고를 낸 가해자를 왜 돌려보내느냐고 따졌지만 경찰은 폭우가 쏟아지는데 차로 달려든 사람이 잘못이라며 오히려 진욱과 장수, 두 사람이 피해자라면서 그를 몰아붙였다. 겨우 타박상을 입은 것 갖고 사람 귀찮게 하지 마라, 형편이 어려우면 열심히 일해서 잘살 생각을 하라는 모욕적인 말까지 덧붙이면서.

오죽 변변치 못한 남편이었으면 임신한 아내가 일부러 차에 부딪혀 합의금을 받을 생각까지 했겠느냐며 반협박에 가까운 훈계까지 들어야 했다.

더 억울하고 분한 건 따로 있었다. 미애가 죽은 후 경찰서를 찾아가 장수와 진욱을 살인죄와 위증죄로 고소하려고 했지만 담당 경찰이 고소 접수조차 해주지 않았다.

진욱이 운전자의 과실이 아니라는 것을 증언한데다 미애가 차에 치었다는 것을 입증할 증인이 없다는 것, 신고한 사람이 사라졌다는 것, 그리고 미애의 직접적인 사망원인이 교통사고가 아니라 조산에 의한 과다출혈이기 때문에 장수나 진욱에겐 아무런 법적 책임이 없어서 고소장을 접수할 수 없다는 것이었다.

그뿐이 아니었다. 장수의 거짓말과 진욱의 위증 때문에 미애가 오히려 가해자 누명까지 썼다. 억울하고 분했지만 가난하고 아무런 힘도 없는 그의 말을 믿어주는 사람은 경찰서 안에 단 한 사람도 없었다.

사고 이틀 후인가 경찰서로 나오라는 연락을 받고 한 가닥 희망이 생겼구나 생각했다. 비참한 상황이, 같잖은 동정이 그를 기다리고 있을 줄은 꿈에도 몰랐다. 김진욱이라는 사람이 와서 돈봉투를 놓고 갔다며 경찰이 그에게 내밀었다. 태훈은 경찰 면상에다 돈봉투를 던져 주며 당장 굶어 죽는 한이 있어도 인간 같지도 않은 놈들이 주는 돈 따윈 필요 없다고, 양심도 없는 놈들의 돈은 단 돈 일 원도 받을 생각이 없다고 고래고래 소리친 후 경찰서를 뛰쳐나왔다.

태훈은 어린 핏덩이를 병원 인큐베이터에 두고 혼자 미애의 장례를 치렀다. 아내를 더없이 초라하게 보내면서 얼마나 분개하며 절규했는지 모른다. 처참하게 짓이겨진 심장을 부여잡고 피눈물을 흘렸다.

미애를 죽게 한 것으로도 모자라 젊은 나이에 억울하고 원통하게 죽은 그녀를 일부러 교통사고를 유발해 합의금이나 뜯어내려는 치졸한 범법자로 만들다니. 자신의 목숨 대신 딸아이를 남기고 간 아내에게 맹세했다. 딸을 미애 몫까지 사랑하며 잘 키우겠다고. 그리고 그녀를 죽게 만든 비열하고 뻔뻔한 최장수와 김진욱을 절대로 용서하지 않겠다고.

"나쁜 놈들. 위선자들. 살인자들."

긴 이야기 끝에 태훈이 자신 안에 가둬두었던 참혹한 욕설들을 뱉어냈다.

"아빠……."

태훈이 가슴속에 고이고이 품고 있던 판도라의 상자가 깨져 버렸다. 그 안에 숨어 있던 진실의 파편들이 고스란히 채연의 심장에 날아와 박혔다. 최 교수와 김 교수가 옆에 서 있기라도 한 듯 허공을 노려보는 태훈의 눈빛이 분노로 이글거렸다.

채연은 정신을 집중하려 애쓰며 태훈이 해주는 말을 토씨 하나 빼놓지 않고 다 들었다. 어떤 일이 일어났는지 다 들었는데도, 일부 이해가 가지 않는 점이 있었다. 완벽하게 풀어지지 않은 의아

함과 궁금함이 머릿속을 어지럽게 만들었다.

그녀가 본 김 교수와 최 교수가 그렇게 나쁜 사람들이었다는 것도 믿기지 않을뿐더러, 뱃속에 아이를 품은 사람을 차로 쳤다는 태훈의 말은 더더욱 이해가 되지 않았다.

미애는 그녀가 두 살 때 갑작스러운 심장마비로 죽었다고 했다. 그런데 임신을 하고 있었다니? 지금까지 단 한 번도 동생이 태어날 뻔했다는 얘기를 들은 적이 없었다. 순간적으로 엄마가 아이와 함께 죽어서 그랬나, 하는 생각이 들었지만 본능적으로 뭔가 석연치 않은 느낌이 들었다.

"그 사고…… 언제 났는데요?"

"……."

말없이 그녀를 바라보는 태훈의 눈빛에 곤혹스러움이 번져 있었다.

한참 동안 입을 다문 채로 마주한 딸을 바라보던 그가 오랫동안 어깨를 짓누르고 있던 짐을 내려놓는 사람처럼 조금은 후련하면서도 허탈한 표정으로 어렵게 말을 꺼냈다.

"너한텐 죽을 때까지 비밀로 하고 싶었다만…… 더 숨기는 건 내 욕심이겠지. 네 엄마가 사고를 당한 때는…… 이십삼 년 전이다. 그때 엄마의 뱃속에 있던 아이가…… 바로 너야."

"엄마 뱃속에 있던 아이가 저였다고요?"

"그래. 너였어."

태훈이 아픈 시선을 마당 쪽으로 돌렸다. 폭우가 내리는 밤. 세상이 비에 젖고 있었다. 마당 쪽에 시선을 꽂은 채 먼 옛날을 회상하듯 태훈이 허허로운 음성으로 말을 이었다.

"사고를 목격하고 네 엄마한테 뛰어가서 살펴봤는데 다행히 크게 다친 건 아니더구나. 그나마 다행이다 싶었는데 그게 아니었어. 네 엄마가 양수가 터진 것 같다면서 배가 아프다는 거야. 골목 어귀에 있던 과일가게 주인이 사고를 목격하고 신고를 안 했더라면……."

태훈이 탄식하듯 숨을 길게 내쉬더니 말을 이었다.

"앰뷸런스를 타고 병원에 가는데 네 엄마가 의식을 잃었어."

"엄마가…… 의식을 잃으셨다고요?"

태훈이 침통한 얼굴로 고개를 끄덕였다.

"내 손을 꼭 잡고 끝까지 정신을 차리려고 애를 썼는데…… 끝내 의식을 놓치고 말았어."

"그래서요? 의식은 금방 돌아왔어요?"

"병원에 도착할 때까지…… 네 엄만 의식이 돌아오지 않았어. 병원에 도착하자마자 접촉사고가 났다고, 무조건 네 엄마와 너를 살려달라고 의사한테 매달렸다."

"엄마, 무사하셨던 거죠? 엄마가 무사하셨으니까, 그러니까 제가 태어날 수 있었던 거잖아요. 그렇죠, 아빠?"

긍정적인 대답을 기다리는 채연을 본 태훈은 무척이나 곤혹스러웠다. 죽어가는 미애에게 절대로 말하지 않겠다고 약속을 했지만, 어차피 풀려 버린 실타래였다. 무엇보다 실을 다 풀어놓아야만 채연이 영민과 헤어질 수 있을 것이다. 채연은 평생토록 너무나 버거운 마음의 짐을 안고 살아가야 되겠지만.

태훈은 허물어지려는 의지를 잡아 곧추세웠다.

"의사가 그러더구나. 출혈이 너무 심해서 위급한 상황이라 너와 네 엄마 둘 중에 한 사람만 살릴 수 있다고……."

"어떻게 그런 일이……."

"그때 기적처럼 네 엄마가 의식이 돌아왔어."

"그래…… 서요?"

"가까스로 정신을 차린 네 엄마가 널 살려달라고, 너만 살릴 수 있으면 자긴 어떻게 되도 상관없다고……. 그러니까 꼭 널 살려달라고……. 결국 네 엄만…… 널 살리고 그날 먼 곳으로 떠났다. 널 그렇게 보고 싶어 했는데 네 얼굴을 보지도 못하고…… 으흑."

태훈이 고개를 숙인 채 흐느꼈다.

"그러지 말지……. 어떻게 태어나지도 않은 날 살리고 엄마를…… 흑흑."

채연의 입에서도 오열이 터져 나왔다.

"네 엄마가 간절히 원했어. 네가 없으면 자기도 없는 거라고, 네가 죽으면 자긴 살아도 살아 있는 게 아니라고…… 마지막 소원이니까 널 꼭 살려달라고…… 으흐흑."

태훈의 축 처진 어깨가 심하게 흔들렸다. 제대로 소리도 못 내며 우는 그의 모습이 너무나 비통해 보였다.

딸을 선택하고 아내를 보냈어야만 했던 그때, 그토록 잔인한 선택을 해야만 했던 그때 그가 얼마나 힘겨웠을지. 얼마나 침통하고 가슴이 아팠을지. 쉼 없이 흔들리는 그의 어깨가, 꿀꺽꿀꺽 삼켜지는 울음소리가 그가 홀로 견뎌내야만 했던 고통의 시간들을 대변해 주고 있었다.

"왜…… 엄마가 돌아가신 날을 잊었다고 거짓말을 하셨어요?"

"네 엄마가 그렇게 해주길 원했다."

"엄마께서요?"

"그래. 네 엄마는 네가 상처받길 원하지 않았어. 네가 축복받은 존재로 살길 바랐다."

"절 낳으시고…… 의식이 돌아오셨던 거예요? 절 보셨어요?"

태훈이 침통한 얼굴로 고개를 저었다.

"네가 태어나기 전에…… 자기 대신 뱃속의 널 살리라고 했을 때…… 네가 태어나면…… 자기가 널 낳다가 죽었다는 건 너한테 비밀로 해달라고 했어."

"……."

채연은 목이 메어 아무런 말도 할 수가 없었다.

"너한텐 절대로 말하지 말아달라고……. 네 엄마가 왜 그랬는지…… 알 수 있지?"

"……네."

왜 모르겠는가. 죽어가면서까지 딸이 상처 없이 살아가길 원했던 지극한 모성애를 어찌 모를 수 있을까. 엄마의 목숨 대신 태어났다는 걸 알고 상처를 받을까 봐 제사까지 마다하고 끝까지 비밀로 해달라고 부탁한 엄마. 그저 뱃속에 품고 있던 작은 생명일 뿐인 그녀를 위해 모든 것을 다 바친, 엄마로서 아무것도 해주진 못했지만 더 많은 것을 해주고 간 엄마였다.

채연은 졸지에 아내를 잃고 8개월 만에 태어난 미숙아를 보며 눈으로 가슴으로 울고 또 울었을 태훈이 너무도 안쓰러웠다. 그리고 수많은 날들을, 나날이 커가는 딸을 볼 때마다 딸을 살리는 대신 죽은 아내가 떠올라 가슴으로 울고 또 울었을 태훈이 안타까웠다.

"네 엄마도 나도…… 널 사랑한다. 그것만은 잊지 말아다오."

"결국…… 다시 깨어나지 못하고 돌아가신 거예요?"

"그래. 다시 깨어나지 못했다."

울컥울컥, 채연은 치미는 눈물을 삼키느라 목울대가 빼근하다 못해 아팠다.

"널 부탁한다고. 나한테만 널 맡기고 가서 미안하다고. 그리고…… 네 생일날 네가 슬픈 기억을 안고 사는 게 싫다고. 그러니까 널 밝고 행복한 아이로 키워달라고……. 네가 모르게…… 제사는 지내지 말아달라고…… 그게 네 엄마의 마지막 말이었어."

"그래서 제가 두 살 때 엄마가 돌아가셨다고 하셨어요?"

태훈이 천천히 고개를 끄덕였다.

"그래서 엄마 제사도 안 지내고…… 생일파티로 대신한 거예요?"

"그래. 그래서 그랬어. 네 엄마 부탁이라서."

채연은 가슴이 먹먹해서 아무런 말도 할 수가 없었다.

"네 엄마를 생각해. 아무리 힘들어도…… 네 엄말 위해서 영민이와 헤어져."

태훈의 표정이 단호했다.

채연은 아무런 말도 하지 못한 채 휘청휘청하는 몸을 이끌고 자신의 방을 향해 걸어갔다.

'네 엄마를 죽게 한 놈들, 누가 뭐래도 바로 그놈들이야!'

천둥번개가 치는 밤, 폭탄과도 같은 태훈의 말이 침대에 등을 기대고 앉은 채연의 귓속에서 요동을 쳐댔다.

설마 아닐 거야. 설마…… 그럴 리가 없어.

최 교수와 김 교수가, 아니, 김 교수만이라도 그런 일을 할 리가 없다고 수만 번 마음속으로 되뇌었지만 확신이라는 녀석은 눈곱만큼도 제 모습을 드러내 주지 않았다.

거짓말을 할 태훈이 아님을 알기에 채연은 더 괴로웠다. 뜬눈으로 밤을 지새운 태훈이 빈속으로 출근한 것을 확인한 후에야 채연은 가까스로 생각이라는 걸 할 수 있었다. 태훈이 거짓말을 할 리는 없다.

하지만 만약에 아빠가 오해를 한 것이라면……? 확인을 해야 해!

두 교수를 만나서 그들이 정말로 미애를 죽게 만든 장본인들인지 직접 물어보는 게 그녀가 할 수 있는 최선의, 가장 확실하고 현명한 방법이었다.

채연은 9시가 되자마자 김 교수에게 전화를 걸었다.

5

김 교수의 사무실 앞에 도착한 채연은 시간을 확인했다. 1시에 만나기로 했는데 12시 58분이었다. 막상 문을 열려고 하니 손이 바르르 떨렸다.

닫힌 문. 그녀에게는 그 문이 연옥이었다. 그 문을 열고 들어가면 천국으로 가게 될지 지옥으로 가게 될지가 결정된다. 미래가 바로 코앞에 있는데, 아무런 예측도 할 수 없다는 것이 그녀를 더욱 두렵게 만들었다.

채연은 바르르 떨리는 손으로 문을 열었다.

"우리 채연이 왔구나!"

"어서 오게."

먼저 와서 그녀를 기다리고 있었던 모양인지 소파에 앉아 커피를 마시고 있던 김 교수와 최 교수가 그녀를 반겼다. 급한 마음을 누르고 먼저 두 사람에게 정중하게 인사하자 김 교수가 웃음을 머금은 채 소파에 앉으라는 손짓을 했다.

채연은 소파에 앉아 웃음기가 가득한 두 사람의 얼굴을 유심히 바라보았다. 아무리 봐도 태훈이 말한 것과 같은 나쁜 짓을 할 사람들로는 보이지 않았다. 김 교수가 웃음을 머금은 채 일어나더니 커피를 따라 와 잔을 테이블 위에 놓고 소파에 다시 앉았다.

"지난주에 채연이가 갖다준 원두로 금방 내린 거야."

장석이 어렵게 구했다며 자랑을 하기에 그녀가 특별히 부탁해서 얻은 원두를 김 교수에게 선물한 거였다.

"감사합니다."

"채연이 말대로 향도 좋고 맛도 부드럽고 좋더군. 이 커피 덕분에 내 사무실이 사랑방 되게 생겼어. 하하하."

"……네."

"채연 양이 먼저 데이트 신청을 해주다니, 이거 의외의 기쁨인걸. 김 교수하고 나한테 할 말이 있다고? 무슨 말인지, 궁금해서 점심 먹는데 코로 들어가는지 입으로 들어가는지도 몰랐다네. 내가 보기보다 성격이 급하거든."

최 교수가 정말로 궁금하다는 얼굴로 그녀를 바라보았다.

"성격 급한 게 자랑인가? 그 급한 성격 때문에 낭패 본 적이 한두 번도 아니면서 대체 왜 안 고치는 거야?"

"내가 안 고치는 건가? 못 고치는 거지. 타고난 걸 어쩌겠나?"

"세상에 못 고칠 습관이 어디 있나? 다들 자기 노력이 부족한 걸 인정하기 싫어서 괜히 핑계 대는 거지. 자네까지 그 무리에 편승하지는 말게나."

어지간히 못마땅한지 김 교수가 힐난하는 눈초리로 최 교수를 보고는 시선을 채연에게로 돌렸다.

"나도 점심 먹는 내내 우리 채연이가 할 말이 뭘까 생각을 해봤는데 영 감이 안 잡히더구먼. 할 말이 뭔지 얘기 좀 들어볼까?"

"……네."

채연의 입에서 들릴 듯 말 듯한 대답이 흘러나왔다.

"흠, 혹시 영민이 몰래 약혼 전 서프라이즈 파티 계획 짜는 거 아냐?"

"그런 거라면 우리가 적극 협조해야지."

김 교수의 물음에 최 교수가 곧바로 응수했다.

영민 몰래 약혼 전 서프라이즈 파티를 계획하는 거라면 얼마나 좋을까. 입 밖으로 튀어나오려는 안타까운 한숨을 억지로 삼킨 채연은 마음을 독하게 먹었다. 어차피 피해갈 수 없는 외나무 다리였다. 강을 건너려면 아무리 무서워도 그 외나무다리를 건널 수밖에 없다.

"두 분 혹시…… 박미애 씨를 아세요?"

"누구?"

"박미애 씨?"

채연의 물음에 김 교수와 최 교수가 동시에 서로를 바라보며 고개를 갸웃했다. 다시 그녀에게로 시선을 돌린 두 교수의 표정을 보니 전혀 기억이 나지 않는다는 표정이었다. 채연은 실망보다는 그런 두 사람의 모습에 오히려 안도감이 들었다. 바늘로 찌를 것처럼 한껏 날카로워져 온 신경을 향해 맹렬히 달려들던 긴장감이 한순간에 무뎌졌다. 그러자 잔뜩 곧추세워져 있던 그녀의 어깨도

푸스스 내려앉았다.

"휴우."

채연은 그제야 억지로 삼키기만 했던 긴 한숨을 토했다. 그때였다.

"박미애 씨라면……."

말을 하다 말고 그녀와 눈이 마주친 김 교수가 당황한 표정을 지었다. 아주 짧은 순간 내려앉았던 채연의 어깨가 곧바로 곧추세워졌다.

"자, 자네가 그, 그분을 어떻게 알고……?"

이젠 최 교수까지 당황해하며 말을 더듬는 것으로도 모자라 말끝을 흐렸다. 박미애라는 사람을 알고 있다는 뜻이었다. 가슴이 덜컥 내려앉았다. 그래도 한 가닥 가는 실에라도 매달리고 싶은 마음이 컸다. 세상엔 동명이인이 많으니까. 확인이 필요했다.

"두 분, 그분을…… 아세요? 어떻게 아시는데요?"

"흠흠. 그, 그게 말이야. 아, 아니, 그게 아니고…… 채, 채연인 그분을 어떻게 알지?"

대답을 해줘야 할 김 교수가 되물었다.

"제 엄마세요, 이십삼 년 전에 돌아가신."

"이십삼 년 전에 돌아가신 엄마라고?"

"이십삼 년 전? 이십삼 년 전이라고?"

김 교수와 최 교수의 입에서 비명과도 같은 물음이 동시에 튀어나왔다.

"네."

"설마……. 어떻게 이런 일이……?"

믿기지 않는다는, 절대 믿고 싶지 않다는 얼굴로 넋 나간 사람처럼 그녀를 쳐다보는 김 교수의 손이 바르르 떨고 있었다. 김 교수의 고개가 숙여진 순간 그녀에게 향해 있던 최 교수의 시선도 아래로 떨구어졌다.

"두 분, 절 보세요."

두 교수의 시선이 여전히 바닥을 향해 있었다.

"절 보시라고요!"

단말마 같은 그녀의 외침에 두 교수가 시선을 들었다. 참담한 표정으로 그녀를 바라보는 두 교수의 눈동자에 짙은 그림자가 드리워져 있었다.

채연은 절규하는 심정으로 두 사람을 직시했다.

"필동 주택 골목에서 교통사고를 당하셨던 박미애 씨가…… 비가 억수로 쏟아지던 날 밤 우산을 들고 남편 마중을 나와 있다가 사고를 당하셨던 그분이…… 바로 제 엄마예요. 제 엄마가…… 두 분이 아시는 박미애 씨가 맞나요?"

그녀의 입에서 나오는 말이 한마디, 한마디 더해질 때마다 두 교수의 눈이 점점 더 커지더니 급기야는 낯빛마저 하얘졌다.

두 교수와 함께 머리가 희끗희끗한 한 남자를 만났다. 대전에 산다는 그 남자가 오기를 기다렸다가 만나느라고 김 교수의 사무실에서 나올 때엔 이미 해가 뉘엿뉘엿 지고 있었다.

대학 교문을 빠져나오자마자 택시를 잡아 탄 채연은 곧장 공원묘지를 찾아갔다. 제법 입구에서 먼 거리에 있었지만, 미애의 산소는 태훈이 관리도 잘하고 예쁘게 꾸며놓아 멀리서도 한눈에 알아볼 수 있었다.

"엄마……."

미애의 산소 앞에 앉자마자 채연은 오열을 터뜨렸다.

"엄마, 엄마 딸 왔어요. 엄마 딸…… 엄마 대신 살고 있는 딸 왔어요. 이런 딸이라도 반가우신가요? 엄마를 돌아가시게 하고 태어난, 이런 딸이라도 보고 싶으셨어요?"

채연은 울고 또 울었다.

"내가 뭐라고…… 태어나지도 않은 내가 뭘 안다고……."

끝까지 몰랐으면 좋았을지도 모른다. 하지만 이제 그녀는 안다. 자신이 엄마의 목숨 대신 태어난 존재라는 것을. 그것은 그녀에게 너무도 커다란 멍에였고, 짊어지고 살기엔 지독하게 크고 무거운 바위였다.

"엄마, 왜 그러셨어요? 그냥…… 엄마가 살 생각부터 하시지 왜……? 난 이제 어떻게 살라고……."

원망할 자격도 없으면서, 간악스럽게도 원망이 터져 나왔다.

"엄마…… 전 누가 옳고, 누가 그른지 하나도 모르겠어요."

태훈은 태훈대로, 김 교수와 최 교수는 그들대로 분명한 입장 차이가 있었다. 미애의 사고에 대한 얘기도 서로 달랐다.

김 교수가 지금까지도 그때 거짓말을 한 걸 마음에 담아두고 괴로워했다고 하더니, 그 말이 사실이었다는 것을 증명이라도 하려는 듯 유일한 목격자이자 신고자였던 과일가게의 주인이었던 배씨에게 전화를 걸어 만나자고 했다.

두 교수는 강의까지 휴강한 채 그녀와 함께 배씨를 기다렸다. 다른 때 같으면 화기애애하게 담소를 나누며 시간을 보냈을 그들이지만, 함께 있는 시간이 얼마나 어색하고 힘겨웠는지. 세 사람 모두 같은 마음으로 시간을 죽였다.

오후 네 시가 다 되어서야 배씨가 도착했다.

60대 초반의 배씨는 그날의 일을 정확하게 기억하고 있다고 했다. 자신이 유일한 목격자인데다가 신고전화까지 했던 터라 잊을 수도 없었지만, 김 교수가 잊을 만하면 찾아오거나 연락을 하는 바람에 잊고 싶어도 잊을 수가 없었다고 했다. 전화를 걸거나 찾아와서 몇 번이나 그때의 임산부가 차에 치인 것이 아닌 게 맞느냐고 확인을 하고 또 했다면서.

하지만, 폭우가 쏟아지는 밤이었고 보는 각도에 따라서는 얼마든지 다르게 보일 수도 있었을 거라는 것에는 모두가 동의했다. 졸지에 아내를 잊은 태훈의 입장을 그래서 이해할 수 있다고.

그날은 마침 배씨가 다음 날 파주로 이사를 하는 날이었고, 그가 사라지는 바람에 김 교수와 최 교수 그리고 경찰은 배씨로부터 목격담을 듣지 못했던 상황이었다. 그 때문에 최 교수의 부탁을 거절하지 못한 김 교수가 미애가 차에 먼저 뛰어들었다는 거짓말을 하게 된 것이었다.

어찌 됐든 두 교수는 미애의 죽음에 책임이 있는 사람들이었다. 법적인 책임이 아닌 도의적인 책임일지라도. 게다가 두 교수는 경찰에서 거짓말을 했다. 망자에게 잘못을 뒤집어씌우는 잘못을 저지르고 만 것이다.

아무리 미애가 죽은 것을 몰랐다고 해도, 그들이 지금까지 그 부분에 대해 죄책감을 느끼고 살았다고 해도 면제부가 될 수는 없다. 왜? 그들을 용서해줄 수 있는 사람은 이미 이 세상에 없으니까.

어느새 사방에 진한 어둠이 내려앉아 있었다.

"못된 생각인 건 아는데…… 엄마한테 정말 미안한 마음인 줄은 아는데……. 엄마의 선택이 저한텐 감당하기 힘든 멍에예요. 엄마가 저 대신 돌아가신 것 때문에 아빠한테 아무 말도 할 수 없는 처지가 됐어요. 아빠가 잘못 본 것이라고…… 아빠가 본 게 틀렸다는 말도 할 수 없게 됐어요. 영민 씨와 헤어지라고 한 말을 거두어달라고 매달릴 수도 없어요. 흑흑…… 죄송해요, 엄마. 정말 죄송해요. 엄만…… 끝까지 날 생각해 주셨는데…… 날 지켜주셨는데…… 눈 감는 그 순간까지 내가 상처 없이 자라길 바라셨다고 했는데…… 으흐흑."

그녀 안에 있던 진이 눈물로 다 빠져나간 듯했다. 한참을 흐느끼다 보니 더는 눈물도 나오지 않았다. 빡빡해진 눈에서 통증만이 느껴질 뿐.

"엄마…… 엄마…… 엄마……."

아무리 불러도 대답을 해줄 리가 없다는 것을 알기 때문일까. 그녀의 입에서 나오는 엄마라는 소리가 너무나도 헛헛하게 들렸다. 진이 다 빠져 텅 비어버린 그녀의 몸과 마음만큼이나 허허로웠다.

어제 쏟아진 비로 인해 살랑살랑 불어오는 바람이 참으로 맑았다. 그런데 그녀의 마음은 그 어느 때보다도 혼탁했다. 아무것도 보이지 않는 진흙탕 물처럼.

채연은 자정이 다 되어서야 집에 도착했다. 거실에 간접 조명등 하나만이 사람의 체온을 느낄 수가 없는, 그래서 춥게 느껴지기까지 하는 공간을 비추고 있었다.

조명등이 켜져 있는 것을 보면 태훈이 집에 있다는 뜻이었다. 그런데 주방을 가 보아도 그녀가 나가기 직전의 모습 그대로였다. 오늘도 저녁을 거른 채 방으로 들어간 모양이었다.

다시 거실로 나온 채연은 자신의 방으로 들어가려다 발걸음을 멈추었다. 태훈이 닫아버린 마음처럼, 그의 방문이 굳게 닫혀 있었다.

아빠, 죄송해요. 아빠가 이십 년 넘게 믿고 있는 진실이 사실은 아빠의 오해였다는 말씀을 드려야겠어요.

태훈이 충격을 받더라도 미애의 사고에 대한 '사실'을 이야기해야 한다. 채연은 이번 한 번만 이기적이 되어야겠다고 결심했다. 이번 한 번만. 영민과 함께 할 수 있는 유일한 방법이기에.

태훈의 방 앞에 서서 막 노크를 하려는데, 안에서 흐느낌 섞인 태훈의 독백이 들려왔다. 문밖으로 흘러나오는 그의 음성이 술에 젖어 있었다.

"여보…… 난 단 한 번도 당신을 잊은 적이 없어. 당신이 당신 목숨 대신 나한테 남겨준 우리 딸…… 채연이를 볼 때마다 당신의 마지막 모습이 떠올라서…… 한순간도 당신을 잊을 수가 없었어. 그놈들만 아니면…… 당신을 죽게 만들었던 그놈들만 아니면……. 으흑……."

소리 죽인 태훈의 울음소리가 길게 이어졌다.

태훈이 차라리 통곡을 하면 좋을 것 같았다. 울음을 삼킨다는 것이 얼마나 아픈지, 삼킨 울음이 날카로운 칼이 되어 심장을 갈기갈기 찢는다는 것을 잘 알기에 혼자 숨죽여 우는 태훈이 더더욱 가슴 아팠다.

“오늘 저녁에 배씨가 찾아왔었어. 그놈들이 뭐라고 사주를 했는지 당신이 그놈 차에 치인 게 아니라고…… 내 눈으로 똑똑히 봤는데, 내 눈으로 본 게 잘못됐다고……. 당신은 알지? 당신은 내 말을 믿어줄 거지? 여보, 미애야…… 당신이 없는 이 세상 내가 무슨 힘으로 살아왔는데…… 그놈들을 미워하고 원망하고 증오하는 힘으로 살아왔는데…… 이제 와서……. 아냐, 절대로 아냐. 당신은 그놈들 때문에 죽은 거야. 그놈들이 채연일…… 당신을 죽인 놈 자식하고 살게 하려고…… 그런 몹쓸 짓을 하려고 그때처럼 거짓말을 하는 거야. 죽일 놈들! 때려 죽여도 시원찮을 놈들! 그놈들이 내 딸을, 우리 딸을 뺏어가지 않게 도와줘, 여보. 난, 죽어도 그놈 자식한테 내 딸을 줄 수가 없어. 그랬다간 내가 죽어. 만약 그런 일이 일어난다면…… 내가 갈게. 당신 곁으로 가서 당신하고 못 산 삶 살게. 채연이가 영민이와 헤어질 수 없다면…… 난 당신한테 갈 거야. 죽어도 그 꼴은 볼 수 없어. 그런 꼴을 보느니 당신한테 가는 게 나아. 여보, 내 맘 알지? 내 맘 이해하지? 여보…… 으흐흑…….”

태훈은 절대로 자신이 믿고 있는 진실을 놓을 생각이 없었다. 목격자인 배씨가 거짓말을 하고 있다고 믿고 있었다. 더구나, 그녀가 영민과 헤어지지 않는다면 목숨을 버리겠단다.

세상에! 아버지가 자살할 생각까지 하시다니!

공포에 질린 채연은 온몸이 후들거려 꼼짝을 할 수가 없었다. 하지만 그 자리에 계속 서 있는 건 더 무서웠다. 태훈의 입에서 어떤 말이 더 나올지, 또 얼마나 끔찍한 말을 듣게 될지 겁이 났다. 그녀는 비틀비틀, 간신히 발걸음을 떼어 그곳을 벗어났다.

악몽이었으면 좋겠다고 생각했던 그날로부터 사흘이 지났다. 사흘 동안 집 안은 차디찬 얼음으로 둘러싸인 침묵의 성(城)이었다.

사흘 내내 태훈은 입을 다문 채 출근을 했고 밤늦게 퇴근해서는 자신의 방에서 나오지도 않았다. 식사도 밖에서 해결하는지 집에서는 아무것도 먹지 않았다. 영민과 헤어지지 전까지는 얼굴도 보지 않고 말도 섞지 않겠다고 통고를 한 이후부터 그녀를 투명인간 취급하고 있었다.

그녀 또한 집에만 있었다. 먹지도 않고 씻지도 않고 자지도 않았다. 원래 고민이 있으면 미친 듯이 일을 하는 버릇이 있었다. 그런데 이번에는 그것조차 할 수가 없었다. 일을 해도 머릿속엔 온통 '진실' 이라는 이름하에 가려져 있던 사람들로 북적였다. 일이 손에 잡히지가 않았다. 그래서 아예 일손을 놓아버렸다.

유일하게 그녀에게 아직 남아 있는 것은 눈물뿐이었다. 하도 눈물을 쏟아내서 그런가. 목이 타는 것 같았다. 사실은 가슴이 타는데 이상하게 갈증은 목에서 느껴졌다.

주방으로 가려고 침대에서 일어나는데 갑자기 움직여서 그런지 뱅그르르 현기증이 났다. 휘청, 넘어지지 않으려고 침대에 걸터앉는 순간 휴대폰 진동음이 울렸다. 액정화면을 보니 김 교수였다.

사흘 동안 그녀의 휴대폰이 몸살을 앓을 정도로 진동하게 만든 사람은 영민과 김 교수였다.

「독감에 걸려서 당분간 못 만나.」

김 교수의 사무실에서 나와 공원묘지로 가는 동안 바들바들 떨리는 손으로 영민에게 메시지를 보내놓았다.

연락이 두절된 그녀로 인해 죄 없는 그가 고문당하는 건 싫었다. 그 후 영민에게서 수도 없이 그녀의 건강을 걱정하는 메시지들이 오고 전화도 걸려왔지만, 채연은 메시지도 확인하지 않고 휴대폰도 받지 않았다. 연락이 되지 않아 영민이 애타할 거라는 걸 누구보다 잘 알고 있었지만, 지금은 그를 만나 그 어떤 말도 할 수가 없었다.

여러 번 걸려온 김 교수의 전화 또한 받지 않았다. 그런데 또 전화를 한 것이다. 채연은 휴대폰을 바라보며 진동음이 끝나기를 기다렸다.

띵동 띵동.

휴대폰이 조용해지자마자 초인종이 울렸다.

"설마 영민 씨가……?"

이 시간에 그녀의 집에 찾아올 사람은 영민밖에 없었다. 그래도 혹시 그가 아닐지도 모른다는 생각에 축축 처지는 몸을 이끌고 거실로 나갔다. 뜻밖에도 비디오폰 액정화면에 뜬 사람은 김 교수였다.

그냥 돌아서는데 또다시 초인종이 울렸다. 그녀가 반응을 보이지 않자 그가 계속 초인종을 울렸다. 반드시 그녀를 만나고 가겠다는 그의 의지가 느껴지는 행동이었다. 혹여 밤까지 계속 대문 앞에 있으면 태훈과 마주칠 수도 있겠다 싶어 채연은 어쩔 수 없이 통화버튼을 누르고 말았다.

"돌아가세요."

[통화가 안 돼서 염치불구하고 직접 찾아왔어. 나 좀 만나다오.]

"제발 그냥 돌아가세요."

[채연아! 채연아!]

김 교수의 애절한 목소리를 뒤로 하고 버튼을 다시 눌러 대화를 차단한 그녀가 뒤돌아서는데 또다시 초인종이 울렸다. 돌아보니 액정화면에 다급하고 애처로운 표정으로 그녀를 바라보는 김 교수의 얼굴이 보였다.

채연은 연이어 울려대는 초인종 소리를 들으며 한참을 망설이다 마당으로 나가 대문 앞에 섰다.

"그냥 돌아가시라고 했잖아요."

"너한테 꼭 할 말이 있어서 왔어. 문 좀 열어줘, 채연아."

닫힌 대문 너머에서 들려오는 김 교수의 목소리가 너무나 절박해서 매몰차게 돌아설 수가 없었다. 채연은 결국 대문을 열고 밖으로 나갔다.

"고맙구나. 끝내 안 나오면 어쩌나 했는데……."

그녀를 보는 김 교수의 눈이 젖어 있었다.

"꼭 하실 말씀이 있다면서요? 얼른 하시고 돌아가세요."

"채연아……."

김 교수는 더 이상 말을 잇지 못하고 무릎을 꿇었다.

"아버님……?"

"미안하다. 정말 미안해."

"이러지 마세요. 일어나시라고요."

놀란 채연이 그를 일으켜 세우려고 했지만, 김 교수는 고집스레 그 자세를 유지했다. 그녀도 할 수 없이 한쪽 무릎을 바닥에 대고 앉았다.

"단 한 번뿐이었다."

진심이었다. 살아오면서 누구나 다 그렇듯 실수를 한 적은 있었다. 하지만 잘못인 줄 알면서 작정하고 몹쓸 일을 한 건 그때 딱 한 번뿐이었다.

그가 해외출장에서 돌아온 날 장수와 함께 만나 조금 늦은 저녁 식사를 했다. 하루 종일 맑을 거라는 일기예보와는 달리 헤어질 때쯤부터 갑자기 비가 내리기 시작하더니 이내 폭우로 변했다. 어둡기도 했지만 하늘에 구멍이라도 뚫린 것처럼 쏟아지는 비 때문에 앞이 잘 보이지 않았다.

그가 택시를 타고 귀가하자고 했지만 생전 처음 산 차를 자랑이 하고 싶었던 장수가 말을 듣지 않았다. 폭우 속에서 택시를 잡기가 쉽겠느냐, 오지도 않을 택시를 기다리며 시간을 낭비하느니 차라리 자신의 차를 타고 빨리 집에 가는 게 더 낫지 않겠느냐면서 고집을 부렸다.

장수는 어렸을 때부터 성격이 급해 기다리는 걸 잘 못하는 성격이었다. 그런 친구의 성격을 잘 아는지라 고집을 꺾지 못한 채 그는 결국 장수의 차에 타고 말았다.

대학 때부터 단골이었던 식당이 주택 골목 안에 있어서 운전하기가 더 힘이 들었다. 길도 좁은데다 가로등이 퍼붓는 비 때문에 헤드라이트도 연신 움직여 대는 와이퍼도 제 역할을 하지 못했다. 코앞도 제대로 볼 수 없는 상황이라 초긴장을 한 상태로 운전을 하는 장수가 안쓰러워 보일 지경이었다. 불안한 마음에 차라리 운전 경력이 있는 그가 대신 운전을 하겠다고 했지만 장수가 단호히 거절했다. 이런 상황도 겪어봐야 앞으로 운전을 하는 데 도움이 될 거라면서.

다행히 얼마 안 가 쉴 새 없이 움직이는 와이퍼 사이로 오가는 차량의 불빛들이 희미하게 보였다. 조금만 더 가면 차도가 있다는 뜻이었다. 큰 길로만 나가도 장수가 운전하기에 나은 상황이라 안심이 되었다. 그런데, 차가 골목 끝을 향해 조금 속도를 높여 달리는 순간 갑자기 오토바이가 나타났다. 놀란 장수가 핸들을 틀었고 찰나적으로 사고를 면한 오토바이는 순식간에 골목의 어둠 속으로 모습을 감추었다.

문제는 그다음이었다. 오토바이만 피한다는 생각으로 장수가 반사적으로 핸들을 틀며 브레이크를 밟았는데 차가 멈춰지는 것과 동시에 쿵, 뭔가가 차에 부딪히는 소리가 들렸다.

누가 먼저랄 것도 없이 그도 장수도 차 밖으로 튀어나갔다. 나가보니 한눈에 봐도 임산부인 여자가 바닥에 철퍼덕 주저앉아 있었다. 차를 살펴보니 바퀴가 골목 끝 보도블록 난간에 붙어 있고, 차 앞부분이 보도 쪽으로 넘어가 있었다. 그 바람에 보도 끝자락에 서 있던 사람이 놀라서 넘어진 것 같았다. 다행히 여자와 차는 조금 떨어져 있었다.

주저앉은 여자 옆에 펼쳐진 채 뒤집어져 있는 우산과 접힌 우산이 나란히 놓여 있는 걸 보니 가족을 마중하러 나와 있었던 모양이었다.

두 사람만큼이나 여자도 어지간히 놀랐는지 숨을 몰아쉬며 앉아 있더니 천천히 몸을 일으켰다. 그와 장수가 많이 다친 건 아니냐고, 어디 불편하면 병원에 같이 가자고 했지만 여자가 마다했다. 차에 치일 것 같아 놀라서 피하다가 비 때문에 땅이 미끄러워 넘어진 것이니 신경 쓰지 말라고.

몇 마디 주고받지 않았는데 남편이란 사람이 나타났다. 그리고 오 분도 안 돼 출동한 경찰과 함께 임산부와 남편은 경찰차를 타고, 그는 장수와 함께 승용차로 한 정거장 거리에 있는 경찰서로 향했다.

그는 신분을 밝힌 뒤 아무래도 귀가가 늦어질 것 같아 걱정하실 부모님에게 연락을 하기 위해 경찰에게 전화를 쓰게 해달라고 부탁했다. 경찰관 한 명이 고맙게도 조용히 통화할 수 있는 사무실로 안내를 해주었다. 집에 전화를 해 상황을 설명하고 출장 갔던 일로 전할 이야기가 있어 선배와도 통화를 했다.

통화를 끝내고 사무실에서 나오는데 문 앞에서 기다리고 있던 장수가 애원하듯 부탁했다. 오토바이는 이미 사라져 버린 후라 증인도 증거도 없는 상황에서 오토바이를 피하려고 했다고 말을 해도 아무도 믿어주지 않을 것이라고, 임산부가 크게 다친 것도 아니고 본인도 괜찮다고 하니 여자가 갑자기 차로 뛰어드는 바람에 피하려고 본능적으로 핸들을 꺾었고 그래서 차가 보도블록 쪽으로 밀린 거라고 딱 한 번만 거짓말을 해달라고.

가정형편이 넉넉지 못해 어려운 상황에서 힘들게 공부해 사법고시에 합격을 했는데 혹시라도 이번 일로 인해 괜한 구설에 휘말려 창창한 미래에 지장을 받을까 싶어 걱정이 된다면서.

물론 처음부터 장수의 부탁을 들어줄 생각을 했던 것은 아니었다. 거짓말을 하는 것이 옳은 일은 아니었으니까.

하지만 마음이 흔들렸다. 이 사고가 친구의 창창한 미래에 걸림돌이 되는 것도 걱정이 되었지만 그것보다는 일주일 후엔 결혼식을 올려야 할 장수였다. 이번 일 때문에 경찰서에 들락거리게 된다면 결혼하는 데 지장을 줄 것 같았다. 평생에 가장 큰일이라고 할 수 있는 경사를 앞두고 있는데 괜한 구설에 오르는 것도 신부 측에 폐를 끼치는 일이고. 그래서 차마 그 부탁을 거절할 수가 없었다.

그는 갈등 끝에 눈 질끈 감고 장수가 원하는 거짓말에 동조를 하고 말았고, 그 덕분에 장수도 그도 사고에 대한 조서도 쓰지 않고 귀가 조치를 받았다. 법적으로 없었던 일이 된 것이다.

하지만 집에 오는 내내, 귀가한 후에도 마음이 불편했다. 아무리 친구를 위해 한 일이라며 스스로에게 면죄부를 주려고 해도 양심에 걸리고 죄책감이 들어 뜬눈으로 밤을 지새워야만 했다.

이튿날 근무를 시작하는 시간에 맞춰 경찰서에 찾아가 도의적인 책임이라도 지고 싶다는 핑계를 대고 임산부에게 전해주라며 준비해 간 돈 봉투를 맡겼다. 그렇게라도 해서 거짓말을 한 미안함을 덜고 싶었다.

"내 인생에서 단 한 번 몹쓸 짓을 했는데, 친구를 위한답시고 딱 한 번 부끄러운 짓을 했는데 하필이면 그게……. 그때, 거짓말을 하지 말았어야 했는데……. 다음날이라도 진실을 말했어야 했는데…… 어리석게도 그러지 못했어. 미안하다, 채연아. 정말 미안해. 으흐흑."

김 교수가 기어이 울음을 터뜨렸다. 낮게 내려앉은 그의 어깨가 요동쳤다. 채연은 말없이 오열하는 김 교수를 망연히 바라보았다.

"그때 그분이…… 네 어머니께서 그렇게 돌아가신 줄은 꿈에도 몰랐다. 미안하다, 채연아. 네 어머니께도 네 아버지께도 진심으로 미안하게 생각해."

"꼭 하실 말씀이 있다면서요?"

"채연아……."

김 교수가 그녀의 손을 잡았다.

"우리 영민이한텐 아무 말도 하지 말아다오. 영민이의 엄마도 모르는 일이야. 염치없지만, 정말 부끄럽지만…… 내가 이렇게 부탁하마."

그녀의 손을 잡은 채 김 교수가 두 손을 모으며 기도하듯, 간절한 표정으로 애원했다.

채연은 처음부터 영민이나 오민영 여사에게 시시콜콜 이야기를 다 할 생각 따윈 하지도 않았다. 특히 영민만은 모르고 지나가길 바랐다.

어느 자식이 부모를 사랑하고 존경하지 않겠느냐마는, 김 교수에 대한 영민의 사랑과 존경심은 유독 컸다. 제일 존경하는 사람이 누구냐고 사람들이 물을 때마다 기다렸다는 듯 '아버지입니다' 라고 대답하는 그였다. 그런 그에게 어찌 사실대로 다 말을 할 수 있을까.

하지만 가족들한테 이야기를 하지 말아달라고 부탁하는 김 교수의 모습을 본 순간 빈정이 확 상했다. 김 교수가 어떤 마음으로 그녀에게 부탁을 하는지 알면서도 서운하고 불쾌했다.

"그 부탁…… 하러 오셨어요? 꼭 하실 말씀이라는 게 그거였어요? 아버…… 교수님은 교수님이 잘못한 일이 알려지지 않는 게 그렇게 중요하세요? 진심으로 미안하다면서요? 진짜 미안하게 생각한다면 저한테 이런 부탁을 하러 오시면 안 되는 거 아닌가요?"

"채연아……."

"영민 씨한테 말을 하든 안 하든 그건 제 선택이에요. 제 선택까지 강요하지 마세요!"

채연은 냉랭하게 쏘아붙였다.

"……미안하다."

그가 이렇게까지 미안해하는데. 그래, 한 사람이라도 마음을 편하게 해주자. 다 같이 고통을 받을 필요는 없으니까.

채연은 고개를 쳐드는, 김 교수도 태훈처럼 고통 속에 살도록 놔두고 싶다는 못된 마음을 꾸욱 눌렀다. 김 교수가 아닌 영민을 위해서.

"영민 씨한테도 어머님께도 아무 얘기 안 할 테니까 그만 일어나세요."

그녀가 일어서자 김 교수가 안도하는 얼굴로 따라 일어섰다. 그녀를 바라보는 그의 표정이 간절하다 못해 애처로웠다.

"고맙다. 정말 고마워."

"가세요."

"채연아!"

돌아서려는데 김 교수가 그녀를 불렀다.

"난 널 딸처럼, 아니, 딸이라고 생각해 왔다."

"……알아요."

"지금도 그 생각엔 변함이 없어. 네가 영민이하고 결혼하면…… 살면서 너한테 다 갚아주마. 그때 몹쓸 짓 했던 거 속죄하는 마음으로…… 너희 아버님께도 내가 잘하마."

"……안녕히 가세요."

채연은 대문을 향해 몸을 돌렸다.

"얼굴이 많이 상했어. 영민이 불러줄까?"

그녀가 감기에라도 걸릴라 치면 항상 그래 왔듯 영민이한테 영양가 있는 것 좀 챙겨 먹이라고 하겠다는 뜻이었다.

채연은 말없이 대문을 열고 집 안으로 들어왔다. 그녀의 등에 머물러 떠날 줄 모르는, 안타까워하는 김 교수의 시선을 고스란히 느끼면서.

방으로 들어온 채연은 금방이라도 쓰러질 것 같아 침대 위에 다시 누웠다. 몸이 조금 편해지자 머릿속을 헤집고 들어온 오만 가지 생각들이 그녀를 괴롭혔다.

'영민이와 넌 악연이야!'

매몰찬 소리를 내뱉는 태훈의 마음을 알기에 더 괴로웠다.

경찰서에서 지적했듯이 미애의 직접적인 사인이 접촉사고 때문은 아니었다. 하지만 태훈이 그 사고만 아니었으면, 그들만 아니었으면 미애가 죽지 않았을 거라고 생각하는 걸 탓할 수는 없다. 비록 두 교수와 입장과 시각의 차이가 있었지만 태훈의 입장에선 그렇게 생각할 수밖에 없음을 알기에.

"휴우."

한숨이 절로 나왔다.

'영민이하고 나, 둘 중 하나만 선택해!'

지독하게 차가웠던 태훈의 말이 머리에서 떠나질 않았다.

"어쩌면 좋아……. 아빠, 나 어떻게 해야 해요? 아빨 생각하면 나도 영민 씰 버려야 하는데…… 너무 힘들어."

비록 자신의 세상 전부가 무너진다 해도 그녀는 태훈의 사랑과 헌신을 외면할 순 없다. 그것만은 그녀가 절대로 할 수 없는, 그녀에겐 영원히 불가능한 일이었다.

더구나 태훈은 자신의 뜻을 받아들이지 않으면 두 사람이 이별

해야만 하는 이유를 영민에게 곧이곧대로 그날 있었던 일들을 전부 말하겠다고 통고했다.

만약 영민이 그 사실을 알게 된다면? 생각만으로도 끔찍했다. 아버지에 대한 영민의 무한한 존경심이 하루아침에 무너지는 것이다. 영민이 감당하기에는 너무나 큰 상처다.

어떤 연인이 사랑하는 이가 남은 인생 동안 자신의 아버지를 원망하고 미워하며 살아가게 만들 수 있을까. 진실을 가려주는 것, 그것만이 자신에게 아낌없는 사랑을 준 영민을 위해 그녀가 해줄 수 있는 마지막 보답일 것이다.

시간이 필요했다. 태훈에게 시간을 달라고 애원했다. 서로 감정을 정리할 시간을 달라고 눈물로 호소했다.

'열흘 줄 테니 그때까지 깨끗이 끝내. 만약 네가 그때까지 헤어지지 못하면, 내가 그놈을 만날 거다. 그놈을 만나서 다 얘기할 거니까 알아서 해!'

그 말을 마지막으로 두 사람의 대화는 끝이 났다.

인품이 좋아 부처님 가운데 토막 같다는 소릴 듣는 태훈이지만 마음먹은 일은 꼭 하고야 마는 성격임을 너무나 잘 알기에 채연은 더 이상 아무런 토도 달지 못했다.

평소 사담(私談)과 웃음이 끊이지 않았던 부녀는 며칠째 한 집에 살면서도 각자 따로 움직임으로써 서로 마주칠 기회조차 차단하며 지냈다. 얼굴 볼 새가 없으니 말 한마디 나눈 적도 없다.

부녀(父女) 사이로 무정한 시간이 두 사람의 목을 조이며 느릿느릿 흘러가고 있었다.

6

지난 닷새 동안 독감에 걸려 당분간 만날 수 없다는 문자 한 통만 보내놓고 영민과 아무런 연락도 하지 않았다. 물론 만나지도 않았다. 아직은 그의 얼굴을 볼 자신이 없기 때문이었다.

아무것도 모르는 영민이 계속 전화를 걸고, 답장도 없는 문자를 수도 없이 보내왔다.

받지 않아 부재중 통화로 저장되어 있는 수많은 통화기록들과 태산같이 걱정하는 카톡 글들을 보면서 그녀가 할 수 있는 일이라고는 하염없이 우는 것뿐이었다. 그가 보내온 카톡 글을 보고는 통곡을 하고 말았다. 따뜻한 그의 마음이 그녀의 가슴을 얼마나 아프게 하고 시리게 만드는지, 영민은 영원히 모를 것이다.

대학 합격증을 받은 후부터 시작해 지금까지 한 번도 빠진 적이 없었던 아르바이트. 유난히 그녀를 예뻐해 주는 패밀리레스토랑

'델리 파라다이스'의 사장에게 열흘만 쉬게 해달라고 부탁했다. 아무 사정을 말하지 않았는데도 사장이 흔쾌히 그러라면서 오히려 채연을 걱정해 주었다.

지수와 찬희도 전화를 안 받자 세 사람의 단체 카톡방에 걱정을 태산같이 해대는 글들을 수시로 올려댔다. 막무가내로 집에 오겠다는 걸 말리느라 딱 한 번 글을 남기고는 일절 답글을 올리지 않았다.

세상에 좋은 인연들이 이렇게 많은데, 왜 하필 영민과는 그런 인연으로 만나지 못한 것인지. 생각할수록 안타깝고 가슴이 아팠다.

"휴우우."

침대 위에 쪼그리고 앉아 긴 한숨을 내쉬는데 휴대폰에서 '카톡'이 연신 울려댔다.

—아직도 많이 아파? 내가 가서 죽도 끓여주고 약도 먹여주고 싶은데…… 오지 말래서 갈 수도 없고 ㅠㅠ.

나 진짜 가면 안 돼? 얼굴 못 본 지 벌써 5일이나 됐어!

내 여자 정채연이 보고 싶어 미치겠다!

아직도 아파서 어떡해. 나쁜 감기 다 나한테 주고 넌 아프지 마, 제발!

대신 아파주고 싶은데 그럴 수 없어서 정말 속상하고 마음 아프다. 얼굴 보고 안아주고 싶은데, 아직도 안 돼?

대문 앞이야. 나, 독감 옮아도 괜찮으니까 문 좀 열어줄래?

대답이 없네. 너 곤란하게 하기 싫어서 그냥 간다. ㅠㅠ

정채연, 알지?! 내가 진짜 진짜 많이 사랑해!!! ♡♡♡

카톡 창을 확인하는 채연의 커다란 눈에서 왈칵 눈물이 쏟아졌다. 채연은 벌떡 일어났다. 빙그르 방이 돌았다. 현기증이 가시지 않아 벽을 짚고 방을 나갔다. 휘청휘청 현관으로 달려가 대충 슬리퍼를 발에 끼고 마당을 가로질러 태훈의 입처럼 굳건히 닫힌 대문 앞에 섰다. 닫혀 있는 대문을 향해 거침없이 뻗어나가던 손을 거두었다. 영민이 대문 밖에 있을지 모르는데, 그를 만날 엄두가 나지 않았다. 아직은 그와 이별할 준비가 되어 있지 않았다.

그럼에도 불구하고 그가 보고 싶어 혹시나 하는 마음에 대문의 틈새에 눈을 대고 바라보았지만 아무도 보이지 않았다. 영민이 있으면 어쩌나 걱정을 하면서도 아이러니하게도 그가 보이지 않아 조바심이 났다. 일부러 호흡까지 멈춘 채 귀를 대문에 대고 밖의 소리를 듣기 위해 애를 썼지만 인기척이 전혀 느껴지지 않았다.

영민 씨, 거기 없어? 벌써 간 거야?

이율배반. 다행이다 싶으면서도 심장이 울컥울컥 서러움을 토해내는 같았다. 크나큰 상실감에 가슴속에서 휘익휘익 찬바람이 휘몰아쳤다. 채연은 걸쇠를 풀고 대문을 열었다.

대문밖엔 아무도 없었다. 집 밖으로 나와 영민이 서성대고 있었을 공간에 섰다. 야속하게도 상큼하면서도 달콤한 그의 향기는 남아 있지 않았다.

향기라도 좀 남겨놓고 가주지.

진한 아쉬움이 그녀의 전신을 휘감았다. 다시 집 안으로 들어가기 위해 돌아서는데 대문 옆에 놓인 제법 큰 사이즈의 쇼핑백이 눈에 띄었다. 영민이 고맙게도 자신이 왔다 간 흔적을 남겨주고 갔다.

쇼핑백을 들고 자신의 방으로 들어온 채연은 침대 위에 걸터앉아 쇼핑백 안에 든 것들을 꺼내놓았다. 카드와 과일이 담긴 통 그리고 커다란 보온병이었다. 황급히 봉투를 집어 든 그녀는 카드를 꺼내 들고 펼쳤다.

—고집쟁이 정채연, 대문 앞에 네가 좋아하는 망고하고 매생이굴죽 놓고 간다. 내가 직접 사랑 듬뿍 담아서, 너 빨리 나으라고 주문을 걸면서 끓인 죽이니까 입맛 없어도 꼭 먹어. 빨리 기운을 차려야 우리 얼굴 보지. 얼른 네 얼굴 보면서 얘기하고 싶다. 채연아 무지무지 사랑해~~~~♡♡♡

영민이 써놓은 글만 봐도 그가 그녀를 얼마나 아끼고 보고파하는지 그대로 느껴졌다.

채연은 입술을 깨물어 금방이라도 쏟아질 것 같은 눈물을 삼키고 강화유리로 된 통의 뚜껑을 열었다. 그의 말대로 그녀가 좋아하는, 껍질을 벗겨 예쁘게 잘라놓은 노란 망고들이 보기 좋게 놓여 있었다. 그것을 보고 있노라니 또다시 눈물이 차오르기 시작했다. 채연은 입술을 더 세게 깨물고는 몇 번 그가 직접 만들었다며 소고기스튜, 해삼탕 그리고 태훈이 좋아하는 아욱국을 손수 끓여 담아왔던 낯익은 보온병의 뚜껑을 열었다. 뚜껑을 열자마자 바다 냄새를 품은 매생이와 굴의 향긋한 향내가 화악 풍겼다. 그 향이 얼마나 진하고 고소한지 냄새만 맡아도 그의 애정과 정성이 그대로 느껴질 정도였다.

망고와 매생이굴죽은 그저 과일이나 음식이 아니었다. 제 몸보다 더 아끼는 그녀를 향한 그의 사랑이었다.

이런 영민 씰 어떻게 보내지? 이런 영민 씨 없이 어떻게 살아? 영민 씨…… 이제 우리 어떻게 해?

대답해 줄 사람은 가고 없는데, 답안지가 잘려 나간 물음들이 날카로운 칼이 되어 인정사정없이 그녀의 심장을 휘갈겨댔다.

영민과 만나지 못한 지 6일째가 됐다.

지난 밤, 채연은 아버지와 한 약속을 더는 미룰 수가 없다는 생각에 뜬눈으로 밤을 지새웠다.

오늘은 영민에게 전화를 걸어야지, 결심을 했던 그녀였다. 그런데 태훈이 출근을 한 후 두 시간이 지났지만 그에게 전화를 걸 엄두가 나지 않아 휴대폰만 들었다 놨다, 바보처럼 몇 번이나 같은 행동을 더 반복한 후에야 이를 악물고 단축번호 2를 눌렀다.

[채연아, 이제 다 나았어? 다 나아서 연락한 거 맞지? 진짜 아픈 데 없는 거 맞아?]

영민의 목소리를 듣는 것만으로도 울컥울컥 울음이 치밀어 올랐지만 채연은 애써 약해지려는 마음을 다잡았다.

"오늘…… 시간 있어?"

[당연히! 우리 채연이 만나는 일이면 당연히 시간 있지 그럼. 새삼스레 뭘 그런 걸 묻고 그래? 나한텐 네가 무조건 일순위라는 거 다 알면서.]

"몇 시쯤 나가면 돼?"

[당장! 지금 당장 만나자.]

항상 당연하게 들렸던, 지금 당장 보자는 영민의 말이 오늘은 너무 아프게 들렸다. 애써 참고 있던 눈물이 창백한 그녀의 두 뺨을 적시며 주르륵 흘러내렸다.

“일하는 중이었으면 할 일 해. 시간 낼 수 있을 때 나갈 테니까.”

[아냐. 내가 가. 이제 막 괜찮아졌는데 독감 덧나면 안 돼.]

“다 나아서 안 덧나. 내가 스튜디오 쪽으로 나갈게.”

[안 돼. 절대 안 돼. 아직 무리하지 마. 내가 가. 내가 갈 거니까 꼼짝 말고 집에 있어. 절대 먼저 움직이지 마, 알았지?]

“영민 씨!”

[차 키 챙겨서 나가는 중이야.]

“내가 가도 된다니…….”

[정채연 양, 기다리세요. 금방 갑니다.]

“알았어.”

오늘도 그녀가 졌다.

영민은 늘 그녀를 조금이라도 편하게 해주려고 배려를 해주었다. 다른 건 다 그녀에게 양보하고 져주는데 두 가지만은 져주려고 하지도 않고 양보하려고도 하지 않는다. 뭐든지 그녀를 우선순위에 놓고 생각하며 움직이는 것. 그리고 자신이 그녀를 더 많이 사랑한다고 우기는 것. 그 두 가지만은 절대로 포기하지 않았다.

[착하다, 우리 채연이. 후후후.]

“운전 조심해.”

[오케이.]

“빨리 오려고 서두르지 말고.”

[그건 자신 없는데? 1초라도 빨리 보고 싶어서…….]

"영민 씨!"

[하하하. 알았어, 조심할게. 그런데 채연아.]

"응. 말해."

[나, 너 만나러 가는 거 맞지?]

"응."

[만나러 가는데 왜 보고 싶어서 죽을 것 같지?]

"……."

[거 봐. 내가 널 더 많이 사랑한다니까!]

"……."

[어? 조용하네. 다른 때 같으면 내가 널 사랑하는 것보다 네가 날 더 사랑한다고 우겼을 텐데, 어쩐 일이야? 이제야 순순히 인정하기로 했나 보네.]

이젠 그럴 수 없는 입장이라는 걸 그가 알 리 없었다. 그래서 얼마나 그녀의 마음이 아픈지도.

"……주차장에 도착한 거 아냐?"

[빙고! 역시 난 우리 채연이의 손바닥 안에 있다니까. 아, 행복하다.]

"별게 다 행복하대."

이미 습관이 되어버려 자신도 모르게 튀어나온 투정부리는 듯한 말투에 깜짝 놀란 채연의 미간에 주름이 잡혔다. 그와 함께 한 시간 동안 그녀의 마음과 몸에 붙어버린 습관들이 얼마나 많은데, 앞으로 그 습관들이 튀어나올 때마다 어찌해야 할지. 벌써부터 가슴이 먹먹해졌다.

"그만 전화 끊어."

[계속 네 목소리 듣고 싶은데…… 안 되겠지?]

"운전하는 데 방해돼."

[그렇게 말할 줄 알았어.]

영민의 음성에 짙은 아쉬움이 묻어 있었다.

"먼저 끊어. 이제 차 탈 거잖아."

[내 차 앞에 도착했어. 네가 먼저 끊어.]

"응."

채연은 군말 없이 통화 종료 버튼을 누르고 이미 끊어져 버린 휴대폰을 아프게 바라보았다. 영민과 통화를 하고 카톡을 하는 데 가장 많이 사용되던 휴대폰이었다. 이젠, 그와 통화를 하거나 카톡을 할 수 있는 날들이 얼마 안 남았다고 생각하니 휴대폰을 바라보는 것만으로도 심장이 욱신거렸다.

채연은 손에 쥐고 있는 휴대폰을 가슴에 품었다. 영민과 통화를 하느라 배터리가 가열돼 제법 따뜻했다. 따뜻한 휴대폰을 품은 가슴이 얼음을 안고 있는 것처럼 시렸다.

"나도…… 영민 씨가 보고 싶어서 죽을 것 같아. 내가 더 많이 사랑하는데…… 영민 씨가 날 더 사랑한다고 말하면서도 내가 더 많이 사랑한다고 하는 말 듣는 거 좋아하는데……. 더 많이 사랑한다는 말 이젠 못해주는데……. 어떡할래? 우린 이제 어떻게 살지……?"

"어? 왜 벌써 나왔어? 내가 전화하면 나오라니까."

영민은 카페의 구석진 자리에 앉아 있는 채연을 발견하고 서둘러 걸어가 그녀와 마주 앉으며 툴툴거렸다.

"왜 그렇게 얼굴이 상했어? 아직 덜 나은 거 아냐?"

"다 나았어."

"진짜 심하게 아팠나 보다. 일주일도 채 안 됐는데 너무 핼쑥해졌어."

대답 대신 보여준 채연의 미소가 바람 빠진 풍선처럼 기운이 없어 보였다.

"안쓰러워 죽겠네. 이럴 줄 알았으면 대문을 부수고 들어가서라도 네 옆에 붙어 있으면서 영양가 많은 음식들 만들어서 챙겨 먹일걸…… 이런 땐 네 말 잘 듣는 내가 밉다. 이번만은 네 말 듣지 말걸, 후회막급이야 진짜."

영민은 안색도 파리하고, 많이 야위어 보이는 채연을 보니 마음이 아팠다.

"아직 바깥출입하면 안 되는 거 아냐? 그러게 집으로 간다니까 왜 굳이 밖에서 만나자고 해?"

"괜찮아."

"하나도 안 괜찮아 보여. 내가 애타할 줄 뻔히 알면서 연락도 딱 끊어버리고. 지난 닷새 동안 진짜 미운 고집쟁이였어, 너."

너무 속상한 나머지 고운 말이 안 나왔다.

"지금도 그래. 연락하면 나오라니까 왜 먼저 와서 기다리고 있어?"

채연의 집을 향해 차를 몰던 중 그녀의 전화를 받았다. 청소를 안 했으니까 집으로 오지 말고 집 근처 카페에서 만나자는 전화였다. 가서 청소해 줄 테니까 아무 걱정 말라고 했지만 채연이 고집을 부려 어쩔 수 없이 그러겠다고, 하지만 독감이란 놈이 원래 뒤끝이 긴 놈이니까 카페에 도착해서 전화할 테니 그때 집에서 나오라고 하고는 전화를 끊었다.

카페에 도착할 때까지만 해도 채연이 당연히 그의 말대로 할 줄 알았는데 아니었다. 먼저 나와서 그를 기다리고 있었다. 이럴 땐 미운 고집쟁이, 정채연이다.

"답답해서."

"하긴 내내 집에만 있었으니 답답하긴 했겠다. 그래도 어차피 나올 건데 조금이라도 더 누워 있다가 나오지. 앉아 있는 거 힘들지 않아?"

"괜찮아."

"다행이네."

영민은 주문 받으러 온 종업원에게 감기에 좋은 유자차 두 잔을 달라고 부탁하고는 채연의 얼굴을 말없이 바라보았다. 언제 봐도 예쁜 여자다. 이렇게 예쁜 그녀를 6일 만에 본다는 게 억울할 정도로 사랑스러웠다, 정채연은.

"그만 봐. 얼굴 구멍 나겠어."

"보고 싶어 죽는 줄 알았어. 일주일 가까이 못 봤는데 그동안 못 본 한풀이 해야지."

그의 마음을 알았는지 채연도 더 이상 그만 보라는 소리는 하지 않았다. 보고팠던 사람을 보는 것처럼 행복한 게 또 있을까 싶을 정도로 채연의 얼굴을 보고 있는 지금 이 순간이 참으로 행복했다.

종업원이 가져다준 유자차를 채연이 마시는 시늉만 하더니 테이블 위에 잔을 내려놓았다.

"다 마셔. 지금부턴 몸에 좋은 건 뭐든지 다 먹어줘야 해."

영민은 잔을 들어 채연의 손에 쥐어주었다.

"뜨거우니까 후후 불어가면서 마셔. 데이지 않게 조금씩 조금씩."

채연이 순순히 그의 말을 따랐다. 후후 불어가며 유자차를 마시는 채연을 보며 그도 잔을 비웠다.

"영민 씨, 우리 둘이…… 여행 가자."

"지금 뭐라고 했어?"

영민은 믿기 어려운 표정으로 채연을 바라보았다. 아니, 아무래도 잘못 들은 것 같아서 확인이 필요했다.

"여행 가자고, 우리 둘이서만."

채연은 놀라움이 가득한 영민의 시선을 피한 채 아주 짧게 대답했다. 차마 그의 맑은 두 눈을 똑바로 바라볼 수가 없었다.

"너하고 나, 우리 둘이서만 가자고 한 거 맞지?"

"응."

"지금까지 우리 둘이서만 여행 간 적이 없잖아. 갑자기 왜? 아니, 진짜 가도 되는 거야?"

영민과 사귀면서 채연은 단둘만 외박하는 여행을 간 적이 단 한 번도 없었다. 영민이 사진을 찍기 위해 당일치기로 지방에 같이 간 적은 있었지만, 하룻밤 이상 자고 올 때엔 항상 찬희와 신호, 지수와 규민 두 커플과 함께였다.

태훈은 나이에 비해 젊은 사람들에 대한 이해심도 많고 생각이 깨인 편이긴 하지만 가정교육에 관해서는 꽤 보수적인 사람이었다. 그가 보수적인 면이 있다고 해도 그녀가 영민과 단둘이 여행을 가겠다고 말하면 대놓고 반대하진 않았겠지만, 모든 부모님들이 그렇듯 딸을 믿으면서도 혹시나 하는 마음에 잠을 설칠 게 뻔했다.

그런 아버지를 집에 홀로 남겨두고 영민과 단둘이 여행을 가는 건 채연의 양심이 허락지 않았다. 그래서 일부러 둘만의 여행을 피했다. 그런 그녀의 입장을 영민이 전적으로 배려해 주지 않았다면 3년 동안 사귀면서 한 번도 싸우지 않고, 갈등 한 번 겪지 않은 연애는 하지 못했을 것이다.

영민은 요즘 여자들 같지 않게 성적인 부분이나 스킨십에 대해 조심스러워 하는 그녀를 진심으로 이해해 주었고, 채연은 그런 그의 배려가 한없이 고마웠다.

"내가 영민 씨랑 여행을 가고 싶어서 그래."

영민의 눈이 화들짝 커졌다. 둘만 여행 가자고 했을 때보다 더 놀란 표정이었다. 충격을 받았는지 딱 벌어진 영민의 입이 다물어지지 않았다.

"영민 씨, 같이 가줄 수 있지?"

"가줄 수 있냐니, 그런 말이 어디 있어? 같이 가주는 게 아니라 같이 가는 거지."

"알았어. 정정할게. 같이 갈 수 있지?"

그제야 영민이 흡족한 미소를 보이며 크게 고개를 끄덕였다.

영민은 가끔 이상한 데서 까탈스럽게 군다. 자신이 그녀에게 하는 행동에 대해서는 유독 정확하게 표현하기를 바란다. 늘 많은 걸 해주면서도 해주는 게 아니라 하는 거라고.

"네가 가고 싶다면야 난 무조건 오케이지. 그런데 아버님은? 우리 둘만 여행 간다고 하면 아버님 걱정하실 텐데…… 괜찮겠어?"

태훈이 신경 쓰이는지 영민의 미간에 잔주름이 잡혔다.

"……괜찮아."

"우리가 방 두 개 잡을 거라고 말씀드려도 속으론 걱정하실 거야. 아버님 걱정하시는 거 너도 싫어하지만 나도 싫어. 차라리 아버님 모시고 셋이 가는 게 어때?"

"아빠한테 허락 받았어."

채연은 거짓말을 했다.

태훈에게 허락을 받은 게 아니라고 말하면 둘만의 여행을 떠날 영민이 아니었다. 거짓말하는 걸 병적으로 싫어하는 그녀였지만 그와 여행을 가기 위해서는 거짓말을 하는 것 외에 다른 방법이 없었다.

"휴우. 아버님께서 허락을 해주셨구나."

영민의 미간에 잡혀 있던 잔주름이 사라짐과 동시에 매력적인 입술이 휘어지며 보기 좋은 미소를 만들어냈다.

"아버님께서 허락하셨다니까 기분은 엄청 좋은데 이상하게 믿기지가 않네. 다음 달에 약혼할 거라 아버님께서 인심 쓰신 건가?"

"……그런가 봐."

거짓말. 그리고 계속 이어가야 할 거짓말들.

채연은 거짓말을 할 수밖에 없는 상황이 너무 싫었다. 영민을 속여야만 하는 이 현실이 야속했다. 가슴이 욱신거렸지만 채연은 가까스로 포커페이스를 유지했다.

"아빠가 우리 곧 약혼할 거니까 괜찮다고, 둘이 여행 가고 싶으면 갔다 오라고 하셨어."

"와우, 최고의 약혼 선물이야! 역시 아버님이 제일 멋지셔!"

"그렇게…… 좋아?"

"당연히 좋지! 아, 이러고 있을 때가 아니다. 아버님께 감사하다고 말씀드려야지."

영민이 재킷 주머니에서 휴대폰을 꺼내들었다. 당황한 채연은 손을 뻗어 휴대폰 케이스를 여는 영민을 저지했다.

"전화하지 마, 영민 씨."

"이렇게 좋은 선물을 받고서 가만히 있는 건 도리가 아냐. 우리 여행가는 거 허락해 주셔서 감사하단 말씀 드려야지."

"아빠 오늘 출장 가셨어. 닷새 후에나 오실 거야."

채연의 입에서 또 다른 거짓말이 튀어나왔다. 한마디, 한마디 거짓말을 토해낼 때마다 속이 쓰리고 아팠다.

"출장?"

"응."

"언제 가셨는데?"

"오늘 아침에."

"미리 연락 좀 해주지. 잘 다녀오시라고 찾아뵙고 인사드렸어야 했는데 인사는커녕 전화도 못 드렸으니…… 죄송해서 어쩌지?"

"어제 퇴근하시기 직전에 결정된 거래. 집에 오시자마자 출장에 필요한 서류들 정리하고 짐 싸느라 정신없이 바쁘셨어."

"그랬구나. 어쨌든 너 다 나은 다음에 가시게 돼서 다행이다. 너 아플 때 출장 가셨으면 마음이 편치 않으셨을 텐데."

"……그러게."

"그래도 잘 다녀오시라고 전화드려야 하는 거 아닌가? 여행 선물 감사하단 말씀도 드리고."

"계속 회의가 잡혀 있어서 통화하기 힘들다고 하셨어."

"그럼 전화하면 안 되겠구나. 문자 남기기도 좀 그러네. 휴대폰 전원 안 끄고 회의하시는 거면 입장 곤란하게 해드리는 거니까."

"그러니까 하지 마."

"그래, 하지 말자. 여행 갔다 와서 큰절이라도 올려야겠다."

빙글빙글 웃는 영민을 보며 채연은 속으로 안도의 한숨을 내쉬었다.

영민이 전화를 해도 태훈이 받지 않겠지만, 혹시라도 두 사람이 통화를 하게 되면 태훈의 입에서 어떤 말이 나올지 겁이 났다.

"연세도 있으신데, 우리 아버님 힘드시겠다. 참, 출장은 어디로 가신 거야? 비행기 오래 타시면 불편하실 텐데, 먼 데로 가시진 않았어?"

"중국."

"휴우, 시차 때문에 고생하시지 않아도 돼서 그나마 다행이네. 그런데 음식이 입에 안 맞아서 고생 좀 하시겠다. 느끼한 음식 드시면 속 안 좋다고 하시는데……."

영민의 음성에 걱정이 한가득 담겨 있었다.

아빠, 이런 사람을 버리셨다고요? 이렇게 아빠를 아끼고 생각해 주는 사람을……?

채연의 가슴이 탄식했다.

아빠, 이런 사람을 잊고 살라고요? 내 아빠란 이유 하나만으로 무조건 아버질 사랑하고 존경하는 이 남자를……?

그녀의 심장이 울부짖었다.

"너하고 둘이 여행 갈 생각하니까 벌써부터 설렌다. 자, 이젠 우리 여행 계획 짜자. 언제 갈까? 장소는? 어디 꼭 가보고 싶은 데 있어?"

설렌다는 말을 증명이라도 하듯이 영민의 표정이 한껏 상기되어 있었다.

"오늘."

"뭐? 오늘? 오늘 떠나자고?"

"응, 오늘."

담담하게 말하는 그녀를 영민이 놀랍다 못해 신기하다는 표정으로 바라보았다.

"장소는 영민 씨가 정해."

"진짜…… 오늘 떠나자고?"

"왜? 오늘 가면 영민 씨 곤란한 일 있어?"

"아, 아니."

"그런데 왜 그렇게 놀라? 영민 씨가 정 곤란하면……."

"아냐, 곤란할 거 하나도 없어. 너 아파서 못 만나는 동안 난 일밖에 할 게 없었잖아. 급한 일은 다 마무리 지었어. 지금 당장에라도 떠날 수 있어."

"그럼 지금 가."

"채연아?"

"2박 3일, 괜찮지?"

채연은 그나마 애써 붙들고 있는 의지가 무너져 헤어짐의 수순을 밟기 위한 이별여행 따위는 가고 싶지 않다는 말을 하게 될까 봐 일부러 더 세게 밀어붙였다.

"정채연?"

"너무 길어? 더 짧게 가?"

"너…… 혹시 무슨 일 있어?"

그녀를 바라보는 영민의 미간에 깊은 골이 생겼다. 심각할 때 생기는 그의 버릇이었다.

"아니, 아무 일도 없어."

"정말로 아무 일도 없어?"

"응."

"하긴, 네가 거짓말할 사람은 아니니까."

"……."

"아무 일 없으면 됐어."

"……."

"그동안 아파서 집에만 있느라 답답했나 보구나. 바람이 쐬고 싶은 거지?"

"응. 답답해서 미칠 것 같아."

그 말만은 진심이었다. 거짓말이 아닌.

"좋아, 가자. 우리 채연이가 바람 쐬고 싶다는데 2박 3일이든 일 년이든 무슨 상관이야? 난 다 괜찮아."

"고마워."

"당연한 건데 고맙긴 뭐가 고마워? 설마 또 말해줘야 돼?"

"뭘?"

"정채연, 넌 나한테 무조건 일순위야. 제발 잊지 말아줬으면 좋겠다."

"알아."

그래서 더 고마워. 지금, 이대로 시간이 멈춰 버렸으면 좋겠어.

"좋아. 우리 채연이가 원한다면 가야지, 지금 당장."

영민이 1초도 지체할 수 없다는 얼굴로 벌떡 일어났다. 채연도 의자 밑에 두었던 빅백을 집어 들어 어깨에 메며 자리에서 일어섰다.

"참, 갈아입을 옷 있어야 하잖아. 집에 들를래? 아니면 나가서 필요한 옷 사 갖고 갈까?"

"난 간단하게 챙겼어."

채연은 어깨에 메고 있는 빅백을 시선으로 가리켰다. 그러자 영민의 시선도 그녀를 따라 불룩한 빅백을 바라보았다.

"너 빅백 좋아해서 항상 이것저것 많이 넣어갖고 다니는 게 신경 쓰였는데, 이럴 때 유용하게 쓰이네."

항상 그래 왔듯, 그녀의 어깨에 걸린 빅백을 빼내 영민이 자신의 어깨로 옮겨 메더니 손을 내밀었다.

채연은 잠시 그의 커다란 손을 바라보았다. 너무 익숙해서 자신의 손처럼 느껴지는 그 손과도 며칠 후엔 작별을 해야 한다. 채연은 울컥 치미는 눈물을 삼키고 손을 뻗어 그의 손을 잡았다. 역시, 따뜻했다.

채연은 굳이 영민에게 여행을 가기 위해 준비할 게 있느냐고 묻지 않았다. 스튜디오에서 밤샘 작업을 하는 날이 많은데다 불시에 지방에 촬영을 하러 갈 때가 있어서 늘 차에 속옷과 양말, 갈아입을 옷들을 챙겨가지고 다니는 걸 알고 있었기 때문이었다.

"어디로 가는지 안 물어봐?"

운전을 하던 영민은 조수석에 앉아 말없이 창밖을 내다보는 채연을 보며 물었다.

"영민 씨랑 함께 가는 곳이면 어디든 상관없어."

아주 마음에 쏙 드는 말이다. 예쁜 말만 하는, 세상에서 가장 예쁜 입술에 진한 입맞춤을 해주고 싶은 충동이 일었지만 운전하는 중이라 영민은 그저 마른침만 삼키고 말았다.

"너한테 꼭 보여주고 싶은 곳이 있어. 보면 깜짝 놀랄 거야, 너무 멋진 곳이라서."

"놀랄 준비하고 있을게."

"준비는 내가 하고 있을 테니까 넌 마음껏 놀라. 단, 내 옆에서만 놀라야 해."

"왜?"

"놀라서 쓰러지면 다치잖아. 쓰러지기 전에 내가 안아줘야 하니까 꼭 내가 옆에 있을 때 놀라야 해. 후후후."

"그럴게. 그런데 무작정 가도 돼?"

"그 집 주인 영국에 있거든. 지금 집 비어 있어."

"집 비어 있으면 어떻게 들어가? 문을 열어놓고 영국에 가진 않았을 거 아냐? 열쇠 없어도 돼?"

"그런 걱정은 붙들어 매세요. 담 넘어 들어가진 않을 거니까."

"걱정 안 해. 그냥 궁금해서 물어본 거지. 뭘 하든 어딜 가든 영민 씨가 날 걱정시킬 사람이 아니란 걸 알거든."

이십여 분을 더 달리니 조금 더 진한 시골 풍경이 두 사람을 반졌다.

"너무 좋다."

채연이 창밖에 붙박이처럼 붙어 있던 시선을 돌려 빙글빙글 웃는 그를 바라보았다.

"뭐가?"

"네가 내 옆에 있어서."

"……."

"진짜 좋아. 행복해."

"그렇게 행복해?"

묻는 채연의 표정이 사뭇 진지했다.

"아까 말이야. 네가 나하고 함께 가는 곳이면 어디든 상관없다고 했잖아. 뭘 하든 어딜 가든 내가 널 걱정시킬 사람 아니란 걸 안다고도 했고."

"응. 근데 그게 왜?"

"네가 무한정 날 신뢰하고 사랑한다는 게 느껴져서 무진장 행복해."

"아……."

"네가 그런 말들을 해줄 때면 내가 세상에서 제일 멋진 남자가 된 기분이야."

"영민 씬 세상에서 제일 멋진 남자야."

자신의 여자한테 세상에서 제일 멋진 남자라는 말을 듣는 남자가 얼마나 될까. 영민은 가슴이 벅차올랐다.

"네가 계속 그런 말을 할 수 있게 내가 잘할게."

"지금까지도 넘치도록 잘했어. 이젠 안 그래도 돼."

"무슨 소리야?"

영민은 펄쩍 뛰는 표정으로 채연을 보며 말을 이었다.

"항상, 언제나, 매일매일 더 잘할 거야. 죽을 때까지, 아니, 죽어서도 잘할 거야. 그러니까 내 옆에 딱 붙어 있으면서 내가 얼마나 잘하는지 지켜봐. 내 말 무슨 뜻인지 알지?"

"……."

안다. 너무 잘 알아서 더 아프다. 채연은 눈시울이 뜨거워져 더는 그를 바라보고 있을 수가 없었다. 울먹이는 소리가 튀어나올까 봐 대답도 하지 못한 채 다시 창밖으로 시선을 돌리고 말았다.

"왜? 또 오글거려? 이젠 내성이 생길 만도 한데 참 안 생기네. 후후후."

"……."

그녀의 침묵으로 생긴 공백을 영민이 달콤한 웃음소리로 메워주었다.

"다른 건 다 네가 원하는 대로 하는데, 이것만은 네가 참아주라. 네가 쑥스러워서 달달한 말 잘 못하니까 내가 네 몫까지 두 배로 하는 거거든. 앞으로도 쭉 그렇게 할 거야."

영민은 도무지 실감이 나지 않았다. 단둘이 가는 여행을 태훈이 허락했다는 것만으로도 놀라웠지만, 이 순간 그녀와 함께 2박 3일로 여행을 떠나고 있다는 사실이 꿈만 같았다. 같이 차를 타고 가면서도 믿기지가 않았다.

지난 3년 동안 그가 출장을 갔을 때 채연이 맹장수술을 한 것만 빼면 크게 아픈 적이 없었다. 감기에 걸렸든 배탈이 났든 그가 늘 그녀와 함께 있었다. 그와 함께 병원에 갔고, 그가 그녀 옆에 붙어 앉아 먹을 것을 챙겨주고 약도 먹여주곤 했었다. 그런데 이번엔 이상할 정도로 달랐다.

「독감에 걸려서 당분간 못 만나.」

달랑 메시지만 보내놓고 채연이 작정한 사람처럼 연락을 아예 끊어버렸다. 심지어는 대문 앞까지 찾아간 그를 얼굴도 보여주지 않고 그냥 돌아서게 만들었다. 이런 일이 처음이었던 터라 영민은 더 안절부절못했고 심하게 아플 그녀 걱정에 애가 탔다.

채연은 보통 땐 유순한 편이지만 한 번 마음을 먹으면 어지간해서는 그 결심을 꺾지 않는 고집쟁이 같은 면이 있다. 그런 그녀의 성향을 알기에 그는 만나겠다고 고집을 부릴 수도 없었다.

얼마나 심하게 아프면 답장도 못해주고 통화도 못할까. 채연의 상태를 알 수가 없어 더 걱정되어 잠도 잘 수가 없었다. 그래서 날마다 태훈에게 전화를 걸었지만 그와도 통화를 하지 못했다.

오죽 답답했으면 하루에도 몇 번씩 태훈의 회사로 찾아가 볼까 하는 생각까지 했었을까. 하지만 그럴 수가 없었다. 통화를 할 수 없을 정도면 눈코 뜰 새 없이 바쁘다는 뜻인데 괜히 찾아갔다가 태훈을 곤란하게 만들지도 모른다는 생각에 차마 발길이 안 떨어졌다.

찬희와 지수에게도 매일 전화를 걸었다. 두 사람도 채연을 만날 수가 없다고 했다. 집으로 문병을 가겠다는 단체 카톡방에 절대로 오지 말라는 글을 딱 한 번 남긴 게 전부라면서.

찬희와 지수가 예전엔 이런 일이 없었는데 이번엔 대체 왜 이렇게 유난스럽게 구는지 모르겠다며 오히려 그에게 그 이유를 아느냐고 물었다.

5월에 약혼을 하고, 내년에 그녀가 졸업하면 바로 결혼을 하기로 한 사이인데 그깟 독감 좀 옮는 게 뭔 대수라고 그를 만나주지도 않는 것인지. 독감을 그한테 옮기기 싫어하는 그녀의 마음을 알면서도 내심 그와의 연락까지 끊어버린 그녀한테 처음으로 야속한 마음이 들었다.

빨리 채연이 낫기를 마음으로 기도하며 답답하기만 한 하루하루를 일만 하면서 버텼다. 끝내 못 참고 어제는 결국 그녀의 집 앞까지 가고 말았지만.

5일 동안 못 봤는데 한 50년은 못 본 것 같았다. 일에 집중하려고 했지만 도저히 집중이 안 돼 커피잔을 손에 들고 창가에 서서 오늘은 제발 그녀를 볼 수 있으면 좋겠다고 생각하는데 휴대폰 진동음이 울렸다. 휴대폰 액정에 뜬 발신자를 보고 얼마나 기뻤는지, 손에 들려 있던 컵을 놓쳐 박살을 냈다. 슬리퍼를 신은 발등에 쏟아진 커피가 뜨거운 줄도 몰랐다. 처음으로 그녀에게 느꼈던 야속함마저도 깡그리 사라졌다.

차가 국도로 들어서자 화려한 봄꽃으로 옷을 갈아입은 길들이 끝도 없이 펼쳐졌다. 예년보다 기온이 따뜻한 편이라더니 꽃들이 일찌감치 제 얼굴을 마음껏 드러내고 있었다.

“채연아, 배 안 고파?”

차창 너머로 꽃들을 바라보던 채연은 고개를 돌렸다. 눈웃음이 가득한 영민의 얼굴이 그녀의 두 눈에 사진처럼 박혔다.

“아직. 영민 씬?”

“나도 아직은 괜찮아. 너 배고프지 않으면 숙소에 도착해서 먹을까 해서.”

"장 아무것도 안 봤는데?"

"가다가 마트에 들르자."

"마트?"

"응. 휴게소도 그렇고 근처에 죽집이 없을 것 같아서 조금 큰 마트 찾아서 장 봐가지고 가려고."

"죽 안 먹어도 돼."

"안 돼. 그동안 잘 못 먹어서 얼굴이 핼쑥해졌는데 속 편안하게 해주는 걸로 먹어야지. 내가 영양 듬뿍 담긴 죽 쑤어줄게."

"영민 씨 귀찮게 하고 싶지 않아. 그냥 아무거나 먹고 들어가."

"너한테 해주는 게 귀찮다고? 천만에! 누누이 말하지만 내가 너를 위해 뭔가를 하는 건 전부 다 내 행복이야."

"그래, 그럼. 영민 씨 하고 싶은 대로 해."

"오케이."

영민이 정말 행복한 사람처럼 환하게 웃었다.

"아, 참. 전복죽 끓이면 좋은데 마트에 전복이 없을지도 모르겠다. 바닷가가 아니라…… 어쩐다?"

죽 메뉴에 대해 고민을 하는지 웃음기가 지워진 영민의 미간에 깊은 골이 생겼다. 한참을 생각하더니 손으로 핸들을 톡 쳤다.

"좋아. 이 없으면 잇몸이지 뭐. 마트 가서 보고 결정해야겠다, 야채죽을 끓일 건지 버섯죽 끓일 건지. 뭐가 싱싱한지 가봐야 아니까."

"그냥 아무거나 먹어도 된다니까……."

"이미 결정됐어요, 정채연 양."

"고집은."

"누가 고집쟁인지 모르겠네."

"누군 누구야? 영민 씨지."

"어허, 대문 앞까지 찾아간 사람 그냥 돌아가게 한 고집쟁이께서 하실 말씀은 아니지."

"신호 씨랑 규민 씨의 증언에 의하면 영민 씨가 천하의 고집불통이라던데 뭐."

"그거야 일할 때 그런 거고."

"고집쟁이 맞네 뭐."

"이보세요, 정채연 양. 난 그대 앞에선 절대 고집 안 부리거든요?"

"그건 인정."

채연은 정색하는 영민에게 피식 웃음을 흘리며 순순히 인정했다.

"예쁘다, 정채연. 고집 안 부려서. 후후후."

맑게 웃는 영민을 보는 순간 채연의 입가에 그려져 있던 웃음꼬리가 싹둑 잘려 나갔다.

연인들끼리 주고받을 수 있는 사소한 즐거움을 다시는 느낄 수 없을 거란 생각에 습관처럼 나오던 웃음조차 웃지 못하게 되어 버렸다.

정채연, 정신 차려. 다른 건 아무것도 생각하지 마, 지금은! 영민 씨한테 네가 줄 수 있는 걸 다 주는 것…… 그것만 생각해. 여한 없이 다 주는 거야. 후회 없게…….

7

영민의 차가 별장에 도착했을 땐 점심시간이 훌쩍 지난 오후 두 시쯤이었다. 영민이 기왕이면 전복을 사가지고 가자며 거리가 꽤 떨어져 있는 마트를 네 군데나 더 들르는 바람에 예정했던 시간보다 두 시간 정도 더 지체되었다.

차로 산길을 삼십여 분 정도 올라와 별장에 도착하니 철제 대문이 굳게 닫혀 있었고 대문 옆 기둥엔 디지털게이트록이 부착되어 있었다.

영민이 그녀의 어깨를 감싸 안고는 제집처럼 비밀번호를 눌렀다. 카페를 나오기 직전 그녀가 화장실에 다녀오는 동안 영민이 전화로 별장을 빌렸다더니 그때 비밀번호를 물어본 모양이었다.

대문을 열어놓은 후 다시 운전석에 앉은 영민이 차를 몰고 안으로 들어갔다. 대문 근처에 마련되어 있는 주차공간에 차를 주차시

킨 영민이 트렁크에서 짐을 꺼내는 동안 채연은 주위를 둘러보았다.

"아……!"

그녀의 입에서 저절로 탄성이 나왔다.

산속 깊이 들어온 것도 아닌데 사방이 산으로 둘러싸여 있어서 마치 깊은 산속에 들어와 있는 것 같았다. 폭포가 끊임없이 물보라를 만들어내는 모습도 장관이었다.

넓은 정원도 참으로 멋졌다. 나무들과 다양한 종류의 꽃들 그리고 그들 사이에 세워놓은 백색의 아기천사 조각상들이 너무나도 잘 어우러져서 마치 천국을 옮겨다 놓은 듯했고, 정원 중앙에 온실과 비슷하게 지어놓은 정자와 작은 연못도 더할 나위 없이 미려했다. 수려한 풍광이 흡사 동화 속의 나라 같았다.

"아름답지?"

"정말 아름다워."

"마음에 들 줄 알았어."

대답이 흡족했는지 영민이 씩 웃었다.

"구경은 나중에 하고 일단 들어가자."

"우리 가방은 내가 들고 들어갈게."

"무슨! 내가 다 들어."

영민이 혼자 들기 버거운 짐을 양손에 다 들고 앞장서서 현관문을 향해 걸어가 비밀번호를 누르고 집 안으로 들어갔다. 주위를 둘러보던 채연은 총총총 뛰어가 뒤따라 들어갔다.

실내로 들어오자마자 영민이 소파 위에 가방만 내려놓고 곧장 주방으로 가 식료품이 든 커다란 봉투 두 개를 식탁 위에 올려놓았다. 특대 사이즈의 봉투 두 개를 꽉꽉 채운 것이 다 먹을 것이라니. 영민이 사는 것을 그대로 놔뒀더니 한눈에 봐도 두 사람이 먹기엔 너무 많이 샀다. 2박 3일이 아니라 일주일을 먹어도 남을 양이었다.

"배고프지? 잠깐만 기다려, 얼른 죽 끓일게."

"한숨 돌리고 움직여. 나 아직 배 안 고파."

"지금 시간이 몇 신데?"

"아침 든든히 먹었어."

아침까지 물 한 모금 넘기기도 힘든 상태였지만 채연은 일부러 거짓말을 했다. 상체를 숙인 영민이 그녀의 코앞에 얼굴을 들이대고는 두 눈을 빤히 바라보았다.

"후후후후."

천장이 높은 탓인지 영민의 장난기어린 웃음소리가 공명되어 사방으로 울려 퍼졌다.

다시 눈을 뜬 채연은 재미있다는 얼굴로 웃고 있는 그를 응시했다. 왜 웃느냐고 묻는 표정을 짓고서.

"너 뭐 찔리는 거 있지?"

"무슨 소리야?"

"장난으로 하는 말에 갑자기 눈을 왜 감아? 설마 그 말을 믿었어?"

"영민 씨가…… 하는 말이니까."

갑자기, 그가 와락 그녀를 안았다.

"널 어떡하면 좋니."

영민의 따뜻한 품이 채연은 미치도록 좋았다.

"뭘 어떡해?"

"네가 너무 좋아서. 예쁜 말만 하고 이렇게 귀여운 짓만 하는 우리 채연이가 너무 예뻐서."

"……."

"너하고 한시도 떨어져 있고 싶지 않아. 아무것도 하지 않고 그냥 네 옆에 앉아서 평생 네 얼굴만 쳐다보며 살면 좋겠어."

"바보."

영민이 감았던 팔을 풀고 그녀의 얼굴을 응시했다.

"왜? 왜 내가 바보야?"

"평생 내 옆에 앉아서 내 얼굴만 쳐다보며 살고 싶다며?"

"그게 뭐? 넌 안 그러고 싶어?"

"그 평생 며칠 못 가잖아."

"왜? 왜 며칠 못 가?"

"먹지도 자지도 않고 내 얼굴만 쳐다보고 있는데 어떻게 살아? 그러고만 있으면 굶어 죽는 거 아냐?"

"아하! 그럼 안 되지. 정정할게. 평생 네 옆에서 먹고 자고 얘기도 하고 그러면서 살면 좋겠다. 아주아주 행복하게 살다가 한날한시에 둘이 손 꼭 잡고 하늘나라에 가자, 우리."

채연은 한껏 상기되어 있는 영민의 두 눈을 바라보는 게 버거워 시선을 돌렸다. 그가 바로 눈앞에 있는데도, 앞에 서 있는 그의 온기가 느껴지는데도 한기가 들었다.

"채연아, 우리 꼭 그렇게 살자."

"……."

채연은 시선을 돌린 채 침묵했다.

그렇지 않아도 거짓말투성이인 여행이다. 할 수만 있다면 더는 거짓말을 보태고 싶지 않았다. 하물며, 두 사람이 오래오래 행복하게 살다가 같은 장소에서 동시에 죽는 건 영민이 가장 바라는 일이었다. 그의 가장 큰 소원임을 뻔히 알면서 어떻게 그것마저 기만할 수 있을까. 그녀의 양심이 그것만은 허락하지 않았다.

영민이 그녀의 양어깨를 부드럽게 잡았다.

"정채연, 날 봐."

채연은 어쩔 수 없이 영민을 바라보았다.

"왜 대답을 안 해?"

"나한테 물어본 거였어?"

"당연하지. 내가 평생 같이 살고 싶은 사람은 너밖에 없는데."

"그거야 모르지."

거짓말이 하기 싫어 채연은 농담조로 이야기했다.

"어허, 이 아가씨 큰일 날 아가씨네. 그거야 모르지란 말이 뭐야? 내가 그렇게 살자 하고 얘기하면 네가 응 그러자 그래야지."

"싫어."

전혀 예상치 못한 대답이었는지 영민이 깜짝 놀란 표정을 지었다.

"싫어? 왜 싫어?"

"부정 탈까 봐."

영민의 반응이 심상치 않아 채연은 얼토당토않은 핑계를 대고 말았다.

"부정은 무슨, 절대 부정 안 타. 내 마음 네 마음이 변하지 않는데 부정 같은 게 들어올 틈이 어디 있어? 절대 못 끼어들어. 내가 못 끼어들게 할 테니까 그런 건 걱정하지 마."

"……알았어."

"알았어, 하지 말고 그러자 하라니까?"

이럴 땐 참 집요한 영민이다.

"그래, 그러자."

영민의 표정이 순식간에 환해졌다.

"착하다 우리 채연이. 자, 이젠 소파에 가서 편히 쉬세요. 아니다, 차 타느라 힘들었을 텐데 방에 들어가서 침대 위에 누울래?"

"아니, 힘들지 않아. 그냥 소파에서 쉴게."

"그래, 그럼. 얼른 가서 쉬어. 난 광속으로 움직여서 맛난 죽 끓일 테니까."

영민이 살짝 윙크를 해 보이며 그녀의 양어깨를 잡고 거실 쪽으로 살짝 밀어주었다.

거실 쪽으로 가던 채연은 자신이 안 보는 사이에 영민이 사라질 것 같은 기분에 걸음을 멈추고 뒤돌아보았다. 영민이 싱크대를 열어 필요한 그릇과 냄비를 찾아 물에 헹구어 옆에 놓더니 쌀을 씻어 불게 놔두고 전복을 씻기 시작했다.

오로지 빨리 그녀에게 죽을 먹여야겠다는 생각만 하고 있는지 손길이 멈출 틈도 없이 바쁘게 움직이는 영민을 지켜보다 거실로 온 채연은 실내를 찬찬히 둘러보았다.

주인의 안목이 대단한지 인테리어가 무척이나 독특하면서도 인상적이었다. 허전하다 싶을 때쯤 하나씩 자리를 차지하고 있는 작은 가구들과 장식품들이 장인의 손길로 정성들여 직접 만든 것처럼 보였고, 하나하나가 다 예술품 같았다. 모던과 클래식 스타일의 적절한 배합이 돋보였고, 그 때문인지 깔끔하면서도 아늑한 분위기가 느껴졌다.

실내 구조도 참으로 묘하고 특이했다. 특이한 설계로 인해 건물 안에 또 다른 건물이 있는 듯 보였다. 지주(支柱) 역할을 하는 사각(四角)의 기둥만 붉은 벽돌이었고, 그것을 제외한 모든 벽면이 블라인드로 가려져 있고, 네 면의 벽을 따라 복도처럼 잔디가 심어져 있었다. 주변 풍광과 정원, 집 안을 보니 영민이 왜 꼭 보여주고 싶다고 했는지 이해가 됐다.

신기해서 둘러보던 채연은 정원 쪽이라고 생각되는 곳의 블라인드를 걷어 올렸다.

"아……!"

유리벽을 통해 보이는 전경은 가히 장관이었다. 정원과 나무들 그리고 우거진 산이 그림처럼 펼쳐져 있었다. 자연이 병풍처럼 둘러져 있어 주변 경관만 보면 별장보다는 깊은 산골에 있는 산장 같았다.

눈앞에 펼쳐진 전경에 감탄하던 채연은 문득 궁금해졌다. 블라인드 속에 무엇이 숨겨져 있을지. 벽을 따라 복도처럼 긴 통로에 심어진 잔디를 사뿐사뿐 밟으며 방이 있는 쪽의 벽을 향해 걸었다. 내려져 있는 블라인드 앞에 서자 묘한 기대감에 가슴이 설레기까지 했다.

채연은 천천히 줄을 잡아당겼다. 블라인드를 완전히 올리자 아까 정원에서 봤던 폭포가 유리벽을 가득 채웠다. 쉼 없이 분사되고 있는 물보라가 금방이라도 유리벽에 튈 것만 같았다. 그 광경을 보고 있노라니 감탄하느라 벌어졌던 입이 다물어지지가 않았다.

채연은 시간 가는 줄도 모르고 신비스러울 정도로 아름다운 풍경에 흠뻑 취했다.

"놀랐지?"

언제 왔는지 영민이 그녀 뒤에 다가와 있었다.

"응. 정말 멋져! 완전 놀라움 그 자체야!"

"반칙했네."

"반칙? 무슨 반칙?"

"내가 옆에 있을 때만 놀라기로 한 거 잊었어?"

"아, 미안. 궁금해서 영민 씨가 올 때까지 못 기다렸어."

"쓰러지지 않았으니까 약속 안 지킨 거 봐준다. 후후."

"치. 근데 이 집 참 특이해, 이 집 주인 혹시 건축가야?"

"아니."

"아니야?"

독특한 집 구조도 그렇지만 산속에 이토록 멋진 별장을 지은 것으로 봐서 당연히 건축가일 것이라고 생각했던 채연은 아니라는 영민의 말이 믿기지 않아 반사적으로 되물었다.

"응. 아니야."

"그럼 뭐 하시는 분인데?"

"정원사."

"정원사?"

"영국에서 다섯 손가락 안에 드는 정원사야."

영국의 정원이 세계적으로 유명한 건 채연도 익히 아는 바였다. 그래서 멋지게 가꾸어놓은 정원을 보며 역시 그랬었구나 하는 생각이 든 동시에 정원사라 불리는 사람이 누군지 궁금해졌다.

"우리나라 사람 중에 그렇게 유명한 사람이 있었어?"

"아니, 한국 사람이 아니라 영국인이야."

"아……."

"마이클 바우어라고 직업이 정원사이긴 한데, 너도 알다시피 우리나라에서 흔히 정원사라고 불리는 직업과는 차이가 많아. 마이클은 원예, 육종, 조경은 물론이고 전체적인 정원 디자인까지 다 직접 해. 정원사이기도 하고, 정원 디자이너, 원예사, 조경가…… 정원에 관해서는 총괄적인 걸 다 하는, 흔히 말하는 종합 예술인 같은 사람이라고 해야 맞겠다. 그쪽 방면에선 대단한 실력을 갖춘 사람이야."

"진짜 대단한 사람 같아. 그런데 영국인이라면서 어떻게 우리나라에 이런 별장을 지었어? 여긴 사람들한테 잘 알려지지도 않은 장소인데…… 혹시 이 땅 주인한테 의뢰받아서 일을 하게 된 건가?"

"그런 건 아냐. 마이클의 아내가 우리나라 사람이거든."

"그 사람이 우리나라 여자하고 결혼했어?"

"마이클 바우어란 사람, 이모 딸인 서린 누나 남편이야."

"서린…… 누나?"

"응."

영민에게 한 번도 들어본 적이 없는 이름이라 부연설명을 해달라는 표정으로 영민을 바라보았지만 그는 먼 산을 바라보고 있었다. 왠지 모르게 영민의 얼굴이 그늘져 보여 그녀도 조용히 주변 경관을 바라보았다. 잠시 후 영민이 그녀를 바라보며 입을 뗐다.

"여긴 원래 아버지가 할아버지께 물려받은 땅인데 서린 누나가 워낙 좋아하는 곳이라 아버지가 양보하셨어. 누나가 최고의 결혼 선물을 받은 셈이지."

"이곳을…… 결혼선물로 그냥 주셨단 말이야?"

영민의 집이 부유하다는 건 알고 있었지만 이렇게 넓은 땅을 그냥 주다니. 믿기지 않아 되물었더니 영민이 피식 웃으며 고개를 저었다.

"아니, 엄밀히 말하면 그냥 주신 건 아냐. 조건이 있었으니까."

"조건?"

"이곳을 절대로 다른 사람한테 넘기지 않겠다는 조건."

"아."

"어쨌든, 덕분에 마이클 매형이 이곳에 별장도 짓고 이렇게 아름다운 정원을 꾸밀 수 있었지."

"그랬구나."

"마이클 매형과 서린 누나…… 두 사람의 사랑을 보면서 참 부러워했었는데……. 아 참, 내 정신 좀 봐. 배고프지? 죽 더 식기 전에 얼른 가서 먹자. 지금쯤 먹기 좋을 정도로 식어 있을 거야."

채연은 마이클과 서린에 대한 러브스토리가 궁금했지만 묻지도 못한 채 영민의 손에 이끌려 주방으로 갔다.

식탁 위에는 2인분의 먹음직스럽게 끓여진 전복죽과 발사믹소스가 뿌려진 샐러드가 놓여 있었다. 전복죽을 먹어보니 영민의 말대로 먹기 좋을 정도로 따뜻했다. 텅 빈 위장이 맛 좋은 향과 온기로 가득 차는 기분이었다. 갑자기 돋은 식욕 덕분에 그녀의 숟가락질이 빨라졌다.

"잘 먹어줘서 예쁘다."

"맛있으니까."

"맛있게 먹어줘서 고마워요, 정채연 씨."

"내가 고맙지 영민 씨가 왜 나한테 고마워해?"

"무슨 소리! 늘 하는 말이지만, 내가 널 위해 하는 건 다 당연한 거야."

"그럼 난?"

"당연한 걸 기쁘게 받아주는 넌 나한테 무지 고마운 사람이고."

항상 듣는 영민의 궤변. 채연은 순간 뭉클해져 눈물이 쏟아질 것 같았지만 애써 참았다.

"그래 그럼. 많이 고마워해. 다 먹고 조금 더 먹을 거니까."

"무지막지하게 고마워할 테니까 천천히 다 먹고 양껏 더 먹어주세요. 하하하."

더 이상 따지지 않고 순순히 그의 정성을 받아들이는 그녀가 예뻐 죽겠다는 듯 바라보며 영민이 소리 내어 웃었다. 언제 들어도 그녀의 마음을 풍요롭게 만들어주는 웃음소리였다.

채연의 미소와 영민의 듣기 좋은 웃음소리가 두 사람이 죽 그릇을 비우는 동안 주방 안을 가득 채웠다.

"설거지는 내가 할게."

"안 돼. 절대로 그럴 수 없어."

"죽 영민 씨가 끓였잖아. 그러니까 설거지는 내가 하는 게 맞아."

"아니. 설거지도 내가 하는 게 맞아."

"그럼 내가 너무 미안하잖아."

"네가 왜 미안해?"

"미안해."

"결자해지 몰라? 시작한 사람이 끝을 내는 게 옳아."

늘 그랬던 것처럼 영민의 궤변 같은 설득이 시작됐다. 이런 경우엔 영민의 말을 듣는 게 시간 낭비를 하지 않는다는 걸 지난 3년간의 연애 끝에 터득했기에 채연은 더 우기지 않고 그냥 순순히 항복했다.

"알았어. 영민 씨가 마무리도 해. 어차피 말로는 영민 씰 못 이길 테니까."

"잘 생각했어. 넌 앉아서 쉬어. 주방에 있는 게 답답하면 아까처럼 거실에 나가 바깥 경치를 보든가 아니면 집 안을 돌아다녀 봐."

"아니, 구경은 나중에 영민 씨하고 같이 하고 지금은 여기 있을래. 한시도 떨어져 있고 싶지 않아."

"오늘은 아주 듣기 좋은 소리만 해주기로 작정을 했나 보네."

"그러게."

정말 기분 좋은지 영민이 연신 싱글벙글했다.

"바람직한 현상이야. 앞으로는 감정 표현의 절제는 가급적 삼가 주세요. 정채연의 남자는 애정이 넘치는 대사를 아주 좋아한답니다."

"설거지 끝내고 산책 나가자."

채연은 화제를 돌렸다.

"나야 무조건 좋지."

영민이 싱긋 웃으며 검지로 그녀의 콧등을 톡 건드렸다.

"난 참 이상하지? 네가 원하는 건 왜 다 좋을까?"

"글쎄……."

기대했던 것과 전혀 다른 대답이었는지 영민의 미간에 살짝 주름이 잡혔다.

"정말 모르는 거야?"

"글쎄……."

그가 답을 알면서 물은 것처럼, 물론 그녀도 이미 정답을 알고 있었다. 사랑하는 마음이 없으면 상대방이 원하는 걸 해주면서 행복을 느끼진 않는다는 것을. 그래도 그가 직접 해주는 말이 듣고 싶었다. 앞으로는 듣지 못할, 사무치게 그리워도 다시는 들을 수 없는 말이기에.

"진짜 몰라?"

"말을 해줘야 알지. 말을 안 하는데 내가 어떻게 알아?"

"깍쟁이."

영민이 또다시 검지로 그녀의 콧등을 톡 건드렸다.

"잘 들어. 널 사랑하니까. 널 미치도록 좋아하니까. 널 위한 것이라면 뭐든지 다 해주고 싶어서야. 이젠 알겠어?"

"응. 충분히 알았어. 다시는…… 이런 말 해달라고 안 할게."

"왜? 듣고 싶으면 언제든지 말해. 네가 원한다면 평생 네가 원할 때마다 얘기할 테니까."

"지금 들은 것만으로도 충분해."

"아닐걸?"

"왜?"

"여자들은 자꾸만 확인하고 싶어진다던데?"

"난 안 그래."

"진짜? 진짜 넌 안 그래?"

"응. 확인 안 해도 영민 씨의 마음 다 아는데 뭐 하러 자꾸 확인해?"

"말을 해줘야 알지. 말을 안 하는데 내가 어떻게 알아? 그렇게 말한 사람이 누구더라?"

"그건 그냥……."

"왜 말을 하다 말아? 그냥 뭐?"

"듣고 싶어서. 갑자기 듣고 싶어져서 한 소리야."

영민이 그녀를 꼭 끌어안아 넓은 가슴에 품었다. 그리고 그녀의 귓가에 속삭였다.

"듣고 싶을 땐 언제든지 듣고 싶다고 말해. 내가 널 얼마나 사랑하는지, 널 얼마나 아끼는지 내 마음 그대로 다 말해줄 테니까. 난 그런 말을 해줄 때에도 행복한 사람이야. 너라서, 널 사랑한다고 말하는 거라서."

채연은 대답 대신 두 팔로 그의 등을 감싸 안고 힘주어 안았다. 그녀를 내려다보는 영민의 시선이 뜨거웠다. 동시에 그를 올려다보는 그녀의 시선도 어느새 뜨거워져 있음을 채연은 본능적으로 느꼈다. 여느 때처럼 부끄러웠지만 채연은 시선을 피하지 않았다.

삼 년이나 사귀고 있는 연인이었지만 영민과 신체적 접촉을 하려고 하면 왜 그런지 매번 부끄럽고 쑥스러웠다. 온몸은 물론이고 심장까지 간질간질한 것 같아 참기가 힘들었다.

요조숙녀가 되겠다고 작정한 것도 아니고 정숙한 여자가 되려고 마음먹은 것도 아닌데 그녀에게 영민과의 스킨쉽은 늘 어려운

숙제였다. 영민을 목숨처럼 사랑하면서 왜 그게 그렇게 어려운지 그녀도 알 수가 없었다.

태훈으로부터 여자는 몸가짐을 조심해야 한다는 교육을 받으면서 자랐지만, 성인이 된 후 연인들은 누구나 사랑하는 사람과의 스킨십을 당연하게 받아들인다는 것을 알게 되었다. 그녀도 그것이 자연스러운 순리적 행동이라 믿는다. 그런데 왜 그녀는 그게 그렇게 부끄럽고 쑥스러운지…….

여행을 계획한 순간부터 그녀는 대범해지겠다고 작정했다. 평소에는 소극적인 모습을 보여왔지만 이곳에서 지내는 사흘 동안만큼은 영민과 무엇을 하든지 뒤로 빼지도 않을 것이고 부끄러워하며 피하지도 않을 것이다.

"채연아……."

"영민 씨……."

마치 사랑에 굶주린 사람들처럼 서로를 향한 간절함이 담긴 두 사람의 눈빛이 허공에서 한 몸처럼 얽혀들었다. 영민의 손이 그녀의 턱을 잡기 위해 다가왔다.

"아니."

채연은 영민이 내미는 손길을 살짝 피했다. 그러자 영민이 두 손으로 그녀의 얼굴을 감싸 안았다.

"내가 할게."

자신의 얼굴을 감싸고 있는 영민의 손을 떼어낸 채연은 의외의 반응에 놀랐는지 두 눈이 훨씬 커진 영민의 얼굴을 향해 두 손을 내밀었다. 그러자 그가 몸을 숙여 눈높이를 맞추어주었다. 채연은 곧바로 그가 했던 것처럼 영민의 얼굴을 감싸 안았다.

채연은 손에 살짝 힘을 가하고 영민의 얼굴 가까이 얼굴을 들이밀었다. 코끝이 닿을 듯 말 듯할 때까지 다가갔다. 그가 호흡할 때마다 그녀의 얼굴 위로 그의 호흡이 따뜻하게 내려앉았다. 조금 더 얼굴을 가까이 댔다. 코끝이 닿았다. 두 눈을 꼭 감고 있는 영민의 속눈썹이 잔잔하게 떨리고 있었다.

채연은 마른침을 삼켰다. 키스를 하기 전인데도 두 사람 사이에 흐르기 시작한 오묘한 기류가 전신을 휘감았다. 저릿저릿, 혈관 속에 혈액이 아닌 전류가 흐르는 것 같았다. 영민의 키스를 받을 때마다, 그의 입술이 그녀의 입술에 닿는 순간 느껴지곤 했던 것과 똑같은 기분 좋은 감각이었다.

채연은 스르르 눈을 감았다. 시야가 차단되자 영민의 상큼한 체향과 체온이 코끝을 자극했다.

채연은 가만히 영민의 입술에 자신의 입술을 댔다. 따뜻하고 촉촉한 입술의 촉감이 생생하게 느껴졌다. 그녀는 본능적으로 살짝 입술을 벌렸다. 그러자 기다렸다는 듯 영민의 입술도 벌어졌다.

잠시 머뭇거리다 혀를 쑤욱 내밀었다. 그의 입안으로 들어간 그녀의 혀가 조심조심 영민의 치아를 훑기 시작했다. 단단하고 매끄러운 치아를 쓰다듬고는 보드라운 잇몸으로 옮겨갔다. 혀끝으로 전해져 오는, 타액에 젖은 그의 잇몸이 따스했다.

조금 더. 조금 더 적극적으로 해봐.

자극적인 속삭임이 그녀의 심장을 톡톡 건드렸다.

문을 열 듯 활짝 열고 그녀를 기다려 준 영민의 입안을 탐했다. 혀로 그의 혀를 핥다가 휘감아 빨아들였다. 어느새, 누구의 것이라고 할 수 없는 달큼한 타액이 그녀의 입에서 그의 입으로, 그의 입에서 그녀의 입으로 전해졌다. 뒤섞인 타액이 하나가 되어 목젖을 밀고 들어가며 짜릿한 전율을 만들어냈다.

"으음."

그녀에게 삼켜진 영민의 입에서 억눌린 신음 소리가 새어 나왔다.

"흐응."

채연이 흘리는 야릇한 신음을 삼킨 영민은 이미 몸이 뜨거워지고 있었다.

훅 달아오른 열기가 그의 전신으로 퍼져 나갔다. 몸이 급속도로 뜨거워지고 있었다. 말캉한 채연의 혀가 그의 입안을 가득 메웠다. 뇌에서 불꽃놀이를 하는 것 같았다. 연신, 머릿속에서 붉은 불씨들이 팡팡 터지며 욕망의 불꽃들이 피어났다.

어느새 그의 중심이 뜨거운 무기로 변신해 있었다. 금방이라도 터져 버릴 것처럼 팽팽하게 부푼 중심 때문에 머릿속이 몽롱해졌다. 자칫 잘못하다가는 큰 실수를 할 것 같은 위기감이 몰려왔다.

너 미쳤어? 제발 진정해. 선을 넘으면 안 돼, 김영민. 채연이와 결혼할 때까진 지켜주기로 했잖아. 참아. 참아야 돼!

영민은 스스로를 책망하고 다독이며 가까스로 그를 유혹의 수렁에 빠지게 만들려는 몽롱한 기운들을 밀어냈다. 살인적인 인내심 덕분인지 다행스럽게도 그의 중심이 서서히 가라앉기 시작했다.

채연이 먼저 다가와 적극적으로 해주는 키스. 이 첫 경험이 얼마나 뜨겁고 설레고 행복한지 그녀는 모를 것이다. 그 뜨거운 설렘이 그를 얼마나 흥분시키는지 그녀는 결코 알지 못할 것이다.

"끄응."

그의 입에서 인내의 신음이 새어 나왔다.

어렵게 가라앉기 시작했던 그의 중심이 어느새 빳빳하게 고개를 쳐들고 있었다. 정신력만으로 이미 불기둥이 되어버린 그의 중심을 식히기란 쉽지가 않았다. 이젠 거침없이 그의 혀를 휘감고 빨아대는 채연 때문에 빳빳이 선 그의 중심이 그의 의지와는 상관없이 불끈대기 시작했다.

지난 3년 동안 참기 힘들었던 적도 많았다. 초인적인 의지가 필요할 때도 있었다. 하지만 지금의 경우와는 달랐다. 둘만의 여행이라는 자극제와 지금처럼 적극적이고 도발적인 채연이 없었으니까.

채연의 혀가 매혹적인 움직임으로 그의 혀를 희롱하며 끊임없이 유혹해 왔다. 더는 버틸 수가 없었다. 제정신이 우주 너머로 사라져 버리기 전에, 이성이라는 게 털끝만큼이라도 남아 있을 때 정신을 차려야만 한다.

"그, 그만……."

겨우 채연의 입술에서 자신의 입술을 떼어낸 영민은 신음을 토해냈다. 자신의 품 안에 안겨 있는 세상에서 가장 사랑스러운 연인의 작은 어깨에 얼굴을 묻고 숨을 몰아쉬었다. 채연도 그처럼 거친 숨을 내쉬고 있었다. 작은 어깨가 쉼 없이 오르락내리락했다. 그것이 그를 흡족하게 했다. 그녀도 자신과 같은 느낌을 공유하고 있다는 증거이기에.

"사랑해, 채연아."

영민의 넓은 가슴에 얼굴을 묻은 채 거칠어진 호흡을 가라앉히기 위해 애쓰던 채연은 세상에서 가장 듣기 좋은, 이젠 가장 아픈 말이 되어버린 영민의 고백에 눈물이 핑 돌았다.

채연은 눈물을 참기 위해 이를 악물었다. 사흘 동안은 헤어져야만 하는 인연이 아니라 지금까지 그래 왔듯 세상에서 가장 행복한 연인으로 지내자고 마음을 먹었다. 그러니 눈물 따윈 흘리지 않을 것이다. 절대로! 사흘만이라도, 거침없이 사랑할 것이다. 세상의 모든, 평범한 연인들처럼!

"나도 사랑해."

서로 떨어져서는 살 수 없는 샴쌍둥이들처럼 두 사람은 오래도록 서로의 숨소리와 따뜻한 체온을 나누며 서 있었다.

8

해 질 녘, 채연은 산책을 하기 위해 영민과 함께 정원으로 나왔다.

어느새 온 세상이 홍조로 물들어 있었다. 불그스레하게 물든 정원이 낮에 보았을 때와는 전혀 다른 느낌으로 두 사람을 맞이해 주었다. 폭포의 물줄기가 뿜어내는 물보라의 작은 물 알갱이 하나하나까지 발그레한 빛을 머금고 있는 것처럼 보였다.

채연은 넋을 잃고 신비스러운 풍경을 바라보았다.

"정말 아름다워!"

"네가 좋아할 줄 알았어."

"내가 이상한 건가? 너무 예뻐서 눈물이 날 것 같아."

"후후후."

마음에 든 티를 솔직하게 내보이는 그녀를 보며 영민이 흡족하게 웃었다.

"내가 지금까지 본 곳 중에 단연코 최고야!"

눈앞에 펼쳐진 그림보다 더 아리따운 전경에 감탄이 절로 나왔다. 태초의 에덴동산이 이런 모습이지 않았을까 하는 생각마저 들었다.

"마치 꿈나라에 온 것 같아."

"여기에 왔던 사람들 대부분 그런 말을 했어. 물론 나도 그랬고."

정원을 둘러보는 영민의 입가에 자랑 섞인 미소가 번져 있었다. 충분히 자랑할 만했다.

"어쩜 이렇게 멋진 정원을 만드실 수가 있지? 정말 대단하신 분이야."

"……사랑의 힘이지."

조금은 허한 듯한 영민의 음성이 홍조로 물든 허공 속으로 퍼져 나갔다.

"사랑의 힘?"

"누나를 사랑하는 마음이 없었다면 이렇게 멋진 별장도 동화나라에서나 볼 법한 이 정원도 존재할 수 없었을 테니까."

채연은 계속 이야기하라는 표정으로 영민을 쳐다보았다.

"여긴 우리 친척들이 바쁘게 살다가 숨 좀 돌리고 싶을 때 가끔 찾아와서 텐트 치고 사나흘쯤 지내곤 했던 곳이야. 아무도 이곳에 별장을 지을 생각은 하지 못했었어. 서린 누나가 생각해 낸 거지."

영민의 외사촌 누나가 이곳을 좋아한 게 정말 다행이라는 생각이 들었다. 그러지 않았다면 이토록 멋진 곳이 탄생할 수 없었을 테고, 그녀가 이렇게 감탄하며 바라보는 일도 없었을 테니 말이다.

"아직 무리하면 안 되니까 저쪽에 가서 좀 앉자."

영민이 그녀의 손을 잡고 정원에 만들어진 길을 따라 정자 쪽으로 걸어갔다.

멀리서 볼 땐 온실처럼 보였던 정자의 유리문을 열고 안으로 들어가니 내부가 생각했던 것보다 훨씬 더 넓었다.

누각처럼 지어진 정자는 천장과 기둥을 제외한 모든 면이 유리창문으로 되어 있어 이곳에서도 사방의 경치를 다 볼 수 있게 되어 있었다. 그리고 중앙에 하얀색의 테이블과 의자가 놓여 있고, 내부의 벽을 따라 어디든 앉거나 누울 수 있게 침대처럼 긴 의자가 만들어져 있었다. 어찌 보면 아픈 사람이 누워서 아름다운 경치를 감상할 수 있도록 한 것같이 보였다.

긴 의자 사이즈에 맞도록 특수 제작된 하얀 방석 위에는 쿠션 일곱 개가 놓여 있었다. 쿠션의 색상은 빨주노초파남보, 다 모아 놓으면 무지개처럼 보이도록 일부러 고른 모양이었다. 이곳도 서린 부부가 신경을 많이 쓴 티가 났다. 모두가 자연의 일부인 것처럼 잘 어우러져 보였다.

채언을 테이블 앞의 의자에 앉게 한 영민이 유리창을 열고는 긴 의자 밑의 미닫이문을 열더니 담요를 한 장 꺼내 그녀의 어깨에 둘러주고는 뺨에 입맞춤을 했다.

"썰렁해도 조금만 참아. 환기만 시키고 창문 닫을 거니까."

비워뒀던 곳이라 그런지 아니면 창문을 통해 들어오는 샛바람 때문인지 조금은 쌀랑하게 느껴져 담요를 여미자 이내 몸이 따뜻해졌다.

"창문 안 닫아도 돼. 담요 덮으니까 하나도 썰렁하지 않아."

"다행이다."

"창문 열어놓으니까 밖에 있는 것 같아. 공기가 좋아서 몸속이 다 깨끗해지는 느낌이야."

"그럼 맑은 공기 마시면서 잠깐만 혼자 앉아 있을래?"

"나 혼자? 영민 씨 어디 가려고?"

"들어가서 마실 것 좀 가져오려고."

"목 안 말라. 안 마셔도 돼."

영민이 어둑어둑해진 실내를 보다가 전등 스위치를 올렸다. 조금 있으면 정원도, 이곳을 둘러싸고 있는 산들도 깜깜한 어둠 속에 묻힐 것이다. 금방 켰던 스위치 옆에 있는 것을 검지로 톡, 올리자 곳곳에 세워져 있던 조각상들이 환하게 빛났다. 조각상 안에 등을 설치해 놓은 모양이었다.

"조각상 안에 조명을 설치해 놓다니, 정말 대단하신 분이야!"

채연은 놀라움을 금치 못했다.

그녀가 지금 와 있는 이곳이야말로 아름답다는 말을 천 번, 만 번을 해도 부족할 정도였다. 간접조명 불빛을 받은 정원이 동화 속의 가장 예쁜 나라를 찍어놓은 사진 같았다. 마치 꽃나라에 와서 조명 축제를 보는 느낌이랄까.

"정말 아름다워! 천국이 이런 곳일 것 같아."

"네가 있어서 더 아름답게 보인다, 난."

영민이 흡족한 미소로 감탄 어린 표정을 짓고 있는 그녀를 바라보았다. 그녀가 좋아해 주어서 고맙고 다행이란 눈빛이었다.

"고마워, 영민 씨."

"뭐가?"

"이렇게 아름다운 곳에 데려와 줘서."

아무래도 마법의 정원인 게 분명하다. 낮에 보는 정원과 해질녘에 보는 정원 그리고 불빛에 비춰진 정원의 느낌이 다 달랐다. 아름다움의 색깔이 다르다고나 할까. 분명히 같은 꽃인데 마치 다른 꽃인 양 색다른 미색을 뽐냈고, 전체적인 분위기 또한 매번 달랐다.

"아까와는 다른 느낌이지?"

"다른데, 정말 아름다워. 아까는 아까대로 지금은 지금대로."

"후후. 네가 그렇게 느낄 줄 알았어. 잠깐만 있어. 금방 갔다 올게."

"정말 들어갔다 오려고?"

"네가 혼자 있는 게 무섭다고만 안 하면."

장난스런 표정으로 그녀를 보며 영민이 피식 웃었다.

"나도 혼자서 잘 놀거든? 그리고 난 무서울 게 없는 청춘이란 거 몰라?"

채연도 농담으로 응수하며 픽 웃었다.

"나 아무것도 안 마셔도 돼. 그냥 여기 앉아."

채연은 옆 의자를 손으로 톡톡 두드렸다.

"도시와 달리 여긴 아직 해 지면 추워. 허브티 어지간한 건 종류별로 다 있던데, 허브티 마실래? 아님 커피 연하게 내려올까?"

"괜찮다는데……."

"여긴 내가 잘 알아요."

영민이 고집부리지 말라는 표정으로 검지를 들어 그녀의 콧등을 살짝 튕겼다.

"가지 마."

"왜? 몇 분 안 걸릴 텐데……."

"지금은…… 영민 씨랑 1초도 떨어지는 거 싫어."

채연은 낯간지러웠지만 진심을 말했다.

"채연아……?"

영민은 잘못 들었을 거라고 생각했다. 채연이 저런 말을 할 리가 없으니까.

"떨어져 있기 싫어, 단 1초도."

잘못 들은 게 아니었다. 그녀가 분명히 말했다. 떨어져 있기 싫다고. 그것도 단 1초도라고 말이다.

감동한 영민은 한쪽 무릎을 꿇고 앉아 와락 채연을 끌어안았다.

"사랑해. 사랑한다, 정채연!"

그가 수도 없이 해주었던 말을 그녀의 귓가에 속삭였다. 언제나, 들어도 또 듣고픈 말이었다.

"나도…… 사랑해."

그녀 또한 해도, 해도 또 하고픈 말을 그에게 해주었다.

"고마워. 내 사랑을 받아줘서. 날 사랑해 줘서."

영민은 품에 안겨 있는 채연의 모든 것을 가슴에 담았다.

평생 놓지 않을 사람. 죽어도 사랑할 여자. 다시 태어나도 또 연인이 되고 싶은, 아니, 연인이 되어야만 하는 여자 정채연.

영민은 자신의 목숨보다 더 사랑하는 여자의 체온과 숨소리를 조금 더 느끼다가 품에서 놓아주고 옆에 앉았다.

"평생 잊지 못할 여행이다."

"그렇게 좋아?"

"당연하지. 너와 단둘이 처음 온 여행인데다 네가 해주는 첫 키스, 그리고 달달한 말까지…… 정말 행복해."

"나도…… 나도 행복해, 영민 씨."

거짓말이 아니었다. 비록 시한부 행복이지만 그녀는 이 순간이 진심으로 행복했다. 그와 함께 있어서. 그와 함께 있을 수 있어서. 아직은 사랑할 수 있어서.

"네가 원한다면 여기서 살 수도 있어."

"그게 무슨 소리야?"

"네가 마음에 들어 하니까. 너만 좋다면 난 이곳에서 살아도 좋아."

"아무리 친척이긴 하지만 주인이 따로 있는데 어떻게 여기서 살아?"

"마이클 매형이 여기서만 있을 수 있는 사람이 아니거든. 우리가 여기서 살겠다고 하면 오히려 좋아할 걸 아마."

여기서 둘이 함께 사는 일 따윈 없을 거라는 말을 어떻게 영민에게 대놓고 이야기할 수 있을까. 채연은 말없이 그를 바라보다 화제를 바꾸었다.

"듣고 싶어, 두 분이 어떤 사랑을 하고 있는지. 이곳만큼 아름다운 러브스토리일 것 같아. 두 분에 관한 얘기 해줄 수 있어?"

"뭐 꼭 숨길 얘긴 아니지만…… 서린 누나 얘긴 나중에 하자."

"그래, 그럼."

왜 나중에 얘기를 해주겠다고 하는지 그 이유가 궁금했지만 채연은 묻지 않았다. 영민이 그러고 싶다면 그만한 이유가 있을 테니까.

어느새 낙조에 물들었던 하늘에 짙은 어둠이 내려앉았다. 해가 져서 그런지 정자 안이 꽤 서늘하게 느껴졌다. 그녀가 어깨에 두르고 있던 담요를 조금 더 여미자 영민이 금세 걱정스런 표정을 지었다.

“쌀쌀하지?”

“조금.”

“창문 닫을까?”

“아니. 공기가 너무 좋아서 그냥 이대로 있고 싶어. 조금만 더 있다가 들어가.”

“독감 덧나서 또 고생하면 어떻게 해? 지금은 조심해야 해. 차라리 내일 해 떴을 때 다시 오고 지금은 그냥 들어가자.”

아직은 견딜 만하다고 해도 영민이 극구 들어가자고 했다. 결국 영민의 손에 이끌려 정자를 나오고 말았다.

이럴 줄 알았으면 영민 씨가 따뜻한 음료를 갖고 온다고 했을 때 말리지 말걸.

아쉬움이 밀려왔지만 채연은 조금 더 있고 싶은 마음을 누르고 말 잘 듣는 착한 아이처럼 몸을 일으켰다. 그녀의 시선이 담요를 개어서 다시 수납장에 넣고 열어놓았던 창문을 닫는 영민을 집요하게 따라다녔다. 동작 하나도 놓치지 않고 모두 다 머릿속에 각인시키려는 듯이.

영민에게 어깨를 감싸인 채 채연은 별장 건물로 향했다. 조명이

켜진 정원의 모습에 다시 한 번 감탄을 하며 별장 앞에 다다랐다. 현관으로 올라가는 계단 옆에 팻말이 하나 박혀 있었다.

"어? 아까는 못 봤었는데 여기 팻말이 있었네?"

그녀는 팻말 앞에서 걸음을 멈추었다. 팻말에 '구름 위에서 사흘' 이라는 글귀가 새겨져 있었다.

"구름 위에서 사흘?"

채연은 답을 구하는 표정으로 영민을 보았다.

"서린 누나가 지은 이 별장 이름이야."

"무슨 뜻이야?"

"맞혀봐."

채연은 구름 위에서 사흘이 무슨 의미를 담고 있는지에 대해 생각하기 시작했다. 설마 뜬구름에 관한 것은 아닐 테고, 그렇다면 떠오르는 이미지는 하나뿐이었다.

"보통 행복할 때 구름 위에서 사는 것 같다는 말을 쓰지 않나?"

"물론 그런 의미도 포함되어 있지."

"그럼, 사흘은 무슨 뜻이야?"

"글쎄."

영민이 빙긋 웃었다. 그것도 맞혀보라는 뜻이었다.

"이곳에서 사셨다니까, 사흘 동안 행복하게 보냈다는 뜻은 아니겠지?"

그가 의미를 알 수 없는 미소를 지었다. 그렇다는 것인지 아니라는 뜻인지 그의 미소만 봐서는 도통 알 수가 없었다.

"구름 위에서 사흘을 보내는 것처럼 행복하게 살게 해주는 집이라는 뜻인가?"

"빙고."

참 잘했어요. 영민이 그런 표정으로 그녀를 보며 손을 정수리에 대고 머리카락을 흩으며 말을 이었다.

"서린 누나가 한 말인데, 여행은 사흘 예정으로 가는 게 가장 좋대. 1박 2일은 너무 짧아서 아쉽고 3박이 넘어가면 집 생각이 나서 싫다고 하더라고. 구름 위에서라는 뜻은 네가 말한 것처럼 구름 위에 있는 것 같은 기분 즉 행복하다는 의미이고. 이 별장에서 사는 날들이 행복한, 가장 좋은 날들이라는 뜻으로 이 별장 이름을 구름 위에서 사흘이라고 지었다고 하더라고."

사실 채연도 여행을 할 때 사흘 일정으로 가는 게 가장 좋았다. 그 이유도 서린과 같았다. 똑같은 생각을 하고 있다는 동지의식 때문일까. 새삼 서린이 낯설지 않게 느껴지며 그녀가 어떤 사람인지 궁금해졌다.

"그리고 또 한 가지 이유가 있어."

"무슨 이유?"

"그건…… 너도 곧 알게 될 거야. 상징적인 의미 말고 눈으로 볼 수 있는 이유가 있다는 걸."

영민이 뭔가 커다란 비밀이라도 알고 있다는 표정으로 씨익 웃었다.

"말 안 해줄 거야?"

"곧 보게 될 텐데 뭐. 물론 운이 따라줘야 하지만."

"그렇게 말하니까 더 궁금해지잖아. 그냥 지금 말해주면 안 돼?"

"조금만 참아. 궁금증이 클수록 막상 봤을 때 감탄도 큰 법이니까."

"운이 따라줘야 볼 수 있다면서? 그건 못 볼 수도 있다는 뜻이잖아."

"못 보게 되면 그때 말해줄게."

"알았어."

대체 무엇을 볼 수 있기에 이렇게까지 말을 안 해주나 싶었지만 헛말을 할 영민이 아니었기에 채연은 그냥 그의 말을 따르기로 했다.

"언제 볼 수 있는데?"

"운이 좋으면 내일 새벽에도 볼 수 있는데…… 나도 잘 모르겠어, 언제 보게 될지는."

"빨리 내일 새벽이 됐으면 좋겠다. 운이 좋았으면 더 좋겠고."

"어지간히 궁금한 모양이네."

"응, 아주 많이 궁금해."

"나도 네가 볼 수 있었으면 좋겠다. 너한테 꼭 보여주고 싶었거든."

영민이 감기 걸리기 전에 얼른 들어가자며 그녀의 양어깨를 두 손으로 잡고 앞세우더니 현관 계단을 오르게 했다. 계단을 오르기 쉽게 영민이 뒤에서 그녀를 밀어주었다. 채연은 내일 새벽에 꼭 봤으면 좋겠다는 바람을 안고 별장 안으로 들어갔다.

"점심 영민 씨가 했잖아. 저녁은 내가 할게."

"안 돼."

"왜?"

"넌 환자잖아. 환자가 왜 부엌일을 해?"

"나 환자 아냐. 이제 다 나았어. 마음대로 움직여도 되고 아무거나 먹어도 돼."

"아직은 아냐."

"괜찮다니까."

"안 된다니까!"

주방 입구에서 채연은 또 쫓겨나고 말았다.

심하게 독감을 앓아서 기운도 없을 텐데 일할 생각을 왜 하느냐며, 영민이 여행 기간 동안에는 무조건 자신이 식사당번을 하겠다고 주장했다.

미안해서 주방 곁을 맴도는 그녀를 영민이 거실로 데려와 억지로 소파에 앉게 했다. 그러더니 후다닥 어디론가 뛰어가더니 책 한 권을 들고 돌아왔다.

"무슨 책이야?"

"서재에 가서 보니까 네가 좋아하는 책이 있더라고. 잘됐다 싶어서 가져왔어."

받아서 보니 영민의 말대로 그녀가 좋아해서 여러 번 읽었던 책이었다.

베니스의 상인, 말괄량이 길들이기, 뜻대로 하세요, 한여름 밤의 꿈, 십이야. 다섯 작품을 모아 만든 셰익스피어의 5대 희극 모음집.

남녀 간의 사랑과 이별 그리고 친구 간의 우정. 그뿐 아니라 남녀와 인간 사이에서 벌어지는 다양한 감정들을 때로는 적나라하게 때로는 희화적으로 풀어놓은 이야기들 속에 진실과 오해 그리고 위선과 거짓을 유머러스하고 유쾌하게 풀어내 인간 삶의 본질에 대해 생각하게 만드는 매력이 있는 작품들이었다. 그래서 그런지 읽을 때마다 매번 마음에 남는 것이 새록새록 더해졌다. 고전이지만, 그래서 즐겨 읽게 되고 또 다시 읽어도 늘 새롭게 느껴지는 책이었다.

"내가 요리할 동안 넌 그 책 읽고 있어."

"옆에서 재료 손질하는 것만 도와준다니까 그것도 못하게 해."

채연은 입술을 비죽이며 흘겨보는 시늉을 했다.

"그댄 주방에 들어오지 않는 게 날 도와주는 거거든?"

"누가 들으면 부엌일 하나 못하는 맹추인 줄 알겠네. 영민 씨 몰라? 나 중학교에 다닐 때부터 밥도 하고 반찬도 몇 가지쯤은 거뜬히 해내던 사람이야."

"누가 아니래?"

"그런데 왜 아무것도 못하는 사람 취급해?"

"아무것도 못하는 사람 취급하는 거 아냐. 아직도 얼굴이 핼쑥한데 자꾸 일을 하려고 하니까 걱정돼서 못하게 하는 거지."

"……."

정작 많이 아픈 건 마음이었다. 몸이 아니라. 하지만 영민은 그것을 모른다. 그러니 무슨 말을 할 수 있겠는가. 채연은 대꾸하는 대신 입을 다문 채 항의하듯 그를 쳐다보았다.

"소파에 편한 자세로 앉아서 책 읽고 있어. 눕고 싶으면 누워서 읽고. 책 읽고 있으면 기다리는 동안 지루하지는 않을 테니까."

"알았어."

채연은 마지못해 그러마고 했지만 그마저도 기분이 좋은 모양인지 영민이 빙글빙글 웃었다.

"우리 채연이 착하다. 말 잘 들어서 아주 맛난 거 해줘야겠어. 후후."

채연은 주방으로 가는 영민의 뒷모습을 아프게 바라보다 고개를 저었다. 이곳에 있을 때만이라도 안 좋은 생각은 하지 않기로 마음을 먹은 그녀였다. 그런데 왜 자꾸 시도 때도 없이 불쑥불쑥 이별에 대한 생각을 하게 되는지.

"정채연, 왜 이러니 정말. 제발 사흘만이라도 행복하게 지내자. 제발!"

채연은 스스로를 책망하며 주문을 걸 듯 마음을 다잡고 책을 폈다. 복잡한 머릿속을 말끔하게 비우는 덴 책을 읽는 것보다 더 좋은 방법은 없을 것 같아서였다. 채연은 책에 집중하기 위해 자꾸만 흐트러지려는 정신을 애써 모았다.

책에 몰입하다 보니 예상했던 대로 시간이 훌쩍 지나간 모양이었다. 반쯤 읽었을 때 그가 데리러 왔다.

주방에 들어가 식탁 위를 보니 커다란 접시에 특대 사이즈의 랍스타 한 마리가 보기 좋게 놓여 있었다. 양념을 발라 오븐에 구운 랍스타는 비주얼도 훌륭했지만 맛있는 냄새가 솔솔 풍기는 게 보는 것만으로도 식욕을 확 돋우었다.

랍스타를 담은 커다란 접시를 둘러싸고 각종 야채에 발사믹드레싱을 뿌린 샐러드와 끓는 물에 데친 나물 무침과 버섯볶음이 식탁 위에 맛깔스럽게 차려져 있었다. 죽은 싫다고, 이젠 밥이 먹고 싶다는 그녀의 말 때문인지 기름기 좔좔 흐르는 밥도 가지런히 놓인 숟가락과 젓가락 옆에 놓여 있었다.

영민의 말대로 포토그래퍼가 안 되었으면 그는 유명한 셰프가 되어 있을 거란 생각이 들었다.

"정말 맛있겠다. 영민 씨가 만든 음식을 보니까 갑자기 막 배가 고파져."

그녀가 칭찬 대신 하는 말에 사온 김치를 작은 접시에 담아 식탁 위에 놓던 영민이 빙긋 웃었다.

"많이 먹는 건 좋은데 꼭꼭 씹어서 천천히 먹어."

"또 환자 취급한다. 나 이제 환자 아니라니까."

"죽 먹기 싫다고 해서 밥을 하긴 했는데 소화가 잘되려나 모르겠다."

영민이 걱정이 된다는 얼굴로 그녀를 바라보았다.

걱정도 팔자라더니. 괜찮다고 하는데도 영민은 아직까지 그녀를 환자 취급을 하고 있었다. 걱정해 주는 것도 정도가 있다. 너무 걱정을 해주니까 그의 세심한 배려가 그녀에겐 오히려 부담스러웠다. 사흘만이라도 행복하게 해주고 싶어 여행을 제안했는데 그녀를 걱정하는 것으로 시간을 다 보낼 것만 같아 속이 상했다.

"걱정 안 해도 돼. 진짜 괜찮아. 뭐든 다 먹을 수 있어. 술도 마시라면 얼마든지 마실 수 있다고."

"그럼 다행이고."

술 얘기까지 하니 그제야 다 나았다는 그녀의 말을 믿기로 했는지 그의 얼굴에 드리워졌던 걱정이 지워졌다.

그가 다가왔다. 커다란 두 손으로 그녀의 얼굴을 감싸고 눈을 맞추었다.

"아프지 마, 채연아. 네가 아프면…… 너무 속상해."

채연은 고개를 끄덕였다. 아프지 않겠다는 것에 대한 약속이 아니라 아픈 것을 보지 못할 테니 그가 속상할 일은 없을 것이란 것에 대한 끄덕임이었지만.

"그런데 웬 랍스타야? 우리 랍스타는 안 사왔잖아."

채연은 아프지 않다는 것을 증명이라도 하듯 일부러 한껏 톤을 높였다.

"냉동실에 있더라고. 매형이 사다 놨었나 봐."

"우리가 마음대로 해먹어도 돼?"

"괜찮아. 매형이 뭐든 먹고 싶으면 먹고, 뭐든지 쓰고 싶은 대로 써도 된다고 하셨어."

"아……."

그제야 안심하는 채연을 보던 영민이 검지로 그녀의 콧등을 톡 건드렸다.

"걱정 많은 정채연 양, 내가 알아서 하니까 아무 걱정 말고 맛있게 먹어주기나 하세요."

"넵."

그녀가 장난스런 표정으로 경례까지 붙이자 영민이 소리 내어 웃었다. 허공에 울려 퍼지는 그의 웃음소리가 눈물이 날 정도로 듣기 좋았다.

"위가 약해져 있을 땐 고기는 소화하기 힘들 것 같아서 일부러 랍스타 구웠어. 냉동이라 생물보다 맛은 덜하겠지만, 살이 연하고 담백해서 속이 불편하진 않을 거야."

유독 그녀에 관해서만은 병적일 정도로 세심하게 신경을 쓰는 영민이다.

"신경 써줘서 고마워."

그녀를 의자에 앉힌 후 영민이 마주 앉았다.

영민이 랍스타의 살을 발라내기 시작했다. 하얀 살을 젓가락으로 집어 그녀의 입에 넣어주었다. 냉동이라고는 믿어지지 않을 정도로 살이 부드러워 입안에 들어가자마자 살살 녹는 것 같았다.

"진짜 맛있어. 내가 먹어본 랍스타 중에 최고야!"

"누가 만들었는데, 당연히 최고지."

"인정!"

"내가 만든 요리 중에 맛이 별로였던 거 있었어?"

"아니. 다 맛있었어."

"그렇게 얘기해 주니까 힘이 팍팍 솟네."

"사실이야."

"좋아, 우리 결혼하면 식사 당번은 내가 한다. 그래도 되지?"

"……."

채연은 거짓말이 하기 싫어 일부러 못 들은 척 밥을 먹었다.

"왜 대답이 없어?"

그냥 지나쳐 주지. 사흘 동안만이라도 진실만 얘기하고 싶은데…….

그렇다고 영민을 탓할 수도 없다. 아무것도 모르는 영민으로서는 결혼에 관해 이야기하는 것이 숨을 쉬는 것만큼이나 자연스러운 일이니까. 그녀에게 상처가 된다는 것은 꿈에서조차 생각하지 못할 테니까.

"미안해서."

사실대로 얘기해 줄 수 없는 게 미안해서. 이별을 위한 여행이란 걸 숨긴 게 미안해서.

"네가 왜 미안해?"

우린 결혼할 수 없으니까.

"내가 할 일인데 영민 씨한테 떠넘기는 것 같아서."

"네가 떠넘기는 게 아니잖아. 내가 원해서 기꺼이 하겠다는 거지. 늘 말하지만, 내가 무엇을 하든지 넌 절대로 미안해할 필요 없어."

미안해.

"고맙다는 말도 내가 해. 그러니까 넌 그런 말도 하지 마."

고마워.

"얼른 먹자. 영민 씨가 힘들게 만들었는데 음식 다 식겠어."

"그래, 어서 먹자."

그녀가 밥을 한 숟가락 뜨자 영민이 재빨리 랍스타 살을 발라서 그 위에 올려주었다. 그것을 입에 넣었지만 삼켜지지가 않았다. 뜨거운 설움이 울컥울컥 목울대를 치고 올라와 도저히 삼킬 수가 없었다. 그렇다고 뱉을 수도 없는 노릇이었다.

채연은 어쩔 수 없이 꿀꺽 삼켰다. 쇳덩어리가 식도에 걸린 것처럼 아팠지만 내색하지 못했다. 행복해야 할 여행을 그녀 스스로 망칠 수는 없기에 아무렇지도 않은 얼굴로 또 밥을 한 숟가락 푸자 영민이 랍스타 살을 그 위에 올려주었다.

그리고 그녀는 또다시 넘기기 힘든 쇳덩어리를 삼켰다.

점심을 늦게 먹은 터라 9시가 넘어서야 저녁을 먹었다. 식사를 마친 후 영민이 설거지를 하는 모습을 식탁 의자에 앉아 지켜보던 채연은 설거지가 끝나갈 무렵 일어나 찻물을 끓였다.

"차는 테라스에서 마시자."

영민이 캐모마일 티백을 넣은 찻잔 두 개를 쟁반에 담아 한 손에 들고 다른 손엔 소파에 있던 담요를 들고 앞장서서 현관으로 향했고, 채연은 순순히 그의 뒤를 따라 밖으로 나왔다.

테라스에 설치된 그네가 밤이 되니 더욱 운치가 있어 보였다. 채연은 그것을 보자마자 영민이 왜 테라스에서 차를 마시자고 했는지 알 것 같았다.

"그네에 앉아서 별 보려고 나오자고 했구나?"

"빙고."

"좋은 생각이야."

그녀가 먼저 그네에 앉았다. 그러자 영민이 쟁반을 그네 옆에 놓인 작은 테이블에 올려놓고는 가지고 나온 담요를 펴서 그녀에게 덮어주었다.

"스웨터도 입었고, 따뜻한 차 마시면 괜찮을 텐데."

"여긴 서울과 달라. 산속이라 아직은 추워."

"하긴, 공기가 맑은 대신 차긴 하네."

영민이 찻잔 하나를 그녀에게 건네주고는 자신의 찻잔을 손에 들고 그네에 앉았다. 옆에 앉는 영민을 지켜보던 채연의 시선이 무수한 별들이 떠 있는 하늘로 옮겨졌다.

"정말 공기 좋다!"

채연은 추위보다는 시원한 느낌이 들게 하는 맑고 찬 공기를 들이마셨다. 답답했던 속이 뻥 뚫리는 기분이었다.

"날씨가 쌀쌀해서 차 금방 식어. 따뜻할 때 마셔."

"응."

그녀가 뜨거운 차를 호호 불며 마시자 영민도 테이블에 놓았던 잔을 들고 차를 마셨다.

"조각상 불빛 때문에 조명 축제에 온 것 같아."

"역시 너하고 난 생각하는 게 비슷해. 나도 여기에 와서 불 켜진 조각상들을 볼 때마다 그런 생각을 했었거든."

"어떻게 아기천사 조각상 속에 등을 넣을 생각을 하셨나 몰라. 가로등보다 훨씬 더 운치 있어."

"서린 누나가 아이디어를 냈대. 조각상들을 고르고 배치한 건 마이클 매형이지만."

"두 분 다 센스가 보통이 아니셔. 참 잘 통하는 부부인 것 같아."

"우리처럼?"

"……."

채연은 빈 잔을 손에 들고 하늘을 올려다보았다.

"왜 대답 안 해."

물어보지 말지.

"대답할 필요가 없으니까."

"왜 대답할 필요가 없어?"

"……이미 알잖아."

채연은 잠시 영민을 바라보다 불안한 눈빛을 그에게 들킬까 봐 다시 하늘로 시선을 돌리며 대답했다.

깜깜한 하늘을 수놓은 별들이 마치 검은 벨벳에 작은 다이아몬드들을 박아놓은 것처럼 보였다. 그 광경이 얼마나 멋진지 경이롭기까지 했다.

"우문현답이네. 내가 바보처럼 당연한 걸 물었어."

영민도 고개를 들어 밤하늘을 올려다보았다.

"별들이 참 많고 아름답지?"

영민은 미소로 별들을 바라보며 같은 곳을 보고 있는 채연에게 물었다.

"이제 아름답다는 말은 못하겠어."

"왜?"

"여기 와서 보는 것마다 아름답다, 아름답다 했는데…… 이곳의 모든 것이 이루 말할 수 없이 아름다워서 이젠 아름답다는 표현이 식상한 느낌까지 들어."

"아……. 사실 여기가 지나치게 아름다긴 하지."

영민은 순순히 인정했다.

채연의 말이 충분히 수긍이 갔고, 그도 같은 생각이 들었다. 다 아름다우니, 굳이 아름답다는 말을 할 필요가 있을까. 어떤 말을 해도 부족한 아름다움인데. 그러니 그저 눈으로 보고 마음에 담으면 그만인 것을.

이렇게 좋아할 줄 알았으면 진즉 데리고 오는 건데.

후회가 되었지만, 그동안은 이곳에 올 엄두가 나지 않았었다. 그도 채연과 만난 후부터 지금까지 이곳에 온 적이 없었다. 서린이 섭섭해할 것이라는 생각을 하지 않는 건 아니지만 찾아올 수가 없었다. 아픈 기억이 통째로 묻혀 있는 곳이기에.

"빈 잔 이리 줘."

영민은 자신의 잔과 채연이 내미는 잔을 받아 테이블 위에 놓았다.

"별들이 우리한테 말을 거는 것 같아."

채연은 진짜 그렇게 느끼고 있었다.

서울에서는 볼 수 없었던 셀 수 없이 많은 별들이 그녀와 영민을 향해 반짝반짝 빛으로 말을 거는 것 같았다. 행복해지라고!

아마도, 진짜 착각이겠지.

행복해질 수 없다는 걸 저 별들은 이미 알고 있을 텐데, 그런 별들이 행복해지라고 말할 리가 없다. 갑자기 서러움이 물밀듯이 밀려왔다. 채연은 서러움을 가슴 깊숙이 묻었다. 이곳에서만큼은 미래를 생각하지 않겠다고 결심했으니 그대로 실천해야만 한다.

지금 이 순간만을 생각하리라. 그녀에게 주어진 사흘이란 시간만큼은 세상의 어떤 연인보다 행복한 여자로 지낼 것이다. 영민의 여자로 지낼 수 있는, 그녀에게 주어진 마지막 기회이므로.

쪽.

채연은 하늘을 보고 있는 영민의 볼에 입맞춤을 했다. 그녀를 바라보는 영민의 입꼬리에 보기 좋은 포물선이 그려졌다.

"이렇게 예쁜 짓만 하면 곤란한데."

"예쁜 짓만 하는데 왜 곤란해?"

"나도 예쁜 짓이 하고 싶어지니까."

"어떤 예쁜 짓?"

"이런 예쁜 짓."

눈가에 눈웃음이 걸린 채 그가 그녀의 입술에 베이비키스를 했다.

"겨우 뽀뽀하는 게 예쁜 짓이야?"

영민의 베이비키스에 가슴이 두근거렸지만 채연은 짐짓 별거 아니라는 표정을 지어 보였다.

"겨우라고 말한 건 금방 내가 한 예쁜 짓이 마음에 안 든다는 뜻 맞지?"

"글쎄."

채연은 일부러 확실한 대답을 하지 않았다.

"좋아. 그럼 확실하게 예쁜 짓을 해주지."

영민의 얼굴이 그녀의 얼굴 가까이 다가왔다. 코가 맞닿을 정도가 되자 그의 따스한 숨결이 그녀의 얼굴을 간질였다. 그저 영민의 얼굴이 닿을 듯 말 듯하고 그의 숨결이 느껴질 뿐인데 가슴이 마구 뛰기 시작했다. 얼마나 뛰어대는지 금방이라도 심장이 몸을 뚫고 튀어나올 것만 같았다.

채연은 눈을 감았다. 그러자 기다렸다는 듯 부드러운 촉감이 그녀의 입술에 닿았다. 영민의 입술은 따뜻하고 부드럽고 촉촉했다.

지난 삼 년 동안 수도 없이 영민과 키스를 했던 그녀였다. 이젠 내 입술인 것처럼 익숙한 촉감이었다. 그런데도 매번 그의 입술이 그녀의 입술에 닿을 때마다 가슴이 설레고 심장이 춤을 춘다.

저절로 벌어진 그녀의 입술 사이로 말캉말캉한, 그의 입술보다 훨씬 더 따스한 혀가 밀고 들어왔다. 그의 혀가 그녀의 혀와 맞닿은 순간 느슨해져 있던 모든 신경들이 일제히 팽창하는 느낌이었다. 찌르르, 심장에서 시작된 전류의 흐름이 전신으로 퍼져 나갔다.

그의 혀가 그녀의 혀를 휘감았다. 나긋나긋하게 간지럼을 태우듯 그녀의 혀를 희롱했다. 약을 올리듯 그녀의 혀를 휘감고 핥아대던 그의 혀가 갓난아이가 엄마의 젖을 빨 듯 빨기 시작했다.

그녀의 혀를 빨아대는 힘이 점점 강해졌다. 그럴수록 채연의 머릿속은 점점 더 하얘졌다. 뭔가가 꽉 차는 것도 같고 텅 비어 있는 것도 같은 느낌이랄까. 뇌의 활동이 정지되고 전신에 퍼져 있는 감각들만이 살아서 황홀이라는 이름의 꽃망울들을 터트리고 있는 것 같았다. 저릿저릿, 짜릿짜릿……. 사랑하는 남자가 주는 주체할 수 없는 자극들로 인해 채연은 정신을 차리기가 힘들었다.

정채연, 정신 차려. 여기서 무너지면 안 돼.

채연은 허물어지고 있는 이성의 끝을 가까스로 붙잡았다.

"그, 그만."

간신히 내뱉은 그녀의 말을 다행스럽게도 영민이 들었는지 힘겹게 입술을 뗐다.

"왜……?"

왜라고 묻는 영민의 음성이 억눌린 신음처럼 들렸다. 맑았던 그의 눈동자도 한껏 흐려져 있었다.

채연은 흐려진 그의 눈동자가 무엇을 의미하는지 알고 있었지만 모르는 척했다. 키스가 깊어지면 절박하고 절실한 마음이 그녀의 이성을 무너뜨릴 수도 있기 때문이다. 아직은, 마음의 준비가 더 필요했다.

"추워."

채연은 몸에 두르고 있던 담요를 들고 일어섰다.

"그래, 들어가자."

춥다는 그녀의 말 한마디에 영민이 튕기듯 일어났지만 그의 얼굴에 드리워진 아쉬움의 그림자는 그대로 남아 있었다.

9

2층에 있는 두 개의 게스트 룸은 나란히 붙어 있었다. 채연과 영민은 각자의 방에서 잠을 잘 준비를 하고 있었다.

샤워를 마친 채연은 가방에서 순백의 원피스를 꺼냈다. 구김이 안 가는 천이라 다행이었다. 원피스를 입고 화장대 앞에 서서 옷매무새를 가다듬었다. 웨딩드레스는 아니어도 흰색의 원피스를 입으니 제법 신부처럼 보였다. 면사포와 부케만 있다면 결혼식을 올려도 그리 흉하지 않을 만큼.

채연은 옆방과 붙어 있는 벽을 바라보았다. 벽 너머에 있을 영민을 생각하니 긴장이 되었다. 긴장감 때문에 몸은 돌처럼 굳어 가는데 이상하게도 심장은 콩닥콩닥 뛰어댔다.

"휴우우."

채연은 숨을 길게 내쉬었다. 그게 효과가 있었는지 경직되었던 몸이 조금은 풀어지는 것 같았다.

그녀를 방으로 들여보내면서 영민은 아쉬운 듯 잡고 있던 손을 쉬이 놓지 못했었다. 자신을 바라보는 그의 눈빛에 숨어 있는 간절함을 보면서 오늘은 같은 방을 쓰자고 하고 싶었지만 입이 떨어지지가 않았다.

각오를 하고 왔는데도 왜 그랬을까.

아마도 용기가 나지 않았기 때문일 것이다.

영민과 여행을 많이 다녔다. 하지만 언제나 친구들과 동반을 했던 터라 영민과 함께 한 방을 쓴 적이 없었다. 그녀를 지켜주느라, 혼전순결을 주장하는 그녀의 뜻을 존중하고 따라주느라 남자로서의 욕망을 흔쾌히 눌러준 영민이 늘 고마웠다.

영민은, 그녀가 원하는 것이라면 뭐든지 들어주는, 그녀가 하는 말은 뭐든지 따라주는 착한 연인이었다.

오늘도 그랬다. 그네에 앉아 키스를 할 때에도 그녀의 입에서 나온 그만이라는 말 한마디에 그는 지체하지 않고 입술을 떼었다. 누구보다 건강한 남자인데 그라고 왜 아쉽지 않았을까. 왜 미련이 남지 않았을까. 하지만 그는 내색하지 않으려고 애를 썼다.

세상에 존재하는 그 누구보다 그녀를 가장 사랑하고 존중해 주고 배려해 주는 남자다, 김영민은. 그런 그에게 그녀는 두 가지 선물을 준비했다. 둘만의 여행과 그녀 자신을 온전히 다 내어주는 것.

헤어지는 마당에 영민과 단둘이 여행을 올 생각을 한 이유는 미안함 때문이었다. 최 교수와 김 교수 때문에 미애가 죽었다고 믿는 태훈을 설득하지 못해서. 사실은 두 교수가 치명적인 잘못을 했다고 볼 수만은 없다고, 태훈에게 그가 잘못 알고 있는 거라고 솔직하게 말하지 못해서.

두 교수에 대한 원망으로 긴 세월을 살아온 태훈이었다. 그런 그에게 어떻게 사실은 그가 오해를 하고 있는 거라고 말을 할 수 있겠는가.

만약 홀로 온 정성을 다해 키운 딸의 입을 통해 그 질긴 원망과 미움이 잘못된 거라고, 사실은 미애가 차에 부딪혀서 넘어진 것이 아니라 놀라서 뒷걸음질하다 빗길에 미끄러져서 넘어진 거라고, 그러니까 엄밀히 말하면 양수가 터지고 출혈과다로 죽게 된 것은 다른 사람의 탓이 아니라고, 두 교수에게 도의적인 책임은 있을 수 있지만 법적인 책임은 없는 거라고 어떻게 말을 할 수 있을까. 그녀는 도저히 그런 말은 할 수 없었다. 그녀가 그런 말을 한다면…… 태훈이 살아온 삶의 절반이 송두리째 뽑히고 말 테니까.

그럼에도 진실을 말할까, 고민을 많이 했었다. 하지만 그녀는 진실을 묻었다. 태훈의 삶을 허망하게 만들 수 없어서였다. 그것이 지금까지 그녀 하나만을 바라보며 온갖 정성을 다해 키워준 태훈에 대한 보답이기에.

그녀가 영민과 헤어지지 않는다면 죽음도 불사하겠다는 태훈이 아니던가. 사고 목격자의 말도 믿지 않는 태훈이 딸의 입을 통해 오해한 것이라는 말을 듣는다면 감당하기 힘든 충격을 받을 것이다.

이유가 뭐가 됐든 그녀는 자신의 사랑을 포기하는 것을 택했다. 그 선택에 대한 책임은 그녀 몫이었다. 아무런 죄도 없이, 이유조차 모른 채 그녀에게 버림을 당해야 하는 형벌을 받게 될 영민에 대한 죄책감 또한 그녀가 지고 가야 할 삶의 무게였다. 평생 다른 남자를 사랑할 수 없는 것으로 죗값을 치르는 한이 있더라도.

채연은 마음을 다잡고 문 앞으로 걸어갔다.

샤워를 하고 나와 막 간편한 트레이닝복을 입었을 때였다.

똑똑.

노크 소리가 났다. 영민은 무슨 일인가 싶어 급히 문을 열었다. 문 앞에 채연이 하얀 원피스를 차려 입고 서 있었다.

"채연아?"

잠자리에 왜 갑자기 외출복을 입었지?

영민은 순간적으로 가슴이 철렁했다.

"집에…… 가려고? 아버님께 무슨 일 생겼다고 연락이라도 온 거야?"

"……아니."

"휴우, 다행이다. 그럼…… 왜? 차 키 가져올까? 뭐 필요한 거라도 있어?"

"그런 거 없어."

어디에 가려는 것도 아니고 필요한 것이 있어서 급히 사러 나가야 하는 것도 아닌데 왜 원피스 차림으로 그에게 왔을까? 그것도 잠자리에.

그녀를 바라보는 눈빛에서 그의 의문이 드러났나 보다. 채연이 주저하는 모습으로 그를 바라보더니 그가 다시 묻기 전에 먼저 입을 열었다.

"나…… 들어가도 돼?"

"응? 응. 당, 당연하지. 들어와."

당황한 그가 옆으로 비켜서자 그녀가 방 안으로 들어왔다.

영민은 방문을 닫고 돌아서서 방 안을 둘러보며 서 있는 채연을 바라보았다. 어딘지 모르게 그런 그녀가 낯설게 느껴졌다.

"내가 있던 방은 핑크빛으로 통일했던데 여긴 다 하늘색이네."

"룸마다 다른 느낌을 주고 싶었대."

이 별장은 원래 게스트 룸마다 각각 다른 색깔로 벽지와 이불과 가구를 맞추었다. 그래서 방마다 다른 느낌을 주었다.

"그런 의도가 있는 것 같았어."

"응."

대화가 끊겼다. 잠시 어색한 침묵이 이어졌다. 말없이 서로를 바라보며 마주 서 있는 두 사람 사이에 묘한 기류가 흘렀다.

"왜? 이상해? 이 원피스가 나하고 안 어울리는 것 같아?"

채연이 먼저 침묵을 깼다.

"아, 아니."

"그런데 왜 이상한 것 같은 눈빛으로 봐?"

"너무 예뻐서."

채연이 피식 웃었다.

"만날 예쁘대."

"만날 예쁘니까."

"하긴 내가 좀 예쁘긴 하지."

채연은 어색해서 죽을 것 같아 영민의 칭찬을 일부러 농담조로 받았다.

"넌…… 언제나 예뻐."

항상 귀엽다, 예쁘다를 입에 달고 사는 영민인지라 언제나 예쁘다는 그의 말에 익숙할 대로 적응이 되어 있는 그녀였지만, 채연은 유난히 가슴이 설레었다. 오매불망 기다리다 처음으로 예쁘다는 말을 들은 것처럼.

두근두근두두근두두근…….

첫사랑에 빠진 여자처럼 영민의 눈빛을 바라보는 것만으로도 심장이 제멋대로 뛰어대기 시작했다.

"나……."

그렇게 각오를 했는데도 말이 쉽게 나오지 않았다.

"할 말 있으면 무슨 말이든 해. 나잖아. 네 남자 김영민."

영민의 말에 용기가 생겼다.

"영민 씨, 나 오늘 영민 씨하고 함께 있고 싶어."

"……뭐?"

"나…… 오늘 밤, 아니, 지금 영민 씨와 사랑하고 싶어."

영민은 자신이 잘못 들었다고 생각했다. 너무 그녀를 원해서, 참는 것이 너무 힘들어서 제멋대로 들어버린 줄로만 알았다. 그런데 아니었다. 그녀가 분명히 말했다. 오늘 밤, 아니, 지금 그와 사랑이 하고 싶다고.

"채연아?"

"사랑…… 해줄래?"

"진심…… 이야?"

그래도 확인을 해야 했다. 혹시, 만에 하나…… 그가 잘못 해석을 하고 있는 거라면 채연에게 씻을 수 없는 상처를 주게 될 테니까.

"……진심이야."

"갑자기 왜……?"

"사랑…… 하니까."

그보다 더 맞는 대답이 있을까. 우문현답, 그가 어리석은 질문을 할 때마다 항상 그녀는 가장 적절한 대답을 한다.

사랑하지 않고는 못 배기게 만드는 내 여자, 나만의 여자 정채연.

"정말…… 그래도 돼?"

"응."

"나 때문이라면, 내 생각해서 그러는 거면 애쓰지 않아도 돼."

"영민 씨 때문이 아냐. 내가…… 원해."

"그럼…… 지금 우리가 실질적으로 결혼을 한다는 뜻이야?"

"응. 지금…… 난 영민 씨의 아내가 되는 거야."

그녀가 정면으로 그의 눈을 바라보며 말했다. 지금 그의 아내가 되는 거라고.

"채연아."

"응?"

"고맙다."

고맙다는 말, 하지 마.

채연은 고개를 끄덕였다.

"네 선택, 후회하지 않게 해줄게."

난 후회하지 않아. 하지만 영민 씨는 후회하게 될 거야.

채연은 다시 고개를 끄덕였다.

"죽을 때까지, 아니, 죽어서도 널 사랑해."

날 미워하고 원망해. 죽을 때까지, 아니, 죽어서도…….

"나도 사랑해, 영민 씨."

"평생 네 마음 아프지 않게 할게."

내가 영민 씨의 마음을 아프게 할 거야.

"응. 영민 씬 그럴 거야. 믿어."

"내 옆에 있는 동안 누구보다 행복하게 해줄게."

영민 씨의 옆에 있는 동안 행복했어. 지금도 행복해. 앞으로는 행복할 수 없겠지만…….

"응."

영민은 두 손으로 그녀의 얼굴을 감쌌다. 그리고 연한 핑크색 립글로스를 발라 불빛에 반짝이는 그녀의 입술을 자신의 입술로 부드럽게 감싸고 혀를 내밀어 그녀의 입술을 핥았다. 혀로 맛보는 그녀의 입술에서 달짝지근한 딸기맛이 느껴졌다.

그가 맛보고 있는 그녀의 입술 때문일까? 아니면 그녀와 함께 처음으로 한 방에서 밤을 보낼 수 있다는 설렘 때문일까? 그것도 아니면 지금 이 순간 스스로 그의 아내가 되겠다고 용기를 내어 먼저 찾아와 준 그녀 때문일까?

아니다. 어느 것 하나 때문만이 아닐 것이다. 그 세 가지 모두가 그에게는 전신을 전율하게 하는 자극이 되고 있었다.

"흐음."

채연의 입에서 신음이 흘러나왔다.

영민은 갑자기 몸이 확 달아오르는 것을 느꼈다. 달콤한 그녀의 신음이 그에게는 더할 수 없는 흥분제 역할을 해주었다.

채연의 달달한 입술을 부드럽게 핥던 그의 혀가 거침없이 그녀의 입안으로 침입했다. 단단한 치아를 훑고 보드라운 잇몸을 핥았다. 자극을 받아 쉼 없이 분비되는 타액을 삼키고 또 삼켰지만 갈증이 일었다. 목젖이 따끔거릴 정도로 목이 탔다.

그의 혀가 사막에서 오아시스를 찾듯 그녀의 입안에서 말랑한 혀를 찾았다. 작은 혀를 찾아 휘감고 거세게 빨아들였다. 달큰한 타액이 목젖을 타고 넘어왔다. 화수분처럼 끊임없이 차오르는 채연의 타액이 연신 목적을 타고 그의 몸 안으로 흘러들었다.

"하아……."

채연은 신음을 흘렸다.

채연은 자신의 혀를 거세게 빨아대는 영민 때문에 숨을 쉬기가 힘이 들었다. 아니, 숨을 쉴 수가 없었다. 그런데도 좋았다. 불꽃이 혈관을 타고 전신으로 퍼져 나갔다.

"채연아, 사랑해."

그가 입술을 떼고 그녀의 귓가에 속삭였다.

"널 사랑한다고 말할 땐 언제나 가슴이 벅차. 널 보고 있을 땐 항상 심장이 두근거려. 너와 함께 있을 땐 늘 내 인생이 행복으로 꽉 차 있는 것 같아."

귓속으로 파고들어 오는 그의 음성이 욕망에 젖어 있었다. 그녀에게는 세상에서 가장 유혹적인 속삭임이었다. 찌르르한 전율로 인해 전신에 잘디잔 소름이 돋고 솜털들이 빠짝 곤두섰다.

그녀도 이야기를 해주고 싶었다. 그가 원하는 말들을 마음껏 들려주고 싶었다. 채연은 쑥스러움과 부끄러움을 떨치기 위해 두 눈을 감았다.

"영민 씨, 사랑해."

채연은 진심을 담아 고백했다.

"사랑한다는 말, 언제 들어도 듣기 좋아."

"나도 그래."

쪽, 그녀의 매끄럽고 동그란 이마에 그의 입술이 닿았다.

"말로는 다 표현할 수 없을 만큼 영민 씨를 사랑해."

"내가 더 사랑해."

쪽, 감고 있는 그녀의 눈꺼풀 위에 그의 따스한 입술이 닿았다가 떨어졌다.

"영민 씨가 내 남자여서 행복해."

"나도 네가 내 여자여서 행복해."

쪽, 작고 오뚝한 그녀의 콧날에 그가 입맞춤을 했다.

"채연아, 눈 떠. 눈을 뜨고 나를 봐. 오롯이 나만을 담고 있는 네 눈을 보고 싶어."

채연은 그제야 눈을 떴다. 눈앞에 감동을 받은 표정으로 그녀를 바라보고 있는 영민이 있었다. 그를 두 눈에 마음껏 담았다. 그가 원하는 대로.

항상 그가 먼저 애정 표현을 하고 그녀가 그 말에 동조를 하곤 했었다. 그런데 그녀 스스로 그 순서를 바꾸자 놀란 한편 기분이 매우 좋은 듯했다. 그녀를 보는 영민의 입가에 미소가 걸려 있었고 눈빛도 한층 더 깊어져 있었다.

채연은 오로지 그녀만을 담고 있는 영민의 두 눈을 응시하며 환하게 미소를 지어 보였다. 그의 동공 속에서 그녀가 웃고 있었다.

"그동안 받기만 해서 미안해. 그동안 주기만 해서 고마워. 그리고 나만 바라봐 줘서 행복했어."

"채연아……."

감동을 받았는지 영민의 동공이 살짝 흔들렸다. 그의 눈 안에 담겨 있는 그녀도 흔들렸다.

채연은 그런 영민을 보며 후회했다. 뭐 그렇게 힘든 일이라고 그동안 영민의 말에 동조하는 식의 애정 표현만 했을까. 왜 조금 더 많이 사랑한다고, 그가 있어서 행복하다고 얘기해 주지 못했을까.

이곳에 있는 동안만이라도 영민 씨가 듣고 싶어 하는 말 많이 해줄게. 아니, 많이 할게. 그리고 영민 씨가 차마 원한다고 말하지 못했던 거…… 내가 다 줄게.

"내가 영민 씨의 여자여서 너무 좋아."

"진짜 예쁘다, 우리 채연이."

"영민 씨의 채연이니까."

"진짜 착하다, 우리 채연이."

"영민 씨의 여자니까."

뜨거운 눈으로 바라보던 그가 더는 참을 수 없다는 얼굴로 그녀를 와락 끌어안았다.

"아플지도 몰라."

"알아."

"내가 널 힘들게 할 수도 있어."

"괜찮아."

"원하지 않을 땐 언제든지 말해."

"원해."

"그만하고 싶을 땐 아무 때나 얘기해."

아까 테라스에서 키스를 하다가 그만하라고 했던 게 신경이 쓰였는지 영민이 진진하게 당부했다.

"아니, 그런 일 없을 거야."

채연은 다부지게 말했다.

이렇게 따스한데, 이토록 절절한데 어찌 그만하라고 할 수 있을까. 그녀는 절대로 그만하라는 소리 따위는 하지 않을 것이다. 그가 그녀를 놓아줄 때까지 다 내어줄 것이다. 아낌없이.

영민이 포옹을 풀고 그녀를 보았다.

"불…… 끌까?"

긴장이 되는지 영민이 떨리는 목소리로 물었다.

"아니."

불을 끄면 영민을 볼 수가 없다. 그를 기억하기 위해서는 부끄러움 정도는 참아야만 한다.

그와 사랑을 나누는 건 처음이라 그녀도 두려웠다. 가끔씩 그와 사랑을 나누면 어떤 느낌일까, 하고 막연하게 상상을 해본 적은 있었지만 정말로 상상했던 것과 같은 느낌일지 아닐지 알 수가 없다.

처녀막이 없어지는 것. 그것이 두려워서 그동안 혼전순결을 주장했던 건 아니었다. 태훈에게 부끄럽지 않은 딸이 되고 싶었을 뿐.

태훈을 위해 목숨처럼 사랑하는 영민과 헤어짐을 선택했다. 그러니 태훈에게 순결하지 않은 딸로 살아가는 걸 감당할 수밖에 없다. 그것 또한 그녀의 선택이다.

"최대한 부드럽게 할게."

"영민 씨, 너무 애쓰지 않아도 돼. 내가 원해서 하는 거야. 내가 영민 씰 원해."

긴장한 게 역력한 표정으로 잠시 그녀를 바라보던 영민이 천천히 손을 뻗었다. 원피스의 지퍼를 내리기 위해 그녀의 목 뒤로 뻗어가던 그의 손이 머뭇거리더니 결국 제자리로 돌아가고 말았다. 매사에 자신감이 넘치는 그라서 그녀가 허락만 하면 불도저처럼 밀어붙일 줄 알았는데 아무래도 조심스러운 모양이었다.

어쩌면 태훈이 신경 쓰여서 그럴 수도 있다는 생각에 채연은 자신이 먼저 용기를 내기로 결심했다.

"내가…… 영민 씰 가질 거야. 허락해 줄 거지?"

"너무 애쓰지 않아도 돼."

"애쓰는 거 아냐. 내가 원하는 거지."

"진심이야?"

"진심이야."

"그럼 네가 날 가져. 마음껏 가져. 우리가 처음 만났을 때부터 난 네 거니까."

채연은 과감하게 영민의 트레이닝복 상의의 지퍼를 내려 그의 몸에서 벗겨냈다. 그리고 그 안에 입고 있던 반팔 티셔츠까지 단숨에 벗겨냈다. 탄탄한 근육이 붙은 그의 맨살이 고스란히 드러났다.

채연은 자신도 모르게 마른침을 삼켰다.

"영민 씨가…… 내려줘."

그녀가 뒤돌아서자 조심스러움이 느껴지는 손길로 그가 원피스의 지퍼를 내렸다. 그리고 두 손으로 양쪽 어깨부분을 벌리고 어깨 아래로 내렸다. 그러자 원피스가 그녀의 발등 아래로 미끄러져 내려갔다.

"이건 내가 할게."

채연은 스스로 브래지어를 벗었다. 가슴이 그대로 드러났지만 가리지 않았다. 부끄럽지 않아서가 아니었다. 그에게 자신을 온전히 내어주고, 그를 완벽하게 받아들이고 싶어서였다.

팬티마저 제 손으로 벗자, 그렇게 각오를 다졌는데도 섣불리 돌아서지지가 않았다.

불을 끌 걸 그랬나?

갑자기 갈등이 생겼다.

아니야. 불을 끄면 안 돼. 똑똑히 보고, 전부 기억해야 해. 사랑을 나눌 때 영민 씨의 짙은 눈썹이 어떻게 꿈틀거리는지, 눈빛이 어떤지, 흥분했을 때 어떤 표정이 되는지, 그에 관한 것은 하나도 빼놓지 않고 모두 다 가슴에 담아둬야 해. 그래야만 영민 씨가 옆에 없어서 외롭고 그리울 때 하나씩 하나씩 꺼내서 추억할 수 있어.

첫 경험이라는 건 같지만, 상황에 대한 인식은 둘이 서로 다르다. 그녀에게는 이별을 위한 최후의 만찬과도 같은 의식(儀式)이지만, 그에게는 영원으로 가기 위한 시작일 터였다.

채연은 마음을 다잡고 천천히 몸을 돌려 영민을 마주 보며 섰다.

"네 말이 맞아."

실오라기 하나 걸치지 않은, 나신의 그녀에게서 눈을 떼지 못한 채 영민이 말했다.

"뭐…… 가?"

"……아름답다는 말은 못하겠어."

아까 그녀가 했던 말을 그가 하고 있었다.

"왜?"

영민이 했던 그대로 물었다.

"이루 말할 수 없이 아름다워서 아름답다는 표현이 식상한 느낌까지 들어."

"사실 이곳이 지나치게 아름다긴 하지."

일부러 그가 했던 말 그대로 농담이 아닌 것처럼 진지한 표정으로 대꾸를 하자 영민이 풋, 웃었다.

"긴장하지 말라고 배려도 하고, 우리 채연이 진짜 멋지네."

"내가 원래 과도하게 멋지긴 해."

"후후후."

예상치 못한 대답이었는지, 그가 다시 웃음을 터뜨렸다.

"그래, 우리 채연인 지나치게 아름답고 과도하게 멋져."

"아무리 그래도 사진은 안 돼."

"내 여자의 나신을 렌즈한테 양보할 만큼 난 너그러운 남자가 아니야."

"다행이야. 영민 씨가 너그러운 남자가 아니라서."

"너그럽지 않은 걸 다행이라고 말해줘서 고맙다, 정채연."

"내가 좀 넘치도록 너그러운 편이거든."

어디서 이런 용기가 나오는 것인지. 아무리 사랑하는 남자라지만 생전 처음 남자 앞에서 다 벗은 채 서 있는 중이었다. 벌거벗은 채로 서서 영민의 눈을 똑바로 쳐다보며 따박따박 말대꾸를 해주고 농담까지 할 줄은 몰랐다, 그녀 스스로도.

내가 원래 이런 여자였었나?

문득, 어쩌면…… 원래 사랑에 소극적인 사람으로 태어난 게 아니라, 태훈 때문에 너무 억누른 채 살아온 게 아닌가 하는 생각이 들었다. 이렇게 과감할 수도 있는데, 먼저 사랑 표현도 하지 못하는 여자로 살아온 것은 본성이 아니라 그녀가 받아왔던 가정교육 때문일지도.

그러면 어떻고 아니면 어떤가. 지금은 그 누구도 아니다. 김태훈의 딸도, 박미애의 딸도 아닌, 오롯이 한 남자에게 넘치는 사랑을 받고 그 남자를 목숨처럼 사랑하는 한 여자일 뿐이다.

이곳을 나가는 순간까지는, 난 그저 헤어날 수 없는 사랑에 빠진 여자인 거야!

그렇게 생각하니 마음이 편해졌다. 굴레를 벗어나 한껏 자유로워진 기분이었다.

사랑하는 남자를 위해서 세상에서 가장 섹시하고 적극적인 여자가 되어보자.

채연은 가녀린 손을 뻗어 영민이 입고 있는 트레이닝복 하의의 허리춤을 잡고 천천히 아래로 끌어 내렸다.

"으윽……."

본격적인 사랑은 시작도 하기 전인데, 그저 바지만 벗기는데 영민의 입에서 낮은 신음이 새어 나왔다.

그만큼 참아왔던 탓이겠지.

그동안 자유롭게 사랑을 나누는 신호와 찬희를 보면서 얼마나 부러웠을까. 다른 연인들처럼 조금 더 일찍 날 내어주었더라면 이 정도로 자극을 받지는 않을 텐데.

그녀가 바지를 발목까지 내렸다. 바지에서 두 발을 뺀 영민이 그것을 옆으로 툭 찼다. 이제 그의 몸에는 달랑 팬티 하나만이 남아 있었다. 채연은 팬티의 밴드를 두 손으로 잡았다.

"흡."

숨을 참는 영민의 소리를 들으며 팬티를 허벅지까지 내렸다. 그녀의 손길이 스친 그의 허벅지에 오소소 소름이 돋아났다. 차마 그의 중심을 볼 생각도 못하고 근육으로 다져진 허벅지에만 눈길을 준 채 그녀가 손으로 살살 쓰다듬었다. 가라앉을 거라 생각했던 소름들이 더 뾰족해졌다.

그녀의 작은 손길 하나하나에 반응하는 그의 몸이 얼마나 사랑스러운지. 채연은 자신도 모르게 소름이 돋은 그의 탄탄한 허벅지에 입을 맞추었다.

"채연아……."

그의 입을 통해 나오는 그녀의 이름이 얼마나 다정한지. 채연은 다른 쪽 허벅지에 다시 입을 맞추었다. 혀를 내밀어 맛을 보듯 살짝 핥았다.

더는 참기가 힘들었는지 그가 한 손으로 그녀의 손을 잡더니 다른 손으로 팬티를 단숨에 발목까지 내렸다. 그리고 바지를 벗을 때처럼 팬티에서 발을 빼 옆으로 밀어놓고는 그녀의 양팔을 잡고 일으켜 세웠다.

"채연아. 내 여자 정채연."

영민이 이글이글 타는 눈으로 그녀를 바라보았다.

이브가 선악과를 따먹기 이전, 태초의 에덴동산에서 마주 선 아담과 이브처럼 두 사람은 무엇 하나 가리지 않은 채 온전한 나신으로 마주 서 있었다.

부끄러운 일도 아니었다. 창피하지도 않았다. 오히려 너무나 자연스러워서 늘 나신으로 만나왔던 것 같은 기분이었다.

영민 씨를 애태워서 미안해. 참고 또 참게 해서 미안해. 그리고…… 단 한 번도 채근하지 않고 기다려 줘서 고마워.

채연은 눈빛으로 말했다.

"이런 날이 오길 기다리는 동안에도 난 행복했어."

그녀의 눈빛이 하는 말을 알아들었는지 영민이 대답하듯 말했다.

"우리들만의 결혼을 할 수 있게 해줘서 고마워."

채연은 고개를 끄덕였다.

"너의 모든 것을 나한테 줘서 고마워."

다시 끄덕.

"날 너한테 다 줄 수 있게 해줘서 고마워."

또다시 끄덕.

"이 세상에 태어나 줘서 고맙고, 다른 사람한테 가지 않고 나한테 와줘서 고마워. 내 여자가 되어줘서 정말 고마워."

영민은 진심을 다해 말했다.

세상에서 가장 아름다운 모습으로 자신 앞에 서 있는 채연의 얼굴을 영민은 두 손으로 감싸 안았다. 커다란 손 안에 작은 얼굴이 쏘옥 들어왔다. 그 작은 얼굴을 렌즈에 담듯 두 눈으로 사진을 찍었다. 이 순간을 영원히 간직하기 위해서.

쪽, 쪽, 쪽.

동그랗고 맑은 눈, 작고 오뚝한 코, 세상에 하나밖에 없을 것 같은 탐스러운 입술에 차례차례 입을 맞춘 영민은 그녀를 안아 침대 위에 눕혔다.

영민도 그 옆에 누워 하늘의 별보다 더 반짝이는, 눈부신 그녀의 나신을 바라보았다.

그녀와 포옹하면서, 키스를 하면서 어느 정도 예쁠지 짐작을 했던 몸이고, 때로는 넘치는 정욕을 주체하지 못해 그녀의 몸을 상상하면서 홀로 마스터베이션을 했었다.

그녀의 몸은 상상 속에서도 충분히 아름다웠다. 하지만 실제로 본 그녀의 몸은 상상 속의 그것과는 비교도 할 수 없을 정도로 훨씬 더 매혹적이었다.

“아름답고 신비스러워.”

전라임에도 불구하고 채연의 나신은 전혀 음란해 보이지 않았다. 지나치게 아름다워서 오히려 신성해 보일 정도였다. 그래서일 것이다. 그토록 기다려 왔던 순간이지만 선뜻 손을 댈 수 없는 마음이 드는 것은.

“너무 깨끗해서 내 손으로 널 만지면 네가 더러워질 것 같아. 그래서 겁이 나.”

내 마음…… 그렇게 깨끗하지 않아.

차마 입 밖으로 꺼내놓을 수 없는 말을 삼키며 채연은 숨을 길게 내쉬었다. 긴 한숨을 내쉬는 그녀를 보는 영민의 얼굴이 긴장감으로 굳었다. 그녀가 긴장을 한 것으로 오해를 한 듯했다.

“네가 많이 아프지 않게…… 최대한 덜 힘들게 할게.”

“영민 씰…… 믿어. 그래서 무섭지 않아.”

영민이 무슨 말을 해도 무엇을 해도 그에 대한 불신 따위는 티끌만큼도 없었다. 처음 만났을 때부터 지금 이 순간까지. 그리고 앞으로도 영원히 그를 믿지 못하는 일 따위는 없을 것이다.

영민이 그녀의 얼굴을 조심스럽게 쓰다듬었다.

"채연아, 사랑해. 지금까지 사랑했던 것보다 더 많이 사랑해."

채연도 손을 뻗어 남자의 피부라고는 믿기지 않을 정도로 잡티 하나 없는, 매끄러운 그의 뺨을 어루만졌다.

"내가…… 더 많이 사랑해."

자기가 더 많이 사랑한다는 채연의 말이 너무나 달콤해서 영민은 가슴이 벅차올랐다.

이보다 더 행복할 수는 없다. 사랑하는 여자가 눈앞에 있고, 그 여자가 자신에게 모든 것을 내어주기 위해 그의 옆에 누워 있다.

아버지 때문이든 가치관 때문이든, 혼전순결주의자였던 그녀가 약혼식도 올리기 전인데 그에게 모든 것을 내어줄 마음을 먹었다.

어디 그뿐인가. 그가 보채지도 않았는데 스스로 그의 방에 찾아와 옷을 벗었다. 그것은 그에 대한 신뢰가 그만큼 크다는 증거이자, 지난 삼 년간 그녀의 뜻을 존중해 준 그에 대한 배려가 아니겠는가.

그를 담고 있는 채연의 두 눈동자가 영롱한 빛을 발하고 있었다.

영민은 치솟는 욕정을 참기 힘들었다. 채연의 두 눈에서 영롱한 빛을 없애 버리고 싶은 충동이 일었다. 1초라도 빨리 그만을 담은, 몽환적인 그녀의 눈을 보고 싶다. 하지만 채연에게만은, 그가 사랑하는 여자에게만은 욕정을 주체하지 못해 서두르다가 그녀를 아프게 하고 싶지 않았다. 첫 경험을 평생토록 고통으로 기억하도록 만드는 몹쓸 남자가 될 수는 없다. 채연을 위해 좋은 기억으로,

가장 아름다운 추억으로 만들어줘야 한다.

영민은 스스로를 다독이며 최대한 인내심을 끌어 모았다. 시선을 채연의 두 눈에 고정한 채 한 손을 밑으로 내려 그녀의 발을 쓰다듬었다. 긴장하고 있는 그녀의 몸을 풀어주기 위해 작은 발을 마사지하듯 주물렀다. 채연의 몸이 처음엔 더 긴장을 하는 것 같더니 점차 풀어지고 있는 것이 느껴졌다.

채연이 부끄러워하며 눈을 감을 거라 생각했는데 아니었다. 그녀가 눈을 감지도 않고, 시선을 피하지도 않고 그를 똑바로 바라보고 있었다.

그래서 더 좋았다. 용기 있는 채연이, 처음 만난 날 운명임을 인정하며 과감하게 그가 내민 손을 잡고 그린하우스를 나왔던 것처럼 그의 몸도 겁내지 않고 받아주려고 하는 그녀가 미치도록 사랑스러웠다.

영민은 작은 발을 매만지던 손을 점점 위로 올렸다.

부드러운 손길로 조심스레 더듬어 올라가 뱅글뱅글 매끄러운 무릎 위를 맴돌다 손가락 끝으로 선을 그리듯 조금 더, 조금 더 위로 올라갔다. 손을 펴서 손바닥으로 허벅지를 나긋나긋 쓰다듬었다.

"하아……."

채연은 저도 모르게 신음을 흘렸다.

처음 그의 손길이 발등에 닿았을 때는 온몸이 경직되는 느낌이었다. 그런데 발을 주무르기 시작하자 경직되었던 몸이 서서히 풀어졌다. 그리고 무릎과 허벅지…… 그의 손길이 닿는 곳마다 간질거렸다. 아니, 간지러움과는 확연히 다른, 말로는 설명할 수 없는 느낌이었다.

저릿저릿…….

그의 손에서 전류가 흐르는 것 같았다. 몸에 그의 손이 닿을 때마다 기분이 묘했다. 신경이 곤두서는 것 같으면서도 온몸이 나른해지는 느낌. 딱딱한 뼈가 사르르 녹는 것 같은 오묘한 감각이 전신을 휘감았다.

그의 손을 잡았을 때, 키스를 할 때, 품에 안겼을 때와는 비교할 수 없는 색다른 느낌에 채연은 머릿속이 멍해지다 못해 텅 비어버린 것 같았다.

어떻게 영민의 손길이 스치는 것만으로도 달뜬 신음이 나오고 몸이 달아오를 수 있을까. 미치지 않고서는 이럴 수가 없다.

허벅지를 쓰다듬던 영민의 손이 숲 근처를 맴돌며 느릿느릿 움직였다.

"하앗……."

그녀의 입에서 달뜬 신음이 새어 나왔다.

채연은 얼른 손으로 입을 틀어막았다. 그에게 올 때 이미 쑥스러움이나 부끄러움, 민망함과 주저함 같은 건 다 벗어버리고 왔다고 생각했는데 아니었나 보다. 저도 모르게 두 번씩이나 신음을 흘리니 부끄럽고 창피했다.

"채연아, 부끄러워하지 마."

영민은 수줍어 볼이 붉어진 채연이 너무나 예뻤다. 그런 그녀를 보고 있는 것만으로도 영민은 온 세상을 다 얻은 것처럼 가슴이 벅찼다.

"영민 씨……."

"그래, 나 네 옆에 있어. 우리, 함께 있어."

"기분이…… 이상해……."

"괜찮아. 이상한 거 아니야. 몸이 느끼는 대로 그냥 느껴, 채연아."

"그러고 싶은데…… 난 참 바보 같아."

"네가 왜 바보 같아? 처음이라 낯설어서 그런 건데."

"……."

"우리가 사랑을 나누는 건 자연스러운 거야. 너와 난 서로 사랑하는 연인이니까."

"응."

채연은 스스로에게 주문을 걸 듯 대답을 하면서 동시에 고개를 끄덕였다.

"소리 내고 싶으면 마음껏 소리 내. 크게 소리 질러도 아무도 올 사람 없어. 이곳엔 우리 둘만 있으니까."

"그렇게 할게."

영민의 말을 들으니 그를 자연스럽게 받아들일 용기가 생겼다. 마음 상태가 표정을 만든다고, 그녀의 표정도 많이 편안해진 모양이었다. 영민이 안도하는 눈빛으로 잠시 그녀를 바라보더니 다시 손을 움직이기 시작했다.

그의 커다란 손이 단 한 번도 남자의 손길이 미치지 않았던 그녀의 숲을 덮었다. 그의 손이 닿자마자 짜릿한 쾌감이 신경을 타고 전신으로 퍼져 나갔다.

"하아."

자신의 입에서 신음이 새어 나오는데도 채연은 손으로 입을 막지도 억지로 신음을 삼키려고 애쓰지도 않았다.

영민의 말대로 몸이 느끼는 대로 그냥 받아들일 작정이었다. 생소

한 감각일지언정 낯설어하지 않고 몸이 주는 대로 느끼고, 입에서 낯간지러운 소리가 나와도 삼키려고 애쓰지 않을 것이다. 그가 그렇게 해도 된다고 했으니까. 그게 자연스러운 거라고 말했으니까.

그녀도 다 큰 성인이다. 한 번도 경험한 적은 없었지만, 남녀가 사랑을 나누는 것에 관해서는 이미 그녀도 남들이 아는 만큼은 알고 있었다.

성생활에 관한 것은 경험이 있는 찬희와 지수에게 들은 얘기도 있었고, 그동안 읽었던 책이며 다양한 매체에서 접할 기회가 많았다. 간접적인 경험은 나름 풍부한 편이었다. 상식 또한 부족하지 않았다. 그러니 아무것도 모르는 여자처럼 굴 이유도 없고 순진한 여자인 척할 필요도 없다. 영민 앞에서는 더더욱.

그녀는 두 손으로 영민의 두 뺨을 감쌌다. 엄지로 조각해 놓은 듯한 그의 콧날을 찬찬히 쓸어내리다 선이 뚜렷한 입술을 쓰다듬었다. 손끝으로 전해져 오는 그의 피부 감촉 때문일까. 그의 입술을 오가는 손끝에서 시작된 짜릿한 전율이 팔을 타고 심장으로 모여들었다.

그녀를 바라보는 영민의 눈빛이 뜨거웠다. 그 눈빛에 그녀의 몸도 점점 더 뜨거워지는 것이 느껴졌다.

영민의 얼굴을 감쌌던 두 손을 풀었다. 그의 목을 타고 내려간 그녀의 손이 쇄골을 거쳐 탄탄한 가슴에서 멈추었다. 손바닥으로 가만히 가슴 주위를 쓰다듬었다. 긴장을 하는지 그의 가슴 근육이 단단해졌다. 그리고…… 불끈, 금방이라도 터질 듯 팽창한 그의 중심이 그녀의 허벅지에 닿았다. 아니, 그녀의 허벅지를 찔러대고 있었다. 그만 자극하라고. 아니, 더 자극을 해달라고.

신기했다. 그녀의 손길 하나하나에 적나라한 반응을 보이는 그의 몸이.

그의 몸이 이토록 그녀의 손길을 기다려 왔다니, 가슴이 설레는 한편 마음이 아팠다. 그동안 말도 못하고 참느라 얼마나 애를 썼을까. 대체 혼전순결이 뭐라고. 양가에서 결혼할 사이로 인정을 받은 사이인데.

엄마 없이 자란 애라 몸을 헤프게 쓴다는 말은 듣지 말아야 한다는 태훈의 말을 거역할 수가 없어 처음부터 몸으로 나누는 사랑을 원천봉쇄해 버렸던 자신의 노력이 참으로 덧없게 느껴졌다.

이별하는 마당에 줄 몸이었는데. 이럴 줄 알았으면 사랑할 수 있을 때 마음껏 사랑할걸. 마음껏 사랑하게 해줄걸.

진한 후회가 밀려들었다.

정채연, 지난 일은 생각하지 마. 미래도 생각하지 마. 지금만, 지금 이 순간만 생각해!

영민과의 여행을 생각한 순간부터 현재만 생각하자고 그렇게 다짐을 했건만, 자꾸만 그 결심이 뒷걸음질을 친다. 바보처럼.

그녀가 혼란스러운 머릿속을 정리하고 있는 동안에도 멈추지 않고 그녀의 숲 주변을 맴돌던 영민의 손이 잠시 주저하는 듯하더니 숲을 갈랐다. 그리고 은밀한 속살로 파고들었다.

"하앗."

난생처음 다른 사람의 손길이 닿은 숲 속 깊은 곳. 채연은 너무 놀란 나머지 자신도 모르게 몸에 힘을 주며 두 다리를 모았다.

"나야, 채연아. 괜찮아. 괜찮아."

영민은 당황해하는 채연의 귓가에 입을 대고 속삭였다. 그러자 반사적인 행동이었는지 채연이 금세 힘을 풀었다.

"착하다, 정채연."

그가 만지기 쉽게 채연이 살짝 다리를 벌렸다.

"그래, 그래야지. 착하다, 우리 채연이."

영민은 일부러 자꾸 말을 했다. 그렇게 하는 것이 채연의 긴장을 풀어주는 데 도움이 될 것 같았다.

지금은 일방적으로 분위기를 몰아가는 것도, 자신이 즐기는 것도 중요하지 않다. 그 무엇보다 채연이 그와 처음 나누는 모든 행위들을 조금이라도 더 편안하고 자연스럽게 받아들이도록 해주는 것이 가장 중요했다.

그의 중심은 이미 통증이 느껴질 정도로 한껏 부풀어 있었다. 불끈거리며 어서 분출을 할 수 있게 해달라고 아우성을 쳐댔다. 하지만, 영민은 중심의 호소를 이를 악물고 외면했다.

채연이 아직은 그의 중심을 받아들일 준비가 되지 않았다. 젖고 또 젖어서 그의 중심이 그녀 안으로 들어갈 때 저절로 빨려들어갈 정도가 되어야 하는데 애액이 충분히 분비되지 않았다.

"사랑해, 채연아."

"사랑해, 영민 씨."

"이 세상 전부를 다 합쳐도 내가 널 사랑하는 마음보다 작을 만큼, 그렇게 사랑해."

"나도……."

채연은 말끝을 흐렸다.

늘 그가 사랑표현을 할 때 '반사'를 외치는 사람처럼 '나도'라는 말을 했던 게 생각났기 때문이었다. 습관이 무섭다더니 정말 그런가 보다. 적극적으로 애정 표현을 하기로 해놓고 시시때때로 '나도' 라는 말이 나오는 것을 보면.

"영민 씨가 날 사랑하는 것보다 내가 영민 씰 더 사랑해."

그녀를 응시하고 있는 영민의 두 눈에서 불꽃이 튀었다. 그 눈빛이 얼마나 뜨거운지, 그의 눈빛이 닿는 그녀의 얼굴이 불에 데인 듯 화끈거렸다. 아니다. 그의 눈빛은 늪이었다. 끝을 알 수 없을 정도로 깊어진 그의 동공. 금방이라도 그 동공 속으로 빨려 들어갈 것만 같았다.

"나, 영민 씰 받아들일 준비 됐어. 그러니까……."

"그러니까…… 뭐?"

귓속으로 파고드는 그의 목소리가 억눌린 신음처럼 들렸다.

"영민 씨가 하고 싶은 대로 마음껏 해도 돼. 영민 씨의 손길이라면, 영민 씨가 하는 거라면 뭐든 다 좋아."

"정말이야?"

"응."

"진짜 그래도 돼?"

"응."

"다 받아들일 수 있어?"

"영민 씨니까."

무슨 말이 더 필요하랴. 다른 이가 아닌 영민이다. 영민이기에 몸을 허락했고, 그이기에 스스로 옷을 벗고 누워 있는 그녀가 아니던가. 그래서…… 아무래도 상관없다. 그녀는 생살을 찢는 고통을 준다 해도, 평생 지워지지 않을 통증을 준다 해도 다 감수할 준비가 되어 있었다. 어쩌면, 그를 잊을 수도 없지만 더 또렷이 기억하기 위해서는 그 편이 나을지도 몰랐다. 쾌감보다는 고통이 훨씬 더 오래, 더더욱 선명하게 기억될 수 있을 테니까.

영민이 그녀의 작은 귓불을 잘근잘근 씹고 핥았다. 그녀의 가는 목을 쓰윽쓰윽 혀로 핥았다. 봉긋한 가슴 둔덕을 혀로 핥던 그가 바짝 곤두선 분홍빛 열매를 입에 넣었다. 입안에 넣고 가지고 놀 듯 굴리고 빨고 핥았다.

느리게, 빠르게, 부드럽게, 거칠게……. 한참을 희롱하더니 타액이 잔뜩 묻은 열매를 뱉어내고는 고개를 빳빳이 든 채 제 순서를 기다리고 있던 새 열매를 입안에 넣고 또다시 굴리고 빨고 핥았다.

"하아아……."

그녀의 입에서 긴 신음이 흘러나왔다.

모로 누워 있던 그녀의 몸을 똑바로 눕게 하더니 영민이 몸을 일으켰다.

"왜……?"

"더 맛있는 게 먹고 싶어서."

"뭐……?"

그녀의 말이 채 끝나기도 전에 가느다란 다리 사이로 비집고 들어가 앉은 그가 고개를 숙여 그녀의 숲을 입에 머금었다.

"여, 영민 씨?"

채연은 반사적으로 손을 뻗어 영민의 이마를 밀었다. 하지만 그의 머리는 조금도 밀려나지 않았다. 오히려 다 바짝 그녀의 숲에 머리를 박고 거슬거슬한 수풀을 헤집었다.

"네가 그랬지? 내가 하고 싶은 것은 뭐든 해도 된다고. 뭐든 받아들일 수 있다고."

숲에 입을 대고 말하는 그의 더운 입김이 그녀의 은밀한 곳에 닿을 때마다 묘한 자극에 몸이 뒤틀렸다.

"……으응."

그가 고개를 들고 그녀를 바라보았다.

"그래서 멈추지 않으려고. 괜찮지?"

채연은 고개를 끄덕였다.

영민이 빙글 웃으며 다시 고개를 숙였다. 그의 따뜻하고 축축한 혀가 숲을 가르고 들어와 돌기를 톡톡 건드렸다.

"아아……."

야릇하면서도 음탕한 신음이 귓속으로 파고들었다. 그의 것이 아니었다. 분명 그 소리는 그녀의 것이었다.

참 이상했다. 분명 자신의 신음인데, 그 소리를 듣자마자 뭔가가 그녀의 몸 안에서 왈칵왈칵 흘러나오는 것 같았다.

그녀의 은밀한 우물이 넘치도록 차오른 애액을 감당하지 못하고 비밀스러운 길을 통해 넘쳐흐르는 그 애액을 영민이 세상에서 제일 맛있는 음료수인 것처럼 핥고 흡입했다.

할짝할짝.

심장이 제 기능을 잃었나 보다. 너무나 자극적인 할짝이는 소리에 심장이 갑자기 미칠 듯이 뛰어대기 시작했다. 정신 나간 누군가가 펌프질이라고 해대는 것인지, 점점 부풀어 올랐다. 너무 빵빵해서 심장이 금방이라도 터질 것만 같았다.

"세상에서 가장 맛있는 물이야."

그가 고개를 들고 만족스러운 표정으로 그녀를 바라보았다.

영민의 입술이 그의 침인지 그녀의 애액인지 구별할 수 없는 물기로 흠뻑 젖어 있었다. 젖은 그의 입술이 불빛에 반짝였다. 색기(色氣)를 번득이면서.

"온몸이 짜릿할 정도로 달콤해."

원래 달달한 표현을 잘하는 그였지만, 이렇게 음란한 말을 아무렇지도 않은 얼굴로 할 줄은 몰랐다. 그래도 그가 달리 보이거나 하진 않았다. 오히려 솔직하게 말해주는 그로 인해 그녀는 자신이 세상에서 제일 섹시한 여자가 된 것 같은 기분이었다.

"네 몸속에서 나와서 그런가? 네 맛이 나. 다 빨아 먹고 싶을 정도로 맛있어."

지독히도 음탕한 말. 이상하게도 그가 하는 말이 듣기 싫지 않았다.

"마셔도 마셔도 갈증이 나. 널 삼켜 버리고 싶을 정도로 목이 말라."

그가 하는 말은 그녀에게는 최음제였다.

영민이 몽롱해진 눈으로 그녀를 바라보며 낮게 가라앉은 음성으로 한마디 한마디 할 때마다 그가 손으로 그녀의 몸 구석구석을 만지고, 옷으로 은밀하게 감춰두었던 곳들을 찾아내 혀로 핥아주는 것처럼 온몸이 움찔움찔했다.

"나도…… 해주고 싶어."

"응? 미안, 잘 못 들었어. 다시 한 번 말해줄래?"

"해주고 싶어."

채연은 용기를 내어 또박또박 말했다.

"뭘 해주고 싶은데?"

"영민 씨……."

채연은 차마 뒷말을 하지 못하고 말끝을 흐리며 이미 달아오른 얼굴을 더 짙게 붉혔다.

그녀가 차마 입 밖으로 내지 못한 말의 의미를 그가 알아챘는지 묘한 미소를 지었다.

"예쁘다."

"뭐가 예뻐?"

뜬금없는 영민의 말에 채연은 물을 수밖에 없었다.

"너도 나처럼 해주고 싶다는 거 아냐?"

"……맞아."

"얼굴도 예쁘고 마음도 예쁘고 몸도 예쁜 내 여자. 그런 정채연이 예쁘다고."

"그럼…… 나, 해도 돼?"

"나중에."

나중에 하라니. 시간이 없는데.

"왜……? 왜 나중에 해?"

"오늘은 처음이라 네가 힘들 거야. 네가 좀 편해지면, 너도 편하게 즐길 수 있을 때 그때 해줘."

시간이 없다니까!

"그때가 언젠데?"

영민이 잠시 생각하는 표정으로 그녀를 바라보았다.

"내일."

다행이다. 이곳을 나간 후가 아니라서.

"알았어."

"역시 우리 채연인 착해."

내가 지금 어떤 못된 짓을 하고 있는데. 착하다는 그 말 한 걸 후회할 텐데…… 그만!

채연은 다시 또 고개를 쳐들기 시작하는 영민에 대한 죄책감과 미안함을 단호히 떨쳐 버렸다. 아직 두 사람에게 남아 있는 시간을 위해서.

“아흣.”

양손으로 숲을 벌려 숨어 있던 보석을 찾아내 빨아대는 영민 때문에 그녀의 허리가 활처럼 휘었다.

혈관에서 피가 다 빠져나간 것처럼 온몸이 나른해지는 것도 같고, 너무 과하게 피가 몰려 온몸이 터질 것 같은 느낌이 반복되고 있었다.

“이제 들어갈 거야.”

영민은 시트를 적실 정도로 흘러나오는 애액을 보며 채연에게 마음의 준비를 할 수 있게 미리 언질을 주었다.

가끔은 채연에게 너무 지나치게 친절한 애인이라는 말을 듣는 그였지만, 영민은 자신이 사랑하는 여자에게만은 친절하고 싶은 남자였다. 그것이 비록 넘치도록 과하다고 할지라도. 친절함이 곧 배려이고, 배려가 사랑을 표현하는 가장 좋은 방법이라고 생각하고 있기에.

“……들어와. 영민 씨가 이제 그만 들어왔으면 좋겠어.”

채연은 솔직하게 원하는 바를 말했다.

영민이 주는 쾌감에 몸을 떨면서도 채연은 뭔가 허전한 느낌을 지울 수가 없었다. 그의 애무를 받고 있으면서도 부족함을 느끼는 것은, 채워지지 않는 본능적인 욕망 때문이었다. 그와 완벽하게 하나가 되고 싶은데, 그가 그녀 안에 들어와 주지 않아서.

"사랑해, 채연아."

그의 말과 함께 불기둥이 그녀의 몸속에 들어와 박혔다.

흡!

영민의 중심이 좁은 길을 뚫고 들어와 박힘과 동시에 전신에 퍼진 통증을 온 힘을 다해 삼켰다.

처음은 쾌감이 아닌 고통이라는 말을 들었다. 그래서 각오를 하고는 있었지만 생살을 찢는 것 같은 통증을 참기는 어려웠다. 저절로 튀어나오는 비명을 삼키는 것만으로도 그녀의 이마에 땀이 망울망울 맺혔다.

"아프지?"

도리도리.

애써 비명을 삼키느라 목젖이 아플 정도였지만 채연은 고개를 저어 보였다.

"아플 거야."

"……괜찮아."

의도와는 달리 그녀의 음성에 신음이 섞여 있었다.

"미안해."

"영민 씨가 미안해할 일 아냐. 원래…… 처음엔 아프댔어."

"그래도 조금이라도 덜 아프게 해줘야 하는데……."

영민은 애써 괜찮은 표정으로 미소까지 지어 보이는 채연이 너무나 사랑스러웠다. 당장이라도 뛰쳐나가 세상 사람들이게 '이렇게 사랑스러운 여자가 내 여자다!' 라고 소리치고 싶은 심정이었다.

영민은 그녀의 몸속에 박힌 채 빨리 더 좋은 쾌감을 느끼게 해달라며 불끈대는 중심의 아우성을 무시하고 조금의 움직임도 없이 그녀의 통증이 가라앉길 기다렸다.

"조금만 참아, 채연아. 첫 고비만 넘기면 너와 나, 우리 함께…… 남자와 여자를 만든 신이 그들에게 준 특별한 선물을 받을 수 있어."

"신이 준 특별한 선물?"

영민은 고개를 끄덕였다.

"그게 뭔데?"

"남녀가 서로 사랑을 나누면서 느끼는 쾌감."

"아……."

"그러니까 조금만 참아. 조금만 참으면 우린 어느 것에서도 느낄 수 없는 아주 특별한 즐거움을 느끼게 될 테니까."

"기대할게."

싱그러우면서도 섹시한 미소가 그를 유혹했다.

그에게 취한 듯 혼몽한 눈빛으로 바라보는 채연의 두 눈을 바라보는데 그녀가 고개를 끄덕였다. 고통이 어느 정도 가라앉으니 이젠 움직여도 된다는 뜻이었다.

흠뻑 젖은 그녀의 좁은 길. 처음이라 어설프지만 단단하게 그의 중심을 조여주는, 세상에서 가장 아름답고도 신비스러운 길.

영민은 조심스레 중심을 움직여 그 길을 드나들었다.

철…… 벅, 철…… 벅.

혹여 그녀가 또 통증에 놀랄까 싶어 천천히 중심을 뺐다 넣었다를 반복했다.

채연의 눈빛이 점점 짙어지고 있었다. 그의 중심이 주는 야릇한 쾌감을 그녀도 조금씩 느끼기 시작했다는 증거였다.

철벅, 철벅, 철벅.

그가 중심의 움직임에 속도를 높이자 은밀하고도 농염한, 서로의 살이 부딪히는 소리도 점차 빨라졌다.

"영민 씨, 하아……."

채연의 입에서 그가 기다리고 기다리던 반응이 나왔다. 달궈진 몸에서 나오는 그의 이름과 야릇하면서도 성애의 느낌이 충만한 신음이.

영민은 금방이라도 터져 버릴 것만 같은 중심을 더 깊이 밀어 넣었다. 그의 중심 끝이 자궁벽에 닿는 느낌이 들었다. 놀랐는지 그녀가 안 그래도 좁은 내밀한 길을 확 조였다.

"으윽."

더는 참기가 힘들었다.

"네가 원하지 않으면……."

"아니, 원해."

그가 가까스로 입을 열었는데 그녀가 말을 끝맺기도 전에 대답을 했다.

설마 오해한 걸까?

"내가 하려던 말이 무슨 말인지 알아?"

"알아."

채연은 그가 하려고 했던 말의 의미를 알고 있었다. 언제, 어디서, 무엇을 하든 그녀를 배려하는 그가 아니던가. 그러니 그녀는 모를 수가 없다.

"안에 해도 돼."

"정말…… 그래도 돼?"

채연은 진심을 담아 끄덕였다.

"이곳에 있는 동안은 영민 씨를 온전히 느끼고 싶어. 그러니까 안에 해줘."

"그래, 그렇게 할게."

영민은 잠시 고마운 눈빛으로 그녀를 바라보다 움직임에 박차를 가했다.

"영민 씨…… 영민 씨…… 영민 씨……."

잠깐의 틈도 주지 않고 휘몰아치는 그의 움직임에 채연이 연신 그의 이름을 불렀다.

달뜬 목소리로 불러주는 자신의 이름을 듣는 것이 이토록 짜릿할 줄이야. 영민은 숨을 몰아쉬며 마지막 일침을 놓듯 그녀 안에 자신을 세차게 박았다. 그와 동시에 그의 분신이 폭발했다. 불꽃이 터지듯 분출된 그의 욕망이 그녀의 은밀하고도 깊숙한 곳 안을 가득 채웠다.

영민은 한 손으로 침대를 짚어 자신의 무게를 지탱하게 하면서 다른 손을 채연의 목 밑으로 집어넣어 그녀를 꼭 끌어안았다.

이미 하나가 되어버린 두 사람의 마음처럼 전라의 두 몸이 완벽하게 밀착됐다.

"후우, 후우, 후우……."

"하아, 하아, 하아……."

농염한 냄새와 숨이 차 헐떡이는 두 사람의 호흡 소리가 실내를 가득 채웠다.

10

새벽녘에 영민의 품에 안겨 잠이 들었는데, 눈을 뜨니 어느새 어둠이 걷히고 아침 햇살이 창문을 두드리고 있었다. 방 안에는 두 사람이 나눈 열정의 향기가 아직도 은은하게 남아 있는 듯했다.

채연은 영민의 팔을 벤 채로 시선을 들어 그의 얼굴을 바라보았다. 눈을 감고 있는 영민의 길고 짙은 속눈썹은 예쁘다는 말로는 부족했다. 아름답다는 말이 더 어울렸다.

내 남자 참 멋지다.

잠든 영민의 고른 숨소리를 듣는 것만으로도 채연은 기분이 좋았다.

남자와 사랑을 나누고 난 후 서로 얼굴을 어떻게 볼까, 어떤 표정으로 말을 해야 하나 걱정했던 때가 있었다. 겪고 나니 찬희와 지수의 말대로 다 부질없고 쓸데없는 걱정이고 어리석은 기우였다. 부끄러움보다는 행복한 마음이 훨씬 더 컸다. 아니, 오히려 더 가깝게 느껴졌다. 완벽한 하나가 된 것 같았다.

두 사람이 맨살과 맨살을 맞댄 채 서로를 안아주고, 서로에게 안겨 있는 것. 그것만큼 친밀하고 은밀하고 가깝게 느껴지는 감촉은 없을 것이다.

채연은 벌거벗은 몸으로 영민의 품에 안겨 점점 제 박자를 찾아가는 그의 심장 박동 소리를 들으며 사랑을 나누고 난 후의 긴 여운을 잠재워 갔다.

마음이야 처음 만난 날부터 운명적으로 하나가 된 두 사람이었지만, 이젠 몸도 하나가 된 연인이었다.

온전한 하나가 되는 순간, 그녀를 배려하는 영민 덕분에 첫 경험을 행복하고 아름다운 것으로 기억할 수 있게 되었다. 비록 처음이라 참기 힘든 고통을 느끼긴 했지만, 그 정도의 통증은 하나가 된 후의 충만감에 비하면 아무것도 아니었다.

채연은 손을 뻗어 영민의 뺨을 살그머니 만졌다. 예민한 편인지 그녀의 손바닥이 뺨에 닿는 순간 영민이 눈을 떴다. 맑은 그의 눈동자 안에 그녀가 담겼다.

"깼어?"

"응."

"잘 잤어? 아픈 데는 없어?"

"잘 잤고, 아픈 건 모르겠어. 아니, 안 아파."

"다행이다."

"고마워, 영민 씨."

“뭐가?”

“영민 씨가 있어서 행복했어.”

“행복해, 도 아니고 행복했어? 왜 과거처럼 말해?”

이럴 땐 그녀에게 관해서는 너무나도 예민한 그가 불편하다.

“그냥…… 영민 씨가 있어서 행복하다는 뜻이야.”

“아, 난 또…….”

“또, 뭐?”

“갑자기 과거처럼 말해서 이상한 기분이 들었어.”

“그런 거 아냐.”

“알아, 네가 아니라면 아닌 거.”

영민이 씨익 웃더니 말을 이었다.

“나도 고마워.”

“뭐가?”

이번에는 그녀가 물었다.

“세상에서 가장 행복한 남자로 만들어줘서.”

“나도 그 말 하려고 했는데.”

“정말?”

“응.”

“듣고 싶은데, 말해줄 수 있어?”

당장 말해달라고 해도 되는데, 말해줄 수 있느냐고 물어보는 남자.

영민은 끝까지 그녀의 의견을 존중하고 배려하고 있었다. 지금까지는 당연하게 받아왔었지만, 이제 그녀에게는 가슴 시리게 하는 존중과 배려였다.

“세상에서 가장 행복한 여자로 만들어줘서 고마워.”

그럴 일은 없겠지만 행여 그가 그녀의 말을 한마디라도 놓칠까 싶어 채연은 진심을 담아 또박또박 말했다.

"참 듣기 좋은 말이야. 고마워, 말해줘서."

영민이 검지로 그녀의 코끝을 톡 건들더니 만족스러운 미소로 그곳에 입맞춤을 했다.

"사랑한다, 내 여자 정채연."

"사랑해, 내 남자 김영민."

그가 맑고 깊은 눈동자에 그녀를 담았다. 그의 동공에 비친 그녀의 얼굴이 어느새 더 커져 있었다.

"고맙다."

늘 받기만 했는데, 내가 뭘 해준 게 있다고 또 고맙다고 말을 하는 것인지.

"또 고마운 게 있어?"

"당연히 있지 그럼. 아주 많아. 너무 많아서 다 말하려면 여기에 머무는 사흘 내내 고맙다는 말만 해도 다 얘기하지 못할 거야."

한껏 감동한 표정으로 그녀를 응시하고 있는 영민의 따스한 입김이 그녀의 이마에 붙어 있던 서너 가닥의 머리카락을 살랑살랑 흔들고 지나갔다. 그것을 본 영민이 손을 뻗어 이마에 흘러내려져 있던 그녀의 머리카락을 귀 뒤로 넘겨주었다. 눈물겹게 부드러운 손짓이었다.

뭐 하나 그냥 지나가는 법이 없지, 영민 씨란 남자는.

영민은 늘 그녀를 불편하게 만들 수 있을 만한 것들을 알아서 미리 치워주었다. 사람이든 일이든 물건이든 그녀를 힘들게 하는 것은 절대로 용납할 수 없다는 듯 늘 그렇게 그녀를 보호해 주었다.

세상의 그 어떤 남자보다 달콤한 애인이었지만, 때로는 든든한 오빠처럼 그녀를 지켜준 남자. 영민은 그런 연인이었다.

"난 더는 없을 것 같은데……. 딱 하나만 얘기해 봐. 나한테 또 고마운 게 뭐야?"

채연의 물음에 그녀를 담고 있는 그의 눈빛이 반짝였다. 그 눈빛이 밝고 순수해서 바라보기에도 눈이 부셨다.

"딱 하나만?"

"다 얘기하자면 이곳에 있는 동안 고맙다는 얘기만 해도 모자란다면서? 그러니까 딱 한 개만 얘기해 줘."

"정채연."

정채연, 그의 입을 통해 불리는 그녀의 이름이 너무나 달콤해서 귓속으로 스며들자 마자 입안에 넣은 솜사탕처럼 사르르 녹는 것 같았다.

"응?"

"내 여자, 정채연."

"말해."

"내 대답이 너라고."

"그게 무슨 말이야?"

"채연이 네가 내 여자가 되어준 거. 내 여자가 되어준 네가 고마워. 그래서 네 이름을 부르거나 생각할 때마다 난 가슴이 울컥울컥 해."

"……."

"네 이름만 떠올려도 감동이 밀려와. 그래서 가슴이 벅차."

채연은 영민의 맑은 두 눈을 똑바로 응시했다.

"영민 씨, 난 영민 씨의 여자여서 늘 행복했어. 영민 씨가 내 옆에 있어서 항상 든든했어. 영민 씨를 만난 후부터 난 언제나 세상에서 가장 행복한 여자였어."

"내가 할 소릴 네가 다 하면 어떻게 해?"

"영민 씬 말 안 해도 돼. 이미 내가 다 알고 있으니까."

"그래, 말 안 한다고 내 마음을 모를 정채연이 아니지."

흡족하게 미소 짓는 영민 몰래 채연은 서글픈 한숨을 삼켰다.

"영민 씨."

"응."

"영민 씨."

"정말 듣기 좋다. 또 불러줄 수 있어?"

"영민 씨. 영민 씨. 영민 씨."

"네가 부르는 내 이름 참 듣기 좋아. 항상 내 옆에서 내 이름 불러줄 거지?"

"……."

"왜 대답 안 해? 언제나 지금처럼 내 이름 불러줄 거지? 내 옆에 꼭 붙어서?"

"……응."

또 거짓말.

"평생 네가 내 이름을 부르는 소릴 들을 수 있어서 정말 좋아. 가슴이 두근거리고 막 설레."

영민이 생각하는 것만으로도 가슴이 벅차다는 얼굴로 그녀의 이마와 콧등, 두 뺨과 입술 그리고 턱에 차례차례 입을 맞췄다.

"채연아."

입가에 보기 좋은 미소를 건 영민이 그녀의 얼굴을 바라보았다.

"응?"

"내가 세상에서 제일 존경하는 분이 누군지 알지?"

"……알아. 영민 씨의…… 아버님이잖아."

그녀의 목젖을 밀고 나온 음성이 한없이 건조했다.

"흠흠."

혹여 영민이 마음에 걸려할까 싶어 채연은 일부러 헛기침을 했다.

"목말라? 물 갖다줄까?"

아니나 다를까, 일부러 헛기침까지 했는데도 영민은 그녀의 건조한 음성을 놓치지 않았다.

"아니, 괜찮아."

"진짜 괜찮아? 물 안 마셔도 되겠어?"

"물 안 마셔도 되니까 하던 얘기 계속해."

영민이 계속 신경 쓰여 할 것 같아 채연은 그의 말이 따가운 가시가 되어 가슴에 들어와 박힐 줄 알면서도 이야기를 계속하라고 할 수밖에 없었다. 미소까지 지어 보이면서.

"나도 알아. 너도 아버님을 가장 존경하는 거."

"우리 아빠…… 많이 사랑해. 세상에서 제일 존경하는 분이고."

진심이었다.

엄마가 없는 가족이라는 것을 자각한 순간부터 채연은 재혼도 하지 않고 홀로 고군분투하며 딸을 키워온 태훈이 그녀의 가슴속에 가장 존경하는 인물로 각인되어 있었다. 엄마 몫까지 그를 사랑한 것은 두말할 것도 없었고.

"그래. 아버님은 참 좋은 분이셔. 훌륭하신 분이고. 나도 아버님 존경하고 사랑해, 아주 많이."

영민이 단박에 동조했다.

채연은 그의 말을 믿어 의심치 않았다. 그녀 못지않게 영민이 태훈을 존경하고 사랑해 온 것을 곁에서 다 지켜보았다. 영민의 말은 절대로 빈말이나 듣기 좋으라고 하는 것이 아니었다.

영민 씨가 아주 많이 존경하고 사랑하는 우리 아빠가 나한테 영민 씨와 헤어지라고 하셨어. 그걸 알게 돼도…… 우리 아빠 원망하지 마. 아빤 영민 씨가 미운 게 아니라, 김 교수님의 아들인 영민 씨가 내 곁에 있는 걸 볼 수가 없으신 거니까. 그러니까…… 난 이해하지 못하더라도 우리 아빤 이해해 줘. 난 미워하더라도 우리 아빤 미워하지 말아줘.

"고마워, 영민 씨."

"별게 다 고맙네. 내 여자 정채연의 아버님이란 사실 하나만으로도 나한텐 너 다음으로 소중한 분이야. 그리고 널 이렇게 예쁘게 키워주신 분인데 어떻게 존경하지 않을 수가 있어? 널 사랑해주시는 분인데, 그리고 날 얼마나 아껴주시는데 내가 어떻게 아버님을 사랑하지 않을 수가 있어? 난 무조건 아버님의 팬이야. 그것도 아주 광팬."

"영민 씨……."

"우리 결혼하면 아버님 잘 모시자."

갑작스러운 영민의 말에 채연의 두 눈이 커다래졌다.

"놀라긴. 결혼한 후에 아버님에 대해 생각 안 해봤어?"

생각을 왜 안 해봤겠는가. 영민과의 결혼을 생각하며 가장 염려가 됐던 것은 홀로 남은 태훈에 대한 걱정이었다.

태훈에게 그런 이야기를 할 때마다 그가 말했다. 뒤늦게나마 딸한테 해방돼서 자유롭게 사는 것도 재미있을 것 같다고, 그러니 자기 걱정은 하지도 말라고. 결혼하면 시댁 어른들 잘 모시고, 시부모님께 사랑받으며 사는 게 진짜 효도라고. 함께 산다고 효도하는 게 아니니까 같이 살 생각 같은 건 하지도 말고, 그저 가끔 만나서 함께 식사하며 밀린 이야기나 나누자고. 그거면 충분하다고.

영민이 외아들이라 채연은 자신의 욕심만 내세울 수 없음을 알고 있었다. 마음 같아서는 영민의 부모님과 태훈을 함께 모시고 살고 싶었지만, 현실적으로 가능성이 희박한 일이었다. 그래서 그녀는 어쩔 수 없이 가능한 태훈을 자주 찾아가 만나고 전화 통화를 자주 하는 것으로 마음을 굳힐 수밖에 없었다.

"해보긴 했는데……."

"우리가 모시고 살자."

그녀의 말을 자른 영민이 단호하게 말했다.

"영민 씨?"

"우리 부모님은 두 분이시고 아버님은 혼자 계시잖아. 그러니까 아버님은 우리가 모시고 사는 게 맞아. 널 닮은 예쁜 아이들 낳아서 재롱도 실컷 보시게 하고 아버님 모시고 여행도 많이 다니자. 물론 우리 채연인 착해서 말 잘 듣는 딸이지만, 딸이 아무리 착해도 남자 혼자서 애 키우는 건 쉽지 않잖아. 우리가 그 보답 다 해드리자."

"영민 씨……."

채연은 그의 이름만 부를 뿐 다른 어떤 말도 덧붙이지 못했다. 아니, 할 수가 없었다.

진심을 말하는 그에게 거짓말을 보태고 싶지 않았다. 위선적인 그 어떤 말로도 태훈을 생각하는 그의 마음을 더럽히고 싶지 않았다.

영민 씨, 그런 말은 하지 말지. 내 마음에 차곡차곡 쌓여서 두고두고 괴롭게 할 말들은 나한테 해주지 말지.

어쩌면, 영민을 떠나보낸 후 그가 못 견디게 그리워질 때가 있을 것이다. 참고 또 참아도 더는 참을 수 없는 그리움에 빠져 허우적거리는 때가 있을 것이다.

영민이 너무 보고 싶어서 뼈가 녹아내리는 것처럼 아프면 가끔은, 아주 가끔은 태훈을 원망할지도 모른다.

사고를 목격한 사람의 말을 믿지 않고 자신이 믿어왔던 것만을 고집하며 영민과 헤어지라고 했던, 비록 미애의 사진을 보며 혼자 한 말이었지만 두 사람이 헤어지지 않으면 그땐 자살을 택할 거라고 말했던 태훈이 야속하다는 생각을 할지도 모른다.

하지만, 그녀는 어떤 순간이 와도 태훈을 사랑하고 존경하는 마음은 버리지 않을 것이다.

평생 한 여자만을 사랑해 온 최고의 남편이자, 아내의 죽음을 대가로 태어난 딸을 온 정성을 다해 지극한 사랑으로 키워낸 아버지. 그것만으로도 그녀에게 존경받아 마땅한, 그녀의 사랑을 받을 자격과 권리를 넘치도록 가진 태훈이었다.

그녀가 진정으로 원하는 행복은 태훈도 영민도 포기하지 않는 것이고, 자신의 가족과 영민의 가족이 함께 어우러져 사는 것이다. 그러나 김 교수와 태훈의 참된 속죄와 진정한 용서가 동반되지 않고서는 불가능한 일이다.

김 교수는 참회를 하고 있지만 태훈은 절대로 그를 용서하지 않겠다고 한다. 그렇기에 그녀는 태훈과 영민 중 한쪽만을 선택할 수밖에 없다. 엄마의 목숨을 담보로 태어났는데 아버지마저 자신 때문에 죽게 할 수는 없기에.

물론 영민이 커다란 상처를 받겠지만 그에겐 아들을 끔찍하게 사랑하고 아끼는 부모님이 계시고, 그는 그런 부모님을 두고 나쁜 생각을 할 사람이 절대로 아니다. 그리고 영민이 새로운 사랑을 하게 되면 그는 남은 인생을 행복하게 살게 될 것이다. 영민에게 정채연이라는 여자는 그녀와 함께 했던 순간을 싹둑 잘라 버리고 싶은 존재가 될 테니까.

채연은 고통스러운 한숨을 삼켰다. 목울대가 뻐근하니 아팠다.

몸으로 하는 사랑이 전부는 아니라고들 한다. 하지만, 마음이 하나가 되어 있는 사람과 몸으로 하는 사랑은 사랑을 더더욱 깊은 것으로 만든다.

완벽하게, 완전하게 하나가 되었다는 충만감. 나의 모든 것을 다 주었다는, 상대방의 모든 것을 다 받았다는 충족감. 이제야말로 반쪽이 아니라 완벽하게 하나가 되었다는 일체감.

그런 감정들이 모여 진정한 사랑을 완성한다.

이대로 평생 사랑하면서 살 수 있으면……. 이대로 죽을 때까지 이 남자의 품에 안겨 지낼 수 있으면 얼마나 좋을까…….

사랑하는 사람과 진정으로 하나가 된다는 것이 어떤 것인지 알게 된 지금 그녀의 바람은 더더욱 절실해졌다. 물론 이룰 수 없는 꿈이라는 걸 누구보다 잘 알고 있지만.

"영민 씨, 배 안 고파?"

"왜? 배고파?"

영민이 무슨 큰일이라도 난 것 같은 표정으로 그녀에게 되물었다.

"아니, 아직은 괜찮은데…… 내가 영민 씨한테 먹을 거 해주고 싶어서 그래. 배 아직 안 고파?"

"무슨 소리. 여기선 내가 한다고 했잖아. 요리는 무조건 내가 해. 그리고 필요한 게 있으면 뭐든 말만 해. 뭐가 됐든 모두 다 네 앞에 대령할 테니까."

"피, 여기 와서 계속 영민 씨가 음식 만들었잖아."

채연은 미안한 마음에 입술을 실룩여 보였다.

"그게 뭐 어때서?"

"어떻긴. 나도 영민 씰 위해서 뭔가 해주고 싶은데, 영민 씨만 나한테 다 해주잖아."

"당연한 거야 그건."

"그런 게 어디 있어?"

"여기."

영민이 눈을 찡끗하며 손으로 자신을 가리켰다.

"내가 하고 싶어서 그래."

"내가 널 위해 뭔가를 하는 건 나한테는 아주 큰 기쁨이야. 그러니까 내 기쁨을 빼앗아가지 말아줘."

"나도 마찬가지야."

"네 맘 알아."

"알면서 왜 못하게 해?"

"지금은 아픈 뒤끝이잖아. 내가 다 할 테니까 넌 무조건 쉬어."

"밤새 못 쉬게 한 사람이 할 말은 아닌 것 같은데?"

채연은 실눈으로 그를 바라보며 놀리듯 말했다.

"그거야……."

영민이 말끝을 흐렸다. 당황한 기색이 역력한 영민의 표정을 보는 것만으로도 웃음이 나왔다.

"아, 아니, 저…… 그건 미, 미안한데…… 그러니까 넌 쉬어야지. 내가 밤새 못 쉬게 했으니까."

"후후후."

그녀의 입에서 잔웃음이 흘러나왔다.

"밤새 시달리신 분, 마음 놓고 푹 쉬세요."

"농담한 건데."

"농담인 줄 알아. 하지만 난 진심이야."

그가 검지로 그녀의 코끝을 톡톡 두드렸다.

"나, 아픈 데 없어. 다 나았어. 진짜 괜찮아 영민 씨."

"사랑하는 정채연 양, 내가 안 괜찮아요."

영민이 검지로 그녀의 코끝을 살짝 튕기고는 벌떡 일어나 한쪽에 벗어놓았던 셔츠와 바지를 주워 입고는 그녀의 원피스를 옷걸이에 걸어주었다. 그뿐이 아니라 그녀의 브래지어와 팬티도 가지런히 개어서 화장대 위에 올려놓아 주었다. 채연은 일어나서 자신이 하려다가 이내 마음을 접고는 그가 하는 양을 그냥 지켜보았다. 그가 행복한 표정으로 빙글빙글 웃으며 하는 일을 굳이 뺏어서 하고 싶지 않았다.

"나, 빵 먹고 싶어."

더는 어쩔 수 없음을 잘 알기에 채연은 일부러 손이 많이 가지 않는 것으로 주문을 했다.

"오케이. 우리 채연이가 먹고 싶다면 빵 아니라 그보다 더한 것이라도 만들어야지."

영민이 해맑은 웃음을 보였다.

"토스트 두 쪽이면 돼. 더 귀한 것 필요 없어."

"오케이. 주문 접수됐습니다, 나만의 고객님!"

달칵.

영민이 나가고 문이 닫혔다.

산사의 고요함처럼 방 안이 조용했다. 작은 소음 하나 들리지 않는 방에 홀로 남으니 마음에 커다란 구멍이 뚫린 것처럼 쓸쓸하고 추웠다.

영민 씨가 옆에 있으면 따뜻할 텐데…….

또다시 몸을 부풀리고 있는 욕심. 하지만 그것은 이루어질 수 없는 그녀의 미래였고 반드시 떨쳐 내야만 하는 탐욕이었다.

앞으로는 늘 외로울 것이다. 지금은 문만 열고 나가면 영민이 있지만, 이곳을 떠나는 순간 그를 내쳐야 하는 건 다른 누구도 아닌 그녀다. 어쩔 수 없는 선택이지만 채연에게는 금방이라도 숨이 끊어질 것만 같은 고통이다. 목숨처럼 사랑하는 사람을 끊어내는 것 자체가 자신의 목숨을 끊는 것과 다를 것이 없음으로.

"휴우우."

채연은 깊은 한숨을 내쉬었다. 답답한 가슴이 조금이라도 뚫릴 줄 알았는데 오히려 더 먹먹해졌다.

"쓸쓸하고 불행한 느낌…… 영민 씨한테만은 들키고 싶지 않아. 이기적인 욕심이라고 해도 할 말 없지만, 이곳에 있는 동안만이라도 영민 씨가 행복했으면 좋겠어. 아주 많이 행복했으면…… 세상에서 가장 행복한 남자였으면…… 좋겠어."

혼잣말을 중얼거리던 채연은 이곳에 있는 동안 앞으로 영민이 겪을 고통을 다 상쇄하고도 남을 만큼 그를 행복하게 해주겠다는 말을 삼킨 채 이불을 걷어내고 침대 아래로 내려섰다.

몸을 내려다보니 그녀의 나신에 영민이 새겨놓은 수많은 흔적들이 남아 있었다. 그녀가 그의 여자라는 각인이었다. 그래서 민망하기는커녕 그 흔적들이 보기 좋았다. 속살의 쓰라림조차도 행복하게 느껴졌다. 진한 사랑을 나누며 많은 흔적들을 남겨준 영민이 고마웠다. 시간이 지나면 서서히 사라질 흔적일지라도.

영민이 남긴 흔적들을 가만히 손으로 쓰다듬던 채연은 그가 걸어두었던 원피스를 집어 들었다.

'로망은 여자들한테만 있는 게 아니야. 남자들한테도 있어.'

'남자들의 로망? 그게 뭔데?'

'잠자리를 하고 난 후 아침에 여자가 벌거벗은 몸에 자신의 옷을 입고 있는 것. 보통은 커다란 와이셔츠를 입지. 속살이 살짝 비치는 하얀색 와이셔츠!'

문득 찬희와 나누었던 말이 떠올랐다.

채연은 손에 들고 있던 원피스를 다시 옷걸이에 걸어두고 영민의 가방을 찾았다. 서랍장 위에 뚜껑이 살짝 열린 채 놓여 있는 가방을 뒤져 보니 아쉽게도 하얀색 와이셔츠는 보이지 않았다.

궁여지책으로 영민의 민트 색 셔츠를 꺼내 입었다. 화장대 앞에 서서 거울을 보니 그녀에게는 너무 커서 셔츠가 아니라 아주 짧은 미니 원피스를 입은 것처럼 보였다.

"하얀색 와이셔츠였으면 더 좋았을 텐데……."

11

그녀의 요구대로 아침엔 간단하게 토스터와 계란프라이, 생과일주스를 먹었다. 그리고 정원을 산책하고 들어와 거실 소파에 앉아 음악을 들으며 시간을 보냈다.

"영민 씨, 점심엔 뭐 먹고 싶어?"

"꿈도 꾸지 마셔."

"무슨 소리야?"

"내 일 자꾸 빼앗지 말라고. 아니다. 정확히 말하면, 내 기쁨을 호시탐탐 빼앗을 궁리하지 마세요!"

"못 말려 정말."

"제발 말리지 마세요, 정채연 양. 아셨습니까?"

"뭐야? 혹시 내가 만든 음식 먹고 싶지 않은 거 아냐?"

채연은 토라진 척 물었다.

“천만에. 네가 얼마나 손맛이 좋은지 누구보다 내가 잘 아는데 그럴 리가 있나. 네가 해주는 건 다 맛있어. 만월 음식보다 훨씬 더 내 입맛에 맞아.”

과장이 심한 말인데도 영민이 아주 진지한 표정으로 발했다.

“만월 사장님이 들으시면 엄청 서운해하시겠다.”

“만월 사장님이 서운해하셔도 어쩔 수 없어. 내 입맛엔 네가 만든 음식이 제일 잘 맞고 최고니까.”

“그런데 왜 자꾸 고집을 피워. 한 끼 정도는 내 손으로 한 밥 먹게 하고 싶다는데.”

채연은 거한 음식은 아니더라도 마지막으로 영민에게 자신의 손으로 지은 밥을 먹이고 싶었다. 하지만 앞으로의 일을 모르는 영민을 설득하기란 쉽지 않았다. 그렇다고 쉽게 포기하고 싶지는 않았다.

“먹고 싶은 거 있으면 말해봐. 내가 다 해줄게. 뭐 먹고 싶어?”

채연은 집요한 눈빛으로 영민을 쳐다보며 물었다.

“시장까지 보려고?”

“이곳에 없는 재료가 필요하면 나가서 사와야지.”

“됐어.”

“드라이브 겸 갔다 오면 되잖아. 혹시 운전하기 귀찮아서 그래?”

“너와 함께 하는 것 중에서 내가 귀찮아했던 게 있었던가?”

“아니.”

“그런데 그런 말을 왜 해? 섭섭하게.”

“하도 못하게 하니까 그렇지.”

“난 내가 한 음식 네가 먹어주는 것만으로도 무지하게 기분 좋은 사람이야. 사진작가가 안 됐으면 요리사가 되었을 법한 요리 실력 너한테 마음껏 써먹게 해줘."

"교사가 안 되면 요리사가 될 실력은 아니지만 그래도 아버지와 단둘이 살면서 갈고닦은 요리 솜씨 좀 써먹게 해주면 안 돼?"

"우리 채연이가 나한테 은근히 고지식한 면이 있는 거 모르나 보네."

"영민 씨한테 고지식한 면이 있다고?"

"마음먹은 건 꼭 하거든 내가."

이곳에선 모든 끼니를 자신이 책임지겠다고 한 말을 두고 하는 얘기였다. 아쉬웠지만 어쩔 수 없다는 생각에 채연은 혀를 내둘렀다.

"졌다."

"진즉에 그럴 것이지. 하하하."

"나한테 이긴 게 그렇게 좋아?"

"당연히 좋지 그럼. 승리했는데 좋아하지 않을 사람이 어디 있어? 하하하"

영민의 웃음소리가 채연의 가슴을 시리게 할 정도로 유쾌하게 들렸다.

"좋아, 그럼 메뉴는 뭐야?"

채연은 울컥 치밀어오는 슬픔을 들키지 않기 위해 일부러 질문을 던졌다.

"뭐든지 말씀만 하셔."

"김치찌개."

"겨우?"

"난 영민 씨가 끓여주는 김치찌개 진짜 맛있어. 적당히 칼칼하고 돼지고기를 넣는데도 국물 맛이 개운하거든.”

“오케이! 나만의 비법이라고 해봤자 다시마 우린 물이지만 최선을 다해서 끓일게.”

“다시마 우린 물만 넣는다고 되는 건 아닌 것 같아. 내가 끓이면 그 맛이 안 나는 거 보면.”

“왜? 네가 끓인 김치찌개 맛이 얼마나 훌륭한데. 나한텐 산해진미보다 네가 끓인 김치찌개 맛이 최고야!”

“피, 팔불출.”

“팔불출이 아니라 천만불출이라고 해도 난 댓스 오케이, 노 프러블럼이야. 내가 정채연이 좋다는데! 내가 정채연이 하는 건 전부 다 최고라는데! 누가 뭐라고 하든 뭔 상관이야.”

“병이야 병.”

“그래, 난 공식적인 환자야. 정채연이 없으면 하루도 못 사는 불치병환자.”

보통의 여자들이라면 들었을 때 가장 행복해해야 할 영민의 말 한마디 한마디가 비수가 되어 날아와 그녀의 심장을 갈랐다. 심장에서 시뻘건 피가 흐르고 있었지만, 채연은 애써 미소를 지어 보였다.

“아! 진짜 행복하다.”

영민은 자신의 셔츠를 입고 있는 채연에게 다가가 품에 꼬옥 안았다. 가녀린 몸이 그의 넓은 품 안으로 쏘옥 들어왔다. 안전한 보호막 속으로 파고드는 작은 새처럼.

“정말 행복한 거지?”

그에게 안긴 채로 채연이 속삭이듯 물었다.

"응. 무지하게."

"다행이다."

"뭐가?"

"영민 씨가 행복해해서."

채연의 어깨를 잡고 몸에서 떼어놓은 영민은 그녀의 두 눈을 똑바로 쳐다보았다.

"왜? 넌 행복하지 않아?"

"당연히 행복하지. 왜 그런 걸 물어?"

"네가, 아니, 네 말이 좀 쓸쓸하게 들려서."

"내가 왜 쓸쓸하겠어? 영민 씨랑 같이 있어서 이렇게 행복한데."

"내가 잘못 들었나 보다."

채연의 눈동자가 살짝 흔들린 것 같아 마음에 걸렸지만 영민은 순순히 인정했다.

아무리 생각을 해봐도 채연이 쓸쓸해할 이유가 없었다. 영민 자신만큼 채연도 행복할 테니까. 그녀 또한 행복하다고 말을 했고.

가금씩 영민도 자신이 너무 채연에게만 모든 감각을 곤두세우고 있는 건 아닌가 하는 생각을 했다. 하지만 늘 결론은 하나였다. 자신의 목숨보다 더 사랑하는 사람이 채연이었고 그런 그녀에게 그의 모든 촉각이 동원되어 있는 것은 당연하다는 것.

채연에게 받는 것보다 그가 그녀에게 뭔가를 해주는 게 영민은 좋았다. 그가 남자라서가 아니었다. 사랑하는 사이라면 당연히 상대방에게 받는 것보다 주는 게 더 행복한 거라는 믿음 때문이었다.

그렇다고 해서 그가 특별히 채연에게 많은 것을 주고 있다는 생각 따윈 하지 않았다. 그저 그녀에게 필요한 것을 재빨리 알아채

서 말하기 전에 미리 해주는 것, 그녀가 안전할 수 있도록 지켜주는 것, 자신의 편안함보다는 그녀의 편안함을 먼저 생각하는 것 그리고 그녀를 불편하게 만들 수 있는 요소들을 앞서서 치워주는 것, 무엇보다 그녀가 무엇을 원하는지 제대로 알아내서 원하는 것을 해주는 것을 할 뿐이지.

"나 사실 아까 깜짝 놀랐어."

영민은 화제를 바꾸었다.

"왜? 무엇 때문에 놀랐는데?"

"네가 내 옷을 입고 나타나서."

"아. 근데 깜짝 놀랐다는 말, 좋은 뜻이야 나쁜 뜻이야?"

"물론 좋은 뜻이지. 보통 때의 정채연이라면 불가능한 일인데, 어떻게 내 옷을 입을 생각을 했어?"

"찬희가 그랬거든. 사랑을 나누고 난 다음날 아침에 여자가 자신의 하얀색 와이셔츠를 입은 모습을 보는 게 남자들의 로망이라고. 영민 씨 가방 보니까 흰색 와이셔츠가 없어서 할 수 없이 셔츠를 꺼내 입었어. 허락도 없이 입어서 미안해."

"하하하."

"왜 웃어? 영민 씬 그런 로망 없었어? 찬희 말이 틀린 거야?"

"찬희 씨한테 거하게 밥 사줘야겠다."

"……?"

"로망까지는 아니었지만, 내 셔츠 입은 널 보면서 안고 싶은 거 참느라 죽을 뻔했어."

"그럼 안으면 되지 왜 죽을 것 같은데도 참아?"

"네가 토스트를 너무 맛있게 먹고 있어서. 우리 채연이 배 엄청

고팠나 보다, 내가 안고 싶은 걸 참느라 이 자리에서 죽는 한이 있어도 우리 채연이의 배는 채우게 놔둬야겠다, 그런 생각하며 이 악물고 참았지."

"그런 배려는 안 해도 된다니까."

"무슨 소리야? 내 여잔 내가 아껴야지. 앞으로 죽을 때까지 안고 싶을 때 안을 건데 배고파하는 사람 끌어안고 내 욕심만 채우라고? 말도 안 돼."

"여기선 그래도 돼."

참 말을 예쁘게 하는 채연이었다. 영민은 채연의 얼굴을 사랑스레 바라보다가 손을 뻗어 그녀의 양 볼을 잡고 탐스런 입술에 진한 키스를 했다.

"흐음."

핥고 물고 빨고, 혀가 뒤엉키는 사이 채연의 입에서 나지막한 신음이 흘러나왔다.

새벽까지 그녀를 괴롭혔던 터라 참으려고 했지만 도저히 참을 수가 없었다. 영민은 채연이 입고 있는 민트 색 셔츠를 단숨에 벗겼다. 셔츠 속에 아무것도 입고 있지 않았던 터라 채연의 나신이 그대로 드러났다. 비너스의 조각상보다 훨씬 더 육감적이고 아름다운 몸이었다.

자신을 홀린 듯 바라보는 영민의 시선을 고스란히 받아내며 채연은 그의 셔츠와 바지를 빠른 손놀림으로 벗겨냈다. 어느새 그의 중심이 한껏 성이 나 있었다.

"아주 밝히는 녀석이지?"

영민이 민망한지 자신의 중심을 보며 그녀에게 물었다. 딱히 대답을 듣기 위한 물음이 아니라는 것을 알면서도 채연은 고개를 저어 보였다.

"아니, 밝히는 녀석 맞아. 지금도 네 안으로 들어가고 싶어 안달이 나 있거든."

색스러운 말인데 이상하게 영민이 말을 하면 그저 평범한 대화를 나누는 것 같았다. 부끄럽지도 민망하지도 않았고, 오히려 너무도 자연스럽게 들렸다.

"들어오면 되지."

"벌써?"

"들어오고 싶어서 안달이 났다며? 안됐잖아."

"좀 참으라고 하지 뭐."

"뭐 하러 참아?"

지금은 그녀가 그의 곁에 있다. 참을 이유가 없다. 그가 원하는 것, 그녀가 해줄 수 있는 것은 뭐든 다 해주고 싶은 게 솔직한 심정이니까.

"나 때문이라면 난 괜찮아. 이미 준비 다 됐어."

"정말?"

그녀가 끄덕이자 영민이 손을 그녀의 숲에 가져다 댔다. 키스의 여파로 인해 그녀의 말대로 숲은 이미 충분히 젖어 있어서 그를 받아들이기에 아무런 문제가 없었다.

"널 즐겁게 해주고 싶은데……."

"시간 많이 남아 있잖아."

사실 두 사람이 함께 있을 수 있는 시간은 오늘 남은 시간과 내일 집으로 돌아가기 전까지밖에 없다. 그래도 영민이 그녀를 가질 수 있는 시간은 아직 그만큼 남아 있었다.

"정말 괜찮겠어?"

한시적인 시간을 생각한 채연과는 달리 영원을 생각하고 있는 영민의 입에서 그답게 걱정스러운 질문이 튀어나왔다.

"괜찮다니까."

"오케이. 꼭 널 최고로 행복한 여자가 되게 해줄게."

"기대할게."

그녀의 말을 끝으로 선 자세로 영민이 그녀를 번쩍 안아 올렸다.

채연은 본능적으로 두 발로 그의 허리를 감았다. 자세가 갖춰지자 기다렸다는 듯 그의 중심이 그녀의 동굴로 빨려 들어왔다. 그가 허리를 움직일 때마다 그녀의 젖가슴이 출렁거렸다.

"으음."

약하게 세게, 좀 더 세게 약하게……. 강도를 조절하며 허리를 움직이던 영민의 입에서 신음이 흘러나왔다.

"하아 하아."

신음인지 숨을 몰아쉬는 건지 분간하기 어려운 신음이 채연의 입에서 연신 흘러나왔다. 그것이 자극제가 되었는지 영민의 입술이 그녀의 입술을 덮었다. 그가 뒤엉킨 그녀의 혀를 세차게 빨며 더욱더 허리를 거세게 움직였다. 동굴 속으로 들어갔다 빠져나오는 속도가 빨라지자 그의 중심이 터질 듯 부풀어 올랐다.

"하앗."

"으윽."

비명과도 같은 두 사람의 신음이 동시에 터졌다. 그리고 영민의 움직임도 멈추었다. 두 사람은 그 자세 그대로 한참 동안 서로의 목에 얼굴을 묻은 채 가쁜 숨을 내쉬었다.

늦은 점심을 먹고 정원을 산책하다 계곡까지 갔다 오는데 어느새 노을이 지기 시작했다.

두 시간이 넘는 산책으로 인해 그녀가 혹시라도 다시 아파지기라도 할까 봐 괜히 무리를 했다며 걱정하는 영민 때문에 채연은 어쩔 수 없이 테라스의 그네에 앉아야만 했다.

커피가 마시고 싶다는 그녀의 말 한마디에 영민이 곧장 집으로 들어가 갓 내린 커피와 제과점에서 사왔던 쿠키를 가지고 나왔다.

"고마워."

"별말씀을."

쟁반을 그네 옆에 있는 작은 테이블에 내려놓으며 영민이 보기 좋은 미소를 지었다.

"자 마셔. 일부러 조금 연하게 내렸어. 따뜻하니 좋을 거야."

영민이 채연에게 커피잔 하나를 건네주었다.

"흠흠, 향 정말 좋다."

"네가 좋아하는 헤이즐럿 향이야."

"그러게. 어떻게 용케 헤이즐럿이 이곳에 있었네?"

"서린 누나도 헤이즐럿을 좋아했거든."

"아."

그녀 옆에 나란히 앉은 영민도 커피잔을 집어 들었다.

"잘 마실게."

"잘 마셔주면 나야 완전 감사하지."

영민이 싱긋 웃었다.

"치. 만날 고맙대."

채연은 입술을 비죽이다 커피를 한 모금 마셨다. 입안에 남아 있는 향과 맛이 정말 좋았다.

"고마우니까 고맙다고 하지, 그럼 뭐라고 해? 항상 하는 말이지만 난 늘 네가 고마워."

커피를 맛있게 마시는 그녀를 사랑스레 바라보던 영민도 커피를 한 모금 입에 물었다. 그녀가 먼 하늘 쪽으로 시선을 돌리자 그의 시선도 따라 움직이는 기척이 느껴졌다.

"진짜 아름답다!"

채연의 입에서 저도 모르게 탄성이 터져 나왔다.

맑았던 어제와는 달리 오후부터 살짝 흐려지는 듯하더니 지면 위로 안개와는 다른, 하얀 솜사탕 같은 구름이 자욱하게 깔려 흡사 한 폭의 동양화처럼 보였다. 이보다 더 아름다운 풍광이 있을까. 석양에 물든 산자락도 구름이 내려앉은 사위도 환상적이었다. 정원도 건물도 그녀와 영민도 모두 구름 위에 있었다.

"아! 이제야 알겠다."

"멋지지?"

"응. 말로는 다 표현할 수 없을 만큼 멋지고 아름다워."

"네가 좋아할 줄 알았어."

"이래서 이 별장을 구름 위에서 사흘이라고 지으셨구나. 정말로 구름 위에 있어!"

"이곳의 가장 큰 매력이지."

"진짜 멋져!"

영민이 이 별장 이름을 '구름 위에서 사흘'이라고 지은 이유가 구름 위에서 사흘을 보내는 것처럼 행복하게 살게 해주는 집이라는 뜻 외에 한 가지가 더 있다고, 상징적인 의미 말고 눈으로 볼 수 있는 이유가 있다고 하더니 정말이었다.

그녀가 궁금하니까 말을 해달라고 했을 때 영민이 그랬었다. 궁금증이 클수록 막상 봤을 때 감탄도 큰 법이라고.

"운이 따라줘야 볼 수 있다더니……."

채연은 감탄하느라 말을 잇지 못했다.

"다행이야, 네가 이 광경을 볼 수 있어서. 너한테 꼭 보여주고 싶었거든."

"정말 다행이야, 영민 씨. 이 광경을 못 보고 영민 씨한테 말로만 들었다면 너무 막연해서 상상이 잘 안 됐을 거야. 막상 내 눈으로 보니까 더 신비롭고 더 아름다워."

"자연의 힘이지."

영민이 공감한다는 표정으로 고개를 끄덕이며 대꾸했다.

"자주 못 보는 광경이야?"

"자주는 아니고 가끔 봐."

"처음 봐. 너무 신기해."

"자연의 선물이니까 마음껏 즐겨."

"가끔이라도 볼 수 있는 편이라니 축복이네."

"아무 데서나 볼 수 있다면 이곳만의 매력이라고 할 수 없겠지. 그냥 봐도 경치가 아름다운 곳이지만, 이 광경에 반해서 누나가 아버지께 이 땅을 팔라고 졸라댔던 거거든."

"이 모습을 본 사람이라면 누구나 다 욕심 낼 것 같아."

"너도 욕심이 나?"

"난 뭐 사람 아닌가?"

"채연이 네가 욕심 부리는 거 처음 본다."

"너무 멋진 곳이니까."

"그렇게 마음에 들면…… 우리 결혼하면 이곳에 와서 살까?"

"……."

영민의 갑작스러운 물음에 채연은 말문이 턱 막혔다. 주인이 따로 있는 건 둘째 치고, 결혼을 할 수 없는 상황이라 아무런 대답도 할 수 없었던 것이었는데, 그녀가 대답을 하지 않자 영민이 다른 쪽으로 해석을 한 모양이었다.

"매형 때문에 그래?"

그녀가 뭐라고 이야기를 해야 할지 고민하고 있는 사이에 다행히 영민이 말머리를 돌려주었다.

"외사촌 누나가 이곳 주인이라며? 매형께서 공들인 곳인데 어떻게 우리가 들어와서 살아?"

"내가 결혼하면 나한테 선물로 준다고 했어."

"결혼 선물로 영민 씨한테 이곳을 준다고?"

"응."

세상에. 가격도 가격이지만, 이토록 공들여 멋지게 지어놓은 곳을 사촌동생의 결혼선물로 주다니. 아무리 있는 사람들의 세상은 그녀가 사는 세상과 다르다고 해도 선뜻 이해가 되지 않았다.

"설마. 그냥 농담으로 하신 말씀이겠지."

"진짜야."

"누님께서 아버님께 어렵게 조르고 졸라서 이곳을 갖게 됐다고 하지 않았어? 더구나 누나하고 매형이 이곳을 짓느라고 얼마나 애를 쓰셨을 텐데 선뜻 영민 씨한테 선물로 주겠다고 했단 말이야? 믿기지가 않아."

"……누나의 유언이었어."

"유…… 언?"

"서린 누나…… 하늘나라에 갔어."

예상치 못한 영민의 말에 채연은 너무 놀라 경악하는 표정을 지었다.

"하늘나라라면…… 돌아가셨다고?"

채연은 무의식적으로 먼 하늘을 올려다보았다.

"응. 네가 바라보고 있는 그곳으로 갔어."

영민의 음성에 짙은 아쉬움과 침통함이 뒤섞여 있었다.

어제, 그녀가 원한다면 여기서 살 수도 있다고 영민이 말했을 때 그녀는 농담인 줄 알았다. 우리가 여기서 살겠다고 하면 마이클 매형이 좋아할 거라는 말을 들었을 때도 진담으로 생각하지 않았다. 만약 진담이라고 해도 차마 여기서 둘이 함께 사는 일 따윈 없을 거라고 말할 수가 없어서, 말없이 그를 바라보다 화제를 바꾸어 영민의 외사촌 누님과 매형의 사랑 이야기를 말해줄 수 있느냐고 물었던 것이었다.

나중에 말해준다고 하더니 아픈 얘기라서 그랬었구나.

"영국에서 발레리나로 활동했던 서린 누나와 정원사인 마이클도 첫눈에 서로가 운명적인 사람이라는 것을 깨달았다고 했어, 우리처럼."

채연은 말없이 영민의 말에 귀를 기울였다.

"두 사람…… 파티에서 만나 누가 먼저랄 것도 없이 둘 다 첫눈에 반했고, 불같은 사랑을 했어. 사귄 지 석 달 정도 됐을 즈음 서린 누나는 자기가 위암에 걸린 것을 알았고."

"어쩌다가……."

안타까움에 채연은 말을 잇지 못했다.

"다행히 손쓸 수 없을 정도는 아니었지만, 어쨌든 그런 상황에서도 두 사람의 사랑은 점점 더 깊어만 갔어. 누나의 수술이 끝나자마자 마이클이 청혼을 했고, 누난 고민 끝에 그 청혼을 받아들였어. 의사가 수술이 잘되었다고 했고 무엇보다 누난 자신이 나을 거라는 확신이 있었거든. 누나가 항암치료를 받는 동안 두 사람은 결혼을 했어. 항암치료가 끝나자마자 한국으로 들어왔고."

"그때, 이곳을 지은 거야?"

"마이클이 이곳에 별장을 지어주길 누나가 원했었거든."

"……."

"이곳을 보고 난 후, 마이클이 이곳에 완전히 반했어. 처음엔 누나가 별장을 지어달라고 부탁을 한 입장이었는데 나중엔 매형이 더 욕심을 냈다고 하더라고."

"누가 봐도 욕심 낼 만한 장소인 것 같아."

영민이 천천히 고개를 끄덕였다.

"매형, 서린 누나를 위해 세상에서 가장 아름다운 정원이 있는 별장을 짓겠다며 각오가 대단했었어."

이번엔 채연이 고개를 끄덕였다.

"계곡 옆에 작은 통나무집을 지어놓고 두 사람은 그곳에서 지냈어. 누나가 매형과 떨어져 있기 싫다고 했고 또 별장이 완성되어 가는 모습을 직접 보고 싶어 했거든. 공기가 좋은 곳에서 지내는 게 누나의 건강에도 좋았고."

"그랬었구나."

"매형은 누나의 건강 체크와 이곳을 짓는 일에 매진했어. 1년 6개월 만에 완공을 했고, 두 사람은 이모와 우리 가족을 초대해서 파티를 열었지. 그때 두 사람이 얼마나 행복해 보였었는지……."

짙은 감회가 영민의 얼굴을 스치고 지나갔다.

"누나는 다 안 나으셨던 거야?"

영민이 손을 뻗어 그녀의 어깨를 감싸 안았다.

"우리 모두 완치가 된 줄 알았었는데…… 이곳이 완공된 지 얼마 안 있다가 위암이 재발됐다는 걸 알게 됐어. 급속도로 임파선에 전이가 되었다고 하더라고. 매형이 일부러 비가 오거나 겨울엔 집에서 운동할 수 있게 집 안에 산책로처럼 잔디도 심어놓고 신경 많이 썼는데……. 지금 생각해 보면 매형이 선견지명이 있었던 것 같아. 누나가 많이 힘들었을 때 집 안에서 잔디 위를 걸으며 바깥 경치 구경하는 걸 아주 좋아했었다고 하더라고."

집 안 유리벽을 따라 잔디가 심겨져 있어 특이하다고 생각했는데 그게 다 아내를 위한 마이클의 세심한 배려였던 것이다. 채연은 새삼 서린을 향한 마이클의 사랑이 얼마나 지극한지 온 마음으로 느껴졌다.

"매형…… 누나가 생각날 땐 스케줄 조정해서 이곳에 오시는데, 매형이 없을 땐 근처에 사는 사람이 별장관리를 해주고 있어. 언제 매형이 와도 늘 있었던 것처럼 보이게 해주기로 했다더라고."

채연은 서린과 마이클의 비극적인 사랑에 가슴이 아팠다. 채연 자신도 아픈 이별을 할 수밖에 없는 처지기에 사랑하는 이를 떠나야만 했던 서린의 마음이 고스란히 느껴졌다.

"이제 아프고 슬픈 얘긴 그만하자."

영민이 어두운 마음을 훌훌 털어내듯 그네에서 벌떡 일어났다. 채연도 따라 일어났다.

"들어갈래? 여기 있는 게 좋으면 조금 더 앉아 있다가 들어오든지."

"영민 씬 들어가려고?"

"우리 채연이 맛난 저녁 해주려면 들어가야지."

"내가 할까? 아니면 같이 하든지."

"어허, 호시탐탐 내 기쁨을 빼앗을 궁리만 하고 있는 거야?"

"치, 알았어. 마음껏 기쁨 누려. 난 운이 좋아야 볼 수 있는 모습 더 보고 들어갈 테니까."

"오케이. 대신 어두워지면 바로 들어와."

"알았어."

채연은 다시 그네에 앉았다. 영민이 작은 테이블과 함께 놓인 의자에서 담요를 집어 그녀의 무릎 위에 덮어주었다.

"따뜻한 차 한 잔 더 갖다줘?"

"아니, 됐어."

영민이 그네에 앉아 있는 그녀의 정수리에 입을 맞추고는 별장 안으로 들어갔다. 가는 영민의 뒷모습을 미소로 바라보던 채연의 입 꼬리가 현관문이 닫히는 순간 쓰윽 내려앉았다.

나, 영민 씨를 보내고 살 수 있을까?

금세 촉촉해진 그녀의 두 눈에서 눈물이 주르륵 흘러내렸다.

12

영민이 분주히 움직인 덕분에 만찬과도 같은 저녁 식사를 마쳤다. 1층 소파에 앉아 음악을 들으며 도란도란 이야기를 나누고, 서재로 가서 서로 보고 싶은 책을 골라 읽다 보니 다시 소파에 앉았을 땐 시간이 꽤 흘러 어느덧 9시가 훌쩍 넘어 있었다.

유리벽을 통해 밖을 보니 안개가 자욱했다. 그 광경이 너무나도 신비로워서 채연은 갑자기 밖으로 나가고 싶은 충동이 느껴졌다.

"영민 씨 밖에 좀 봐봐. 너무 신비스러워."

영민이 안개가 자욱한 밖을 쳐다보며 싱글 웃었다.

"여기선 자주 볼 수 있는 광경이야."

"우리 정자에 나갈까?"

"지금?"

"응, 지금. 영화 카사블랑카에 나오는 공항이 떠오르는 게, 차

창을 통해 바라만 보고 있기에는 좀 아까운 광경 같아."

"네가 그러고 싶다면 당연히 나가야지."

두 사람은 별장 밖으로 나왔다. 영민이 테라스 기둥에 있는 스위치를 올리자 아기천사 조각상들의 일제히 불빛을 머금었다. 또 한 개를 올리니 이번엔 정자에 불이 켜졌다. 자욱한 안개. 그 안개 속에서 희미하게 번지는 불빛들. 환상적이라 할 정도로 운치 있는 광경이었다.

채연은 그 광경을 바라보며 숨을 길게 들이마셨다. 몸 안으로 들어온 촉촉한 공기가 그녀의 폐를 적시는 것 같았다. 그 느낌이 나쁘지 않았다.

조심조심 안개를 헤치며 정자로 향하는 길을 걸었다. 밤이고 안개가 껴서 그런지 쌀쌀하다고 느낄 때쯤 영민이 행여 익숙하지 않은 길을 걷다가 넘어지기라도 할까 봐 그녀의 어깨를 단단히 감싸 안았다. 단단히 밀착된 영민의 몸에서 따뜻한 체온이 전해져 왔다. 보호받는 느낌과 따스함이 어우러져 그녀의 심장에 잔잔한 파문을 만들었다.

정자 안으로 들어오자마자 영민이 유리창을 활짝 열어 젖혔다. 쓰윽 안개가 정자 안으로 스며들어 왔다. 그녀를 긴 의자에 앉힌 영민이 옆에 나란히 앉았다.

"춥지 않아? 담요 덮어줄까?"

그의 손을 잡고 어루만지며 영민이 물었다.

"아니, 안 추워. 영민 씨가 옆에 있잖아. 영민 씨만 옆에 있으면 아, 좋다 하는 느낌밖에 안 들어. 그냥 좋아."

영민이 검지로 그녀의 코끝을 살짝 튕겼다.

"하는 말마다 예쁜 소리만 하네. 너 자꾸 이렇게 예쁜 말만 하면."

그가 하던 말을 멈췄다.

"왜 말을 하다 말아?"

"좀 유치한 것 같아서."

"뭐라고 얘기하려고 했는데?"

"아주 흔한 말."

"흔한 말? 어떤 흔한 말?"

"왜? 듣고 싶어?"

"당연하지. 말을 하다 말고 멈추는데 뒷말이 안 궁금할 리가 있어?"

"네가 궁금하다니까 얘긴 하겠는데 듣고 유치하다고 놀리지 마."

"알았어. 안 놀릴게."

"작은 요정으로 변신시켜서 주머니에 넣어 다니고 싶어진다고."

"그 말이었어? 후후후."

"어? 놀리지 않기로 해놓고 웃어? 너 약속 위반이야."

"놀리느라 웃은 거 아냐."

"그럼 왜 웃었는데?"

"정말 그렇게 됐으면 좋겠다고 생각 돼서. 내 몸이 작아져서 영민 씨의 주머니에 들어가 있으면 재미있을 것 같아. 영민 씨가 가는 곳이면 어디든 따라가고, 영민 씨가 걸을 때마다 놀이기구 탄 것 같은 기분이 들 거고……. 참 좋을 것 같아, 한시도 떨어져 있지 않을 테니까."

"정말 변신시키고 싶네. 지금도 예쁘지만 작아지면 얼마나 앙증맞을까. 나한테 그런 능력이 없다는 게 억울하다."

"후후후."

말장난과도 같은, 이런 소소한 이야기를 나눌 수 있는 지금이 행복했다. 유치하다면 유치할 수도 있는 영민의 생각과 말들이 그녀를 얼마나 행복하게 만드는지 그는 모를 것이다.

"나, 궁금한 게 있는데 물어봐도 돼?"

"뭐든지."

채연은 잠시 영민을 바라보다 입을 뗐다.

"우리나라에서 내로라하는 여자들 사진 찍으면서 마음이 흔들린 적 한 번도 없었어?"

"내로라하는 여자들이 누구야?"

"영민 씨랑 같이 작업하는 여자들 말이야."

"내가 아는 여자는 정채연 한 명뿐이야. 다른 여자들은 그냥 사람일 뿐이고."

"치, 화 안 낼 테니까 말해봐. 유명 모델 탤런트 영화배우, 주로 날씬하고 아름다운 여자들 사진 많이 찍었잖아. 정말 아무렇지도 않았어?"

"당연하지."

"진짜? 진짜로 아무렇지도 않았어?"

채연이 눈빛을 빛내며 묻자 영민이 귀여워 죽겠다는 얼굴로 검지를 들어 그녀의 코끝을 톡톡 건드렸다.

"너, 지금 나 떠보는 거지?"

"글쎄."

"아니라고 말 못하는 거 보니까 떠보는 거 맞네. 혹시 지금 질투했다고 말하는 거야?"

"질투까진 아니지만…… 조금 걱정은 됐었지."

"걱정을 했었다고?"

채연이 끄덕였다.

"너, 그런 질문도 걱정했다는 말도 처음 하는 거 알아?"

"난 뭐 여자 아닌가? 궁금했지만 참은 거야. 그런 말 하는 거 자존심 상하니까."

"그런 자존심은 안 챙겨도 돼. 난 그렇게 생각 안 하니까. 어쨌든, 기분 좋은데?"

"뭐가 기분이 좋아? 내가 물어봤다는 게? 아니면 내가 걱정했다는 게 기분 좋다는 거야?"

"네가 걱정했다는 말."

"내가 걱정한 게 뭐가 기분이 좋아? 영민 씨한테 그런 이상한 취미가 있는 줄은 몰랐네."

"네가 걱정했다는 건 내가 사진 찍는 여자들을 질투할 정도로 네가 날 사랑한다는 뜻이잖아. 기분 아주 괜찮아. 아니, 아주 좋아."

가끔 찬희와 지수가 그녀를 놀리느라고 쭉쭉빵빵 미녀들만 상대하는 영민이 아니냐, 영민도 남자인데 왜 그런 여자들한테 눈이 가지 않겠느냐, 한 번씩은 경각심을 갖게 해줘야 한다며 그녀에게 남자 친구를 너무 믿는 거 아니냐며 통박을 주었었다. 그런 이야기를 들을 때마다 채연은 콧방귀를 꼈다. 영민은 절대로 그럴 사람이 아니라고 반박하면서. 그런 그녀에게 혀를 차며 찬희가 그랬었다. 사랑은 밀당이라고. 허구한 날 접착제로 붙여놓은 것처럼 딱 붙어다니지만 말고 가끔씩은 살짝 밀어내기도 하고, 밀렸다 싶으면 슬쩍 당기기도 해야 한다다나 뭐라나.

그러고 보면 그녀는 한 번도 영민과 밀당이란 걸 해본 적이 없었다. 영민 또한 마찬가지였고. 두 사람 다 말이 곧 마음이었고, 마음이 곧 말이었다. 둘 다 거짓말하는 것을 싫어하는 성격이라 그런 것도 있지만 그보다 더 큰 이유는 서로에 대한 신뢰 때문이었다.

"내색은 안 했지만 조금 걱정을 했던 건 사실이야."

"농담이 아니라 진짜로 걱정을 했었단 말이야?"

"아주 가끔. 찬희랑 지수가 어쩌다 한 번씩 일깨워 주곤 했었거든. 영민 씨와 작업하는 여자들은 전부 나보다 훨씬 더 예쁘고 키도 크고 몸매도 좋은 사람들이잖아. 만인의 연인들이라고 불리는 여자들이 대부분인데 어떻게 걱정이 안 됐겠어? 어떻게 보면 걱정을 안 하는 게 더 이상한 거지?"

"그런 여자들하고 작업하는 건 내 일일 뿐인데 뭐. 다른 생각을 할 틈도 없어. 한 장이라도 더 좋은 사진을 얻어야 한다는 생각밖에 안 해."

"설마. 영민 씨도 남자인데 예쁘고 섹시한 여자들을 보면서 일 생각만 할까."

"내 눈엔 네가 제일 예쁘고, 키도 몸매도 아주 훌륭해."

"누가 들어도 그건 거짓말이네."

"내 취향이 딱 너인데 거짓말이라고 하면 곤란하지."

"그 말은 결국 난 영민 씨의 취향이고 그 여자들이 나보다 훨씬 더 예쁘고 키도 크고 몸매도 좋다는 걸 인정하는 거잖아."

채연은 괜한 어깃장을 놓았다.

"나한테 여자는 너, 정채연 한 사람뿐이란 거 아직도 몰라?"

"정말로…… 흔들린 적 없었어? 단 한 번도?"

"없었어. 없어. 그리고 앞으로도 없을 거야."

영민의 표정과 말투가 단호했다.

"영민 씨는 없었다고 해도, 영민 씨를 유혹했던 여자들은 있었을 거 아냐."

"그건……."

거짓말을 못하는 걸 증명이라도 하는 듯 영민이 금세 난처한 표정을 지었다. 말끝을 흐리는 걸 보니 그를 유혹했던 여자들이 있었던 건 사실인 듯했다.

"유혹하는 여자들…… 어떻게 뿌리쳤어? 쉽지 않았을 텐데."

"쉬웠어."

"어떻게 했는데?"

"그런 유혹을 내가 왜 받아줘? 단칼에 거절했어."

"뭐라고 얘기하면서 거절했는데?"

무엇을 확인하고 싶은 건지. 헤어질 마당에 그런 건 알아서 뭐 할 거냐고, 그녀의 뇌에서는 그만하라고 신호를 보내왔지만 입이 뇌의 신호를 가뿐히 무시했다.

"내가 할 말이야 빤하지."

"그 빤한 말이 뭔데?"

채연은 궁금증이 가득한 눈빛으로 그를 빤히 바라보았다. 영민이 그런 그녀가 귀여워 죽겠다는 듯 검지를 뻗어 그녀의 콧등을 톡 건드렸다.

"내가 알아서 해결하니까 넌 신경 쓰지 마."

"치, 자꾸 딴소리만 하네. 궁금해서 물어보는 건데 얘기 안 해줄 거야?"

"답이야 빤하지. 난 임자 있는 몸이니까 헛물켜지 마라, 귀찮게 굴면 다신 같이 작업 안 할 거니까 허튼 수작 계속할 거면 썩 꺼지라고 했지."

"정말로 그렇게 말했다고?"

"응."

"여자들이 무안해하지 않았어? 그런 말 들었으면 되게 속상했을 것 같은데. 상처받았을 것 같고."

"그쪽 감정까진 내가 상관할 바 아니지."

"호감이 있어서 그러는 건데 너무 매정하게 대했네."

"내가 좀 싸가지 없는 구석이 있거든."

"낯설어. 난 영민 씨의 그런 모습 한 번도 본 적 없는데. 영민 씨가 그렇게 모진 말 하는 거 상상이 안 돼."

"너한테 내가 왜 모진 말을 해? 이렇게 예쁘고 사랑스러운데 내가 왜 너한테 싸가지 없게 굴겠어? 절대 못하지. 아니, 안 하지."

하긴, 대학시절에 쿨하다 못해 까칠하기로 정평이 나 있던 그였다. 그녀는 한 번도 그런 모습을 직접 본 적이 없지만 신호와 규민의 증언에 의하면 다른 사람들이 혀를 내두를 정도로 냉정한 구석이 있다고 했다. 직접 본 적이 없어서 아직도 믿기지는 않지만.

"내가 좀 예쁜 짓을 많이 하긴 하지."

새치름한 표정까지 지어 보이는 그녀를 보며 영민이 빙그레 웃었다.

"다른 여자를 질투할 정도로 날 사랑하는 내 여자 정채연."

"응?"

"예쁘다."

그녀를 보는 영민의 눈빛이 뜨거워졌다. 눈동자에 담긴 열망을 본 채연의 몸도 아지랑이가 피어나듯 열기가 피어오르기 시작했다. 남자를 알게 된 게 언제라고 뜨거운 눈빛만 봐도 몸이 달아오르는지 민망할 지경이었다.

"치, 아무리 봐도 할 말이 없을 때 예쁘다고 하는 것 같아. 진짜 예뻐서 예쁘다고 하는 거 아니지?"

대답 대신 영민이 그녀의 손목을 잡고 잡아당겼다. 그 바람에 그녀의 몸이 그의 품 가까이로 끌려갔다.

그녀의 입술이 뜨겁게 삼켜졌다. 갑작스러운 키스에 놀라 두 눈을 껌뻑이던 그녀는 이내 열정적인 영민의 키스에 숨을 멈췄다. 아니, 숨을 쉴 수가 없었다. 채연은 두 눈을 꼭 감았다.

세차게 입술을 빨던 그의 혀가 엉겁결에 벌어진 그녀의 입술을 뚫고 들어와 말캉한 혀를 낚아챘다. 영민의 팔이 그녀의 허리를 바싹 끌어안음과 동시에 두 혀가 서로 뒤엉켰다. 영민이 휘감은 그녀의 혀를 강하게 빨았다. 단숨에 그의 입안 깊숙이 빨려 들어갔다.

"흐응."

채연의 입에서 흘러나오는 야릇한 신음. 그 무엇보다 자극적이었다. 영민은 혀를 힘차게 움직여 정복자처럼 거침없이 그녀의 혀를 희롱했다. 그녀의 입안 곳곳을 쓸고 핥고 빨아들였다.

그의 키스를 온전히 받아들이는 채연이 얼마나 사랑스러운지. 그의 팔을 부여잡고 매달리는 채연이 너무나 사랑스러워서 영민은 당장이라도 그녀의 옷을 모두 벗겨내고 거침없이 몰아붙이고 싶었지만 꾹 참고 키스하는 것에만 몰입했다. 입안으로 흘러 들어오는 그녀의 타액이 아찔할 정도로 달콤했다.

영민은 잠시 혀의 움직임을 멈추고 그녀의 입술에 입술을 맞닿은 채로 속삭였다.

"채연아, 사랑해."

나도 사랑해, 영민 씨. 가슴이 터질 정도로 영민 씨를 사랑해.

채연은 더욱더 그의 팔을 꽉 잡고 매달렸다. 입술에 아릿한 통증이 느껴졌지만 신경을 타고 전신으로 퍼져 나가는 전율에 정신을 차릴 수가 없었다. 심장이 터질 것 같았다. 꽉 잡은 그의 팔에 손톱이 박히는 것도 몰랐다. 혀가 뿌리째 뽑힐 것 같았지만 행여 그의 입술이 그녀의 입술에서 떨어지게 하고 싶지 않아 손톱을 더 깊이 박았다.

"하아, 하아."

가쁜 숨을 몰아쉬며 겨우 눈을 뜨니 그녀의 얼굴을 영민이 뜨거운 눈빛으로 바라보고 있었다. 폭염과도 같은 눈빛이었다. 온 세상을 태워 버릴 것만 같은 화산. 그 용암에 금방이라도 온몸이 타버릴 것만 같았다.

"널 안고 싶어."

채연은 대답 대신 고개를 끄덕였다.

"방으로 들어갈까?"

채연은 고개를 저었다.

"다시 감기 걸릴 수도 있어."

"괜찮아."

"정말 괜찮겠어?"

"난 영민 씨만 옆에 있으면 춥지 않아. 감기 따위 안 걸려. 그냥…… 여기서 하고 싶어."

채연은 주위를 둘러보았다. 그네가 있는 테라스도 아기 천사 조각상들과 색색의 꽃들도 하나도 보이지 않았다. 그저 조명등들만 안개 속에서 희미하게 빛을 발하고 있었다.

휘장을 쳐놓은 것처럼 사방이 안개로 뒤덮인 사위. 마치 구름 속에 있는 기분이 들었다. 몽환적이면서도 신비스러운 분위기가 그녀로 하여금 용기를 갖게 했다.

채연은 천천히 걸치고 있던 카디건을 벗었다.

"적극적인데?"

그녀를 바라보는 영민의 눈빛이 점점 뜨거워지고 있었다.

"그래서 싫어?"

"천만에. 난 이런 너도 좋아. 이번 여행에서 이렇게 다른 모습을 볼 수 있을 줄은 꿈에도 몰랐어."

"둘만의 여행은 처음이니까."

"그래, 우리 둘만의 첫 여행이지."

"사랑해, 영민 씨."

"내가 더 많이 사랑해. 네가 날 사랑하는 것보다 훨씬 더 많이."

영민이 뜨거운 손길로 그녀의 셔츠를 벗겼다. 맨 살갗으로 안개가 내려앉아 오소소 소름이 돋았지만 채연은 상관하지 않았다. 그의 손놀림에 맞춰 과감하게 영민의 셔츠를 벗겼다. 영민이 브래지어 후크를 푸는 동안 채연은 영민이 입고 있는 바지의 버클을 풀었다. 그렇게 서로의 옷들을 벗겨냈다.

나신으로 서로 마주 설 때까지 그리 오랜 시간이 걸리지 않았다. 마지막이라 있는 용기 없는 용기를 다 끌어냈지만 용암처럼 끓고 있는 영민의 눈동자를 마주하는 건 쉽지가 않았다.

채연은 숨을 크게 들이쉬고 그가 다가오기를 기다렸다. 아니, 뜨겁게 안아주기를 기다렸다.

영민이 두 손으로 그녀의 얼굴을 감싸고 입술을 삼켰다. 영민이 혀로 입술을 핥자 짜릿, 그녀의 입술에 모여 있던 신경에 전류가 흘렀다. 채연은 전신으로 퍼지는 전율에 눈을 감았다. 그의 혀가 입안으로 들어와 그녀의 혀를 휘감아 빨아 당겼다. 그러자 단숨에 그의 입안으로 그녀의 혀가 빨려 들어갔다.

영민은 이제 거침이 없었다. 집요하게 그녀의 혀를 공격했다. 강약을 조절하며 혀로 그녀의 말캉한 혀를 핥고 빨았다. 온몸이 그에게 삼켜지는 것처럼 강렬했다가 때로는 몸이 나른해질 정도로 달콤했다.

그의 혀가 그녀의 잇몸과 입천장을 부드럽게 핥았다. 입술을 자근자근 깨물다가 혀로 부드럽게 핥고 세차게 빨아들였다. 가슴이 미친 듯이 뛰었다. 내일이면 이곳을 떠난다는 사실이 몸 안에 있는 모든 신경들을 깨워 요동치게 만들었다. 얽힌 혀에서 분출된, 누구의 타액인지 알 수 없는 타액이 쉴 새 없이 그녀의 몸 안으로 흘러들었다.

영민이 갑자기 입술을 뗐다. 그제야 그녀도 감았던 눈을 떴다.

"고마워, 나한테 와줘서."

영민이 그녀를 뚫어질 듯 바라보며 말했다. 욕망에 젖어 한껏 억눌린 음성이었다. 끝이 갈라지는 목소리가 마치 신음처럼 들렸다.

"영민 씨가 나한테 와준 거지."

"아니, 네가 나한테 와줬어."

"처음 만났을 때 나한테 같이 나가자고 해줘서 고마워."

"나가자고 했을 때 싫다고 하지 않아서 고마워. 날 따라와 줘서 내가 네 남자가 될 수 있었어. 고마워, 채연아."

영민은 일렁이는 눈빛으로 채연의 두 눈을 마주 본 채 작은 손을 잡아 올려 손바닥에 입을 맞춘 후 조금 더 위 손목의 안쪽에 입을 맞추었다. 그의 입술로 빠르게 뛰는 그녀의 맥박이 고스란히 전해져 왔다.

"안아줘."

더는 견딜 수가 없었다. 채연은 이미 예전의, 애정 표현을 하는 걸 부끄러워하거나 쑥스러워하는 여자가 아니었다. 이미 진정으로 여자가 된 그녀였다. 그에게 몸을 맡겼고, 사랑을 나눴고, 육체적인 쾌감이 무엇인지 아는 여자.

영민이 한 손으로 그녀의 뒷목을 잡고 다른 손으로 말랑말랑한 가슴을 움켜쥐었다. 또다시 짜릿한 전율이 전신을 휘돌았다.

"흐응."

절로 야릇한 신음이 새어 나왔다.

마주 서서, 영민이 그녀의 젖가슴을 움켜쥐었다. 원을 그리듯 쓰다듬다 바짝 곤두선 유두를 살짝 꼬집듯 비틀었다.

"하아, 하아."

"좋아?"

"……응."

채연은 간신히 대답했다.

"네가 좋아하는 모습이 날 얼마나 자극하는지 모르지? 내 손길에 반응하는 널 보고 있으면 미칠 것 같아."

"영민 씨……."

"부드러워. 너무 부드러워서 마치 꿈속에서 널 만지고 있는 것처럼 느껴져."

그랬다. 영민은 현실 같지가 않았다. 말캉한 채연의 젖가슴을 매만지는 손에 느껴지는 감촉이 너무 좋아서 꼭 꿈을 꾸는 것만 같았다.

"오늘은 덜 힘들 거야."

"어제도 많이 힘들지 않았어. 영민 씨가 힘들지 않게 많이 배려해 줬잖아."

첫 경험인데도 채연은 어제 영민과 사랑을 나눌 때 책에서 읽었던 것만큼 몸이 두 쪽으로 갈라질 것처럼 아프지는 않았었다. 생살을 찢는 통증을 느끼긴 했지만, 잔뜩 겁을 먹고 있었던 자신이 멋쩍게 느껴질 정도로 영민은 그녀를 최대한 배려해 주었다.

오늘, 지금이 마지막이야.

채연은 최선을 다해 영민을 사랑할 것이다. 그녀를 온전히 다 내어주고 마음껏 그를 받아들일 것이다. 이제 다시는 영민과 사랑을 나눌 수가 없으니까.

"채연아……?"

그녀가 갑자기 스르르 몸을 낮추고 양 무릎을 바닥에 대고 서서 그의 중심을 손으로 잡자 영민이 깜짝 놀랐다.

채연은 열망 가득한 눈으로 영민을 올려다보았다.

"하게 해줘."

"굳이 안 해도 돼. 애쓰지 마."

"하고 싶어."

"정말 하고 싶어?"

"응. 나도 내 손길에 영민 씨가 반응하는 모습을 보고 싶어."

"날 위해서가 아니라 네가 원하는 거면 해."

영민의 허락이 떨어지자 채연은 이미 곤두선 중심을 잡은 손을 움직였다.

"흐음."

중심을 잡고 손을 위로 아래로 움직이자 영민의 중심이 점점 부풀었다. 그의 골반이 움찔거리는 모습을 보며 천천히, 빠르게 손을 움직였다. 영민이 참기 힘든지 신음을 흘리며 손으로 그녀의 정수리를 잡았다. 그것이 신호라도 되는 양 채연은 손놀림을 점점 더 빨리했다.

"그만. 그만해, 채연아."

그녀가 고개를 드니 영민이 몽롱한 눈빛으로 그녀를 보며 괴로운 표정을 짓고 있었다.

"내가 아프게 했어?"

"아니."

"그럼 왜?"

대답 대신 영민이 양손으로 그녀의 어깨를 잡고 일으켜 세웠다.

"네가 너무 자극해서…… 널 안기도 전에 끝날 것 같아."

"아."

"그렇게 시시하게 끝낼 수는 없지. 난 네가 나 때문에 흥분한 모습이 보기 좋거든."

"그런 말을 들어도 이젠 부끄럽지 않아. 이상하지?"

"우리 사이에 부끄러울 게 뭐가 있어? 연인 사이엔 그게 정상이야."

"다행이다. 내가 정상이라서."

쪽. 영민이 사랑스럽게 바라보며 그녀의 입술에 입맞춤을 했다.

"자, 이번엔 내 차례야."

영민은 그녀의 몸을 가볍게 안아 올렸다. 그녀가 두 팔로 그의 목을 안았다. 단단한 가슴에 말캉한 그녀의 젖가슴이 밀착되었다. 조금 더 그 느낌을 즐기고 싶지만 지금은 시간이 없다. 이미 그의 중심은 묵직한 통증을 수반하며 조금이라도 빨리 해갈을 시켜달라고 안달을 하고 있었다.

영민은 침대와도 같은 긴 의자에 채연을 눕혔다. 바로 조금 전 이젠 부끄럽지 않다더니 말뿐이었는지 채연이 얼른 모로 누웠다.

"사랑스러운 네 모습을 똑똑히 보고 싶어."

"영민 씨가 원한다면…… 피하지 않을게."

채연이 수줍은 미소로 대답했다. 그러면서도 몸을 바로 뉘이지는 못했다. 말과 몸이 따로 노는 건 아직 그녀에게 쑥스러움이 남아 있기 때문일 것이다. 많이 없어지기는 했어도.

영민은 손을 뻗어 그녀를 똑바로 눕게 했다. 정자 안으로 스며들 듯 들어온 안개가 실크로 휘감은 듯한 순백의 피부에 사뿐히 내려앉았다. 그 모습은 정말이지 환상적이었다. 그가 어젯밤 뜨거운 밤을 보냈던 흔적들이 간간이 남아 있는 그녀의 나신을 열망 가득 찬 눈으로 바라보고 있자 도저히 안 되겠는지 채연이 두 눈을 감았다.

"귀여운 거짓말쟁이."

그가 검지로 그녀의 코끝을 살짝 튕겼다. 그러자 채연이 눈을 살짝 뜨고는 쑥스러운 미소를 짓더니 이내 다시 눈을 감아버렸다.

"눈 떠, 채연아."

"……."

"눈 뜨고 날 봐. 한 몸이 되어가는 우리를 봐."

그제야 채연이 눈을 뜨고 그를 바라보았다. 그녀의 동공이 열망에 휩싸인 채 심하게 일렁이고 있었다.

영민은 긴 의자로 올라가 그녀의 다리를 벌리고 그 사이에 자리를 잡고 앉았다.

긴 의자를 감싼 흰색 시트 위에 나신으로 누워 있는 그녀는 아찔할 정도로 매혹적이었다. 상기되어 발그레해진 볼, 진한 키스 후라 아직도 타액이 묻어 있어 번들거리는 입술, 그를 유혹하듯 고개를 빳빳이 쳐들고 있는 분홍빛 정점, 도발적인 풍만한 가슴. 잘록한 허리, 납작한 배 위에 자리 잡은 앙증맞은 배꼽, 늘씬한 허벅지, 그리고 은밀한 숲. 모든 것이 그의 눈길을 사로잡았다. 보는 것만으로도 짜릿한 전율이 온몸을 강타했다. 은밀한 숲을 바라보는 그의 두 눈에서 파바밧, 불꽃이 일었다.

영민은 몸을 앞으로 숙여 채연의 볼록한 이마에 입술을 내렸다. 오뚝한 콧등과 살짝 벌어진 입술에 입맞춤을 했다. 그리고는 군살 하나 없는 턱을 간질이듯 날름날름 혀로 핥았다. 작은 귓불을 이빨로 잘근잘근 씹다가 유난히 반응이 좋았던 곳으로 기억되는 귀 안 쪽을 혀로 핥자 예상했던 대로 그녀가 몸을 움찔움찔 떨었다.

가는 목을 타고 내려와 움푹 파인 쇄골을 핥았다. 그리고 말랑말랑한 가슴 둔덕을 핥다가 빳빳하게 고개를 치켜든 돌기를 힘차게 빨아 자신만의 화인을 남겼다. 그의 입술을 따라 그의 손도 때로는 부드럽게 때로는 강렬하게 움직였다.

"하아."

덥석 베어 문 말랑말랑한 가슴은 너무나 부드러웠다. 욕실에 있던 바디워시의 향일까. 아니면 그녀만의 체향일까. 그녀의 가슴에서 달콤한 향기가 났다.

영민은 오뚝 솟은 분홍빛 돌기를 혀끝으로 뱅글뱅글 굴리며 핥다가 쭈욱쭈욱 빨아들였다. 그녀가 몸을 파르르 떠는 게 느껴졌다. 두 손으로 잘록한 허리를 잡고 가볍게 마사지하듯 매만지다 납작한 배를 쓰다듬었다. 그의 손이 느리게 더 밑으로 내려갔다. 처음도 아닌데 그녀가 긴장하는 게 느껴졌다. 드디어 은밀한 숲에 손이 닿았다. 숲 주변을 매만지다 조금 힘을 주어 숲을 눌렀다. 그 순간 안 그래도 긴장하고 있던 그녀의 다리에 힘이 더 들어갔다.

"힘 빼, 채연아. 긴장하지 말고 즐겨. 괜찮아. 다 괜찮아."

영민은 채연의 귀에 대고 속삭였다.

손가락으로 숲을 가르고 가장 은밀한 곳에 달려 있는 보석 같은 열매를 문질렀다. 순간 그녀의 허리가 길게 휘어졌다. 열매를 희롱할 때마다 그의 손끝에 뜨거운 열기가 몰려들었다.

아직 네 차례가 아니야.

그의 중심이 빨리 해갈을 하게 해달라고 안달을 해댔지만 그는 남아 있는 의식을 총동원해 가까스로 달랬다.

"아아."

채연은 어찌할 바를 몰랐다. 허리가 저절로 뒤틀리고 야릇한 신음 소리가 제멋대로 튀어나왔다. 자신도 모르게 긴 의자를 덮고 있던 시트를 움켜잡고 비틀었다. 그의 입술이 머문 곳도 그의 손길이 닿은 곳도 불에 덴 것처럼 뜨거웠다. 전신이 화마에 휩싸인 것처럼 달아올랐다.

마침내 숲 위에 그의 혀가 닿았다.

"영민 씨, 아, 안 돼."

본능적으로 만류했지만 영민이 가뿐히 무시하더니 고개를 숙여 숲 사이를 길게 핥았다.

"아읏."

채연은 엉덩이를 치켜들고 고개를 한껏 뒤로 젖혔다. 만류했던 것이 무색하게 몸이 뜨겁게 반응했다. 그의 혀끝이 그녀의 숲 안을 콕콕 찔러댔다. 목이 말랐다. 침을 삼켜도 소용이 없었다. 타는 듯한 갈증이 점점 더 심해졌다. 몸속에 있던 수분이 한 방울도 남기지 않고 다 빠져나가는 것 같았다. 바짝 말라 버린 몸이 금방이라도 바사삭 부서질 것만 같았다.

그는 그녀의 은밀한 곳을 농염하게 핥고 이로 자극했다.

하악하악.

철벅철벅.

거칠게 몰아쉬는 두 사람의 숨소리와 질척대는 내밀한 마찰음이 두 사람을 더욱 후끈 달아오르게 만들었다.

"그, 그만."

호흡하는 게 불가능했다. 숨을 쉴 수가 없었다. 연이어 전해져 오는 야릇하고 짜릿한 쾌감에 정신을 차릴 수가 없었다. 참을 수가 없어 그만하라고 했지만 영민은 그녀의 말을 듣지 않았다. 아니, 못 들은 것 같았다.

그가 계속 숲 안쪽의 매끄럽고 부드러운 속살을 핥고 빨았다. 그리고 쉴 새 없이 흘러나오는 샘물을 들이마셨다. 통제할 수 없는 쾌감이 온몸으로 번져 나갔다. 쾌감으로 인해 몸의 어딘가에 뭉툭한 통증이 느껴질 정도였다.

"채연아."

그가 가쁜 숨을 몰아쉬는 그녀를 불렀다. 하지만 그녀는 대답하지 못했다. 아니, 할 수가 없었다. 목소리가 나오지 않았다. 그의 몸이 내려앉았다. 봉긋한 가슴과 탄탄한 근육이 붙은 그의 가슴이 맞닿았다. 채연은 몽롱한 시선으로 맞닿을 듯 가까운 그의 두 눈을 바라보았다. 그의 두 눈도 이미 열락의 늪에 빠져 있었다.

"아흣."

중심이 숲을 가르고 들어와 깊은 동굴을 채운 순간 채연은 그의 어깨를 꽉 움켜잡았다. 손톱이 그의 어깨를 파고드는 것 같았지만 그것을 신경 쓸 겨를이 없었다.

영민이 연신 허리를 움직였다. 헐떡이는 그녀를 거칠게 몰아붙였다. 채연은 어깨를 잡고 있던 손을 떼어 그의 목에 둘렀다. 그의 중심이 내밀한 동굴 속을 마구 달렸다. 그럴수록 그녀는 더욱더 세게 그의 목에 매달렸다.

"영민 씨, 아윽."

"흐윽."

영민의 몽환적인 신음 소리와 함께 그의 커다란 몸이 그녀의 몸 위로 무너졌다.

"채연아, 사랑해."

그의 진심 어린 고백이 안개와 함께 그녀의 나신 안으로 스며들었다.

채연은 그의 목을 꼬옥 끌어안았다. 떨어지고 싶지 않았다. 언제까지라도 이렇게 붙어 있고 싶었다.

영민과 함께 할 수 있는 마지막 밤. 채연은 한참 동안 영민의 목을 끌어안은 손을 풀지 않았다.

조금만 더, 조금만 더…….

13

영민과 헤어져 집으로 돌아오니 여전히 썰렁했다. 너무나 공허해서 마치 아무도 살지 않는 집처럼 느껴졌다.

예전에는 이런 집안 분위기가 아니었다. 아버지와 딸, 둘만 사는 집 같지 않게 도란도란 이야기꽃이 피고 웃음의 열매가 가득한 꽃밭이었다. 불과 얼마 전 태훈의 생일날 아침까지만 해도.

드르륵. 안방 문이 열렸다. 열린 방문 사이로 고개를 내민 태훈이 몇 년은 심하게 앓은 사람처럼 그새 많이 야위어 있었다.

"왔니?"

2박 3일. 눈에 넣어도 안 아프다하는 딸이 바람 좀 쐬고 오겠다는 메모를 남겨놓고 나가서 이틀이나 자고 들어왔는데 그저 왔니, 란다.

행선지도 밝히지 않고 집을 떠났던 적이 한 번도 없던 그녀였다. 평소 같으면 그녀가 달랑 메모 한 장 남겨놓고 집을 비울 리도 없지만 이번 경우는 달랐다.

행선지를 다 말하고 다녀와도 어디 어딜 다녔느냐, 가서 별일은 없었느냐, 재미는 있었더냐…… 그녀가 보고 겪은 일들 하나하나를 다 궁금해하던 태훈이었다. 그런데 일절 다 생략하고 아무것도 궁금한 게 없다는 듯, 저녁에 잠깐 집 앞에 친구를 만나러 나갔다가 금방 돌아온 것처럼 대했다.

"네."

"들어가 쉬어라."

다시 문이 닫혔다.

채연은 철옹성처럼 굳게 닫힌 태훈의 방문을 바라보았다. 재고의 여지가 없다는 듯 닫혀 있는 방문은 아주 고집스럽게 보였다. 방의 주인이 내준 문제를 해결하지 않으면 절대로 열리지 않을 것처럼.

투벅투벅. 채연은 닫힌 방문 앞으로 걸어갔다. 손을 뻗어 문손잡이를 잡으려던 채연은 차마 잡지 못하고 도로 손을 내렸다. 얼굴을 마주하고 이야기를 하거나 부탁할 자신이 없었다. 아니, 애원을 할 염치가 없었다.

채연은 닫힌 방문 앞에 선 채로 어렵게 입을 열었다.

"아빠."

묵묵부답.

"꼭 그렇게 해야겠어요? 아빠가 영민 씨를 한 번 봐주면 안 돼요? 절 봐서라도 우리…… 그냥 사랑하게 해줄 순 없어요?"

"들어가 자라."

불이 꺼졌다.

더는 말을 하기 싫다는 뜻이겠지. 절대로 봐줄 수가 없다는 의미겠지.

눈물이 차올랐다. 볼을 타고 흐르는 눈물을 닦을 생각도 없이 채연은 닫힌 방문을 물끄러미 쳐다보았다. 차마 노려볼 수도 없었다. 태훈을 이해하니까. 누구보다 태훈의 심정을 잘 아니까. 원망할 자격도 없었다. 태훈이 만든 일이 아니라서.

태훈에게 원수의 자식을 사랑하라는 말을 어찌 감히 할 수 있을까.

채연은 뜨거운 눈물을 삼키며 돌아섰다. 자신만의 공간으로 들어온 그녀는 침대에 털썩 주저앉았다.

"영민 씨……."

마지막 희망의 끈이 끊어져 버린 것을 영민이 알면 어떻게 나올까? 아무런 준비도 없이 이별을 해야 하는 그를 어떻게 해야 하나?

채연은 먹먹해진 가슴을 부여잡고 한참을 울었다.

흐ㅇㅇㅇ읍, 휴우우우우.

그린하우스 문 앞에 선 채연은 숨을 깊게 들이마셨다가 천천히 내쉬었다. 영민을 만난다는 생각만으로도 심장이 죄어왔다. 도망치고 싶은 마음을 꾹 누르고 바들바들 떨리는 손으로 문손잡이를 잡았다.

딸랑.

그린하우스의 문을 열자 풍경이 소리를 냈다. 다른 때에는 늘 정겹게 들리던 그 소리에 채연은 심장이 철렁 내려앉았다.

항상 두 사람이 앉았던 로맨틱 드림에서 영민이 반색하며 손을 흔들어 보였다. 채연은 미소를 지어 보이려고 했지만 입 근육이 경직되어 움직여지지가 않았다.

잠깐 자리를 비웠는지 장석이 보이지 않았다. 다른 손님들도 없었다.

채연은 천천히 영민을 향해 걸어갔다. 사실 그에게로 다가가고 싶지 않았다. 이별을 멈추고 싶었다. 멈출 수 없다면 조금이라도 더 늦추고 싶었다. 하지만 입구에서부터 로맨틱 드림까지의 거리가 너무 가까웠다.

"왔어?"

채연은 대답 대신 입을 꽉 다문 채 영민과 마주 앉았다.

영민의 얼굴을 보니 가차 없고, 살기 어린 심통(心痛)의 습격에 숨이 멎을 것만 같았다.

마음 같아서는 바로 앞에 앉아 있는, 사랑이라는 걸 받아들인 날부터 지금까지 하늘이 내려준 인연이라고, 운명이라고 믿어 의심치 않았던 연인에게 따뜻한 위로를 받고 싶었다. 하지만 채연은 그런 사치를 누릴 수 있는 입장이 못 되었다. 내보일 수도 없고 들켜서도 안 되는 고통이기에.

"장석이 삼촌 고향에 가셨대. 알바가 잠깐 뭐 사러 간다고 해서 네 커피도 먼저 시켜놨어. 너 금방 올 것 같아서. 네가 시간 맞춰 나와서 지금 딱 마시기 좋아."

"응."

채연은 나오지 않는 목소리를 억지로 짜내 간신히 대답했다.

"삼촌이 안 계신 줄 아는지 손님들이 없네. 우리만 눈치 없이 온 건가? 후후후."

영민이 장난스런 웃음을 머금은 맑은 눈으로 그녀를 사랑스레 바라보았다. 그런 그를 보고 있자니 자꾸만 마음이 흔들렸다. 하지만 채연은 흔들리는 마음을 다잡아 바로 세웠다.

채연은 테이블 아래, 잔뜩 굳어 있는 허벅지 위에서 바들바들 떨고 있는 두 손을 목숨을 부지하기 위한 마지막 동아줄이라도 되듯이 관절이 하얗게 도드라질 정도로 힘주어 부여잡았다.

"근데 표정이 별로다? 어제 쉬었어도 아직 여독이 안 풀렸나?"

"괜찮아."

"안 괜찮은 것 같은데?"

"멀쩡해. 여독 같은 거 없어."

다행이라 생각했는지 영민이 햇빛보다 밝은 얼굴로 커피잔을 입에 갖다 댔다. 채연은 그 모습을 똑바로 쳐다보았다.

"우리, 헤어져."

푸웃.

커피를 한 모금 입에 물고 잔을 내려놓던 영민이 입안을 채우고 있던 커피를 뿜어냈다.

"하하하하."

영민이 테이블 위에 놓인 냅킨을 뽑아 자기가 뿜어낸 커피를 닦아내며 웃음을 터뜨렸다.

"정채연, 한발 늦었어."

영민이 웃음기가 채 가시지 않은 표정으로 채연을 보았다.

"무슨…… 소리야?"

테이블 위의 커피 흔적들을 닦아낸 영민이 젖은 냅킨을 내려놓고 귀엽다는 표정으로 채연을 바라보았다.

"표정, 말투까지 끝내준다. 다른 사람이 보면 정말 헤어지자고 하는 줄 알겠어."

"그냥 하는 소리 아냐."

"오늘 아침에 두 번씩이나 애들한테 당했어, 나."

당했다는 영민의 말 한마디에 순간적으로 채연의 가슴이 덜컹 내려앉았다.

"당하다니? 뭘 당해?"

여과 없이 튀어나온 질문에 채연은 당황했지만 가까스로 차가운 표정을 유지했다.

"만우절 퍼포먼스 아냐?"

"만우절?"

채연은 당황했다. 머릿속이 온통 영민에게 이별을 어떻게 이야기해야 하나 생각하느라 오늘이 만우절인지도 몰랐다. 그저 태훈과의 약속한 날짜가 오늘이 마지막이라는 것만 머릿속에 꽉 차 있었다. 어렵게, 정말 어렵게 이야기를 꺼냈는데 하필이면 만우절이라니.

"미안해, 속아줘야 하는데 그럴 수가 없네. 만우절 생각 못하고 신호하고 규민이한테 당했는데 또 속으면 내가 바보지."

이별 통고를 만우절 퍼포먼스로 생각하는 영민으로 인해 채연은 몹시 당혹스러웠다. 이야기가 더 산으로 가기 전에 얼른 끝을 내야만 한다는 생각에 초조해졌다. 영민과의 만남은 운명이었지만, 오늘 이 시간 그와 헤어져야 하는 건 그녀에게 주어진 숙명이었다.

채연은 시선을 돌려 통유리창 너머로 마주 보이는 앞 건물의 작은 카페를 쳐다보았다. 작은 카페의 유리창에 붉은 해가 커다란 보석처럼 박혀 찬란한 빛을 발산하고 있었다. 사방으로 빛을 분사하면서도 강렬함을 잃지 않는 햇살을 노려보듯 바라보며 어금니를 악물었다.

악독하게…… 해! 모질게 잘라!

스스로를 독려했다.

단숨에 사랑을 끊어낼 수 있게, 그래서 1초라도 더 빨리 잊을 수 있게 치 떨리도록 잔인하게 말해! 꿈에서조차 기억하고 싶어 하지 않게, 짧은 아픔조차 아까워할 정도로, 사랑 그까짓 거 아무것도 아니었다고 웃어넘길 수 있게 잔혹하게 끝내!

스스로에게 최면을 걸었다.

채연은 카페 유리창에 부딪혀 반사되는 눈부신 햇살에 시선을 고정한 채 입을 열었다.

"만우절하고는 상관없어."

"이야, 이제 보니 녀석들보다 우리 채연이가 한 수 위네. 장난인 게 걸렸는데 포커페이스를 유지하고 말이야. 너 그렇게 귀엽게 굴면 안 돼. 진하게 키스하고 싶어진다고."

영민이 싱글싱글 웃었다.

천천히 시선을 되돌린 채연은 냉담한 눈빛으로 영민을 정시했다.

"난, 이미 끝냈어."

채연은 자신이 해야 할 말을 냉정하게 토해냈다. 무미건조한 자신의 목소리가 너무도 끔찍하게 느껴져 정수리의 머리카락들이 쭈뼛쭈뼛 섰다.

이제야 심각한 상황이라는 것을 감지한 것일까. 채연의 말을 듣자마자 웃음기 가득하던 영민의 얼굴이 하얗게 굳었다.

"장난 그만해."

"장난 아냐. 다시 말하지만 난 이미 끝냈어."

"뭐…… 라고?"

"난 이미 끝냈다고, 우리 관계."

한 음절 한 음절 끊듯이 말하는 채연을 보는 영민의 두 눈에서 파밧 불꽃이 일었다. 처음 보는 영민의 모습이었지만 채연은 그런 그를 보고 놀랄 만큼의 심적 여유조차 없었다. 화난 영민의 얼굴을 쳐다보며 감정의 동요를 숨기는 것에, 냉담한 표정을 유지하는 것에 집중하는 것만으로도 힘에 부쳤다.

"정채연."

영민이 정색하며 말을 이었다.

"내가 그랬지? 아침에 두 번씩이나 당하고 왔다고. 만우절 장난, 두 번 당한 걸로 충분하고 넘쳐. 너까지 안 보태줘도 되니까 이런 장난은 하지 마. 하고많은 장난 두고 이게 뭐야?"

"영민 씨……."

손을 들어 채연의 말을 막은 영민이 감정을 추스르기 위해 심호흡을 하더니 평소의 그답게 부드러운 얼굴로 그녀를 쳐다보았다.

"아무리 장난이라도 그렇지…… 앞으론 절대 그런 말 하지 마, 채연아. 우리 사인 절대 끝낼 수 없는 사이야. 우리가 사귄 지 1년 되던 날 네가 말했었지? 우린 영원히 함께 할 거라고. 신도 우릴 갈라놓을 수는 없을 거라고. 만에 하나, 정말 만에 하나 무슨 일이 있어서 우리가 함께 하지 못하는 일이 생긴다면 난 너를, 넌 나를 반드시 찾아내서 영원히 사랑하자고! 우리 둘이 약속했잖아!"

"영민 씨가 받아들이든 안 받아들이든 상관없어. 난 이미 끝냈으니까. 다신 나한테 연락하지 마. 영민 씨와 관련된 건, 지금 이 순간부터 다 무시할 거니까."

"정채연, 장난 그만하라고 했지!"

"장난, 아니야. 나, 이런 걸로 장난치는 사람 아니란 거 영민 씨가 더 잘 알잖아."

채연은 자신을 낯선 사람 보듯 바라보고 있는 영민을 더더욱 차갑게 응시했다. 그런 그녀를 담고 있는 영민의 눈빛이 사정없이 흔들리고 있었다.

"장난이…… 아니라고?"

"그래."

"농담이…… 아니야?"

잇새로 말을 하는 영민의 턱 관절이 불끈 움직였다.

"그래, 농담 아냐."

"만우절하고…… 상관없단 소릴 하는 거야, 지금?"

"그래, 상관없어."

믿을 수 없어 하는, 당황스러워 어쩔 줄 몰라 하면서도 상처 입은 게 분명해 보이는 영민의 모습. 채연 자신이 그에게 가하고 있는 고문의 흔적이었다.

"장난이 아닌데 어떻게 헤어지잔 말을 해? 농담이 아니라면서 어떻게 끝냈단 말을 할 수가 있어? 만우절 장난도 아니라면서 어떻게 먼저 끝냈단 소릴 할 수 있느냐고!"

영민이 버럭 소리쳤다.

그녀와 만나면서 한 번도 소리를 지른다거나 험한 말을 한 적이 없는 그였다. 그런 영민이 지금 그녀에게 소리치고 있었다. 늘 솜사탕처럼 부드럽게 녹아들던 그의 음성에 선득한 날이 서 있었다.

"난, 헤어지기로 마음을 먹었으니까. 아니, 이미 끝냈으니까."

눈 하나 깜짝하지 않고 어쩜 이렇게 무서운 말을 할 수가 있을까? 다른 사람도 아닌, 정채연 네가 어떻게?

그녀를 바라보는 영민의 두 눈이 그렇게 말하고 있었다.

하긴 채연 자신도 놀랐다. 이런 끔찍한 말들을 영민에게 하는 건 잘해낼 수 없을 거라 생각했다. 맹독을 씹어 삼킨 것처럼 굳게 마음먹자 결심하고 또 결심했지만, 이토록 독한 말을 할 자신이 없었다.

아니, 이렇게 악독하게 굴 수 없을 거라고 믿었다. 그런데 자신이 생각하기에도 너무나 잘해내고 있었다. 아무런 양심의 거리낌도 없이 이렇게 지독한 짓을 늘 해왔던 사람처럼. 스스로가 징그럽고 미워질 정도로.

자신이 내뱉는 말들이 두 연인의 가슴에 생채기를 내고 있었다. 세상 그 어떤 항생제로도 치료할 수 없는, 그렇게 깊은 상처가 두 사람의 심장 곳곳에 새겨지고 있었다.

"이유…… 이유를 말해봐."

"……."

"이유가 있을 거 아냐?"

"……."

"여행 다녀온 지 하루밖에 안 지났어, 우리!"

"……."

채연의 앙다문 입술이 말라서 바삭거렸다.

약속 시간이 다가올 때까지도 적당한 이유를, 영민이 충분히 공감할 수 있는 이별의 이유를 생각해 내지 못했다. 그래서 무작정 집을 나올 수밖에 없었다. 그래서 그린하우스로 오는 동안 왜 헤어져야 하느냐고 영민이 물을 때 자신의 입에서 아무런 이유라도 만들어 쏟아내 주기를 간절히 기도했다.

"갑자기 입이 얼어붙었어? 왜 말을 못해? 우리가 왜 헤어져야 하는지, 말을 해보라고!"

"……."

그녀가 끝내 입을 다물고 있자 영민의 얼굴에 잠시 동안 허탈함이 스치고 지나가더니 이내 안도감이 자리를 잡았다. 자신의 생각이 맞았음을 확신하는 모양이었다.

"올핸 만우절 액땜 제대로 하는구나. 다신 이런 장난 사절이야. 농담으로라도 우리가 헤어진다는 소린 하지도 마. 끝냈느니 어쨌느니 하는 말은 더더욱 하지 마!"

그녀가 아무런 이유도 대지 못하자 영민이 만우절 장난으로 치부해 버렸다. 채연은 바짝 긴장한 채로 정신없이 입 밖으로 꺼내놓을 이유를 머릿속에서 만들어내기 시작했다.

제발, 제발……!

간절한 마음이 통했을까. 마치 누군가 전원 버튼을 누르기라도 한 것처럼 본드를 붙인 듯 붙어만 있던 그녀의 입술이 떼어졌다.

"난 영민 씨의 이런 점이 싫어. 지겹고 짜증나."

감정이 전혀 담기지 않은, 그래서 더더욱 냉소적으로 들리는 음성이 자살골처럼 제 귓속을 때려댔다. 채연의 목덜미와 등줄기에 오소소 소름이 돋았다.

"정채연, 너……?"

"장난 아니라고 했는데 왜 안 믿어? 만우절 이벤트 따위, 아니라고 했잖아!"

"……."

이번엔 영민이 입을 다물었다. 충격과 고통으로 그의 표정이 일그러졌다.

"영민 씬 늘 그랬어. 내가 괜찮다는데도, 안 괜찮은 거 안다고. 그러면서 위로했어. 내가 아르바이트하는 거 힘들지 않다고 하는데도, 힘든 거 다 안다고. 난 정말 괜찮은 건데, 난 정말 힘들지 않아서 힘들지 않다고 하는 건데…… 영민 씬 늘 내 말을 안 믿었어. 영민 씬 언제나 내가 뭐라고 하든 영민 씨 마음대로 해석해. 지금도 그래. 장난 아니라는데 영민 씬 장난이라고 해. 농담 아니라는데도 영민 씬 농담으로 들어. 만우절이랑 아무 상관이 없다는데도 영민 씬 만우절 때문이라고 믿어버리잖아. 항상 그런 식이야, 영민 씬!"

"채, 채연아, 그건……."

"제발 한 번만이라도 내 말을 내 뜻 그대로 믿어줘. 난 끝났다는 말, 끝났다는 뜻 그대로 받아들여!"

영민 씨, 믿지 마. 영민 씨의 마음이 배려였다는 거, 나 알아. 내가 오늘 하는 말들은 다 거짓말이야.

채연은 자꾸만 목젖을 밀어젖히고 튀어나오려는 진실을 삼키고 또 삼켰다. 그 진실들이 날이 시퍼런 칼이 되어 삼킬 때마다 목젖도 식도도 무자비하게 찢기는 것만 같았다.

하고픈 말들을 삼키는 게 이리도 아픈 것임을 채연은 미처 몰랐었다. 진실을 왜곡하고 부정하는 것이 이처럼 고통스럽다는 것도 지금 이 순간 이전까진 알지 못했었다.

"네 말을 어떻게 믿어?"

"믿어."

"우리가 끝났다는 말을 어떻게 받아들여?"

"그냥 받아들여."

"어제까지만 해도 아무 일 없었어, 우리. 아니, 세상에서 가장 행복한 연인들처럼 여행을 다녀왔어! 우리만의 결혼을 했다고! 그런데 우리가 끝났다고? 어떻게 그 말을 그대로 인정하라는 거야? 난 인정 못해!"

"어제까지 아무 일 없었던 거 아냐."

"그, 그게 무슨 뜻이야? 무슨 뜻으로 하는 말이냐고?"

"우리가 헤어지는 것에 대해 오래전부터 생각해 왔다는 뜻이야."

"정채연!"

"그동안 영민 씨가 달라질 기회를 수없이 줬어. 하지만 영민 씬 변하지 않았어. 아니, 그런 기회를 주고 있는지조차 모르더라. 여행 갔을 때도 마찬가지였어. 영민 씨가 말하는 배려, 지겨워 죽는 줄 알았어. 뭐든지 내 의사와는 상관없이 영민 씨 뜻대로 했잖아."

"내 배려가 지겨웠다고?"

"그래, 지겨웠어."

"어떻게 네가 그런 말을……?"

"영민 씨, 착각하지 마."

"……뭐?"

"내가 아무 말 안 했다고 해서 우리 사이에 아무 문제도 없었던 거 아니야. 영민 씨가 내 말을 무시하고 자기 생각대로 단정해 버릴 때마다, 영민 씨하고 내가 다르다는 거 하나씩 깨달을 때마다 내 마음은 조금씩 영민 씨랑 멀어지고 있었어."

"그럼 여행은 왜 가자고 했는데? 그런 마음 갖고 어떻게 나한테 널 다 줬느냐고?"

"……."

"우리만의 결혼을 하자고 한 것도 너였어!"

"헤어지지 않기 위한 마지막 몸부림이었어."

"뭐?"

"다시 말해줘? 헤어지지 않기 위한 내 마지막 몸부림이었다고."

"헤어지지 않기 위한…… 마지막 몸부림이었다고?"

"그래. 하지만 이젠 더 이상 회복할 수 없다는 걸 깨달았어. 여행 가서 더 확실해졌어."

채연의 입에서 술술 나오는 말들이 더해질 때마다 멍해졌던 영민의 얼굴이 점점 일그러져갔다. 언제나 생동감 넘치던 그의 낯빛이 아주 고통스럽게 그리고 너무나도 아프게 죽어갔다. 칠흑처럼 어두운 흑빛으로 변했다.

"여행 가서 내가 너한테 실수한 거 있니?"

"……."

"이렇게 일방적인 이별 통고를 받을 정도로 내가 너한테 잘못한 게 있었어?"

"영민 씨가 여행 가서 나한테 한 실수, 잘못한 게 없느냐고? 평상시와 다름이 없었다는 게 실수야. 내 마음, 내 의도, 내 말을 믿지 않은 게 영민 씨의 잘못이야."

"네 마음, 네 의도, 네 말을 무시해서 그런 게 아니란 걸 알잖아. 누구보다 잘 알면서 왜 그런 억지를 부려?"

"억지라고? 기막혀, 정말. 구구절절이 얘기하는 거 싫어. 입 아프고 짜증나."

"채연이 너 정말……?"

"난 여한 없어. 해볼 만큼 해봤으니까."

채연은 독하게 영민의 말을 자르고 잔인한 말들을 쏟아냈다.

"그래서…… 이대로 끝내자고?"

"난 이미 끝냈다고 했잖아."

"말도…… 안 돼."

충격 탓일까. 끊어질 듯 간신히 이어지는 영민의 목소리가 허공으로 흩어졌다 맥없이 사라졌다.

그래, 말도 안 되는 얘기야. 영민 씨의 말이 다 맞아.

아파하는 영민의 표정에 자칫 그렇게 말할 뻔했다. 하지만 채연은 입술을 깨물며 가까스로 위기를 넘겼다. 평생 유일한 핏줄인 딸 하나만을 위하여 인생을 아낌없이 바친 태훈의 얼굴이 저절로 벌어지려는 그녀의 입술을 닫아버렸다.

"채연아, 난…… 내가 무슨 일을 하든, 내가 너한테 어떤 말을 하든…… 그전에 널 생각해. 네가 힘든 게 싫어서, 네가 상처받는 게 싫어서, 네가 아파하는 게 싫어서…… 나보다 널 먼저 생각했어. 널 무시한 게 아냐, 절대로!"

그녀를 바라보는 영민의 애절한 눈빛이 그의 말들이 모두 진실이자 진심임을 말해주고 있었다. 그런 그의 눈빛이 아니라도 누구보다 영민의 마음을 잘 안다. 하지만 채연에게는 자신을 향한 영민의 사랑과 진심도, 그를 향한 자신의 애정과 진실도 부정해야 할 의무만이 남아 있었다. 영민의 진심을 알고 있음을 인정하는 말을 할 수 있는 권리를 그녀는 이미 박탈당했다.

"난 그렇게 하라고 강요한 적 없어. 요구한 적도 없고."

"채연아……?"

"영민 씨도 기억할 거야. 부담스러우니까 나보다 영민 씰 먼저 생각해달라고 내가 부탁했던 거. 그런데도 영민 씬 내 부탁을 무시했어. 그러니까 날 위해서였다는 말로 생색내지 마. 날, 내 말을 무시하지 않았다고 부정하지도 말고."

투두둣.

영민과 연결된 사랑이 끊어지려 하고 있었다.

채연 자신만 이런 짓을 하지 않는다면, 평생 든든히 두 사람을 이어주고 있을 단단한 끈을 채연 스스로 끊어냈다. 이제 영민이 남은 끈을 끊어주기만 하면 두 사람의 인연은, 운명은 완전히 끊어질 것이다. 이제부턴 각자의 세상에서 각자의 삶을 살아가는 완벽한 타인이 될 테니까.

"널…… 잡을 수 있는 방법은 없니? 내가 어떤 노력을 해도…… 도저히 가망이 없는 거야?"

영민이 간절한 눈빛으로 그녀를 바라보았다.

아직 희망을 포기하지 않는, 그래서 더욱더 그녀를 아프게 하는 애절한 영민의 표정을 보았지만 채연은 심장이 통째로 뜯기는 고통을 감수하며 애써 외면했다.

영민을 떠나는 것. 영민으로 하여금 그녀를 포기하게 만드는 것. 그래서 두 사람이, 두 가정이 엮이지 않는 것.

그것만이 유일한 가족이자 평생 자신을 헌신적으로 키워주신 아버지에 대한 보답이었다. 사랑하는 아버지에게 해줄 수 있는 유일하고도 거부할 수 없는 효도였다.

"없어."

툭.

사랑이…… 완전히…… 끊어졌다.

영민의 얼굴을 뒤덮고 있는 절망. 그것이 그 증거였다.

우린 이제 정말 끝난 거구나. 영민 씨와 난 다신 만나지 못하겠구나. 난 영민 씰 버린 척했지만, 영민 씬 날 진짜로 버릴 테니까.

채연은 천천히 몸을 일으켰다. 아무런 감정도 담기지 않은 표정을 유지하며 영민에게서 돌아섰다.

흔들리면 안 돼. 꿋꿋하게 나가는 거야. 영민 씨가 미련을 갖지 못하게, 영민 씨가 완전히 끝낼 수 있게.

채연은 자꾸만 뒤돌아보고 싶어 하는 스스로를 채찍질하며 등을 꼿꼿이 세운 채로 걸었다. 그리고 출입문을 열고 영민과 함께 있던 공간에서 벗어났다.

카페에서 나와 모퉁이를 돌아섰다. 그제야 참고 참았던 눈물이 흘러나왔다. 하고픈 말들을 삼켜 버린 목이 데인 것처럼 따끔거렸다. 침을 삼키기도 힘들었다. 차마 볼을 타고 흐르지 못하고 남아 있던 뜨거운 눈물에 그녀의 두 눈이 화상을 입었다. 그래서 이젠 영영 다른 사랑은 볼 수 없는 눈이 되어버리고 말았다.

채연은 외진 골목으로 숨어들었다. 골목의 구석진 벽을 손으로 짚고 서서 고르지 못한 숨을 몰아쉬었다. 다리에 힘이 풀렸다. 벽에 등을 기대고 섰다. 벽이 허물어지는 것 같았다. 등이 스르륵 벽을 타고 아래로, 더 밑으로 내려앉았다.

무릎을 세운 채 쪼그리고 앉은 채연은 기어이 두 손으로 얼굴을 가렸다. 그러자 기다렸다는 듯 억눌렸던 오열이 터져 나왔다.

"으흐흑……. 영민 씨, 어떡하면 좋아. 나…… 벌써 영민 씨가 보고 싶어. 영민 씨한테 달려가고 싶어. 그런데…… 그럴 수 없는데…… 나 이제 정말…… 어떻게 하면 좋지? 지금도 영민 씨가 못 견디게 그리워. 영민 씨의 얼굴이 보고 싶고, 따뜻한 영민 씨의 손을 잡고 싶어. 영민 씨의 넓은 가슴에 얼굴을 묻고 마음껏 울었으면 좋겠는데…… 그럴 수가 없어."

채연은 끝없이 흘러내리는 눈물을 두고 맹세했다.

찬희와 지수의 손에 끌려 나갔던 첫 미팅도, 그날 둘이 처음 만나 서로 첫눈에 반했던 설렘도, 영민과 그녀가 사랑이라는 이름으로 함께 했던 시간들도, 눈물겹도록 행복했던 여행도, 독하디독한 말들로 상처를 줄 수밖에 없었던 오늘의 만남도……. 모두 다 영원히 기억할 것이라고. 영민과 관련 있는 것이라면 먼지 한 톨까지도 잊지 않겠노라고.

더는 흘릴 눈물이 없어 말라 버린 두 눈을 닦아내며 채연은 다짐했다.

영민 씨, 잊지 않을게. 영민 씰 담았던 내 가슴에…… 절대로 다른 사람은 담지 않을게. 그것으로 속죄할게. 영민 씨한테 상처 준 거, 영민 씨를 아프게 한 거, 사랑하면서도 영민 씨를 사랑하지 않는다고 거짓말한 거, 영민 씨의 사랑을 모욕한 거…… 영원히 영민 씨를 사랑하는 것으로 용서를 구할게.

채연은 한참 동안 그곳에서, 그렇게 있었다. 쪼그리고 앉은 자신의 그림자가 어둠에 묻힐 때까지.

영민은 어떻게 그린하우스를 나왔는지 기억도 나지 않았다. 한참 동안 망연하게 앉아 있다가 비칠비칠 그곳을 빠져나왔다.

집으로 들어갈 수가 없었다. 가슴이 터질 것 같아서, 아니, 머릿속이 금방이라도 펑, 터질 것만 같았다. 세상이 빙글빙글 돌았다. 아무런 생각도 하고 싶지 않아 영민은 제일 처음 눈에 띄는 바로 들어갔다.

"제일 독한 술로 주세요."

무슨 술이든 상관없었다. 그저 바텐더가 건네주는 술병 마개를 따서 독한 술을 잔에 따라 연거푸 입속에 털어 넣었다. 혼자 처량하게 술을 마시는 남자를 이해할 수 없던 그였다. 하지만 채연이 했던 말들이 머릿속을 쪼아대 맨 정신으로는 견딜 수가 없었다.

'영민 씬 늘 그랬어. 내가 괜찮다는데도, 안 괜찮은 거 안다고. 그러면서 위로했어. 내가 아르바이트하는 거 힘들지 않다고 하는데도, 힘든 거 다 안다고. 난 정말 괜찮은 건데, 난 정말 힘들지 않아서 힘들지 않다고 하는 건데…… 영민 씬 늘 내 말을 안 믿었어. 영민 씬 언제나 내가 뭐라고 하든 영민 씨 식대로 듣고 영민 씨 마음대로 해석해. 지금도 그래. 장난 아니라는데 영민 씬 장난이라고 해. 농담 아니라는데도 영민 씬 농담으로 들어. 만우절이랑 아

무 상관이 없다는데도 영민 씬 만우절 때문이라고 믿어버리잖아. 항상 그런 식이야, 영민 씬!'

채연이 했던 말들이 심장을 난도질했다.

채연이 그렇게 생각하고 있을 줄은 꿈에도 몰랐다. 단 한 번도 그녀의 마음이 자신의 마음과 다를 거라는 걸 생각해 본 적이 없다.

오늘 채연을 만나러 나갔을 때만 해도 핑크빛 솜사탕 같던 심장이 찢어져 형체를 알아볼 수 없을 정도로 너덜너덜해졌다. 아프고 또 아팠다.

정채연, 네가 어떻게 나한테 이럴 수가 있어? 네가 어떻게 이토록 잔인할 수가 있어?

오늘 만난 채연은 그가 알고 있던 그녀가 아니었다.

난 사랑이었는데, 넌 그게 지겹고 짜증나는 거였니? 그랬으면 좀 더 일찍 얘기해 주지. 일찍 얘기해 줬으면 그렇게 지겹고 짜증나는 배려 따위 하지 않았을 텐데. 네 말을 곧이곧대로 믿고, 내가 하고 싶은 걸 하겠다고 우겼을 텐데. 왜 말해주지 않았니? 왜?

채연에 대한 원망이 울분처럼 쏟아져 나왔다.

채연의 마음 또한 자신의 마음과 같다고 믿었다. 그녀와 처음 만난 곳에서 이별을 통고 받다니. 참으로 기막힌 운명이었다.

술병을 다 비우고 자정이 넘어서야 영민은 바를 나와 택시를 잡아탔다. 취하고 싶어서 깡소주를 마시듯 양주를 한 병 다 비웠는데 정신이 너무 멀쩡했다. 취하고 싶은데 취하지 않는 것도 고역이었다. 이렇게 멀쩡한 정신이면 견디기가 더 힘든데.

집으로 들어가니 김 교수와 오 여사가 현관 앞에 서서 그를 맞이했다.

"아우, 술 냄새! 아니, 어쩐 일이야? 채연이 만나러 간다고 했다면서 왜 이렇게 술 냄새가 진동을 해?"

집에 오니 긴장이 풀렸는지 다리에 힘이 풀리는 것 같아 벽을 잡고 선 그를 보며 오 여사가 걱정스레 물었다.

"채연이하고 같이 마신 거야?"

"아뇨."

김 교수의 물음에 영민은 짧게 대답했다.

"이이도 참, 채연이가 언제 영민일 이렇게 취하게 해서 집에 들여보낸 적 있어요? 더구나 지금 열두 시가 넘었는데?"

"둘이 만났다니까 혹시나 해서 그렇지."

"난 내 아들만큼이나 채연이도 믿어요. 채연인 우리 영민이한테 해로운 일은 절대 하게 놔두지 않는 아이예요."

"하긴 채연이하고 이렇게 술 냄새가 날 정도로 마신 적이 없었지. 영민이가 전화 못할 상황이면 채연이가 우리한테 전화해서 전후사정을 설명했을 테고."

예전엔 채연에 대한 오 여사와 김 교수의 전폭적인 신뢰가 너무 좋았는데 지금 이 순간은 오히려 가슴이 쓰리고 아팠다. 그가 상처를 받았듯 사실을 알면 두 사람의 상처도 클 테니까.

"너하고 연락 안 된다고 신호하고 규민이가 번갈아 전화했었어. 대체 누구랑 이렇게 늦게까지 술을 마셨어?"

"그러게. 어째 우리 아들답지가 않네."

습관이란 참 무섭다. 부모에 대한 존경과 애정이 유달랐기에 영민은 갑자기 취기가 몰려와 귓속이 윙윙거려 오 여사와 김 교수의 말이 웅얼웅얼 들렸지만 최대한 귀를 기울였다. 그들을 걱정시키지 않으려면 빨리 자신의 방으로 들어가는 게 급선무였다.

“걱정시켜 드려서 죄송해요, 엄마. 죄송해요, 아버지.”

영민은 공손한 자세로 허리까지 굽혀 사과를 했다.

“술 깨면 뵐게요.”

“그래, 얼른 들어가, 꿀물 타다 줄 테니까.”

“꿀물 안 마셔도 돼요. 저, 먼저 들어갈게요. 두 분도 쉬세요.”

오 여사가 주방으로 걸어가는 사이에 영민이 몸을 돌렸다. 2층으로 향하는 계단 쪽으로 걸어가는 영민의 걸음이 위태로워 보였다. 김 교수는 얼른 다가가서 그를 부축했다.

“아버지, 저 괜찮아요.”

영민이 미소를 지어 보였다. 미소를 짓는 것조차 힘겨워 보여 김 교수는 부축하고 있는 영민의 팔을 더 힘주어 쥐었다.

“술 마시고 객기는……. 필요할 땐 다른 사람의 도움도 받는 거야.”

“집에 와서 긴장이 풀렸나 봐요. 그럼 부탁 좀 드릴게요.”

김 교수의 부축을 받고 방으로 들어오자마자 영민은 침대에 풀썩 걸터앉았다. 그때 문이 열리고 오 여사가 꿀물을 타가지고 들어왔다.

“왜 안 하던 짓을 해서 사람 걱정시켜? 내 아들 맞아?”

“죄송해요.”

“취했나 보네, 말끝마다 죄송하단 말을 붙이는 걸 보니.”

“후후, 그러게요.”

“얼른 마셔. 속이 좀 편해질 거야.”

영민은 오 여사가 건네주는 시원한 꿀물을 단숨에 들이켜고 빈 컵을 건넸다.

"시원하고 좋네요."

"어미가 해로운 걸 시킬까."

오 여사가 흘겨보는 시늉을 하며 빈 컵을 받아들었다.

"얼른 자. 숙취엔 숙면이 최고라더라. 당신도 그만 와서 자요."

오 여사가 나가고 김 교수와 영민 둘이 방 안에 남았다.

"후우."

몰려드는 취기에 절로 긴 한숨이 내쉬어졌다.

"힘드냐?"

걱정스레 그를 바라보던 김 교수가 물었다.

"몸보다 마음이 힘들어요."

"무슨 일이 있었던 거야? 스튜디오에서 전화 안 받는다고 걱정하는 전화가 왔다던데, 안 좋은 일이라도 있었어?"

"채연이…… 채연이가 말입니다."

"채연이가 왜? 채연이랑 무슨 일이 있었어?"

"채연이가…… 헤어지재요."

영민의 어깨가 축 처졌다.

"그게 정말이냐? 채연이가…… 헤어지자고 했어?"

예상치 못했던 영민의 말에 김 교수는 깜짝 놀랐다.

"다시 말해봐. 너 지금 뭐라고 했어?"

채연이가 헤어지자고 하다니. 김 교수는 믿기지가 않아 재차 물었다.

"채연이가요, 후우…… 저하고 끝냈대요."

영민의 긴 한숨이 탄식처럼 들렸다.

"채연이가 그렇게 말했어? 너하고 끝냈다고? 헤어지자고?"

"네. 후우……."

고개를 푹 숙인 영민이 또다시 탄식처럼 한숨을 길게 내쉬었다.

김 교수는 채연의 선택이 믿을 수가 없어 영민의 양어깨를 잡아 자신과 마주 보게 했다. 두 눈을 똑바로 보아야만 이 현실을 받아들일 수 있을 것 같았다.

"갑자기 왜? 왜 헤어지재?"

"그러게요."

영민의 표정에 허탈함과 허망함이 가득 묻어 있었다.

"다른 말은 없었고? 그냥 헤어지자고만 해?"

김 교수는 절로 긴장이 되었다. 채연이 이유 없이 헤어지자고는 하지 않았을 것이다. 그를 대하는 영민의 태도로 보아 비밀로 해 달라는 부탁을 들어주지 않은 것 같진 않지만 그래도 확인을 해야만 했다.

"제 배려가 끔찍하대요. 지겹고 짜증난대요. 우리 채연이가 어떻게 그런 말을 할 수가 있죠? 아버지, 우리 채연인 그런 말 할 줄 모르는 아이예요. 그런데 그 아이가 그렇게 말해요."

"헤어지자는 이유가…… 네 배려 때문이라고?"

김 교수는 자신 때문에 사랑하는 여자에게 버림을 받는 고통을 감내해야 하는 영민을 보며 억장이 무너졌다. 그렇다고 사실을 이야기할 수도 없다. 지독한 이기심이라고 해도 어쩔 수가 없다. 무덤까지 갖고 가고 싶은 자신의 허물이기에. 그 허물만은 아들에게 들키고 싶지 않기에.

"네."

"그게 무슨…… 다른 이유가 아니라 네 배려 때문이라고 했어?"

"아버지도 이해가 안 되시죠? 저도 이해가 안 돼요. 아니, 이해할 수가 없어요. 도저히 이해를 못하겠어요!"

"같이 여행 다녀온 거 아니었어?"

"갔었죠, 여행."

영민의 음성이 허망한 꿈처럼 허공으로 흩어졌다.

"채연이가 헤어지자고 해서, 그래서 이렇게 술을 마신 거냐?"

"네. 취하고 싶어서 마셨는데 아무리 마셔도 머릿속이 취하지가 않아요. 채연이가 저한테 헤어졌다고, 끝냈다고 똑똑히 말하는데도 믿고 싶지도 않고 믿기지도 않아요. 대체 채연이가 왜 그러는지 모르겠어요. 아무리 생각해도 모르겠어요. 심장이, 머릿속이 터지는 것 같아요."

"……"

김 교수는 아무런 말도 할 수가 없었다.

채연이 왜 그런 결정을 내렸는지 짐작이 갔다. 무릎을 꿇고 사과를 했지만, 그의 잘못을 용서할 수 없다는 뜻이겠지. 영민이 목숨처럼 사랑하는 여자에게 버려지는 형벌을 받는 건 순전히 그 때문이었다.

김 교수는 측은하고 안타까운 눈빛으로 고개를 푹 떨군 영민의 어깨를 다독여 주었다. 그러자 영민이 고개를 들고 매달리듯 그를 바라보았다.

"아버지, 전 어떻게 해야 해요? 채연인 이미 마음을 정리했다는데, 그 고집쟁이가 마음을 돌이킬 것 같지 않은데, 전 어떻게 해야 해요?"

김 교수는 깊은 한숨을 푸욱 내쉬었다.

"영민아, 사랑은 혼자 할 수 있는 게 아니야. 그 애가 마음을 접었다면 너도 접을 수밖에 없지 않겠니?"

"그럴 수 없으면요?"

"그렇게 해야 한다. 상대방의 의견을 존중하지 않는 사랑은 오래가지 못해."

"아뇨, 전 그럴 수 없어요. 채연인 저한테 목숨이에요. 어떻게 제 스스로 목숨을 버려요?"

"지금은 너 혼자 힘들지만, 네가 고집을 부려서 채연일 잡으면 둘 다 불행해져."

"제가 잡으면…… 채연이가 불행해진다고요?"

"그럴…… 거다."

"……."

이런 상황을 만든 채연이 밉다. 하지만 영민은 채연이가 불행한 모습을 보는 건 차마 할 수가 없다. 이 또한 채연이 짜증나 죽겠다고 했던 그의 배려지만 어쩔 수가 없다. 그것이 그가 할 수 있는 사랑이고 그가 믿고 있는 사랑이므로.

"차라리, 저 혼자 힘든 게 최선이란 말씀이시죠?"

"미안하구나. 받아들이라는 말밖에 해줄 수가 없어서."

"아버지께서 왜요? 아버지께서 미안해하실 일이 아니에요. 이건 순전히 채연이와 제 문제예요."

"너한테 힘이 되어줄 수 없어서. 도와주지 못해서 미안하다."

"아버지가 해결해 줄 수 있는 일이 아니에요."

아니, 나 때문에 벌어진 일이야.

자책이 김 교수의 심사를 괴롭혔다. 이 와중에도 영민에게 아무런 말도 하지 말아달라는 그의 부탁을 들어준 채연이 고맙고 다행이라 생각되는 것은 내 지독한 이기심이겠지.

김 교수는 두어 번 더 영민의 어깨를 토닥여 주고는 일어났다.

"자. 한숨 푹 자고 나면 기분이 좀 나아질 게야."

그 말밖에 해줄 수 없는 자신을 탓하며 김 교수는 아들의 방을 나왔다. 힘이 쭉 빠진 걸음으로.

채연은 어떻게 집으로 돌아왔는지 기억도 나지 않았다. 정신없이 걷다가, 무의식적으로 집으로 향하는 버스를 탔다. 택시를 타면 뒷좌석에 앉아 펑펑 울 것 같아서 택시를 탈 수도 없었다.

정신을 차려보니 어느새 집 거실 한 복판에 서 있었다. 대문을 열기 전까진 피가 나도록 입술을 깨물고 울고 싶은 걸 참았는데, 거실로 들어서자마자 또다시 주책없이 눈물이 흘러내리고 있었다. 안 그래도 마음이 편치 않을 태훈에게 우는 모습을 보여서 힘들게 할 수는 없다.

채연은 서둘러 눈물을 닦고 크게 심호흡을 했다. 조심스레 태훈의 방문을 열었지만 아무도 없었다.

'잘 마무리하고 와. 난 네 엄마 만나러 갔다가 내일 올 테니까 문단속 잘하고 밥 챙겨 먹어. 네가 몸 축난 거 보면 아빠는…….'

빈방을 보고서야 채연은 기억이 났다. 태훈이 끝내 말을 잇지 못한 채 영민을 만나러 갈 그녀보다 먼저 집을 나가며 했던 말이.

오늘 미애의 무덤에 다녀오겠다는 이유도, 공원묘지 근처에서 하룻밤을 보내고 오겠다는 이유도 채연은 잘 안다. 가슴 아파하는 딸을 보고 싶지 않다는 뜻이라는 것을. 이유야 어찌 됐든 부모들 간의 문제로 사랑하는 사람을 떠나보내고 들어온 딸의 모습을 보기가 괴롭다는 뜻이겠지.

텅 빈 집에서 채연은 밤이 깊어가도록 물 한 모금 마시지 않은 채 소파 위에 무릎을 세우고 앉아 시간을 죽였다. 짓무르다 못해 말라비틀어진 그녀의 심장처럼, 바삭바삭 메마른 시간이 흐르고 또 흘렀다.

친구들을 만나 하소연이라도 할 수 있으면 얼마나 좋을까.

하지만 그건 불가한 일이었다. 찬희와 지수를 만나 영민과 헤어졌다고 말하면 왜 헤어졌느냐며 그 이유를 물을 게 당연한데 둘러댈 자신이 없다. 이별의 이유를 사실대로 말한다면 영민이 김 교수에 대해 알게 되는 것도 시간문제다. 더구나 찬희와 지수는 영민의 절친인 신호와 규민의 연인들이었다. 친구들에게 그들의 연인에게까지 비밀을 지켜야 하는 마음의 부담을 갖게 하고 싶지 않았다.

당분간은, 그들에게만이라도 영민과 연인인 채로 있고 싶었다. 언젠가는 헤어졌다는 사실을 그들이 알게 되겠지만.

시간이 흐를수록 마음속에 휘몰아치는 풍랑은 점점 더 거세어져만 갔다.

카디건을 대충 걸친 채 편의점으로 뛰어나가 그곳에서 파는 것 중 가장 알코올 도수가 높은 술을 사와 황급히 병뚜껑을 땄다. 주방으로 가 식탁 위에 안주를 차려놓을 새도 없이 거실 한복판에서서 술고래라도 된 양 벌컥벌컥 단숨에 한 병을 다 비웠지만 하나도 취하지 않았다. 식도가 타들어가는 것처럼 따가웠지만 술이 아니라 물을 마신 것처럼 정신은 너무나도 멀쩡했다.

속이 쓰렸다. 위가 아픈 건지 마음이 아픈 건지 알 수가 없었다.

불이란 불은 다 끄고 방으로 들어와 침대 위에 누워 눈을 감고 한참을 있어봐도 잠이란 녀석은 그녀 근처에 얼씬도 하지 않았다. 그래서 더 괴로웠다. 차라리 잠이라도 자면 아무런 생각도 하지 않을 수 있을 텐데.

그 무엇도 전쟁터 같은 그녀의 마음에 평화의 깃발을 꽂아주지 못했다. 여전히 그녀의 머릿속은 화염과 폭음이 난무하는 전쟁터였다.

사랑하는 이와 헤어진 시간은 낯설고도 고통스러웠다. 헤어짐의 끝이 아니라 시작이라서 더욱 끔찍한, 흉측한 괴물의 모습으로 다가온 이별이다.

그 밤, 채연은 결국 눈 한 번 붙이지 못한 채 아침을 맞이했다.

14

하루라는 시간은 너무 길었다. 시간은 느림보 거북이보다 더 느렸다.

답답할 정도로 더디게만 흘러가는 시간 속에서 일주일이 어떻게 지나갔는지도 모를 정도로 채연은 미친 듯이 공부만 했다. 공부 외에는 다른 생각을 하지 않기 위해 죽을힘을 다했다. 하지만 머릿속에 남는 것은 하나도 없었다.

제한된 동선 칩이 내장된 로봇처럼 새벽에 집을 나와 학교 도서관에서 공부를 하다가 수업 시간에 맞추어 강의실을 찾아가고, 수업이 없을 땐 다시 도서관으로 직행하고, 기계적인 움직임으로 아르바이트를 하는 곳에 가서 배정된 시간보다 일부러 추가로 일을 더 한 후 자정이 다 되어서야 집에 들어갔다. 밥은 거의 먹지도 않았다. 배가 고픈지도 몰랐다. 갈증이 나면 커피로 목을 축여가며 하루하루를 버텼다.

묻는 말에나 겨우 대답을 하고 웃지도 않는 그녀를 보며 찬희와 지수의 걱정이 늘어졌지만 대놓고 왜 그러느냐고 묻지 않았다. 아니, 차마 묻지 못한 것이리라. 창백한 얼굴과 힘없는 움직임의 원인을 이미 알고 있는 듯했으니까.

미팅 이후 채연과 영민, 찬희와 신호, 지수와 규민은 캠퍼스 커플이 되었다.

잠에서 깨어나니 스타가 되었다고 했던가. 국문과 새내기의 명물 삼총사와 사진과의 복학생인 킹카 삼총사가 커플이 되었다는 소문이 돌자마자 그들은 S대학에서 유명인들이 되었다. 더구나 세 커플 다 3년이 지나도록 달달한 연인 관계를 유지하고 있었다. 그 덕분에 찬희가 주선했던 미팅은 S대학 내에서 지금까지도 가장 알찬 미팅의 전설로 남았다.

그녀들처럼 영민과 신호 그리고 규민은 형제라고 해도 무방할 정도로 절친한 삼총사였다. 더구나 같은 곳에서 일을 하는 사람들이었다. 그러니 신호와 규민이 평소와 다를 수밖에 없는 영민을 무심히 지나치진 않았을 터였다.

아무리 영민이 티를 내지 않으려고 해도 서로 눈빛만 봐도 어떤 상태인지 무슨 말을 하고 싶어 하는지 다 아는 사이니까. 신호와 규민이 알고 있다면 그들의 연인인 찬희와 지수도 영민과 채연이 헤어졌다는 것을 당연히 알고 있을 것이다.

다른 때 같으면 찬희와 지수가 가만히 있을 리가 없었다. 벌써 그녀에게 달려와서 대체 무슨 짓을 한 거냐고, 무슨 이유 때문에 영민에게 헤어지자고 한 거냐고 물으며 그녀의 의중을 듣고자 닦달을 해댔을 것이다. 하지만 그들은 그러지 않았다. 아무것도 모르는 척 침묵했다.

단 한 번도 싸운 적조차 없던 두 사람이 헤어지는 일이었다. 서로를 목숨처럼 사랑하는 것을 누구보다 옆에서 지켜봐 왔던 그들이 아니던가. 각자의 연인들에게 뭔가 이야기를 들은 것이 있다면, 눈치가 빤한 찬희와 지수는 이미 운명적인 커플의 이별에 말 못할 사정이 있음을 직감했을 것이다. 직접 그 이유를 물어보지는 못하지만 하루빨리 채연이 그들에게 그 사정을 이야기해 주길 바라고 있을 것이고.

깊은 밤, 집으로 향하는 발걸음이 무거웠다. 쇳덩어리를 발목에 달고 걷는 느낌이었다.

채연은 너무 무거워 움직이는 것조차 힘에 겨운 발을 움직여 한 걸음 한 걸음 억지로 걸어갔다.

보고…… 싶어.

영민에 대한 그리움이 도둑처럼 들어와 마음을 흔들어댔다.

영민 씨가 옆에 있으면 기운이 날 텐데…….

금방이라도 쓰러질 것처럼 몸이 고달파서일까. 영민에게 달려가고 싶은, 금기된 유혹은 사그라지기는커녕 점점 더 강해지기만 했다. 지난 일주일간 꿈속에서조차 영민에게 달려가고 싶은 유혹에 시달렸다.

영민 씬 괜찮은 거지? 괜찮은…… 거…… 맞지?

"휴우우."

죽어라 밀어내는데도 틈만 나면 머릿속을 비집고 들어오는 영민 때문에 채연은 깊은 한숨을 내쉬었다.

그녀가 일방적으로 이별을 통고하고 카페를 나온 후부터 지금까지 영민은 감감무소식이었다. 매일같이 걸려오던 전화도, 수시로 보내오던 문자도, 기대하지 않았던 장소에서 기다리고 있는 그의 모습도 완벽하게 자취를 감추었다.

분명 다행이라고 생각해야 했다. 그런데 아무런 연락도 없는 영민이 야속하고, 한없이 서글퍼지는 건 이 무슨 양심 없는 변덕인지.

참 양심도 없다, 정채연. 그렇게 못되게 굴어놓고 뭘 기다리는 거야? 못됐어 정말!

자책해도 소용이 없었다. 영민에 대한 그리움을 떨쳐 내는 것 자체가 불가능하다는 것을 채연 자신이 가장 잘 알고 있었다.

분명 헤어지자고, 이별 통고를 한 건 그녀였는데 이전보다, 아니, 날마다, 아니, 매 시간마다 영민이 더욱더 보고 싶고 더더욱 그리웠다.

눈만 감으면 눈물이 나서 밤에도 뜬눈으로 지새워야만 했다. 겨우 일주일을 영민 없이 보내는 데도 죽을 만치 힘이 드는데, 앞으로 어떻게 살아가야 할지 막막했다.

그동안 제대로 잠도 못자고 먹지도 못해서 진이 다 빠진 모양인지, 기운이 하나도 없었다. 집을 향해 한 걸음 한 걸음 내딛는 것도 힘에 겹고 어지럽기까지 했다.

무겁게 내려앉은 사위의 어둠만큼이나 채연의 마음도 어둡고 무거웠다.

큰길을 벗어나 골목길 입구에 다다라 잠시 멈춰 선 채연은 단내 나는 한숨을 푸욱 내쉬고는 다시 걷기 시작했다. 겨우 백 미터만 더 걸어가면 바로 대문 앞인데도 그 거리가 백 리는 되는 것처럼 아득하니 멀게만 느껴졌다.

고개를 들 힘도 없어 발끝만 바라보며 터벅터벅 걸어가 집 앞에 다다른 순간 너무나도 익숙한 구두가 시야에 잡혔다.

채연은 멈칫 섰다. 고개를 들어 구두의 주인을 확인하지 않아도 심장은 이미 누구인지 알아본 모양이다. 축 늘어져 있던 심장이 갑자기 미친 듯이 뛰기 시작했다.

영민이 보고 싶다. 당장이라도 그의 품에 안겨들고 싶다. 하지만 그런 짓을 해서는 안 되는 처지였다.

어떻게 그를 보냈는데, 어떻게 견디고 있는데!

채연은 아무것도 못 본 양 고개를 들지 않은 채 살짝 방향을 틀어 걸어가 대문 앞에 섰다.

손을 뻗어 디지털 도어락의 비밀번호를 누르려는데 머릿속이 새까맸다. 늘 눌러왔던 번호인데도 네 개의 숫자 중 단 하나도 떠오르지 않았다. 그뿐이 아니었다. 수전증에라도 걸린 듯 뻗은 손이 달달달 떨고 있었다. 몸으로 가리고 있었기에 망정이지 안 그랬으면 영민에게 떨리는 손을 그대로 다 보여줄 뻔했다.

침착하자. 비밀번호가 생각나지 않아도 괜찮아. 손만 갖다 대면 돼. 그러면 손이 알아서 비밀번호를 눌러줄 거야.

아니나 다를까, 손을 대니 손가락이 저절로 움직여 비밀번호를 눌러대더니 잠금장치가 풀리는 효과음이 들려왔다. 그녀가 마음을 다잡고 대문을 막 열 때였다.

"지금도 같은 생각이야?"

"……."

영민의 음성이 귀에 와 박히는 순간 거짓말처럼 손의 움직임이 멈추고 온몸이 그대로 굳어버렸다. 그녀의 침묵을 대답으로 알아들은 모양이다. 영민의 탄식 같은 한숨이 그녀의 귓속으로 아프게 파고들었다.

"좋아. 네가 정 끝내고 싶다면 네 말대로 해줄게."

"……."

목소리만큼이나 영민의 가슴도 갈라지고 찢어져 피투성이가 되어 있을 텐데 무슨 말을 더 독하게 할 수 있을까. 채연은 입술을 깨물었다. 얼마나 세게 깨물었는지 터진 입술을 타고 흘러 들어온 피가 입안에 고였다.

"네가 원하니까…… 보내줄게."

다시 들려온 영민의 음성이 서럽다. 채연은 천천히 몸을 돌리고 서서 무심함으로 무장한 눈빛으로 영민을 빤히 바라보았다.

대문 지붕에 부착되어 있는 등 불빛에 영민의 모습이 고스란히 드러났다. 일주일, 겨우 7일이란 시간이 흘렀을 뿐인데 영민의 모습은 많이 달라져 있었다.

예전의 밝은 기운을 찾아볼 수가 없었다. 영민도 그녀처럼 잠도 못 자고 먹지도 못했는지 몹시도 초췌해 보였다. 윤기라고는 전혀 찾아볼 수 없는 거칠고 탁한 안색과 퀭한 눈이 그녀의 일방적인 이별 통고 이후 그가 얼마나 힘들게 지냈는가를 여실히 보여주고 있었다.

그런 영민의 모습을 바라보고 있자니 채연은 가슴이 미어졌다.

"그래."

채연은 안간힘을 다해 포커페이스를 유지하며 짧게 대답했다.

"단, 조건이 있어."

예상치 못한 영민의 말에 몸을 돌리려던 채연은 멈칫 서고 말았다. 영민이 말하는 조건이란 게 무엇인지 궁금해하지도 말고, 듣지도 말고 그냥 집 안으로 들어가려고 했지만 발이 떨어지지가 않았다.

채연은 숨을 죽인 채 턱관절이 하얗게 도드라질 정도로 어금니를 틀어 물고 있는 영민을 응시했다.

"내가 다시 돌아올 때까지만이야."

"무슨…… 말이야?"

"예전에 네가 가라고 했던 유학, 지금 갈 거야."

"……."

"내가 돌아왔을 때, 네가 혼자 있으면 그땐 절대로 나, 너 안 놔."

"못 들은 걸로 할게."

"시간은 넉넉할 거야. 금방 돌아오진 않을 거니까."

"영민 씨!"

"내가 지금 널 놔주는 조건이니까 명심해. 날 떠나고 싶으면 내가 없는 동안 완벽하게 떠나. 내가 다신 네 손을 잡을 수 없게."

"……."

영민의 눈빛이 너무도 단호해서 두려움이 느껴질 정도였다. 그런 조건 따위 붙이지 말라고 말을 해야 하는데 차마 입이 안 떨어졌다. 하지만 채연은 마침표를 찍어야만 하는 입장이었다.

"말도 안 돼."

"기억해. 다른 사랑 찾고 싶으면, 내가 돌아오기 전에 찾아."

"억지 부리지 마."

"먼저 억지 부린 사람은 너야."

"영민 씨!"

"우리 둘이 헤어지는 일인데, 일방적으로 헤어지잔 말을 한 사람은 너야. 나도 너한테 선택의 기회나 자유 따위 안 줘. 그러니까 무조건 내 조건 받아들여."

"내 말 어디로 들은 거야? 난 분명히 끝냈다고 했어. 유예기간을 갖자고 한 게 아니야."

그녀의 말이 끝나기가 무섭게 영민이 성큼 걸어와 그녀 앞에 버티고 섰다.

"나, 너한테 일방적인 이별 통고를 받을 만큼 잘못한 거 없어. 널 존중하기 때문에, 끝냈다는 네 말을 인정해 주려고 노력하는 거야. 그러니까 너도 날 존중해."

"영민 씨!"

"우리 사랑, 네가 정말 끝낸 거라면 내가 주는 시간이면 충분하고도 넘쳐."

"대체 왜 그런 조건을……?"

"넌 우리 약속 따위 기억도 못하나 본데 난 전부 기억해. 너하고 한 약속 반드시 지킬 거야."

평생 함께 하자고 했던 그 약속, 채연도 잊지 않았다. 하지만 이젠 지킬 수 없는 약속이 되었다. 그래서 더 가슴이 아팠다.

생각 같아서는 영민 씨만 아픈 게 아니라 나도 아프다고 고래고래 소리치고 싶지만 채연은 이를 악물었다.

차마 영민을 끌어안고 가혹한 진실의 검붉은 바다로 뛰어들 수 없어서 선택한 이별이다. 끔찍하고도 무시무시한 폭탄을 터뜨려 영민과 함께 죽을 수는 없다. 둘 다 죽느니 한 사람만이라도 사는 게 나으니까. 차라리 채연 자신이 죽는 게 덜 고통스러울 것 같아서, 어떻게든 영민은 살리고 싶어서 택한 이별이 아니던가.

"우리가 함께 한 시간들을 지우고 다른 사랑을 할 수 있으면 해. 하지만, 내가 돌아온 후에도 네가 혼자라면 넌 나와 했던 약속을 지켜야 할 거야. 어떻게든 네가 다시 나한테 오게 만들 테니까. 무슨 수를 쓰든 너도 우리가 한 약속을 지키게 만들 거니까!"

"이러지 마, 영민 씨. 우린 끝났어. 그냥 날 버려. 내가 영민 씰 버렸듯이 영민 씨도 날 그냥 버려. 미련 갖지 마. 나도 힘들고 영민 씨도 힘들게 왜……?"

"정채연! 넌, 나한테 널 버리라고 강요할 자격 없어. 넌 우리 사랑이 우스운지 몰라도 난 아니야."

영민의 커다란 손이 그녀의 어깨를 와락 움켜쥐었다. 채연은 차디찬 눈빛으로 자신을 노려보는 그의 두 눈을 그저 바라볼 수밖에 없었다.

"내 말 반드시 기억해!"

악문 잇새로 말을 내뱉은 영민이 아플 정도로 움켜쥐고 있던 그녀의 어깨를 놓아주고는 휙 몸을 돌리더니 뒤도 돌아보지 않은 채 뛰어갔다.

"영민 씨도 반드시 기억해! 몇 번을 돌아와도 영민 씨한텐 안 가! 아니, 못 가!"

죽을힘을 다해 뛰는 단거리선수처럼 미친 듯이 뛰어가는 영민의 뒷모습을 향해 채연은 사력을 다해 소리쳤다. 혹시 못 들었을까 봐 같은 말을 세 번이나 더 외쳤다. 그녀의 연이은 외침의 꼬리를 단 영민의 뒷모습이 어둠 속으로 점차 숨어들었다.

영민의 모습이 시야에서 사라지자마자 갑자기 오한이 났다. 심한 몸살에 걸린 것처럼 전신이 바들바들 떨렸다. 채연은 그대로 바닥에 주저앉았다. 영민이 사라진 어둠 속을 뚫어져라 쳐다보는 그녀의 두 눈에 눈물이 차올랐다. 볼을 타고 흐르는 눈물이 너무 뜨거웠다. 눈물이 닿는 곳마다 화인(火印)이 박혔다.

이미 영민에게 온전히 준 마음이었다. 그러니 다른 남자에게 줄 마음 따윈 남아 있지 않았다. 죽을 만치 사랑하는 영민에게 사랑하지 않는다고 거짓말을 한 것도, 그의 진실한 사랑을 모욕한 것도 온전히 다 짊어지고 갈 것이다. 영민과 함께 할 수는 없는 대신 그를 더 많이 사랑하는 것으로 꽃을 피우지도 못한 채 지고 만 가엽고도 애처로운 그녀의 맑은 사랑과 그의 순수한 사랑을 그리워하면서.

영민 씨, 3년이 지나도…… 10년, 아니, 20년이 지난 후에도 난 영민 씨한테 갈 수 없어. 우린 함께 있을 수 없는 사람들이야. 그 이유…… 난 절대 말 못해. 내가 영민 씨한테 해줄 수 있는 건 그것뿐이야. 영민 씨 몫까지 내가 다 아플 테니까 영민 씬 절대 아파하지 마. 영민 씨가 몇 번을 돌아와도 난…… 영민 씨한테만은 못 가.

채연은 다짐하며 이를 악물었다. 두 뺨 위에 박힌 화인을 심장에 깊이깊이 새겼다.

거실로 들어오니 태훈이 현관에 서서 그녀를 기다리고 있었다.

"왔냐?"

"네."

잠시 침묵이 흘렀다. 복잡한 눈빛으로 그녀를 한참 동안 바라보던 태훈이 떨어지지 않는 입술을 억지로 떼듯 먼저 말을 했다.

"들어가 자라."

"네. 안녕히 주무세요."

태훈이 방으로 들어가자 채연도 어깨를 축 늘어뜨린 채 자신의 방을 향해 터벅터벅 걸음을 옮겼다.

가방을 책상 위에 올려놓고 침대에 쓰러지듯 걸터앉았다. 이젠 몸이 견딜 수 있는 한계를 넘어섰는지 온몸에서 힘이 쭈욱 빠져나가고 오한이 나면서 머릿속이 욱씬욱씬 쑤시기 시작했다. 간신히 몸을 움직여 침대 위에 누운 채연은 이불을 턱밑까지 끌어 올려 덮었다. 지독하게 추웠다. 뼈 마디마디마다 송곳으로 찌르는 것처럼 아팠다. 힘없이 감겨지는 눈초리를 타고 눈물이 흘러내렸다.

태훈은 밤을 꼬박 새워 채연을 간호했다.

늦는 채연이 걱정돼서 혹시나 하는 마음에 현관 벽에 부착되어 있는 월패드의 화면을 켰다. 화면에 보이는 대문 앞 상황에 적잖이 놀랐다. 생각지도 않게 영민이 보였기 때문이었다. 종료버튼을 누르려고 했지만 손이 통화버튼을 누르는 바람에 채연과 영민이 하는 이야기를 다 듣게 되었다.

영민이 붙인 이별의 조건. 그건 말이 안 되는 것이었다.

그라고 왜 젊은 연인을 억지로 떼어놓는 것이 좋기만 하겠는가. 하지만 선택의 여지가 없는 일이었다. 딸이 얼마나 힘들어하고 있는지 눈으로 보는 것도 가슴 아픈데, 유예기간이라니? 다시 만난다니, 말이 안 되는 소리다.

채연이 하는 말을 다 들었지만, 아무리 생각해도 다시 한 번 다

짐을 받아야겠다는 생각이 들어 방을 나왔다. 채연의 방 앞에 서서 노크를 하려는데 안에서 끙끙 앓는 듯한 소리가 들리는 것 같았다. 놀라서 문을 열고 들어가 보니 전등은 켜져 있고 침대에 누운 채연이 이불을 뒤집어쓰듯이 덮고서 앓는 소리를 내고 있었다.

"채연아!"

이마를 짚어보니 불덩이처럼 뜨거웠다. 내뱉는 숨소리도 거칠고 콧김에서조차 열기가 느껴졌다. 서둘러 해열제를 찾아와 고열에 시달리느라 눈도 제대로 뜨지 못하는 채연을 안아 일으켜 억지로 약을 먹였다. 열을 내리기 위해 덮고 있는 이불을 걷어내자 채연이 본능적으로 이불을 잡아당겼다.

"추워……."

"알아, 아는데 일단 열부터 내리자."

"추워…… 영민 씨……."

영민 씨라니. 고열 때문에 정신이 없는데도 영민을 찾는 채연을 보고 있자니 태훈은 억장이 무너졌다.

"열 좀 내리면 이불 덮어줄 테니까 추워도 조금만 참아."

태훈은 흘러내리는 눈물을 닦아낼 새도 없이 찬물에 적신 수건을 채연의 이마에 대어주었다.

이토록 아파하는 딸을 보니 가슴에서 피눈물이 흘렀다. 두 사람이 다시 만날 수 있게 해줄까 하는 갈등이 그의 머릿속을 어지럽게 만들었다.

안 돼! 내 아내, 미애가 어떻게 죽었는데!

태훈은 흔들리는 마음을 다잡았다. 영민이 김진욱의 아들만 아니라면, 다른 이의 아들이었다면 얼마나 좋을까. 만일 그렇다면 채연과 영민의 결혼을 진심으로 축하해 줄 수 있을 텐데. 하지만 영민은 원수의 아들이다.

물수건을 갈아 채연의 이마에 대주는 태훈의 두 눈에서 하염없이 눈물이 흘러내렸다. 부모들 때문에 원치 않는 이별을 해야만 하는 채연과 영민이 안타깝고 안쓰러워서. 아파하는 딸이 너무나 측은해서.

그들은 이어져서는 안 될 사이였다. 하지만 방법이 없는 것은 아니었다. 딱 한 가지 두 사람이 헤어지지 않아도 되는 방법이 있다. 영민이 받아들이기만 한다면…….

"안녕하셨습니까, 아버님."

"앉게."

영민의 스튜디오 근처 카페에 먼저 와서 기다리고 있던 영민에게 앞자리에 앉을 것을 권했다. 마주 앉은 두 사람 사이에 어색한 침묵이 흘렀다. 그 어색한 침묵은 주문을 받아간 종업원이 커피 두 잔을 테이블 위에 놓고 갈 때까지 계속되었다.

사람관계란 참 묘하다. 불과 얼마 전까지만 해도 딸의 애인과 애인의 부친관계를 떠나 아버지와 아들처럼 스스럼없이 대화를 주고받으며 편하게 지냈던 사이인데 이젠 그 누구보다 불편한 관계가 되어버렸으니.

"자네한테 할 말이 있어서 불렀네."

월패드의 액정화면을 통해 영민이 채연에게 했던 말을 듣고, 사흘 동안 고열에 시달리면서 영민을 부르는 채연을 보면서 태훈은 가슴으로 피눈물을 흘렸다.

딸이 힘들어할 것이다, 그 정도는 이미 각오하고 있었다. 하지만 이토록 아파할 줄은 몰랐다. 아주 많이 사랑하고 있다는 것은 알고 있었지만, 두 사람의 사랑이 이처럼 절절할 줄은 미처 몰랐었다. 아니, 알고 있었으면서도 모른 척 눈을 질끈 감았었다. 하지만 머릿속으로 예상하는 것과 현실에서 직접 두 눈으로 보는 것은 천지차이였다.

같은 하늘 아래 사는 것으로 위안을 삼고자 했었을까. 영민이 떠나겠다는 말에 채연이 커다란 충격을 받은 듯했다. 그러니 높은 신열로 제정신이 아닌 상태에서도 계속 영민의 이름을 부르며 가지 말라고 애원을 했던 거겠지.

그런 채연을 보며 태훈은 심각한 고민에 빠졌다. 채연이 간곡하게 그에게 부탁했던, 김 교수가 저지른 일에 대해서는 영민에게 말하지 말라고 애원했던 그 약속을 지켜야 할 것인가 말아야 할 것인가를 두고서.

딸과의 약속을 지키기 위해서라면 영민을 만나지 않는 것이 옳았지만, 김 교수가 저지른 일에 대해 끝까지 함구하는 것이 맞지만 태훈은 고민 끝에 영민에게 연락을 했다.

그런데 막상 눈앞에 있는 영민을 보니 입이 떨어지지가 않았다.

말해줘. 어차피 세상에 영원한 비밀은 없어.

마음 한구석이 속살거렸다.

말해봤자 뭐가 달라져? 애먼 애한테 상처만 주는 꼴이야.

양심이 속삭였다.

태훈은 어지럽게 뒤엉켜 서로 옳다고 주장하는 마음과 양심을 가까스로 내치고 영민의 얼굴을 바라보았다. 예전의 안색이 아니었다. 채연만큼이나 힘이 드는지 얼굴이 많이 상해 있었다. 눈도 퀭했다. 늘 반짝이던 눈동자였는데 그간 마음고생이 심했는지 음울한 눈빛에 참담함이 역력했다.

그런 영민을 보고 있자니 또다시 갈등이 일었다. 과연 두 사람을 떼어놓는 것이 능사인지. 하지만 이대로는 영민을 받아들일 수가 없었다. 최 교수는 물론이거니와 김 교수도 용서할 수가 없었다.

채연과 영민의 잘못이 아니라는 것도 안다. 하지만! 괜히 영민을 만나자고 했다고 후회를 하고 있을 때였다.

"아버님은 알고 계십니까?"

영민이 대뜸 물었다.

"뭐, 뭘 말인가?"

"채연이와 저, 헤어졌습니다."

"……알고 있네."

"그 이유도 아십니까?"

태훈은 순간 당황했다. 채연이 어떤 이유를 대고 헤어지자고 했는지 그는 알고 있지 못했다. 그렇다고 비밀을 지켜달라고 그에게 간절히 부탁했던 채연이 진실을 말했을 리는 없을 테고.

"그, 그거야…… 채연이한테 들었을 것 아닌가?"

"채연이가 말입니다, 아버님. 제가 채연일 배려해 주는 게 지겹답니다. 지긋지긋하고 짜증난답니다. 그래서 헤어지잡니다."

말을 하다 보니 설움이 울컥울컥 치미는지 영민의 음성이 점점 떨리기 시작했다.

"사랑하는 사람을 배려하는 건 당연한 거 아닙니까? 채연이도

절 배려해서 가급적이면 제가 좋아하는 곳으로 가자고 했고, 제가 좋아하는 음식을 먹자고 했고, 제가 일하는 데 방해하지 않으려고 애썼습니다. 전 그런 채연이의 배려가 사랑이라고 믿었습니다. 그런데 채연인 배려가 사랑이 아니랍니다. 자기가 그렇게 한 것도 저한테 맞춰주기 위해 노력을 한 거랍니다."

"……."

"아버님께서도 그러셨지요? 상대방에 대한 배려가 없는 사랑은 진정한 사랑일 수 없다고요."

"……."

"그런데 그게 어떻게 헤어지는 이유가 되어야 하는 겁니까? 아버님 말씀 좀 해주세요. 전 도저히 납득이 안 됩니다. 납득이 안 되지만 채연이가 원하는 거니까 헤어져 준다고 했습니다."

오죽 헤어져야 할 명분을 찾지 못했으면 그런 이유를 댔을까? 그런 이유를 대면서 얼마나 마음이 아팠을까? 태훈은 그 말을 뱉어내며 속으로 울고 또 울었을 채연을 생각하니 가슴이 먹먹해졌다. 심장이 뿜어낸 눈물이 차올라 목울대가 따끔거렸다.

어쩌면 좋니……. 너희 두 사람을 어쩌면 좋아…….

미어지는 가슴을 주먹 쥔 손으로 꾸욱 누른 태훈은 차마 영민의 얼굴을 바로 볼 수가 없어 창쪽으로 시선을 돌렸다.

"하실 말씀이 있다고 하셨죠? 말씀하세요, 아버님."

더는 충격 받을 일이 없다는 얼굴로 영민은 창 쪽을 바라보고 있는 태훈에게 말했다. 한참을 더 창 쪽에 시선을 두었던 태훈이 천천히 고개를 돌려 영민을 바라보았다. 그의 얼굴에 고민과 갈등이 가득해 보였다.

"언제…… 떠날 생각인가?"

"다음 주에 떠날 겁니다."

"어디로 갈 건지 얘기해 줄 수 있나?"

"뉴욕으로 갈 겁니다."

"하고 있던 스튜디오는 어쩌고?"

"친구들이 잘 운영할 겁니다."

"언제쯤…… 다시 돌아올 예정인가?"

영민이 곤혹스러운 표정으로 지었다.

"다시는…… 돌아오지 않을 생각입니다."

뜻밖의 대답이었다. 채연과 하는 이야기를 들었을 때 영민은 다시 돌아올 것이라고, 그때 채연이 혼자라면 다시는 놔주지 않을 거라고 했었다. 분명 그렇게 들었는데, 다시 돌아오지 않겠다니.

"영영 돌아오지 않겠다고?"

"네."

영민의 대답이 단호했다.

"가족들은 어쩌고?"

영민이 비통한 표정으로 한숨을 푸욱 내쉬었다.

"부모님들껜 죄송하지만, 채연이와 같은 하늘 아래에서 살 수 없습니다, 전."

"그건……."

"채연이한텐 제가 그랬습니다. 다시 돌아왔을 때 채연이가 혼자면 그땐 놔주지 않을 거라고요. 그런데 채연이가 그것도 싫답니다. 다신 저한테 돌아오지 않겠답니다. 그 말을 듣고 생각했습니다. 채연이가 원하지 않는 걸 할 자격이 저한텐 없다고요."

"……."

"절 싫다는 채연일 억지로 취하면 채연이가 행복하겠습니까? 제가 원하는 건 채연이의 행복입니다. 제가 하고 싶은 건 채연이와 사랑하는 것입니다. 그게 불가능하다면 전 이 땅에 살 이유가 없습니다. 제가 피해주는 게, 제가 이 땅에서 사라져 주는 게 채연일 위하는 거라고 생각합니다."

이만큼 내 딸을 사랑하는 남자가 또 있을까? 이 정도로 내 딸을 사랑해 줄 남자가 또 있을까?

아마도 없을 것이다. 영민을 이대로 보낸다면 자신의 딸 인생에서 최고의 사랑을, 최상의 남자를 빼앗는 것이 될 것이다. 죄책감이 들었다. 아비로서 딸 인생에 도움이 되진 못할망정 평생 씻지 못할 죄를 지을 수는 없다.

"지금부터 내가 하는 이야길 잘 듣게."

"네, 말씀하세요."

"내 딸 채연이가 자네한테 일방적으로 헤어지자고 한 이유는……."

태훈의 말이 이어지는 동안 묵묵히 듣고만 있던 영민의 얼굴이 점점 흙빛으로 변해갔다.

채연이 왜 갑자기 헤어지자고 했는지, 말도 안 되는 이유로 이별을 고했을 때 그녀의 마음이 어땠을지 생각하니 가슴이 먹먹해졌다.

미안하다, 채연아. 난 그런 줄도 모르고…….

얼마나 마음이 아팠을까. 영민만이라도 마음 편하게 살기를, 세상에서 가장 존경하는 아버지를 잃지 않고 살아갈 수 있게 해주기 위해 자신 혼자 감당하기 힘든 진실을 짊어진 채연의 사랑이 고스란히 느껴졌다.

항상 내가 널 더 사랑한다고 말했는데, 이제 보니 네가 날 더 사랑하고 있었구나. 너 혼자 힘들게 해서 미안해. 여린 너한테만 다 짊어지게 해서 미안하다.

채연에 대한 죄책감이 물밀듯 밀려왔다. 가슴을 적시고 남은 눈물이 영민의 두 눈에 가득 찼다.

"죄송합니다, 아버님. 정말 죄송합니다. 저희 아버지 대신 제가 사과드리겠습니다."

영민은 그 자리에서 몸을 일으켜 무릎을 꿇고 앉았다.

"일어나."

"죄송합니다. 죄송하다는 말씀밖에 드릴 수 없어서 죄송합니다, 아버님."

"일어나. 자네가 사과할 일이 아니야."

"아닙니다. 아버지의 아들로서 마땅히 저도 사과드릴 의무가 있습니다. 죄송합니다."

고개를 숙인 채 어깨를 들썩이며 우는 영민을 보는 태훈의 눈시울이 붉어졌다. 태훈은 자리에서 일어나 영민의 어깨를 잡고 일으켜 세웠다.

"앉아서 내 얘기를 마저 들어. 내가 만나자고 한 이유는 따로 있으니까."

영민을 의자에 앉힌 후 태훈도 자리에 앉았다. 손으로 눈물을 닦아낸 영민은 잔뜩 긴장한 채 태훈을 바라보았다.

하기 어려운 말인지 태훈이 쉽게 입을 열지 못한 채 곤혹스러운 표정을 짓고 있었다. 재촉할 수 없는 입장이라 영민은 가만히 앉아서 태훈이 말을 꺼내기를 기다렸다. 십여 분 동안 침묵을 고수하던 태훈의 입술이 열렸다.

"자네…… 우리 채연이와 헤어질 수 있나?"

"제가 싫어졌다고 해서 헤어질 결심을 했던 겁니다. 그런데 그게 아니라면…… 아버님, 전 채연이와 헤어질 수 없습니다. 채연일 아주 많이 사랑합니다. 제 목숨보다 더 많이 사랑합니다."

영민은 간절함을 담아 이야기했다.

"우리 채연이가…… 자네와 헤어진 후 많이 힘들어해. 그 아일 보고 있으면 억장이 무너져, 내가."

"아버님…… 저희 사랑할 수 있게 해주세요. 저희 아버지께서 잘못하신 건 제가 살면서 채연이한테 다 갚겠습니다. 채연일 더 많이 아끼고 사랑하는 것으로 갚겠습니다. 아버님 잘 모시는 것으로 조금이라도 저희 아버지의 죄를 갚아나가겠습니다."

"죄는 저지른 사람이 갚아야지, 자네가 왜? 그럴 필요 없네."

"아버님."

"난 자네 아버지를 용서할 수가 없어."

"……."

영민은 절망과 간절함이 뒤섞인 눈빛으로 애원하듯 태훈을 바라보았다.

"자네와 채연이가 헤어지지 않을 수 있는 방법은 딱 한 가지뿐이야."

"그게…… 뭡니까?"

15

'자네 아버지와 연을 끊는다면 채연이와의 결혼…… 승낙하겠네. 그럴 수 있나?'

태훈이 마지막으로 내민 카드였다.

하지만 영민은 그러마겠다고 대답을 하지 못했다. 그것은 서로를, 양가를 위해 결코 좋은 방법이 아니었다. 채연 또한 그것을 바라지 않을 것이고.

채연을 위해서도, 김 교수와 태훈을 위해서도 진심으로 속죄하고 용서하는 게 최선이었다. 적어도 영민의 생각은 그랬다.

영민은 태훈과 헤어진 후 곧장 아버지인 김 교수를 학교로 찾아가려고 했었다. 하지만 학교로 찾아가서 할 수 있는 이야기가 아니었다. 김 교수가 퇴근할 때를 기다리는 동안 영민은 피가 말랐다. 도저히 맨 정신으로는 시간을 보낼 수가 없어 혼자 술을 마셨다. 꽤 많은 양을 마셨는데도 취해지기는커녕 머릿속이 더 말짱해졌다.

어렸을 때부터 세상에서 누구를 제일 존경하느냐고 물으면 당연히 '아버지' 라고 대답했다. 그만큼 김 교수를 존경하고 사랑했고, 그의 아들로 태어난 것이 자랑스러웠었다. 그런데, 그런 아버지가 그렇게도 큰 잘못을 저지른 채 감쪽같이 두 얼굴로 살아왔다니. 믿을 수가 없었다. 아니, 믿기지가 않았다.

태훈의 인품을 잘 알기에 그의 입에서 한마디 한마디 더해질 때마다 더 절망스러웠고 더 큰 충격을 받았다.

태훈과 헤어진 후 채연이 못 견디게 보고 싶었다. 김 교수에 대한 그의 애정을 잘 알기에 끝까지 비밀을 숨겨주고자 말도 안 되는 핑계를 대며 헤어지자고 했던 그녀의 마음이 절절하게 느껴졌다.

얼마나 마음이 아팠을까? 얼마나 많은 고민을 했었을까? 혼자, 저 혼자 어깨에 무거운 짐을 얹고 그의 마음을 다치지 않게 하기 위해 얼마나 애를 썼을까? 헤어지자고 말하면서 속으로 얼마나 울었을까?

그런 그녀의 배려도 모르고 왜 말도 안 되는 이유를 대면서 헤어지자고 하느냐고 따지고, 바보처럼 떠나겠다고 하고, 원하는 대로 해주겠다고 했으니.

채연의 표정, 눈빛만 봐도 그녀의 마음을 다 안다고 자부했었는데 참 멍청한 그였다. 그녀가 혼자 아파하면서 고민하고, 헤어지기 전에 모든 것을 그에게 다 주기 위해 이별여행을 가고, 찢어지는 심장을 부여잡고 이별을 고했는데도 아무것도 눈치를 채지 못했었다.

허구한 날 내가 널 더 사랑한다고 했었는데, 그게 아니었어. 네가, 네가 날 더 많이 사랑하고 있었던 거였어. 미안하다, 채연아. 사랑이 부족해서 미안하고, 혼자 아파하게 해서 미안하고, 혼자 마음의 짐을 지게 해서 미안하고, 우리 아버지 때문에…… 미안하고 또 미안하다.

마음 같아서는 당장 쫓아가서 마음의 짐을 내려놓으라고, 내가 다 짊어지겠다고 하고 싶었지만 영민은 그럴 수가 없었다. 우선은 진실을 알아야 했다. 태훈이 말하는 진실과 김 교수가 말하는 진실이 다를 수도 있으니까. 세상에는 오해라는 것도 있으니까. 아니, 제발 그 끔찍한 진실 속에 오해가 섞여 있기를…….

취하기는커녕 점점 더 정신을 또렷하게 만드는 술을 입안에 들이부으며 영민은 빌고 또 빌었다.

"이제 오니? 늦었구나."

영민이 거실로 들어서자마자 오 여사가 기다렸다는 듯 반기며 물었다.

"네."

"시간도 이른데, 또 술 마셨니?"

"네."

"왜 요즘 매일 술이야? 예전엔 특별한 경우 아니면 술 잘 안 마시더니, 무슨 일 있어?"

"취할 정도로는 안 마셨어요. 걱정 안 하셔도 돼요."

"안 그러던 애가 매일 술을 마시는데 걱정을 어떻게 안 해?"

"내일부턴 술 안 마실게요."

"그럼 다행이고. 간도 쉴 권리가 있다는 거 잊지 마."

"네."

"꿀물 타주랴?"

"아뇨. 속은 멀쩡해요."

"저녁은? 아버지하고 난 저녁 먹었는데, 먹어야 하면 지금 차려 주고."

"저도 먹었어요."

영민은 빈속에 술만 마셨지만 거짓말을 했다. 지금은 밥이 입에 들어갈 것 같지도 않고, 무엇보다 김 교수와 대화를 하는 것이 급선무였다.

"채연이하고는 대체 왜 헤어진 거야? 둘이 죽고 못 살 것처럼 그러더니."

"……미국에서 공부하고 싶어서 제가 먼저 헤어지자고 했다고 말씀드렸잖아요."

"같이 가자고 하지, 헤어지긴 왜 헤어지냐고?"

"같이 못 가요."

"아니, 왜?"

"몇 년이 걸릴지 모르잖아요. 아버님 혼자 두고 채연이한테 어떻게 같이 가자고 해요?"

"그건 그렇다만…… 말이라도 해보지 왜?"

"해봤는데 같이 갈 수 없대요. 언제 돌아올지 모르는데 마냥 기다리라고 할 수 없어서 헤어지자고 합의 본 거예요."

"그런 거라면 어쩔 수 없다만…… 너무 뜬금없어서 그래. 채연이랑 헤어지기 싫다고 유학도 마다한 녀석이 갑자기 유학 간다고 채연이하고 헤어지기까지 하고. 그것도 도망치는 사람처럼 출국 날짜를 서둘러 잡으니 하는 말이야."

도저히 이해할 수 없다는 얼굴로 혀를 차던 오 여사가 아무래도 미심쩍다는 눈초리로 영민을 바라보았다.

"너…… 설마 다른 이유가 있어서 채연이랑 헤어진 거 아니지?"

"그, 그게 무슨 말씀이세요?"

"혹시나 해서 묻는 건데…… 혹시 다른 여자가 생겼다거나 뭐 그런 건 아니지?"

"엄마, 저 엄마 아들이에요. 그런 짓은 절대로 안 해요."

"알아, 엄마도. 엄마 아들이 그런 몹쓸 놈은 절대 아니지. 신의를 저버리는 사람은 인간도 아니니까."

그래도 채연과 영민의 이별이 안타까운지 오 여사가 한숨을 길게 내쉬었다.

"아버진 어디 계세요?"

"볼 책이 있다고 조금 전에 서재로 들어가셨다. 그런데 들어오자마자 아버진 왜 찾아?"

"드릴 말씀이 있어서요."

"중요한 얘기야? 뭐 도움 청할 일 있으면 엄마한테도 얘기해. 엄마도 널 도와줄 능력은 되니까."

"그런 거 아니에요. 학교 일로 잠깐 여쭤볼 게 있어서요."

오 여사까지 그 끔찍한 진실에 끌어들이고 싶지 않아 영민은 에둘러 말했다.

"들어가셔서 쉬세요, 엄마."

"그래, 그럼. 난 방에 들어갈 테니까 부자간에 오붓이 대화 나눠."

오 여사가 방으로 들어가는 모습을 확인한 후에야 영민은 서재로 걸음을 옮겼다.

똑똑.

노크를 하고 문을 서재 문을 여니 책상 앞에 앉아 책을 보던 김 교수가 인자한 미소로 그를 반겼다.

"왔니?"

"네."

영민의 굳은 표정에서 이상한 낌새가 느껴졌다. 김 교수가 미소를 거두고 일어나 소파로 자리를 옮겨 앉았다.

"앉아라."

붙박이처럼 서재 문 앞에 서 있던 영민이 그제야 문을 닫고 김 교수와 마주 앉았다.

분노와 좌절이 뒤섞인 영민의 표정. 김 교수는 그것만 봐도 영민이 알아서는 안 될 것을 알게 됐다는 생각이 들었다. 채연이 비밀을 지켜주겠다고 철석같이 약속을 했었다. 그리고 지난 삼 년간 보아온 채연은 약속을 어길 아이가 아니었다. 그런데 어떻게 알게 됐을까?

"누구한테 들었니?"

김 교수가 침통한 표정으로 물었다.

"누구한테 들은 게 중요합니까?"

영민의 음성이 차디찼다.

"아니, 내 말은……."

"채연이의 아버님께 들었습니다."

김 교수가 올 것이 왔구나, 하는 표정으로 영민을 바라보았다.

"뭘 알고 싶은 게냐?"

"진실과 오해요."

"진실과 오해는 보는 시각, 생각하는 방향에 따라 정반대일 수도 있다."

"그 정도는 저도 압니다."

잠시 뚫어질 듯 김 교수를 바라보던 영민이 말을 이었다.

"채연이의 아버님께서 하신 말씀이 다 사실입니까?"

"……."

"말씀을 해주세요."

"내가 말을 하면 내 말을 믿어줄 마음은 있는 거냐?"

"아버지를 믿고 싶어서 진실을 말씀해 달라고 하는 겁니다."

"나를 믿고 싶다?"

"채연이의 아버님 입장에서 얘길 들었습니다. 아버지께서 알고 계신 진실과 오해는 어떤 것입니까?"

아버지를 믿고 싶은 간절함이 담긴 영민의 말에 김 교수는 선뜻 입을 열기가 두려웠다. 늘 세상에서 가장 존경하는 사람이 아버지라고 당당하게 말했던 영민이었다. 그만큼 그를 신뢰하고 있다는 증거였다. 그런데 그동안 숨겨왔던 치졸한 진실을 알고 난 후 영민이 그를 어떻게 대할지 생각만 해도 끔찍했다.

"미안하다, 못난 아비라서."

"정말로 채연이의 어머님 죽음이 최 교수님과 아버지 때문입니까? 아버지께서 경찰에 힘을 써서 아무런 처벌도 받지 않은 게 맞습니까? 차로 치어놓고 채연이의 어머님께서 차로 뛰어들었다고 위증을 하신 게 맞느냐고요?"

"이제 와서 무엇을 너한테 숨기겠니. 거짓말을 한 건…… 맞다. 하지만 채연이의 어머니를 차로 치진 않았어. 경찰에 힘을 쓴 적도 없고. 그건 채연이 아버님의 오해야."

"채연이 아버님의 오해라고요?"

"그래. 사고 현장을 본 목격자가 있었어. 내가 그 사람을 만나게 해주었는데도 채연이의 아버님은 믿지 않더구나. 그때 사고 당시 그 여자도, 아니, 채연이의 어머니도 분명히 말했었다. 차에 치이진 않았다고, 갑자기 차가 다가와서 그냥 놀라서 넘어진 거라고. 내 양심을 걸고 맹세할 수 있다."

"양심이라고요? 양심이 있으신 분이 거짓말을 하셨습니까? 아버지의 양심은 그런 것입니까? 채연이의 어머니를 차로 친 게 아니라는 것을, 경찰에 힘을 써서 처벌을 면한 게 아니라는 것을 어떻게 믿습니까? 지난 이십삼 년간 거짓말을 마음에 품고 사신 분인데!"

"영민아!"

김 교수가 안타까운 표정으로 영민을 불렀지만 분노한 눈빛은 수그러들지 않았다.

"어떻게 절 이렇게 부끄러운 사람으로 만들 수 있으십니까? 저한텐 떳떳하게 살아야 한다고 하셨으면서 왜 아버진 그러지 못하셨습니까? 왜요?"

"내 치부를 가리고 싶었다. 네 엄마한테 못난 남편이 되고 싶지 않았어. 특히 너한테…… 이 아빌 가장 존경한다고 말하는 너한테 부끄러운 아비가 되는 게 싫었다. 아니, 무서웠어. 최 교수의 사정이 딱해서, 순간적으로 잘못 선택했어. 거짓말을 하면 안 되는 거였는데……."

"잘못 선택한 걸 아셨으면 곧바로 바로잡으셨으면 되었잖습니까? 왜 그러지 않으셨어요? 대체 무엇 때문에요?"

늘 따뜻하게 웃으며 말을 하던 영민이 날 선 눈빛으로 그를 노려보며 쏘아붙이고 있었다.

"최 교수님의 사정이 아무리 딱했어도 아버진 그때 진실을 말씀하셨어야 해요!"

"그래. 안다. 나도 후회하고 있어. 평생 내 마음의 짐이었다."

영민은 동정하는 빛 없이 자리에서 벌떡 일어나 김 교수를 정시했다.

"채연이의 아버님께 진심으로 사과하세요. 무릎 꿇고 용서해 달라고 비세요."

"영민아……."

"아버지께서 진심으로 사과하고 용서를 구하지 않는다면 그분은 수백 명의 목격자가 나타나서 최 교수님과 아버지께서 탄 차에 채연이의 어머니가 부딪힌 게 아니라고 해도 믿지 않으실 겁니다. 저라도 믿을 수 없을 거란 말입니다!"

"내가 사과한다고 해도 받아주지 않을 거다. 그 사람은 자신의 아내를 우리가 차로 치었다고 믿고 있고, 경찰 고위층과 결탁해서 죄를 덮었다고 믿고 있어."

"그래서 그분에게 사과하는 노력조차 안 하시겠다고요?"

"영민아, 아비 입장도 생각을 좀……."

"아버진 끝까지 비겁하시군요!"

"……미안하다."

"저한테 사과하시기 전에 채연이의 아버님께 사과하시란 말입니다! 아버지의 거짓말 때문에 이십 년 넘게 지옥에서 사신 분이에요! 그분을 평생 지옥에서 사시게 할 작정이십니까? 아버지 그렇게 비겁하고 독한 분이셨어요? 제발 제가 알고 있는 아버지의 모습을 보여주세요. 사리분별 분명하고 옳은 일에 앞장서고 인자한 분으로 돌아오시란 말입니다!"

"……."

"직접 차로 치진 않았어도 채연이의 어머님 죽음에 최 교수님도 아버지도 분명히 책임이 있습니다. 법적인 책임은 없다고 해도 도의적인 책임이 있는 거 아닙니까? 제발, 제발 회피하지 마시고 책임을 피하려고만 하지 마세요. 만약 아버지께서 채연이의 아버님께 용서를 받지 못한다면 저 또한 아버지를 용서하지 않을 겁니다!"

영민이 나가려다 뒤돌아섰다.

"아버지께서 제가 존경했던 아버지로 되돌아오는 날까진 집에 들어오지 않겠습니다. 서울에 있는 동안은 물론이고 미국으로 떠나면 다시는 귀국하지 않을 겁니다!"

영민이 거칠게 문을 닫고 나갔다. 그와 동시에 눈물이 차오른 김 교수의 고개가 푹 떨구어졌다.

늘 그를 배려해 주고 그를 존경해 마지않던 아들이 영영 보지 않겠다고 선언을 한 것이다. 태훈에게 용서를 받지 못하면. 처음 보는 아들의 매몰찬 모습에 김 교수는 심장이 덜컥 내려앉았다.

세상 사람들 모두가 손가락질을 하고 욕을 해도 이보다 더 아프진 않을 것 같았다.

고개를 푹 숙인 김 교수의 어깨가 소리 없는 눈물과 함께 쉼 없이 들썩이고 있었다.

김 교수는 참담한 기분으로 영민을 기다렸지만 자신이 존경했던 아버지로 되돌아오는 날까진 집에 들어오지 않을 거라고 선언하고 나간 후 모든 연락이 끊겼다. 집에 들어오지도 않았고, 자주 전화를 하고 살갑게 카톡을 보내던 것도 딱 끊어버렸다. 일주일 동안이나. 이틀 후면 미국으로 떠날 영민이었다. 한다면 하는 녀석이라 태훈에게 용서를 받지 못하면 미국으로 떠나서 다시는 돌아오지 않을 게 뻔했다.

"휴우우우."

절로 뼛속 깊은 곳에서 우러나오는 한숨이 내쉬어졌다.

'직접 차로 치진 않았어도 채연이의 어머님 죽음에 최 교수님도 아버지도 분명히 책임이 있습니다. 법적인 책임은 없다고 해도 도의적인 책임이 있는 거 아닙니까? 제발, 제발 회피하지 마시고 책임을 피하려고만 하지 마세요. 만약 아버지께서 채연이의 아버님께 용서를 받지 못한다면 저 또한 아버지를 용서하지 않을 겁니다!'

영민의 말이 그를 괴롭혔다.

시간이 지날수록 김 교수의 고민은 더더욱 깊어졌다. 태훈에게 사죄를 해야 한다는 것을 알면서도 마땅한 방법도 떠오르지 않고 직접 찾아가 용서를 구할 자신도 없었다.

"한 사람의 인생을 지옥으로 몰아넣은 내가 과연 용서를 받을 수 있을까? 채연이의 아버지가 이십삼 년간이나 자신이 믿어왔던 것을 버리고 진실을 사실로 받아들일 수 있을까?"

넋두리 같은 김 교수의 음성이 홀로 있는 서재의 허공으로 부서지듯 흩어졌다. 김 교수는 비통한 심정으로 고민을 거듭한 끝에 마음을 굳게 먹고 휴대폰을 집어 들고 버튼을 눌렀다.

"최 교수, 날세."

8시. 혹시나 하는 마음에 태훈은 저녁을 차려놓고 채연을 기다렸지만 역시 오늘도 늦을 모양이었다. 심하게 앓은 뒤라 무리하지 말라고 그렇게 일렀는데도 일어날 기운만 있으면 밖으로 나가야겠다고 결심한 사람처럼 채연은 새벽에 집을 나가 밤이 늦어서야 집으로 돌아왔다. 부쩍 말라만 가는 딸이 안쓰러워 오늘은 일부러 채연이 나가기 전에 당부를 했었다.

"오늘은 일찍 들어오라고 일부러 얘길 했건만……."

애끓는 한숨이 터져 나왔다.

입맛이 없던 터라 차려놨던 상을 치우고 주방을 나오는데 초인종이 울렸다. 초인종을 누르는 걸 보면 채연은 아니었다.

"이 시간에 올 사람이 없는데, 누구지?"

현관 앞으로 가 월패드의 액정화면을 보니 김 교수였다.

"이 인간이 왜 우리 집엘 찾아와? 무슨 낯짝으로!"

태훈은 냉정하게 돌아섰다. 그런데 계속해서 초인종이 울리는 바람에 어쩔 수 없이 통화 버튼을 눌렀다.

"무슨 일입니까?"

[드릴 말씀이 있어서 찾아왔습니다.]

"난 들을 말 없습니다."

[문 좀 열어주십시오.]

"들을 말 없다고 하지 않았습니까. 돌아가세요."

태훈은 종료 버튼을 눌러버렸다.

그렇게 말도 안 되는 거짓말을 해놓고 무슨 염치로 이제 와서 할 말이 있다고 찾아온단 말인가.

죽을 때까지 얼굴을 보고 싶지 않은 사람이었다. 오죽하면 채연이 그렇게 힘들어하는 걸 알면서도 영민과 다시 만나라는 소리를 하지 않고 있을까. 딸과의 약속도 저버리고 영민을 만나 김 교수의 추악한 진실을 말했을까.

아이들이 무슨 죄가 있어서 서로 목숨처럼 사랑하는데도 헤어져야만 하는지. 그 생각만 하면 심장이 갈기갈기 찢어졌다. 심하게 앓을 정도로 힘들어하는 채연일 보면서, 하루하루 말라가는 딸을 보면서. 웃음과 생기를 잃어버린 모습을 모면서 마음이 뒤죽박죽이 되어버렸다. 자신 때문에 두 젊은 연인을 지옥으로 몰아넣었구나 싶어 가슴이 쓰렸다. 그래서 최선의 방법이라고 찾은 것이 영민이 김 교수와 인연을 끊는 것이었다.

김 교수는 죽어도 용서를 할 수 없는 사람이었다. 김 교수만 생각하면 치가 떨리는데 어떻게 사돈관계를 유지할 수 있겠는가. 오죽했으면 영민에게 아버지를 버리면 받아들이겠다는 말을 했을까. 오죽했으면…….

최 교수도 김 교수도 태훈에게는 죽일 놈일 뿐이었다. 사랑하는 아내를 죽게 만들고도 아무런 책임도 지지 않았고, 거짓을 말해

아내를 차에 뛰어든 사람으로 몰아버렸다. 죽은 것도 억울한데 그 억울한 죽음을 욕된 죽음으로 만들어 버린 작자들이었다. 그리고 진심으로 사과조차 한마디 하지 않았다. 그들은!

띵동띵동띵동띵동…….

끈질기게 초인종이 울려댔다. 하는 양을 보니 쉽게 갈 생각이 없는 듯 보였다. 태훈은 다시 월패드 앞으로 가서 통화 버튼을 눌렀다.

"그만 가라고 하지 않았습니까!"

절로 짜증 섞인 목소리가 튀어나왔다.

[채연이 아버님을 만나뵙지 않고는 돌아가지 않을 겁니다.]

"뭐요?"

[그러니까 문 좀 열어주십시오, 제발.]

"대체 무슨 할 얘기가 있다는 거요?"

말이 곱게 나가지 않았다.

[만나뵙고 말씀드리겠습니다. 만나서 말씀드릴 수 있게 해주십시오.]

태훈은 잠시 갈등했다. 그의 말대로 문을 열어주기 전까진 돌아가지 않고 밤새 대문 앞에 있을 것 같았다. 그래서 대체 뭔 이야기를 지껄이나 보자 하는 심정으로 열림버튼을 눌렀다.

태훈이 굳은 표정으로 거실 소파에 앉아 있는데, 김 교수가 들어왔다. 혼자 온 줄 알았는데 잠시 시간차를 두고 뒤따라 들어오는 남자가 있었다. 최 교수란 작자였다.

분노로 두 주먹을 불끈 쥔 채 태훈은 두 사람에게 앉으라는 소리도 하지 않고 얼굴도 쳐다보지 않은 채 입을 열었다.

"할 얘기가 있다고 했습니까?"

대꾸 대신 두 교수의 고개가 동시에 푹 숙여졌다.

"오래 마주하고 싶지 않으니까 얼른 말하고 돌아가요."

털썩, 갑자기 두 교수가 무릎을 꿇었다. 그 모습에 당황한 태훈이 벌떡 일어났다.

"지금 뭐 하는 겁니까?"

"죄송합니다. 저희가 잘못했습니다."

김 교수가 고개를 조아렸다.

"죄송합니다. 다 제 잘못입니다. 이 친구는 제 부탁을 들어준 죄밖에 없습니다. 모두 다 저 때문입니다."

고해성사를 하듯 말을 이어가는 최 교수의 목소리에 물기가 가득했다. 어느새 김 교수의 눈에서도 뜨거운 눈물이 흐르고 있었다.

"죄송합니다. 그때 진심으로 사과를 드렸어야 했는데…… 그러지 못해서 죄송합니다. 직접적인 접촉은 없었더라도 저희 차 때문에 놀라서 넘어지신 건데…… 그땐 너무 어리석어서 그것을 인정하지 못했습니다. 그것도 모자라…… 흑흑."

울음이 터진 김 교수는 잠시 말을 끊었다가 다시 이었다.

"망인을…… 거짓말로 망인의 죽음을 욕되게 해드려서…… 정말 죄송합니다. 이십삼 년 동안이나 저희들 때문에 가슴에 한을 품고 살게 해드려서 진심으로 죄송합니다."

"이제 와서…… 이제 와서 미안하다는 말 한마디만 하면 가슴 속에 쌓인 내 한이 풀릴 거라 생각합니까? 천만에요. 난 절대로 두 분 용서 못합니다. 아니, 안 합니다."

"우리도…… 그때 일은 심장에 박힌 가시였습니다. 믿고 싶지 않으시겠지만…… 그때 일 때문에 저희도 지금까지 죄책감에 시달리며 살았습니다. 죄송하고 또 죄송합니다. 어흐흑."

김 교수가 가슴을 쥐어뜯으며 통곡했다.

"……."

눈시울이 붉어진 태훈은 차마 김 교수를 볼 수 없어 외면을 하고 말았다. 그때 울고만 있던 최 교수가 입을 열었다.

"이 친구는 친구의 간절한 부탁을 거절하지 못한 죄밖에 없습니다. 다 제 잘못입니다. 그때 전 어려운 가정환경에서 죽어라 공부해 사법고시에 패스했습니다. 이제 고생 끝났다고 좋아하시는 부모님이 생각났습니다. 그리고 전 곧 결혼을 앞두고 있었습니다. 그런 상황만 아니었다면…… 평생 정직하게 살아온 이 친구한테 인생의 오점을 남기게 만들지 않았을 겁니다. 다 제 죄입니다. 전부다 제 잘못입니다."

"아닙니다. 제가 한 거짓말은 제 잘못입니다. 누구의 탓도 아니고 바로 제가 선택한 겁니다. 잘못했습니다. 죄송하고 또 죄송합니다."

두 교수가 어깨까지 들썩이며 뜨거운 눈물로 사죄하고 있었다. 태훈의 가슴에 그들의 진심이 조금씩 스며들기 시작했다. 세월이 더해짐에 따라 더욱 단단하게 뭉쳐진 한이 조금씩 물에 녹듯 풀어지고 있었다.

"내가…… 내가 영민이한테 아버지와 연을 끊으라고 했었습니다."

그제야 김 교수가 고개를 들고 태훈을 바라보았다.

"아버지와 연을 끊으면 채연이와 결혼을 하게 해주겠다고 했는데…… 끝내 그러겠다고 하지 않았습니다. 우리 채연이가 그런 결혼을 원치 않을 거라면서요."

"영민이가 저한테…… 이십삼 년간이나 채연이의 아버님을 지옥에서 사시게 만들었으면서 앞으로 남은 인생까지 지옥에서 살게 만들 만큼 저더러 비겁하고 독한 사람이었느냐고 물었습니다. 그리고 채연이의 아버님께 진심으로 용서를 구하지 않으면 날 절대로 용서하지 않겠다고 하고는 집을 나갔습니다. 채연이의 아버님께 용서 받지 못하면 집으로 돌아오지 않겠다면서요."

"그래서 우리 집에 찾아온 겁니까?"

"그 이유만은…… 아닙니다. 그동안 찾아뵙지 못한 것은 영민이의 말대로 제가 비겁해서였습니다. 용기가 없었습니다. 아들 녀석의 말을 듣고서야 제가 얼마나 비겁하고 용기가 없는 놈이었는지 깨달았습니다. 그래서 온 겁니다. 더 늦기 전에 사죄드리고 싶어서……."

김 교수가 고개를 푹 숙였다. 땅에 조아리듯 고개를 숙인 김 교수의 어깨가 사정없이 흔들리고 있었다. 그를 보는 태훈의 눈에서도 쉴 새 없이 뜨거운 눈물이 볼을 타고 흘러내렸다.

아르바이트를 쉬는 날이라 학교 도서관에서 공부를 하고 있던 채연은 도저히 집중이 되지 않아 가방을 챙겼다. 도서관이 있는 건물 밖으로 나오니 4월 중순이 훌쩍 넘어갔는데도 밤바람이 제법 쌀쌀했다. 약간 감기 기운이 있어서 그런지 온몸에 소름이 돋을 정도로 추위가 느껴졌다.

"영민 씨가 옆에 있었으면 따뜻하게 안아줬을 텐데……."

자신도 모르게 중얼거린 채연은 갑자기 영민이 못 견디게 보고 싶었다. 보면 안 된다는 걸 알면서도, 연락도 할 수 없다는 것을 알면서도 죽을 만큼 영민이 그리웠다.

학교를 빠져나와 큰길에 선 채연은 집으로 가는 버스를 타려다가 마음을 바꿔 택시를 잡아탔다.

그녀를 내려준 택시가 떠난 후에도 채연은 선뜻 안으로 들어가지 못한 채 그린하우스 문 앞에 망연히 서 있었다. 영민이 보고 싶어서 눈물이 날 지경인데도 막상 안에 영민이 있을까 봐 걱정이 되었다.

몇 분이 흘렀을까. 문이 열리고 손님 둘이 나오더니 뒤이어 장석이 나왔다.

"어? 우리 채연이 왔네?"

"안녕하셨어요, 삼촌."

"나가시는 손님들 배웅하길 잘했네. 1초라도 먼저 우리 예쁜 채연이의 얼굴을 볼 수 있으니 말이야. 음하하하하."

장석이 냉큼 채연의 손을 잡더니 안으로 데리고 들어갔다.

봄꽃이 가득한 실내를 둘러보던 채연은 로맨틱 드림에 손님들이 앉아 있는 것을 보고 깜짝 놀랐다.

"어? 제가 왔을 땐 늘 비어 있었는데 오늘은 손님이 앉아 계시네요?"

"어쩌지? 오늘은 다른 자리에 앉아야겠다."

장석이 테이블로 그녀를 데려가더니 의자에 앉히고는 마주 앉았다. 그녀의 안색을 살피던 장석의 미간이 좁아졌다.

"얼굴이 왜 그 모양이야? 설마 그 몸에 다이어트 중이야? 왜 그렇게 말랐어? 얼굴이 아주 반쪽이 됐네."

"감기를 좀 심하게 앓아서 그래요."

"영민이가 안달이 났겠군. 네가 조금만 아파도 안달복달하는 녀석인데."

"……."

"그래서 영민이도 너도 그동안 여기 안 왔었구나? 난 또 의리 없게 아지트를 바꿨나 싶어서 서운해했지. 영민인 잘 있지?"

채연은 대답을 하기가 곤란해서 시선을 로맨틱 드림으로 옮겼다.

"여기 올 때마다 로맨틱 드림에만 앉았었지?"

"네. 항상 비어 있었으니까요."

"왜 네가 올 때마다 비어 있었는지 그 이유를 알려줄까?"

"비어 있었던 이유가 있었어요?"

"당연히 있지."

"그 이유가 뭔데요?"

"영민이가 비밀로 해달라고 했는데……. 에라 모르겠다. 삼 년 동안 비밀 지켜줬으면 됐지 뭐. 그 이유는 영민이의 전화야."

"영민 씨의 전화라뇨?"

"오늘은 채연이가 친구들하고 거기 간답니다, 그러니까 로맨틱 드림엔 손님 앉히지 마세요. 한 시간 뒤에 채연이 데리고 거기 갑니다, 로맨틱 드림 비워두세요."

"그게…… 무슨 말씀이세요?"

"지난 삼 년 동안 영민이가 전화로 미리 부탁을 했다, 이 말이지 뭔 말이겠어? 네가 로맨틱 드림 자리를 좋아한다는 이유 하나만으로 완전 지극정성이었다니까. 덕분에 난 너 오기 전까지 로맨틱 드림에 예약석이라는 팻말 세워놓느라 바빴고. 어떨 땐 손님한테 자리 좀 옮겨달라고 양해를 구하느라 진땀 빼고. 내가 널 예뻐해서 그 부탁을 들어주기도 했지만, 사실 더 큰 이유는 영민이의 정성이 갸륵해서였어. 널 생각하는 마음이 기특하고 예쁘잖아."

"아……!"

그녀가 좋아하는 자리라는 이유 하나만으로 영민이 그녀 몰래 때마다 장석에게 전화를 걸어 부탁을 했을 줄은 꿈에도 생각하지 못했다. 로맨틱 드림처럼 좋은 자리가 매번 비어 있는 게 이상하다고 했을 때에도 영민은 자신이 미리 비워놓으라고 부탁했다는 말은 전혀 하지 않았다. 하루 이틀도 아니고 삼 년씩이나 영민이 그녀를 위해서 그런 노력을 해왔었다니. 그렇지 않아도 눈물겹게 보고 싶은 영민이 더더욱 보고 싶고 그리웠다.

채연은 벌떡 일어났다.

"왜? 커피 내려주려고 일어날 참인데?"

"죄송해요, 삼촌. 다음에 와서 커피 마실게요. 지금 꼭 가봐야 할 곳이 있어요."

서둘러 밖으로 뛰어나온 채연은 멀리서 다가오는 택시를 향해 손을 번쩍 들었다.

「오늘 집에 못 들어가요. 기다리지 말고 주무세요.」

소파에 앉은 태훈은 망연한 눈빛으로 채연에게서 온 메시지를 바라보았다.

벌써 두 번째였다. 영민과 헤어지기 전에 생각을 정리할 시간이 필요하다며 여행을 다녀오겠다는 메시지를 보내고 이틀이나 집에 들어오지 않았었다. 그리고 지금 또 그런 뜻의 메시지를 받은 것이다.

"휴우우."

태훈은 긴 한숨을 내쉬었다.

생전 그와 상의도 없이 통고만 하고 집에 들어오지 않는 짓을 한 적이 없던 딸이었다.

"채연아, 그렇게 힘이 드니? 영민이와 헤어지는 게 그렇게 힘들고 아퍼?"

메시지가 채연이라도 되는 양 태훈은 착 가라앉은 음성으로 메시지가 떠 있는 액정화면을 보며 물었다. 대답을 할 리가 없었지만, 이상하게도 메시지의 내용을 바라보는 것만으로도 채연의 대답이 들리는 것 같았다. 견디기 힘들다고, 너무 힘들어서 심장이 멎을 것 같다고.

사고의 목격자인 배씨의 증언이 아니더라도, 사실 그는 알고 있었다. 아내가 최 교수의 차에 치이지 않았다는 것을. 병원으로 가는 응급차 안에서 미애가 차에 부딪힌 게 아니라 놀라서 넘어진 거다, 그러니 아무도 원망하지 말라고 몇 번이나 당부했었다. 남을 미워하면 그의 삶이 고통스러울 거라며 그냥 운이 없었다고 생각해 달라고 애원처럼 부탁을 했었다.

하지만, 그토록 기다렸던 딸의 얼굴도 보지 못한 채, 젊은 나이에 갑작스럽게 죽은 아내의 죽음이 너무 원통하고 억울했다. 게다가 미애가 차 쪽으로 먼저 달려들었다는 거짓말을 하고, 아무런 처벌도 받지 않았다. 더구나 진심으로 미안하다는 사과조차 하지 않았다.

그들이 원망스러웠다. 당장 죽여 버리고 싶을 만큼 미웠다. 차가 갑자기 인도 쪽으로 오는 바람에 미애가 놀라서 넘어졌고, 그 바람에 아이의 얼굴도 못 보고 죽었는데 그들은 아무런 책임도 지지 않고 사과도 하지 않은 채 돈 봉투만 경찰에게 맡겨두었다. 그깟 돈 몇 푼이 아내의 죽음값이라니, 태훈은 분통이 터졌다.

살아가려면 원망하고 미워할 대상이 필요했고, 그들은 그의 원망과 미움을 받아야만 하는 인간들이었다. 적어도 태훈에게는 그랬다.

오늘 김 교수와 최 교수가 찾아와서 무릎을 꿇고 눈물로 용서를 비는 모습을 보면서, 그때 당시 그들이 처해 있던 상황에 대한 이야기를 들으면서 얼어 있던 심장이 조금은 녹아내리는 것 같았다. 그렇다고 해서 그들에 대한 원망과 증오가 완전히 사라진 것은 아니지만, 적어도 시간이 흐르면 두 교수에 대한 미움이 조금씩 엷어질 것 같다는 생각이 들었다. 무엇보다 아내의 부탁을 들어주지 못한 것이 미안했다. 아무도 원망하지 말라고 몇 번이나 당부하며 남을 미워하면서 살면 그의 삶이 고통스러울 거라며 그냥 운이 없었다고 생각해 달라고 애원처럼 부탁을 했었는데……. 그동안 아내의 말을 까맣게 잊고 있었다. 그래서 그는 아내가 없는 인생을 고통 속에서 살아왔다.

아내의 말을 들었더라면, 김 교수와 최 교수를 미워하는 시간에 아내에 대한 좋았던 기억들을 추억하며 보낼 수 있었을 테고, 채연과 영민에게도 견디기 힘든 상처를 주지도 않았을 것이다. 예쁜 사랑을 하는 두 사람이 더 아름다운 사랑을 할 수 있게 해주었을 텐데, 아내의 말을 듣지 않아서 모두의 심장에 무겁고 날카로운 돌덩어리 하나씩을 박히게 하고 말았다.

태훈은 일어나 방으로 들어가 벽에 걸려 있는 미애의 사진 앞에 섰다. 맑은 눈으로 그를 바라보며 환하게 웃고 있는 미애를 보니 눈물이 차올랐다.

"여보, 당신은 우리 채연이와 영민이가 사랑할 줄 알고 있었어? 악연이 호연으로 바뀔 거라는 걸 미리 알고 있었던 거야? 그래서 나한테 그리도 여러 번 부탁을 했었던 거야? 아무도 미워하지 말라고, 그냥 당신의 운이 나빴던 것뿐이니까 아무도 미워하지 말라고?"

사진 속의 미애는 여전히 맑은 눈으로 그를 바라보며 환하게 웃고 있었다. 마치 그의 물음에 그렇다고 대답을 하는 듯이.

"내가 당신의 말을 들었다면……."

사고가 난 날 아침, 미애가 출근하는 그에게 우산을 가져가라고 했었다.

'일기예보에서도 비 온단 말 없었고.'

'일기예보가 다 맞지는 안잖아요.'

'물론 그렇긴 하지만, 이렇게 하늘이 맑은데 비가 오겠어? 비 올 날씨는 아냐.'

'나 어렸을 때 교통사고 나서 다리 수술했잖아요. 수술한 자리가 시큰거리면 영락없이 비가 왔어요. 밤늦게라도 비가 올 거예요. 그러니까 우산 가져가요.'

'오늘은 정시에 퇴근할 거야. 비 올 때쯤이면 집에 와 있을 거니까 그냥 갈게.'

태훈은 미애가 내미는 우산을 마다하고 집을 나왔었다. 퇴근시간까지 비는 오지 않았다. 우산을 가져오지 않길 잘했다는 생각을 하고 있는데 갑자기 회의가 잡혀 퇴근이 늦어졌다. 회의를 끝내고 회사를 나오는데 갑자기 비가 쏟아지기 시작했다. 버스를 타고 집으로 향하는 동안 빗줄기는 점점 더 굵어졌고 천둥과 번개까지 쳤다. 아내의 말대로 우산을 가져올 걸, 후회하며 집 앞 정류장에 내릴 때까지만 해도 미애가 우산을 갖고 마중 나와 있을 거란 생각도 못했고, 그런 끔찍한 일이 벌어질 줄도 몰랐다.

태훈의 볼을 타고 뜨거운 눈물이 흘러내렸다.

"여보, 미애야. 그날 아침 당신 말대로 내가 우산을 가지고 출근을 했었으면…… 그랬었으면……. 으흐흑."

심장 저 밑바닥에서부터 참담한 오열이 솟구쳤다.

어쩌면, 아니, 사실은…… 자신에 대한 원망을 김 교수와 최 교수에게 돌렸다. 자신 탓으로 생각하면 살아갈 자신이 없었다. 그래서 더더욱 김 교수와 최 교수를 원망하고 증오했다. 가장 근본적인 원인을 제공한 사람은 태훈 자신이었는데……. 자신을 용서할 수 없어서, 자신이 원망스럽고 증오스러워서 더욱더 김 교수와 최 교수를 원망하고 증오했다.

물론 김 교수와 최 교수의 잘못도 있지만, 그들보다 더 큰 잘못을 한 사람은 태훈 자신이었다. 미애가 내미는 우산을 그가 순순히 받아들고 출근을 했었더라면 임신한 몸으로 빗속에서 정류장 앞을 서성거리며 그를 기다리지 않았을 것이고, 차에 부딪힌 게 아니니 그들을 미워하지 말라는 아내의 말을 들었더라면 눈에 넣어도 아프지 않은 딸에게 깊은 상처를 안겨주지도 않았을 테니까.

태훈은 벽에 걸려 있던 액자를 빼내 가슴에 품고 방바닥에 주저앉았다.

"미안해, 미안해 여보. 정말 미안해. 당신 그렇게 떠나게 한 거 다 내 잘못이야. 다 내 탓이야."

태훈은 미애의 사진을 더 꼭 끌어안았다.

"내가 어리석었어. 내가 너무 어리석어서 우리 딸을 불행하게 만들었어. 목숨처럼 사랑하는 두 아이를 억지로 떼어놨어. 누구 탓도 하지 말고 누구도 미워하지 말라고, 그냥 운이 나빴을 뿐이라고 생각하라는 당신 말을 듣지 않았어. 당신 말대로 했어야 했는데…… 내가 더는 남을 원망하고 증오하며 살지 말라고 당신이 두 아이를 만나게 해준 것인지도 모르는데……. 영민이한테 천륜을 끊으라는 말까지 했어. 그래야만 영민일 받아준다고……. 여보, 미애야. 미안해. 정말 미안해. 당신 남편이 이렇게 못난 인간이라 미안해. 잘못했어. 날 용서해 줘 여보. 날 용서해…… 으흐흑."

한참 동안 미애의 사진을 끌어안고 오열하던 태훈은 품에 꼭 끌어안고 있던 액자를 똑바로 들고 액자 속의 미애를 똑바로 바라보았다. 미애는 여전히 맑은 눈으로 그를 바라보며 환하게 웃고 있었다.

—우리 딸이 행복하게 살 수 있게 해주세요.

미애의 맑은 눈이 그렇게 말하는 것 같았다.

—죄책감도 미움도 원망도 이제 다 내려놓으세요. 당신의 마음이 편안해야 당신이 행복할 수 있고, 당신이 행복해야 우리 채연이도 행복할 수 있어요. 그리고 당신과 채연이가 행복해야 나도 행복해요.

미애의 환한 웃음이 그렇게 말하는 것 같았다.

김 교수의 말에 의하면 영민이 이틀 후에 미국으로 떠날 것이라고 했다. 그에게 용서 받지 못하면 영민이 김 교수의 얼굴을 영영 보지 않겠다고 했다는 것은 한국으로 돌아오지 않을 생각이라는 뜻임을 왜 모르겠는가.

태훈은 얼른 벽에 걸어놓은 달력을 보았다. 오늘은 목요일이었다.

"이틀 후에 영민이 떠난다고……?"

심장이 아리고 시렸다. 영민이 없는 하늘 아래에서 채연이가 예전처럼 웃으며 살아갈 수 있을까? 아무리 생각해도 그건 불가능할 것 같았다. 고열로 정신이 혼미한 상태에서도 '영민 씨, 가지 마.', '영민 씨, 떠나지 마.' 라는 말을 반복했던 채연이었다. 그 말들이 채연의 진심이 아니고 무엇이겠는가.

태훈은 사진 속의 미애를 애틋하게 바라보았다.

"여보, 미애야. 우리 채연이가 행복해야 당신도 나도 행복할 수 있겠지? 그렇겠지?"

16

신호와 규민을 7시쯤 집에 들어가라고 하고는 영민은 스튜디오에 혼자 남았다. 이틀 후면 미국으로 떠나기 때문에 자신이 찍은 사진에 관한 것은 마무리를 해야겠다는 생각에서였다.

오늘 낮에 마지막으로 자신이 화보 촬영을 한 사진들을 컴퓨터로 훑어보고 있을 때 김 교수로부터 전화가 왔다. 집을 나온 후부터 계속 전화가 왔었지만 영민은 받지 않았었다. 오늘 역시 진동소리를 무시했다. 세 번이나 진동이 더 울렸지만 받지 않자 김 교수가 메시지를 보내왔다. 그것마저 보지 않으려고 했지만 왠지 마음에 걸려 휴대폰을 집어 들고 메시지 창을 열었다.

「오늘 최 교수와 함께 채연이네 집에 다녀왔다. 정태훈 씨한테 진심으로 사과하고 용서를 빌었어. 못난 아비라 미안하다.」

메시지 창을 보고 있자니 코끝이 찡했다. 찾아가서 사과를 하고 용서를 비는 게 쉽지만은 않았을 것이다. 채연이네 집에 찾아가는 것도 용기가 필요했을 것이다. 지난 일주일 동안 마음고생을 했을 아버지를 생각하니 눈시울이 붉어졌다.

"잘하셨어요, 아버지."

영민은 휴대폰이 김 교수라도 되는 양 휴대폰을 손에 꼬옥 쥐며 진심을 담아 말했다. 이제야 심장에 가득 담겨 있던 돌덩어리 중 절반이 없어진 것 같았다.

이제, 그의 심장 안에 담겨 있는 남은 돌덩어리를 없애줄 사람은 태훈밖에 없다. 태훈이 그의 아버지를 진심으로 용서하지 않는 한 결코 사라지지 않을 돌덩어리니까.

영민은 모니터를 보며 꽤 많은 양의 사진들 중에서 잡지에 실을 베스트 컷을 찾기 시작했다. 한 시간쯤 지났을까. 책상 위에 있던 휴대폰이 진동했다. 액정화면을 보니 '아버님' 이었다.

태훈을 가리키는 '아버님' 이란 글을 본 순간 영민은 갑자기 심장이 박동이 멎는 것 같았다. 선뜻 전화를 받을 수가 없었다.

태훈이 집까지 찾아온 두 교수를 탓하며 절대로 용서할 수 없다고 말할까 봐 두려웠다. 그래도, 어떤 말을 듣게 되든 받아야만 하는 전화였다. 영민은 크게 심호흡을 하고는 휴대폰을 집어 들고 통화 버튼을 눌렀다.

"아버님, 접니다."

[…….]

태훈의 침묵에 영민은 마른침을 삼켰다.

"저희 아버지께서 찾아가셨다고 들었습니다."

[…….]

태훈의 침묵에 영민은 잔뜩 긴장했다.

"말씀하세요, 아버님. 어떤 말씀이든 달게 듣겠습니다."

[……영민아.]

영민은 순간 잘못 들은 줄 알았다. 하지만 똑똑히 들었다. 젖은 목소리로 태훈이 부드럽게 부른 것은 자네가 아니라 '영민아' 였다. 순간 눈물이 왈칵 쏟아졌다.

태훈이 그가 김 교수의 아들이라는 것을 알기 전처럼 '영민아' 라고 불렀다는 것은 두 교수를 용서했다는 뜻이었다. 영민에게는 너희 아버지를 용서한다는 말보다 더 뭉클하고 감동스러운 부름이었다.

영민은 목소리를 가다듬고 흐르는 눈물을 손등으로 닦아냈다.

"아버님, 영민아라고 불러주셔서 감사합니다. 정말 감사합니다."

[미안했다.]

"아버님께서 왜요?"

[천륜을 끊으면 우리 채연이와 결혼할 수 있게 해주겠다는 말을 하는 게 아니었는데…… 내가 나잇값도 못했어.]

"그러겠다고 말씀드리지 못해서 죄송했습니다."

[아니, 만약 네가 그러겠다고 했으면 내가 실망했을 거야. 그러니 그 일은 마음에 담아두지 마.]

"아버님……."

[네 말이 맞아. 네가 내 말대로 아버지와 인연을 끊겠다고 했다면 채연이는 그런 결혼은 하지 않겠다고 했을 게 분명해. 천륜을 끊고 한 결혼이 행복할 리 없을 테니까. 자식으로서 할 도리도 아

니고. 내가 어리석은 제안을 했던 거야.]

"그렇게 말씀해 주셔서 감사합니다, 아버님."

[저기, 영민아.]

"네, 아버님."

[우리 채연이가…….]

"채연이가 왜요? 어디 아픈가요?"

영민은 태훈이 말을 잇기도 전에 화급하게 물었다.

[아니, 아픈 게 아니라 오늘 집에 못 들어온다고 메시지를 보내왔어.]

"왜요? 왜 집에 못 들어온대요?"

[그걸 물어보려고 전화를 했더니 전화기가 꺼져 있어. 여분의 배터리를 늘 가지고 다지는 습관이 있어서 배터리 때문은 아닌 것 같은데…….]

말끝을 흐리는 태훈의 음성에 걱정스러움이 가득 묻어 있었다.

영민도 채연이 여분의 배터리를 꼭 챙겨가지고 다니는 습관을 알고 있었다. 전화기가 꺼져 있다면 일부러 꺼놨다는 뜻이었다.

[전에도 이런 일이 한 번 있었는데 무사히 들어왔으니 이번에도 별일은 없겠지만…… 혹시라도 채연이가 어디에 있는지 알게 되면 나한테 연락 좀 줄 수 있겠나?]

"네, 아버님. 제가 알게 되면 반드시 연락드리겠습니다. 주무실 시간이면 메시지 남겨놓을 테니까 편히 주무세요. 아무 일도 없을 거예요."

[그냥 바람이 쐬고 싶은 거겠지. 걱정시킬 일을 할 아이는 아니니까.]

"그럼요, 아버님."

[혹시 채연이랑 연락되면 두 사람 약혼 예정대로 진행할 거라고 전해. 좋아할 게야.]

"네, 아버님. 감사합니다!"

태훈이 전화를 끊자마자 영민은 지수와 찬희에게 전화를 걸었다. 두 사람 다 오늘은 아르바이트를 쉬는 날이라 일찍 집에 갔을 거라고 얘기했다. 세 사람이 함께 하는 단체 카톡방에 답은커녕 읽지 않은 표시가 남아 있어서 전화를 했더니 휴대폰이 꺼져 있다고, 수업 시간에 약간 감기 기운이 있다는 말을 들었다며 아마 일찍 잠을 자는 모양이라고 했다.

"감기 기운까지 있는데 대체 어딜 갔을까?"

헤어지지 않아도 된다는 좋은 소식을 1초라도 빨리 전하고 싶어 영민은 마음이 조급해졌다. 영민은 급한 마음에 차를 몰고 S대학으로 향했다. 아르바이트를 하지 않는 날이니 도서관에 남아서 공부할 확률이 높기 때문이었다. 다행히 큰 문이 열려 있어 교내 주차장에 차를 주차하고 도서관으로 뛰어갔다. 숨이 턱 밑까지 차올랐지만 그런 것은 상관없었다. 도서관으로 들어가 샅샅이 훑었지만 채연은 보이지 않았다. 주차장으로 향하면서 혹시나 하는 마음에 채연에게 전화를 걸었지만 여전히 그녀의 휴대폰은 꺼져 있었다.

혹시……?

채연이 좋아하는 그린하우스가 떠올랐다. 장석에게 전화를 걸기 위해 버튼을 누르던 영민은 그냥 종료버튼을 눌렀다. 만약 그곳에 채연이 있다면 직접 얼굴을 보고 싶어서였다.

못 견디게 채연이 보고 싶었다. 오직 그를 위해 무거운 짐을 혼자 짊어졌던 그녀를 와락 품에 안고 우린 헤어지지 않아도 된다고 얘기해 주고 싶었다.

영민은 차를 그린하우스 앞에 주차하자마자 카페 안으로 뛰어 들어갔다. 실내에 들어서자마자 둘러봤지만 채연은 없었다. 실망감에 한숨을 푸욱 내쉬는데 장석이 카페 주방에서 나왔다.

"오늘 무슨 날이야? 왜 번갈아가면서 와? 기왕이면 같이 오지."

"채연이가 왔었어요?"

"왔었으니까 하는 말이지."

"언제요? 언제 왔었어요?"

"두 시간? 아니, 세 시간 전인가? 시간은 확실히 모르겠고, 아마 그쯤 됐을 거야."

"누구랑 같이 왔었어요?"

"혼자 왔던데?"

"혼자요?"

"응. 그런데 채연이네 집에 무슨 일 있는 거 아냐? 아니면 몸이 어디가 많이 안 좋아?"

"왜…… 그렇게 생각하세요?"

"얼굴이 영 말이 아니더라고. 피죽도 못 얻어먹은 사람처럼 생기도 없고, 안 그래도 여리여리한데 더 말랐어. 보기가 안쓰러울 정도야."

"……."

영민은 마음이 아파 아무런 대꾸도 할 수 없었다. 채연을 그렇게 만든 사람이 바로 자신이었기 때문이었다.

"채연이…… 얼마나 있다가 갔어요?"

"금방 갔어."

"왜요?"

"내가 비밀을 털어놨거든."

"비밀을 털어놓다뇨? 무슨 비밀이요?"

"두 사람이 올 때마다 로맨틱 드림이 비어 있었던 이유 말이야. 삼 년간 비밀 지켜줬으니까 채연이한테 그 얘기 했다고 뭐라 안 할 거지?"

"그 얘길 듣고 금방 갔다고요?"

"그렇다니까."

"어디로 간다는 말은 없었어요?"

"지금 꼭 가봐야 할 곳이 있다면서 커피도 안 마시고 갔어. 급하게 일어나서 가길래 난 영민이한테 가는 줄 알았더니…… 혹시 길이 엇갈린 거 아냐?"

길이 엇갈릴 리가 없다. 두 아버지의 관계가 달라졌다는 걸 모르는 채연이 그의 집에 찾아갔을 리가 없고, 작업실로 왔다면 그와 만나지 못했을 리가 없으니까.

"다음에 올게요."

"오늘은 둘이 짰어? 커피 안 마시고 얼굴 도장만 찍고 가기로?"

"채연이한테 연락 오면 저한테 꼭 전화해 주세요."

"그거야 어렵지 않지만……."

영민은 장석의 말이 끝나기도 전에 허겁지겁 그린하우스를 나와 차에 올라탔다. 핸들을 부여잡고 채연이 갈 만한 곳을 생각했지만 그녀가 오늘 집에 들어오지 않겠다는 메시지까지 태훈에게 보내놓고 갈 만한 곳이 떠오르지 않았다.

"채연아, 너 지금 어디에 있는 거니? 대체 어디로 간 거야? 우리 이제 헤어지지 않아도 되는데…… 우리가 했던 약속대로 영원히 함께 있을 수 있는데…… 도대체 어디에 가서 가슴앓이를 하고 있는 거야? 어디서 혼자 울고 있는 거야? 어디 가서?"

영민은 애가 탔다. 채연은 혼자 훌쩍 여행을 떠나는 타입이 아니었다. 태훈도 이번이 두 번째라고 했다. 그중 한 번은 그도 알고 있는 것이었다. 그녀가 작심하고 떠난 이별여행.

장석의 말에 의하면 로맨틱 드림이 비어 있었던 이유를 알고 나서 지금 꼭 가봐야 할 곳이 있다며 서둘러 카페에서 나갔다고 했다.

지난 삼 년간 내가 미리 전화를 했었다는 사실을 알고 나서 지금 꼭 가봐야 할 곳이 있다고 했다고? 대체 그곳이 어디지? 채연이 꼭 가봐야 할 곳이 있다는 그곳이 어딜까?

문득 영민의 머릿속에 한 장소가 떠올랐다. 설마, 하는 생각이 들었지만 영민은 황급히 시동을 걸고 차를 출발시켰다.

택시 기사에게 적지 않은 돈을 지불한 후 채연은 차에서 내렸다. 갖고 있던 현금이 얼마 없었는데 그나마 지갑 안에 카드가 들어 있어서 다행이었다. 보통은 카드를 쓸 일이 별로 없어서 집에 두고 다니는 편이었는데 오늘따라 특별한 이유도 없이 책상 서랍에 있던 카드를 챙겼다.

이곳으로 오려고 그랬나 봐. 카드가 없었으면 이곳에 올 엄두도 못 냈을 텐데…….

택시가 그녀를 남겨두고 떠나자 칠흑 같은 어둠이 그녀를 둘러쌌다. 확연하게 느껴지는 추위에 옷깃을 여미고 주위를 둘러보았다. 새까만 융단 같은 하늘에 보석처럼 박혀 있는 무수한 별들도 산골의 어둠을 덜어내지는 못하고 있었다. 한껏 기울어진 달이 희미하게 존재감을 나타내고 있을 뿐.

채연은 휴대폰을 켜 그 빛으로 발걸음을 옮겼다. 닫힌 대문. 어둠에 싸인 본채와 정자와 정원. 아무도 없다는 뜻이었다.

지난번 이별여행을 왔을 때 영민이 누르던 비밀번호를 지켜보길 잘했다는 생각을 하며 채연은 켜진 휴대폰을 대문의 디지털도어락에 가까이 갖다 대고 천천히, 차례차례 기억 속에 남아 있는 번호들을 눌렀다.

찰칵.

잠금장치가 맥없이 풀렸다.

대문을 열고 들어가려던 채연은 잠시 망설였다. 아무리 비어 있는 곳이라고 해도 엄연히 남의 별장이었다. 주인인 마이클의 허락은커녕 영민에게 물어보지도 않고 덥석 안으로 들어가자니 마음에 걸렸다. 하지만 이미 택시도 가버렸고 짙은 어둠을 뚫고 산길을 혼자 내려갈 수도 없다. 어찌어찌 콜택시를 부른다고 해도 이 산골까지 콜택시가 올 때까지 혼자 추위에 떨어가며 대문 앞에 쪼그려 앉아 있을 수도 없는 노릇이었다. 아까 타고 온 택시도 두 배의 값을 치렀는데, 콜택시가 이 깊은 산골까지 선뜻 오겠다고 할 가능성도 희박하고.

무엇보다 영민과 함께 했던 이곳을 둘러보고 싶었다. 그동안 전적으로 그녀를 배려한 것도 모자라 삼 년 동안이나 그녀가 로맨틱 드림을 좋아한다는 이유 하나만으로 장석에게 미리 전화를 해 자리를 비워놓게 했다니. 여자 친구를 위해 그런 배려까지 하는 남자가 세상에 몇 명이나 될까? 아마 아무도 없을 것이다. 영민이니까, 영민이라서 그런 노력까지 아무렇지 않게 할 수 있었던 것이지.

채연은 용기를 내어 대문을 열고 안으로 들어갔다. 휴대폰의 빛을 의지해 본채로 걸어가 현관 앞에 섰지만 현관문의 비밀번호는 애석하게도 기억이 나지 않았다. 혹시나 해서 대문의 비밀번호를 눌러보았지만 열리지 않았다.

할 수 없이 테라스의 전등을 켜고 그네에 앉았다. 살 속 깊이 파고드는 추위에 주위를 둘러보았지만 영민이 덮어주던 담요가 보이지 않았다. 아마도 관리인이 먼지 탈까 봐 집 안으로 옮겨놓은 모양이었다.

무음의 세계에서 들리는 것은 오직 폭포에서 들려오는 폭포수 소리뿐이었다. 그나마 그 소리가 위안이 되었다. 채연은 어둠에 갇힌 주위를 둘러보았다.

"참 이상하네. 외진 곳에 혼자 있는데도 무섭지가 않아. 마치 내 집에 온 것 같아."

시간이 지날수록 한기가 더해졌다. 두 팔을 엑스 자로 모아 몸을 감싸고 있던 채연은 도저히 안 되겠다 싶어 테라스의 벽에 붙어 있는 정원의 전등 스위치를 켰다. 여러 아기천사 조각상들 속에 숨어 있는 전등들이 켜지자 어둠이 화르륵 놀란 듯 정원 주변에서 사라져 버렸다.

정원은 여전히 아름다웠다. 영민과 함께 아름다운 정원을 산책

하던 모습이 떠올라 그에 대한 그리움이 더더욱 커졌다.

"영민 씨…… 보고 싶다."

이 시간, 이곳에 영민과 함께 있다면 얼마나 행복할까. 생각하는 것만으로도 가슴이 미어지고 눈물이 차올랐다. 눈물 때문에 얼굴이 시려왔지만 채연은 상관하지 않았다. 정원에 만들어진 길을 따라 정원의 중앙에 있는 정자 앞에 섰다. 다행히 그곳은 잠금장치가 없어서인지 잠겨 있지 않았다.

문을 열고 안으로 들어갔다. 정원의 불빛으로 인해 정자 안의 모습이 희미하게 보였다. 유리창문은 다 닫혀 있었고, 긴 의자와 쿠션들은 보기 좋게 정리가 되어 있었다. 근처에 살고 있다는 관리인이 청소를 해놓은 듯했다.

채연은 추위를 막기 위해 얼른 문을 닫고 정자 안의 전등을 켰다. 그리고 긴 의자 아래쪽에 있는 수납장에서 담요 두 장을 꺼냈다. 긴 의자에 앉아 두 장의 담요를 겹쳐 펼쳐 몸에 두르니 한결 몸이 따뜻해졌다.

조명이 켜진 정원의 전경은 천국이 따로 없었지만 채연은 마음이 휑했다. 텅 빈 마음속에 쓸쓸하고 허한 바람이 불어 그녀를 더욱 외롭게 만들었다.

"영민 씨와 함께 온 거면 얼마나 좋을까……."

영민의 이름이 입에서 나오는 순간 차오르기 시작한 눈물이 차가운 뺨을 타고 주르륵 흘러내렸다.

영민은 정신없이 차를 몰았다. 고속도로를 달리는 동안 그의 머릿속엔 오로지 채연을 찾아야 한다는 생각뿐이었다.

"제발, 제발 그곳에 있어줘. 제발!"

주문을 외우듯 그 소리만 반복하며 운전을 했다.

톨게이트를 빠져나와 40여 분을 더 달리니 좁은 길이 나 있는 숲이 보였다. 숲 속 오르막길을 한참 달려오자 저만치 별장 쪽에서 불빛이 보이는 것 같았다. 이 시간에 별장지기가 불을 켜놓았을 리가 없다. 영국에 있는 마이클은 엊그제 통화할 때 일이 바빠 올해 안엔 귀국할 짬이 없다고 했으니 지금 정원에 불을 켜놓고 있을 사람은 단 한 사람뿐이었다.

"채연아……."

조급한 마음에 액셀 페달을 밟았다. 1분도 채 안 돼 별장의 대문 앞에 도착했다. 급히 차를 주차한 영민은 허겁지겁 차에서 내려 대문 앞으로 걸어가 비밀번호를 눌렀다. 잠금장치가 풀리자마자 문을 열고 뛰어 들어갔다. 둘러보니 테라스와 정원과 정자에 불이 켜져 있었다. 테라스의 그네는 저 혼자 제자리를 지키고 있었다. 채연인 정자에 있다는 뜻이었다.

영민은 황급히 정자를 향해 뛰어갔다. 아니나 다를까, 유리창을 통해 보니 채연이 긴 의자에 담요를 덮고 앉아 눈물을 흘리고 있었다. 얼마나 그가 보고 싶었으면, 얼마나 그가 못 견디게 그리웠으면 혼자 이곳에 올 생각을 했을까. 영민의 심장이 벅참과 아릿함이 뒤섞여 뭉클함으로 가득 찼다.

"내 여자, 정채연. 여기 있어줘서 고마워. 다른 데 가지 않고 이곳으로 와줘서 정말 고마워."

정자의 유리창과 유리문이 다 닫혀 있어서 채연이 들을 수 없음에도 불구하고 영민은 진심을 담아 말했다.

"내가 널 혼자 울게 만들었어. 미안해, 채연아. 울지 마, 채연아. 이제부턴 절대로 너 혼자 울게 하지 않을 게. 나 때문에 흘린 눈물…… 날마다 널 더 사랑하는 것으로 보상해 줄게. 그러니까 울지 마, 채연아."

주르륵, 뜨거운 눈물이 영민의 두 뺨을 타고 흘러내렸다.

영민이 자신의 목숨보다 더 사랑하는 여자에게 가기 위해 유리문 손잡이를 잡을 때였다. 눈을 감은 채 울고 있던 채연이 눈을 떴다. 그리고 천천히 고개를 돌려 그가 있는 쪽을 바라보았다. 믿기지 않는다는 듯 눈을 두어 번 깜빡이던 채연이 벌떡 일어나 문 앞으로 걸어와 문밖의 그를 정면으로 바라보았다. 안에서 울고 있는 채연과 밖에서 울고 있던 영민의 시선이 유리 한 장을 사이에 두고 마주쳤다.

채연은 도무지 믿어지지가 않았다. 눈에 보이는 영민이 환영 같았다.

"영민 씨……?"

밖에서 들리지 않을 줄 뻔히 알면서 채연은 물었다. 그녀의 입 모양만 보고 영민이 고개를 끄덕였다.

"진짜 영민 씨 맞아?"

영민이 더 크게 고개를 끄덕였다.

채연은 문손잡이를 잡고 밖에 서 있는 영민을 보며 하염없이 눈물을 흘렸다. 문밖의 영민도 마찬가지였다. 두 사람은 그렇게 문손잡이를 잡은 채 눈물을 흘리며 서로를 바라보고 있었다. 눈물을 흘리면서.

영민이 먼저 문을 열었다. 그 바람에 손잡이를 잡고 있던 채연의 손이 맥없이 툭 내려졌다. 이젠 아무런 장애물도 없는 상태에서 두 사람이 마주 섰다. 아주 가까이.

"여긴…… 어떻게?"

채연이 먼저 물었다.

"네가 여기로 와달라고 했잖아."

"내가 언제?"

"텔레파시."

"거짓말쟁이."

"진짜야. 안 그랬으면 내가 어떻게 네가 이곳에 있는 줄 알았겠어?"

"로맨틱 드림도 거짓말했었잖아. 여긴 어떻게 온 거야? 원래 오늘 오려고 했었던 거야?"

"아니."

"그럼?"

"아버님께서 전화를 하셨었어."

"아버……님?"

영민이 고개를 끄덕였다.

"네가 메시지 보냈다며, 오늘 집에 못 들어간다고?"

"우리 아빠가…… 영민 씨한테 전화해서 그런 말을 하셨다고? 정말 그런 말을 하셨어? 진짜 그러셨어?"

믿을 수 없어 하는 표정으로 그를 바라보는 채연을 바라보며 영민이 다시 고개를 끄덕였다.

"어떻게 그런 일이……?"

채연은 믿기지 않는 얼굴로 영민을 보며 두 눈을 동그랗게 떴다.

"아버님께서…… 우리 아버질 용서하셨어."

채연은 믿기지 않는 표정으로 영민을 보았다.

"아버지께서 댁으로 찾아가서 아버님께 용서를 비셨고, 아버님께서 그 사과를 받아주셨어. 최 교수님도 아버지와 함께 가셔서 사죄를 드렸대."

"정말…… 이야?"

"정말이야. 아버님께서 나한테 전화하셔서 영민아, 라고 불러주셨어."

"다행이다. 다행이야. 정말 다행이야."

채연이 울먹울먹 같은 말을 되풀이했다.

"우리 이제 헤어지지 않아도 돼, 채연아. 아버님께서 우리 약혼 예정대로 진행할 거라고 너한테 전해달라고 하셨어."

"영민 씨……!"

누가 먼저랄 것도 없이 두 사람은 동시에 와락 끌어안았다. 감격의 눈물을 흘리는 채연의 눈물을 영민이 혀로 다 받아냈다. 그리고 그녀의 입술에 자신의 입술을 댔다.

"사랑해, 채연아."

"사랑해, 영민 씨."

영민의 혀가 채연의 입술을 살짝 두드리자 채연이 단숨에 입술을 벌려 그의 혀를 빨아들였다. 이별했던 시간 동안의 절절함을 담아 두 사람은 달콤하고도 진한 딥키스를 했다. 서로의 혀가 엉키고, 서로의 혀가 서로의 혀를 빨아 당기고, 서로의 타액을 흡입했다. 이제는 절대로 떨어질 수 없다는 듯 바짝 끌어안고 키스를 나누던 영민이 갑자기 입술을 뗐다.

"너 몸이 너무 차. 감기 걸리기 전에 얼른 들어가자."

본채 안으로 들어오자마자 난방을 켠 영민이 소파 위에 가지런히 개어 있던 담요를 채연의 몸에 둘러주고는 지난번에 왔을 때처럼 냉장고를 뒤져 음식을 만들기 시작했다.

"나도 도울게."

"안 돼."

"왜?"

"너한테 다시는 음식을 만들어줄 기회가 없을 줄 알았어."

영민의 말투에 쓸쓸함이 가득 배어 있었다. 이내 영민이 입 꼬리를 끌어 올려 보기 좋은 미소를 지은 채 채연을 바라보며 말을 이었다.

"행운처럼, 아니, 마법처럼 찾아온 이 기회를 절대로 놓치고 싶지 않아. 앞으로도 쭉 네가 먹을 음식은 내가 만들 거야. 절대 이것만은 양보 못해."

영민과 헤어져야 한다는 사실을 알았을 때부터 조금 전까지 흘린 눈물이 얼마인데, 아직도 눈물이 마르지 않았는지 채연의 커다란 두 눈에 또다시 눈물이 차올랐다. 그 모습을 본 영민이 그녀에게 바짝 다가와 섰다.

"이젠 울지 마. 행복해서 흘리는 눈물도 안 돼. 어떤 의미든 네 눈물은 보고 싶지 않아."

"그런 게 어디 있어? 행복해서 흘리는 눈물은 봐줘야지. 지금 나…… 정말 행복해서 나도 모르게 눈물이 나오는 건데."

영민이 두 손으로 채연의 볼을 타고 흘러내리는 눈물을 닦아주었다.

“행복하면 웃어. 웃으면 되잖아. 난 평생 네가 웃는 모습만 보며 살 거야. 내가 그렇게 만들 거야.”

“믿어. 영민 씬 한다면 하는 사람이니까.”

채연은 미소를 지어 보였다. 그럼에도 불구하고 커다란 두 눈에선 주책없이 눈물이 또 흘러내렸다.

“울지 말라니까.”

채연의 눈물을 영민이 다시 손으로 닦아주었다.

“알았어. 이젠 안 울게.”

채연은 말로 하는 대답으로는 부족한 것 같아서 고개를 크게 끄덕였다.

“또 한 가지.”

“또 한 가지라니?”

“날 배려하느라, 날 위해서 혼자 아파하지 마.”

“…….”

“약속해.”

채연이 천천히 고개를 끄덕였다.

“진짜 약속하는 거지?”

“응. 약속할게.”

그제야 영민은 환한 웃음을 지으며 채연을 식탁 의자에 앉혀두고 중단했던 음식 만들기를 계속했다.

별장지기에게 온다는 연락을 한 것도 아니고, 저번처럼 장을 봐온 것도 아니라 냉장고와 냉동고를 뒤져 있는 재료로 만든 탓에 반찬이 몇 가지 안 되었지만 워낙 요리 솜씨가 뛰어난 영민이 만든 것이라 맛만은 꿀맛이었다.

다시는 둘이 함께 식사를 하고, 더구나 '구름 위에서 사흘' 별장에 함께 있게 될 거라고는 상상조차 해본 적이 없었다. 채연은 영민과 함께 있는 것만으로도 꿈만 같았다. 아니, 태훈이 김 교수의 사죄를 받아들이고 그녀와 영민의 결혼을 기정사실화하는 날이 오게 될 줄은 꿈에서조차 생각하지 못했었다.

오늘, 수업이 끝난 후 찬희와 지수가 조심스럽게 그녀의 눈치를 보며 영민이 이틀 후에 미국으로 떠날 것이라고 말했었다. 어쩌면 다시는 돌아오지 않을지도 모른다면서. 그 말을 듣는 순간 심장에 커다란 구멍이 난 것 같았다. 영민이 헤어짐에 동의하겠다며 떠날 것이라고 말은 했었지만 이렇게 빨리 떠날 줄은 몰랐다. 신호와 규민, 두 친구와 동업을 하고 있어서 쉽게 떠날 수 없을 거라고 믿었다. 아니, 그렇게 믿고 싶었다.

영민이 이틀 후에 떠난다! 채연에게는 엄청난 충격이었다. 게다가 다시는 돌아오지 않을지도 모른다니, 그 말은 영영 볼 수 없을 거란 뜻이 아닌가. 아마도 그래서였을 것이다, 갑자기 그린하우스를 찾아간 것은.

영민이 같은 하늘 아래에 있다는 것을 위안 삼아 버티고 버텼는데 더는 버틸 힘이 없었다. 오로지 머릿속에는 '영민이 없는 세상에서 어떻게 살아가지?' 하는 물음만 뱅뱅 돌았다.

그린하우스에 갈 때마다 그녀가 유독 좋아하는 자리인 로맨틱 드림에 앉을 수 있었던 것이 영민의 배려 때문이었다는 사실을 장석으로부터 들었을 때, 충동적으로 '구름 위에서 사흘'을 찾아온 것도 이틀 후면 영민이 이 땅을 떠난다는 사실을 받아들이기 힘들어서였다.

채연은 태훈에게 감사했다. 그리고 김 교수와 최 교수에게 감사했다. 용기를 내어 두 교수가 태훈을 찾아가 사죄를 구하지 않았다면, 태훈이 두 교수의 진심 어린 마음을 헤아리지 못해 그들을 용서하지 않았다면 지금 그녀는 영민과 함께 있을 수 없었을 테니까.

두 사람은 가벼운 마음으로 식사를 마쳤고, 영민이 혼자 하겠다는 걸 채연이 연인과 함께 설거지하는 게 평소 하고 싶었던 거라고 우겨서 둘이 나란히 서서 설거지를 함께 했다.

산책을 하기에는 날씨도 추웠고 시간이 너무 늦어 2층으로 올라가 각자 묵었던 게스트 룸으로 들어가 씻기로 했다.

샤워를 마친 채연은 팬티를 빨아 욕실에 널어놓는 바람에 속에 아무것도 입지 않은 채 목욕가운을 입고 화장대 앞에 앉아 젖은 머리를 드라이어로 말렸다.

똑똑.

채연은 드라이어의 전원을 끄고 일어나 문을 바라보며 섰다.

"들어와."

이내 문이 열리고 영민이 들어왔다. 어느새 차에 갔다 왔는지 샤워를 마친 모습인데 영민이 정장 차림으로 그녀 앞에 와 섰다. 그의 손에는 정원에서 꺾은 꽃으로 만든 부케 모양의 작은 꽃다발이 들려 있었다.

"전엔 네가 내 방으로 찾아왔지만, 지금은 내가 널 찾아왔어."

그녀가 대답 대신 작은 미소를 지어 보이자 영민이 꽃다발을 내밀었다. 채연은 깊어진 눈빛으로 가만히 영민의 얼굴을 바라보다 미소로 꽃다발을 받아 손에 쥐었다.

"이번엔 이별을 준비하는 여행이 아냐."

영민이 다짐을 하듯 또박또박 말했다.

"……알아."

"우리, 다시 시작하는 날이야."

"응."

"무슨 이유가 됐든, 다신 우리가 영원히 함께 하자던 약속을 깨는 일은 없어야 해."

"이젠 그런 일 없을 거야."

"네가 아프면 나도 아파. 내 마음 아프지 않게 하려고 너 혼자 아파했지만, 그동안 나도 많이 아팠어. 다른 종류의 아픔이었지만, 나도 죽을 만큼 아팠어."

"미안해."

"내가 미안해. 내 몫까지 널 아프게 해서."

누가 먼저랄 것도 없이 두 사람은 손을 뻗어 서로의 두 뺨을 감싸 안고 눈을 맞췄다. 영민의 동공 속에는 채연이, 채연의 동공 속에는 영민만이 담겨 있었다.

"오늘이…… 우리만의 진짜 결혼식이야."

영민이 더할 수 없이 진지한 표정으로 말했다.

"응. 오늘이 우리만의 진짜 결혼식이야."

말을 하는 채연의 얼굴이 홍조로 물들었다. 영민이 미소로 채연을 보다가 입술에 베이비키스를 하고는 두 뺨을 감싸고 있던 손을 내렸다. 채연도 영민에게 살짝 입맞춤을 하고는 손을 내렸다.

잠시 채연을 바라보던 영민이 한쪽 무릎을 꿇고 앉더니 수트 상의 주머니에서 뭔가를 꺼냈다. 사각모양의 작은 보석 케이스였다.

영민이 뚜껑을 열어 그녀가 잘 볼 수 있도록 반지 케이스를 조금 더 위로 올려 들었다. 링의 중앙엔 다이아몬드가 불빛에 반짝이고 있었고 그 양쪽으로 천사의 날개 모양이 세팅되어 있었다. 참으로 아름다운 반지였다.

"네가 이별 통고하던 날 주려고 준비했던 반진데……. 채연아, 나하고 결혼해 줄래?"

"뭐야? 난 목욕가운 차림인데 영민 씨만 정장 차려입고, 반지도 준비하고. 난 갑자기 온 거라 아무것도……."

"그게 무슨 상관이야?"

당혹스러워하는 채연의 말을 자른 영민이 한층 깊어진 눈빛으로 그녀의 두 눈을 정시하며 말을 이었다.

"채연아, 난 네가 내 앞에 있다는 것만으로도 충분하고도 넘쳐. 다른 건 다 필요 없어. 더 이상 바라는 것도 없고. 난 너만 있으면 돼."

"아무리 그래도…… 좀 그렇잖아. 목욕가운 차림으로 프러포즈를 받는 건. 갈아입을 옷도 없는데."

"채연아, 지금 넌 그 어느 때보다 예쁘고 사랑스러워."

"피이."

채연이 그런 거짓말은 하지 말라는 표정으로 그를 흘겨보는 시늉을 했다.

"정 마음에 걸리면 목욕가운을 네가 전에 입었던 흰색 원피스라고 생각해."

"그렇게 생각한다고 옷이 달라지나 뭐."

"나한텐 그렇게 보여."

"거짓말."

"전에 하얀 원피스 입고 네가 내 방에 왔을 때 난 트레이닝복 차림이었던 거 잊었어? 그때 네가 내 옷차림에 아무 상관없었던 것처럼 나도 지금 그래. 내 눈에 넌 옷차림에 상관없이 세상에서 가장 아름다운 여자일 뿐이야. 내 여자 정채연일 뿐이라고."

채연은 더 이상 반박할 말이 없었다. 그때 영민이 트레이닝복을 입고 있었어도 그녀의 눈에는 세상에서 가장 멋진 남자로만 보였었으니까.

채연은 손을 내밀었다. 그녀의 가는 손가락에 영민이 케이스에서 반지를 꺼내 정성들여 껴주었다. 손가락에 끼워진 다이아몬드 반지를 세상에서 가장 귀한 보물이라도 되는 양 바라보던 채연은 잠시 잊고 있었던 생각이 떠올라 영민을 진지하게 바라보았다.

"영민 씨, 저기……."

채연이 머뭇거리자 영민이 몸을 일으켜 그녀와 마주 섰다.

"왜? 무슨 할 말 있어?"

"모레 미국으로 떠난다는 얘기 들었어. 예정대로 떠날…… 거야?"

채연의 조심스러운 물음에 영민이 싱긋 웃었다.

"바보. 널 두고 내가 어딜 가?"

"안 갈 수…… 있는 거야?"

"내 맘이지 뭐."

"수속도 다 끝났다며, 정말 안 가도 돼?"

"안 가. 다 캔슬할 거야."

"정말? 정말 안 갈 거야?"

채연은 불안함에 재차 확인했다.

"같은 땅에 살면서 널 볼 수 없는 게 너무 힘들어서 떠날 생각이었는데 이젠 아니잖아. 내가 네 옆에 있을 수 있는데 내가 어디를 가겠어? 절대로 어디 안 가. 네 옆에 꼭 붙어 있을 거야."

"영민 씨……."

채연의 두 눈에 눈물이 그렁그렁 맺혔다.

"울지 말라니까. 설마 내가 가야 웃을 건 아니지?"

"미안. 안 울게."

채연은 얼른 손등으로 눈물을 닦아내고 미소를 지어 보였다. 그런 그녀가 귀여워 죽겠다는 듯 영민이 동그란 이마에 입을 맞추었다. 그리고 그녀의 두 눈을 그윽한 눈빛으로 바라보더니 손을 내밀었다. 그녀가 손에 들고 있는 꽃다발을 달라는 뜻이었다. 채연이 꽃다발을 건네자 영민이 그것을 받아 화장대 위에 내려놓았다.

"오늘 우리가 사랑을 나누는 건 우리의 영원한 사랑을 기념하는 거야. 알지?"

이별을 준비하는 사랑이 아니니 행복한 마음으로 사랑을 나누자는 뜻임을 왜 모를까. 채연은 순순히 고개를 끄덕였다.

"응, 알아."

"내 옷 네가 벗겨줄래?"

영민의 갑작스러운 물음에 채연은 부끄러움으로 발개진 얼굴을 하고는 천천히 고개를 끄덕였다.

채연은 영민의 넥타이를 풀어 화장대 의자에 올려놓고 수트 상의를 벗겨 구겨지지 않게 가지런히 넥타이 위에 놓았다. 그리고 와이셔츠의 단추를 하나씩 풀어가기 시작했다. 단단한 가슴과 복근이 고스란히 드러났다. 와이셔츠를 재킷 위에 올려놓고 두 무릎을 방바닥에 대고 벨트의 버클을 풀었다. 수트 하의의 지퍼를 여는 그녀의 손이 떨렸지만 채연은 침착하게 바지를 밑으로 내렸다.

영민이 발목으로 주저앉은 바지에서 두 발을 뺐다. 채연은 바지 역시 가급적 구겨지지 않게 반으로 접어 와이셔츠 위에 놓았다. 마지막으로 남은 드로즈. 설렘 때문인지 기대감 때문인지 드로즈의 앞부분이 벌써 불룩해져 있었다. 채연은 드로즈를 천천히 아래로 내렸다. 그러자 바지를 벗길 때처럼 영민이 드로즈에서 두 발을 뺐다. 드로즈를 수트 하의 위에 놓은 채연은 차마 성난 남성을 보지 못한 채 몸을 일으켜 영민과 마주 섰다.

나신의 영민은 유명 조각가가 최고로 잘 빚어놓은 조각상처럼 보였다. 게다가 사람을 홀리는 것 같은 미소와 빠져들게 만들고야 마는 검고 깊은 눈동자라니. 채연은 너무 뿌듯해서 지나가는 사람마다 붙잡고 자랑하고 싶은 심정이었다. 이렇게 멋지고 잘난 남자가 내 남자라고.

꿈만 같았다. 마주 서서 두 눈으로 보고 있는데도 마치 꿈을 꾸는 것만 같았다.

"영민 씨, 우리…… 헤어지지 않아도 되는 거 맞지?"

"절대 안 헤어져. 이젠 그 누구도 우릴 헤어지게 하지 못해."

"정말이지?"

"당연히. 우리한테 이별 따윈 이제 없어. 우리 둘이, 영원히 함께 할 거야."

"이런 날이 올 줄은 몰랐는데…… 마치 꿈을 꾸는 것 같아."

영민이 갑자기 그녀의 손을 잡고 그의 뺨에 댔다. 채연은 기다렸다는 듯이 그의 뺨을 부드럽게 어루만졌다.

"어때? 꿈 아니지?"

"응, 꿈 아니야, 영민 씨. 영민 씨의 따뜻한 감촉이 그대로 느껴져서 눈물이 날 것처럼 행복해."

"행복하면 웃어야지. 이젠 울지 않기로 했잖아."

"알았어. 웃을게, 행복하니까."

채연은 눈물이 글썽한 채로 웃음을 지어 보였다. 그 바람에 차오른 눈물이 그녀의 두 볼을 타고 흘러내렸다. 그러자 영민이 손으로 그녀의 눈물을 닦아주었다.

"이제부터 꿈을 꾸자."

"이제부터 꿈을 꾸자니, 그게 무슨 소리야?"

"너와 나, 우리, 꿈같은 시간을 보내자고."

"아."

영민은 채연이 입고 있는 목욕 가운의 끈을 풀었다. 끈이 방바닥으로 툭 떨어짐과 동시에 겹쳐져 있던 목욕가운의 앞부분이 벌어졌다.

세상에! 채연은 아무것도 입고 있지 않았다. 봉긋한 두 가슴과 매끄러운 배, 그리고 거뭇한 비밀의 숲이 수줍게 드러나 있었다. 살짝 보이는 게 더 야하다고 했던가. 영민은 유혹적인 그 모습에 마른침을 꿀꺽 삼켰다.

처음도 아닌데, 처음처럼 떨리고 설레었다. 영민은 목욕가운의 양 섶을 잡고 채연의 어깨너머로 밀어냈다. 그녀의 몸에서 단숨에 벗겨진 목욕가운이 방바닥의 끈 위로 맥없이 떨어졌다.

전에 이곳에 왔을 때보다 조금 더 야위었지만, 채연의 나신은 여전히 아름다웠다. 야위어진 채연의 나신을 본 영민은 설레고 흥분되면서도 가슴이 아렸다. 야윈 만큼 그녀가 힘들었다는 뜻이었기에.

채연아, 지금부턴 네가 아파해야 할 일 따윈 없게 할 거야, 내가!

영민은 채연을 번쩍 안아 들고 침대 위에 눕혔다. 침대 옆에 선 나신의 그가 침대 위에 누운 그녀의 나신을 열정 가득한 눈빛으로 바라보고 있을 때였다.

"영민 씨, 불 좀……."

영민은 고개를 저었다.

"부끄러워하지 마, 채연아. 이제 우리한텐 아무것도 입지 않은 이 모습이 가장 자연스러운 모습이야."

"그래도……."

"너 때문에 흥분하고 행복해하는 날 봐."

"……."

"나도 날 받아들이는 동안 네가 얼마나 행복해하는지 보고 싶어."

"……."

"그래도 네가 정 원한다면 불 꺼줄게. 불 끌까?"

"아니…… 끄지 마, 영민 씨. 영민 씨의 말이 옳아."

채연이 손에 끼워진 반지를 보며 말을 이었다.

"비록 하객은 아무도 없었지만 우린 오늘 진짜 결혼한 부부니까. 이젠 영민 씨 앞에서 부끄러워하지 않을래."

영민은 더없이 사랑스러운 눈빛으로 채연을 보다가 침대 위로 올라갔다. 최대한 채연을 압박하지 않으려 애쓰며 그녀의 몸 위에 그의 몸을 포갰다. 동그란 이마에 입을 맞추자 채연이 가만히 눈을 감았다.

"눈 감지 마, 채연아."

코끝에 와 닿는 영민의 입김이 뜨거웠다. 채연은 자신도 모르게 감았던 눈을 뜨고 코끝이 닿을 정도의 위치에 있는 영민의 얼굴을 바라보았다. 그녀를 바라보는 눈빛마저도 불을 품은 듯 뜨거웠다.

영민의 뜨거운 입술이 채연의 콧잔등에서 인중으로 핥아 내려와 입술에서 머물렀다. 그러는 동안 채연은 온몸에 작은 소름들이 돋아나는 동시에 자르르한 작은 전율이 전신으로 퍼져 나가는 것을 느꼈다.

그녀의 입술 위를 덮은 영민의 입술 감촉이 부드럽고 뜨거워서 채연은 살며시 혀를 내밀어 그의 입술을 핥았다. 그러자 영민의 혀가 그녀의 입안으로 들어와 가지런한 치아와 매끄러운 잇몸을 부드럽게 핥았다.

"하아."

숨 쉬기가 버거워 입을 벌리자 그 틈을 놓치지 않고 영민의 혀가 그녀의 입안으로 쑤욱 들어왔다. 처음엔 부드럽게 그녀의 혀를 핥던 영민의 혀가 어느새 혀뿌리가 뽑힐 것처럼 그녀의 혀를 빨아들였다.

짜릿, 통증과 함께 쾌감이 느껴졌다. 단 한 방울도 남기지 않겠다는 듯 그가 그녀의 타액을 흡입했다. 채연도 영민의 혀를 빨아당기며 그의 타액을 마셨다. 영민의 타액은 달콤하면서도 오묘한 맛이 났다. 그 맛이 정말 좋았다. 하긴 그의 것이라면 뭐 하나 좋지 않은 것이 없지만.

누가 리드하고 리드를 당하고 할 것 없이 두 사람은 서로의 혀를 희롱하며 빨아 당기고 타액을 흡입하며 마음껏 즐겼다.

깊고 긴 키스에 만족을 했는지 영민의 혀가 그녀의 목덜미를 핥았다. 어깨로 내려와 깊게 파인 쇄골을 거처 한쪽 젖가슴을 덥석 물었다. 한 손으로는 다른 쪽 젖가슴을 움켜쥐었다가 살살 어루만지고 분홍빛 돌기를 잡아 살짝 비틀기를 반복했다. 그리고 입으로는 덥석 물었던 젖가슴의 주위를 혀로 쓰다듬듯 핥다가 아기가 엄마 젖을 빨 듯 채연의 분홍빛 돌기를 입안 깊숙이 넣고 빨았다.

채연은 온몸이 전기세포로 가득 찬 것처럼 전신으로 퍼져 나가는 짜릿한 전율에 몸을 비틀었다.

"하아…… 영민 씨……."

부끄러워하지 않고 그가 해주는 사랑을 당당히 다 받아내리라 결심한 그녀였다. 그래서 그런지 하나도 부끄럽지 않았다. 그와 다시 사랑을 나눌 수 있어서 행복하기만 했다.

채연은 그녀를 만지는 영민의 손길 하나하나에, 혀의 놀림에 정신이 몽롱했다. 마치 지극히도 몽환적인 꿈을 꾸고 있는 것만 같았다.

"사랑해, 채연아."

"나도 사랑해, 영민 씨."

"사랑하고 또 사랑하고 또 사랑해. 네가 다시 내 곁으로 돌아와서, 널 다시 안을 수 있어서, 너와 함께 사랑을 나눌 수 있어서 정말 다행이야. 너로 인해서 내가 다시 행복해질 수 있게 됐어."

"나도 행복해. 다시는 영민 씨를 떠나지 않을 거야. 어떤 일이 있어도!"

영민은 채연의 대답이 아주 마음에 들었다. 흡족한 대답을 해준 채연의 가는 허리를 두 손으로 잡고 얼굴을 아래로 내렸다. 군살 하나 없는 배를 혀로 핥았다. 배꼽 주위를 맴돌던 그의 혀가 꿀이 담긴 작은 종지라도 되는 듯 그녀의 배꼽을 달게 핥았다.

채연의 가는 허리를 잡고 있던 그의 두 손이 쓰다듬듯 그대로 아래로 내려 그녀의 골반을 잡았다. 그의 축축한 혀가 검은 숲에 닿았는데도 채연은 거부하거나 불편해하는 말이나 몸짓을 하지 않았다.

영민은 불끈대며 어서 채연의 안으로 들어가 달라고 애원하고 있는 남성의 신호를 애써 무시하며 그녀의 검은 숲을 혀로 헤쳤다. 그의 애무에 몸이 이미 반응을 하고 있었는지 그녀의 검은 숲은 어느새 애액으로 흠뻑 젖어 있었다.

영민은 혀로 젖은 길을 아래에서 위로 핥았다.

"아흣."

채연의 허리가 들썩였다.

영민은 계속 젖은 길을 따라 혀를 움직였다. 혀에 채연의 애액이 묻었다. 먹어도 먹어도 성에 안 찼다. 자꾸만 더 먹고 싶었다. 검은 숲에 입을 대고 연신 빨아먹었다. 세상에서 가장 맛있는 애액을 마음껏 흡입하는데도 갈증이 났다. 좁은 길 속으로 혀를 쑤욱 집어넣었다. 혀를 뺐다 넣었다, 좁은 길의 내벽을 꼼꼼하게 애무하듯 돌리고 또 돌렸다.

"영민 씨……."

채연이 그의 이름을 애타게 불렀지만, 그만하라는 신호가 아님을 알기에 영민은 계속해서 그녀를 자극했다. 그러자 허리를 들썩이며 몸을 비비 꼬던 채연이 그의 머리카락을 움켜쥐었다. 영민은 얼굴을 들어 채연을 바라보았다. 한껏 상기된 얼굴, 자극에 취해 몽롱해진 눈빛, 진한 키스로 인해 더 붉어지고 부푼 입술. 만약에 섹시한 천사가 있다면 바로 이런 얼굴이 아닐까 싶을 정도로 영민의 눈에는 채연이 아름답고 섹시해 보였다.

"더는 못 참겠어."

"응?"

"들어…… 와. 내 안으로…… 들어와…… 제발."

채연이 애원하는 표정으로 더듬더듬 말을 이었다.

"네가 원한다면 얼마든지."

영민은 만족스러운 미소로 채연을 보다가 그녀의 두 다리를 어깨 위에 올려놓았다. 그리고는 곧바로 해갈하고 싶다며 안달복달해 대는 남성을 채연의 좁은 길 안으로 단숨에 밀어 넣었다.

"하앗."

채연은 자신도 모르게 비명을 질렀다. 온몸을 강타하는 짜릿한 쾌감에 자신도 모르는 사이에 입술을 뚫고 비명이 튀어나와 버렸다.

찰박찰박.

그가 움직일 때마다 듣기에도 민망한 소리가 그녀의 귓속으로 파고들었다.

은밀한 마찰. 더할 수 없이 가까운 밀착. 마치 자궁벽을 뚫기로 작정을 한 것처럼 거세게 안으로 밀고 들어오는 남성. 채연은 온

몸의 세포 하나하나가 비눗방울처럼 부풀었다 터지고, 부풀었다 터지는 것 같았다.

"영민 씨……."

"채연아……."

영민은 움직임에 조금 더 박차를 가했다. 그러자 채연의 므흣한 신음 소리도 점점 더 잦아졌다.

"으윽."

채연의 비밀스러운 곳을 자신의 분신으로 가득 채움과 동시에 영민의 입에서도 신음이 새어 나왔다.

영민은 최대한 채연에게 자신의 무게를 싣지 않게 위해 한 손을 그녀의 목 밑에 넣고 다른 손으로 침대를 짚은 채 채연을 끌어안았다. 헐떡이는, 누구의 것이라고 말할 수도 없는 거친 호흡 소리만이 두 사람 사이를 맴돌았다.

두 사람은 터질 듯한 심장을 맞대고 있었다. 얼마나 시간이 지났을까. 그들의 머릿속을 화려하게 수놓던 불꽃들이 점차 사라지자 정상적인 호흡을 할 수 있게 되었다.

영민은 그제야 몸을 움직여 채연의 옆에 누웠다. 그리고 채연을 꼬옥 끌어안고 그녀의 귀에 입을 대고 속삭였다.

"우리, 영원히 함께 하자는 약속 지키기다?"

"응, 우린 영원히 함께 있을 거야. 서로 사랑하면서 영원히!"

단호하게 말하는 채연의 입술에 영민의 입술이 달콤하게 포개졌다. 얼마 지나지 않아 두 사람의 불꽃놀이는 다시 시작되었다.

에필로그

4년 후, 5월.

지난 3년 동안 많은 일이 있었다. 두 집안이 화해를 했고—태훈의 배려로 인해, 오민영 여사에게는 태훈과 김 교수 사이에 있었던 비밀을 끝내 말하지 않았다.—예정대로 약혼식을 올렸고, 채연은 졸업함과 동시에 영민과 결혼했다. 그리고 채연은 임용고시에 합격했지만 교사가 되는 꿈을 일단 접었다.

두 사람이 결혼한 후, 곧바로 마이클은 영민이 결혼하면 '구름 위에서 사흘' 을 결혼선물로 주겠다는 서린의 유언을 지켰다. '구름 위에서 사흘' 을 영민의 명의로 변경해 준 것이다.

교사가 되는 것도 나중으로 미룰 정도로 채연이 '구름 위에서 사흘' 을 좋아하자, 영민은 그녀를 위해 아이들이 태어나 학교에 다니기 전까지는 '구름 위에서 사흘' 에서 살자고 했다.

거리가 너무 멀어 스튜디오에 매일 출근하는 것이 어려워 영민은 직접 그가 촬영해야 하는 경우에만 스튜디오나 촬영 현장에 나가는 것으로 친구이자 동업자인 신호, 규민과 합의를 보았다. 컴퓨터로 할 수 있는 작업은 집에서 하기로 하고.

영민과 채연은 따로 신혼여행을 가지 않았다. 그 어떤 곳보다 아름다운 '구름 위에서 사흘'이 있는데 뭐 하러 장시간 비행기를 타는 수고를 감수하느냐며 채연이 고집을 부렸기 때문이었다.

인생에 한 번뿐인 신혼여행인데 하다못해 하와이나 발리라도 다녀와야 하는 것 아니냐며 아쉬워하는 영민을 별장에서 생활하는 것 자체가 평생 신혼여행이 될 거라는 말로 채연이 달랬다.

두 사람의 사랑이 깊어서일까. 아니면 '구름 위에서 사흘'을 지키는 두 사람을 하늘에서 서린이 축복을 해주어서일까. 결혼하자마자 채연은 임신을 했고, 자신과 똑 닮은 딸 다인을 낳았다. 그리고 그 이듬해에 영민을 빼다 박은 아들 이안을 낳았다.

부모를 닮았는지 다인과 이안도 '구름 위에서 사흘'을 아주 좋아했다. 다인은 걸음마를 시작할 때부터 까르르 웃으며 정원 구석구석을 돌아다녔다. 이안까지 걷기 시작하자 영민은 아예 카메라를 들고 두 아이를 쫓아다니며 찰칵찰칵 연신 사진을 찍어댔다. 마치 아이들의 움직임과 다양한 표정을 단 한순간도 놓치기 싫은 사람처럼.

1년 전 지수와 규민은 부부가 되었다. 사실 찬희와 신호 커플이 먼저 결혼할 거라고 다들 예상했었는데 신호의 할아버지께서 편찮으신 바람에 결혼이 미뤄졌고, 죽어도 5월의 신부가 되겠다고 주장하는 찬희 때문에 두 사람은 엊그제 결혼식을 올렸다.

문제는 찬희와 신호의 신혼여행이었다. 몇 번 '구름 위에서 사흘'에 놀러오더니 이곳이 정말 아름답고 좋다며 아예 신혼여행지로 삼아버린 것이다. 채연과 영민에게 상의하는 것은 고사하고 자기들끼리 정해놓고 결혼식 전날 통고를 해왔다.

결국 결혼식장에서 곧바로 신혼부부와 함께 '구름 위에서 사흘'로 오고 말았다. 그것뿐이면 그래도 괜찮은데 아예 스튜디오 문을 닫고 지수와 규민 부부도 뒤쫓아 왔다. 그런 두 커플을 보며 영민과 채연은 혀를 내둘렀다.

고요하기만 했던 '구름 위에서 사흘'이 4박 5일 동안 사람들의 소리로 왁자지껄했다. 그동안 요리며 청소를 도맡아 하면서도 영민은 혹여 채연이 힘들까 봐 전전긍긍했다.

두 커플이 돌아가는 날, 점심식사를 마친 후 두 커플은 짐을 싸러 각자 자신들이 묵고 있는 게스트룸으로 들어갔다. 그 틈을 이용해 영민과 채연도 두 아이가 낮잠을 자고 있는 침실로 들어왔다.

새근새근. 커다란 침대 위에서 천사 같은 얼굴로 마주 보며 잠들어 있는 다인과 이안을 흐뭇하게 바라보고 있던 영민은 시선을 옆으로 돌렸다. 채연이 잠든 두 아이를 사랑스러운 눈빛으로 미소를 머금고 쳐다보고 있었다.

"채연아."

채연이 고개를 돌려 영민을 쳐다보았다.

"안 힘들어? 괜찮아?"

"일은 영민 씨가 다 하면서 왜 자꾸 내 걱정을 해?"

"내 친구 녀석들 때문에 내 여자가 힘들까 봐 걱정돼서 그러지."

"영민 씨의 친구들만 있나 뭐. 내 친구들도 왔어. 사람들이 많으니까 오히려 재미있고 좋아, 난."

"채연이 네가 재미있고 좋으면 됐어."

"영민 씬 힘들지? 끼니마다 요리하랴 청소하랴 아이들 보랴…… 쉴 틈이 없었잖아."

채연은 기특한 아이의 뺨을 어루만져주듯 영민의 뺨을 부드럽게 쓰다듬었다.

"마음 같아선 첫날밤 보내고 바로 쫓아내려고 했었어."

"왜?"

"생각해 보니까 괘씸해서."

"뭐가 괘씸해?"

"신호 녀석이랑 찬희 씨 말이야. 이젠 신혼여행지가 우리하고 똑같잖아. 여긴 우리만의 신혼여행지여야 하는데."

채연이 피식 웃었다.

"그런데 왜 안 내쫓았어."

"당신 친구들을 내쫓을 순 없으니까."

"찬희하고 지수가 내 친구가 아니었으면?"

"결혼식장에서 이리로 데려오지도 않았지."

"그럼 신혼여행은 어떻게 하라고?"

"내가 알 게 뭐야, 호텔 잡아서 자든 지들 집으로 가든."

"매정해라."

"난 당신하고 다인이, 이안이한테만 좋은 사람이면 돼. 정채연, 김다인, 김이안 이 세 사람만이 신이 나한테 주신 최고의 선물이니까."

"영민 씬 이미 우리 세 사람한텐 최고의 남편이고 최고의 아빠야."

영민의 손을 잡은 채연은 조심조심 문을 열고 거실로 나왔다. 조용한 걸 보니 2층에선 아직도 짐을 싸고 있는 모양이었다. 두 손을 꼭 잡은 채연과 영민은 테라스로 나왔다. 발밑을 보니 하얀 솜사탕을 흩뿌려놓은 것처럼 보였다. 정원 쪽도 마찬가지였다. 운이 좋을 때나 볼 수 있는, 구름이 깔려 있는 광경이었다.

"구름이 산중턱에 걸렸나 봐."

감탄 어린 표정으로 채연이 말했다.

"그러게. 오늘은 구름이 낮게 떴나 보다."

영민이 주위를 둘러보며 대꾸했다.

"두 커플 운이 좋네. 구름 위에 서 있는 느낌을 알고 갈 수 있으니 말이야."

"에잇, 저 녀석들한테 보여주기 아까운 광경인데."

툴툴거리는 영민을 바라보며 채연은 빙그레 미소를 지었다.

"참, 나 뭐 하나 만들어놓은 게 있는데."

"뭘 만들었는데?"

영민의 말에 채연은 아주 궁금하다는 표정으로 물었다.

"가자."

"어딜?"

"우리 둘이 할 일이 있어."

영민이 채연의 손을 잡고 '구름 위에서 사흘'이라는 글씨가 쓰여 있는 팻말 앞으로 갔다.

"어?"

팻말 옆에 아무것도 쓰여 있지 않은, 똑같은 나무와 색깔로 만들어진 팻말이 박혀 있었다.

"이건 언제 만들었어?"

"어제 새벽에."

"나 재우고 나와서 만든 거야?"

"응."
"여기다 뭐라고 쓰려고?"
"우리들만의 집 이름을 만들어야지."
"우리들만의 집 이름?"
고개를 끄덕인 영민이 주머니에서 유성매직을 꺼냈다.
"같이 쓰자."
"뭐라고 쓸 건데?"
"그리고 영원히!"
"구름 위에서 사흘을 보내는 것 같은 날들이 무한반복 된다는 뜻이야?"
"응."
"좋다."
채연은 진심으로 좋았다. 단순한 글자가 아니라 두 사람이 영원히 함께 하겠다는 다짐이기도 하니까. 채연은 유성매직을 잡고 있는 영민의 손 위에 그녀의 손을 포갰다. 그리고 한 글자 한 글자 영민이 이끄는 대로 써나갔다.
'구름 위에서 사흘 그리고 영원히!'
나란히 서 있는 팻말을 보다가 누가 먼저랄 것도 없이 두 사람은 진한 키스를 나누었다. 소란스러운 말소리가 들리며 현관문이 열릴 때까지 두 사람의 키스는 계속되었다.

THE END♥

작가 후기

6년 만에 출간을 하게 되었습니다. 공백 기간이 길어서인지 마치 첫 책을 낼 때처럼 설레고 두렵습니다.

6년 동안 제가 정말 사랑하는 로맨스 소설을 쓰지 못한 건, 절반은 드라마를 쓰느라 시간이 없었고 나머지 절반은 몸 여기저기가 아파서였습니다. 간단한 수술도 했었고요.

어르신들이 건강을 잃으면 다 잃는다고 하시더니 그 말씀이 맞았습니다. 겉모습은 멀쩡한데, 바깥출입을 하기 어려울 정도로 몸속에 자잘한 병들을 담고 살면서 건강을 챙기지 않았던 제 자신을 원망했습니다.

제가 아끼고 사랑하는 작가님들이 출간할 때마다 건강하지 못한 제 자신이 더더욱 싫었습니다. 로맨스 소설을 쓰고 싶은데 쓸 수 없는 제 처지가 초라하게 느껴졌고요.

'구름 위에서 사흘' 은 오래전에 초반부를 써놓았던 글입니다. 그런데 너무 일반소설 같아서, 저는 로맨스 소설을 쓰는 사람이니까 로맨스 소설답게 쓰자는 마음으로 써놓았던 분량을 전부 버리고 다시 처음부터 쓰기 시작했습니다.

이 글을 쓰면서 표현하고 싶었던 것은 운명적인 사랑, 서로를 배려하는 사랑, 아름다운 사랑이었습니다.

드라마에서도, 적지 않은 글에서도, 안타깝게도 현실에서조차 '막장' 이란 단어가 제법 큰 영역을 차지하고 있습니다.

저는, 개인적으로 그게 너무 마음이 아픕니다. 제 아이들을 비롯해 우리 모두의 후손들이 용서와 자비, 배려하는 사랑이 없는 세상에서 살지 않기를 바랍니다.

그런 소망 때문에 영민과 채연을 통해 서로를 배려하는 사랑을, 태훈과 두 교수를 통해 사죄와 용서를, '구름 위에서 사흘' 이라는 공간을 통해 아름답고 행복한 세상을 표현하고자 노력했습니다. '구름 위에서 사흘' 이 존재할 수 있게 해준 마이클과 서린의 뜨겁고도 헌신적인 사랑도요.

독자님들께서 이 글을 읽으시는 동안만이라도 동화 속의 나라와도 같은 '구름 위에서 사흘' 이란 별장에서 지내는 상상을 하시며 조금이라도 힐링을 하실 수 있기를…… 출간을 앞둔 저의 간절한 소망입니다.

삶에 있어서 가장 중요한 건 건강입니다!

이 글을 읽으시는 독자님들 모두 건강하세요!

마음껏 사랑하세요!

그리고, 행복하세요!

'구름 위에서 사흘' 팻말 옆에 똑같은 팻말을 박고 영민과 채연이 함께 쓴 '그리고 영원히' 처럼…….

마지막으로 '구름 위에서 사흘' 을 출간해 주신 예원북스 출판사의 모든 분들께 감사드리고, 좀 더 나은 모습으로 세상에 나올 수 있게 도와주신 애정하는 유경화 실장님께도 무한 감사드립니다.